Verity
e o
Pretendente Proibido

Também de J. J. McAvoy

Afrodite e o duque

J. J. McAvoy

Verity e o Pretendente Proibido

Tradução
Karine Ribeiro

1ª edição
Rio de Janeiro-RJ / São Paulo-SP, 2025

VERUS
EDITORA

Título original
Verity and the Forbidden Suitor

ISBN: 978-65-5924-329-7

Copyright © J.J. McAvoy, 2023
Todos os direitos reservados.

Tradução © Verus Editora, 2025
Direitos reservados em língua portuguesa, no Brasil, por Verus Editora. Nenhuma parte desta obra pode ser reproduzida ou transmitida por qualquer forma e/ou quaisquer meios (eletrônico ou mecânico, incluindo fotocópia e gravação) ou arquivada em qualquer sistema ou banco de dados sem permissão escrita da editora.

Verus Editora Ltda.
Rua Argentina, 171, São Cristóvão, Rio de Janeiro/RJ, 20921-380
www.veruseditora.com.br

CIP-BRASIL. CATALOGAÇÃO NA FONTE
SINDICATO NACIONAL DOS EDITORES DE LIVROS, RJ

M113v
McAvoy, J. J.
    Verity e o pretendente proibido / J. J. McAvoy ; tradução Karine Ribeiro. - 1. ed. - Rio de Janeiro : Verus, 2025.

Tradução de: Verity and the forbidden suitor
ISBN 978-65-5924-329-7

1. Romance canadense. I. Ribeiro, Karine. II. Título.

24-94622   CDD: 819.13
                          CDU: 82-31(71)

Gabriela Faray Ferreira Lopes - Bibliotecária - CRB-7/6643

Revisado conforme o novo acordo ortográfico.

Seja um leitor preferencial Record.
Cadastre-se no site www.record.com.br e receba informações sobre nossos lançamentos e nossas promoções.

Atendimento e venda direta ao leitor:
sac@record.com.br

A todas as pessoas que, como eu, às vezes duvidam se merecem ser felizes para sempre. Sim, vocês merecem.

Querida leitora,

Este também é um romance do período regencial inglês que envolve nobreza e alta sociedade e no qual há personagens negras. Esta é uma obra de ficção, e tudo é possível aqui. Espero de verdade que você goste da leitura.

*Atenciosamente,
Sua autora*

PARTE UM

I

Verity

Eu não era uma Du Bell.
 Mas ah, como queria ser. Não pelo título nem pela riqueza, muito menos pelo prestígio e influência, pois, enquanto ducado, o nome de minha família, Eagleman, tem os mesmos privilégios, senão maiores. Com exceção de ser princesa, uma moça não poderia nascer em melhor posição que a minha. E eu sabia muito bem quantas invejavam minha vida. Apesar dos muitos escândalos de minha família — os casos de meu pai e seu filho ilegítimo, o desgosto e a morte de minha mãe, o casamento totalmente inapropriado de meu pai com minha madrasta, filha de um açougueiro; sem mencionar as questões de Evander, meu irmão mais velho, e os contratempos de seu casamento — não faltavam pessoas comentando minha sorte por ser lady Verity Eagleman. Mas, se eu pudesse escolher, teria preferido nascer lady Verity Du Bell. Nascer em uma família cheia de carinho, risadas e brincadeiras. Em uma casa cheia de amor.
 Em vez disso, o amor sempre pareceu fugir de mim. Como se tivesse um problema pessoal comigo. Evander era afilhado da marquesa de Monthermer, lady Deanna Du Bell, e como tal teve

muitas oportunidades de sentir essas emoções tão tenras com a família. Eu, por outro lado, era mantida longe da família Du Bell e da sociedade a pedido de meu pai. Quando ele faleceu, Evander já havia estragado nossa conexão com os Du Bells e, por consequência, nenhuma outra chance apareceu.

E assim, enquanto eu observava a luz das velas da carruagem desaparecer na escuridão, levando meu irmão e sua nova esposa perfeita, lady Afrodite, para o muito aguardado felizes para sempre deles, a oportunidade havia chegado, mas eu não sabia como me comportar diante daquela família nem da sociedade.

Eu estava sozinha.

O nome Verity significa *verdade*, e mesmo assim eu me sentia como uma mentira. Diante da maioria das pessoas, eu buscava me mostrar segura, autoconfiante, mas a verdade é que eu estava morrendo de medo... de tanta coisa.

— Não acredito que acabou — disse o marquês para a esposa, que ele abraçava firme, enquanto todos estávamos diante dos portões da propriedade deles em Londres.

— Depois de tantos anos juntos você ainda me subestima, querido? — respondeu a marquesa de cabeça erguida, parecendo satisfeita consigo.

O marquês era um homem branco de cabelo loiro já quase grisalho, com espertos olhos azuis que pareciam estar sempre focados em sua família ou em um livro. Já a esposa tinha uma pele negra retinta, mais escura que a minha, e cabelo castanho cacheado que ela mantinha em um penteado alto. Em vez de livros, os olhos castanhos dela liam as pessoas com uma precisão assustadora.

— Subestimar? Jamais. Ficar embasbacado com o seu poder? Sempre. Parabéns, querida. — Ele apertou o braço dela de leve, fazendo-a rir enquanto o filho mais velho deles grunhia.

Damon Du Bell, o conde de Montagu, também estava ao lado da esposa, Silva, cujo rosto um pouco redondo e nariz levemente curto formavam uma feição agradável. Eles estavam de braços dados, assim como os pais dele. A expressão de Damon mostrava que ele não gostava da demonstração pública de afeto entre o casal mais velho, mesmo enquanto os imitava.

— Era de se esperar que, nessa idade, vocês teriam modos — disse Damon, como se ele fosse o pai.

— Querido — murmurou Silva, apreensiva.

— Você deveria agradecer a Deus por não termos, ou você não existiria — respondeu o pai dele, fazendo a marquesa arregalar os olhos.

— Charles!

— Pai!

— Do que vocês estão falando? — perguntou a mais nova Du Bell, Abena, com o rostinho contorcido de dúvida. Ao lado dela estavam as outras duas irmãs, Hathor e Devana, e o irmão delas, Hector.

— Nada! — responderam a marquesa e seu filho mais velho em uníssono.

— Não parece ser nada — pressionou Abena, franzindo a testa. — Estão guardando um segredo?

— Sim, eles estão — disse Hathor, a segunda filha Du Bell, fazendo Abena olhar para ela em busca de respostas. — Mamãe e papai estão pensando em enviar você para lavar louças profissionalmente, já que ficou tão boa nisso.

Hector e Devana deram risadinhas e então riram alto quando Abena olhou para os pais, horrorizada.

— Não, papai! — Abena correu para o pai, agarrando-se à cintura dele com força, o que fez a marquesa se curvar para abraçá-la.

— Ela está apenas provocando você — confortou a marquesa.

Mas, naquele momento, fui eu que senti a dor.

Como seria poder abraçar um pai, ou mesmo uma mãe?

Eu não sabia.

Estava diante de uma das famílias mais proeminentes e amáveis da sociedade, uma da qual eu sempre desejara fazer parte, mas agora eu desejava desesperadamente escapar daquela maravilhosa companhia. Que ironia.

— Verity, querida, você está bem? — perguntou a marquesa, afastando-se um pouco do marido para vir em direção a mim.

Não, não estou bem. Como vocês são tão felizes? Esses eram os meus mais profundos pensamentos. Em vez de expressá-los, rapidamente dei o meu melhor sorriso e disse:

— Temo que não, marquesa, pois sua filha levou meu irmão embora.

O humor é sempre uma boa maneira de fugir dos pensamentos.

— *Rá*! Discordo. Pois foi seu irmão que roubou nossa filha! — declarou o marquês com uma risada calorosa, Abena ainda ao seu lado.

— Pai, não se pode roubar quem você formalmente deixou ir. — Hathor revirou os olhos e apontou para a casa atrás de si. — Principalmente com tanta pompa assim.

— Hathor, foi uma piada — respondeu Damon.

— Vamos deixar no passado, pois está tudo resolvido. Podemos nos recolher para recomeçarmos amanhã? Por sorte, com uma nova protagonista.

Hathor nem sequer esperou uma resposta e avançou pelos portões sozinha.

— Acho que Verity será a próxima! — gritou Abena, correndo bem ao lado das saias da irmã, fazendo Hathor quase tropeçar.

— Abena! — gritou Hathor, se endireitando.

A garotinha girou, sorrindo.

— Ela é muito mais bonita, e é filha de um duque! Todas ficarão noivas nesta temporada antes de você!

— Pestinha, vá lavar suas louças! — Hathor correu atrás dela casa adentro.

— Só mamãe pode mandar em mim! — Ouvi a vozinha dela responder.

— Onde elas encontram toda essa energia? — O marquês riu e olhou para a esposa. — Ah, esqueça. Encontrei a fonte.

Damon, Silva e todos os filhos riram. A marquesa olhou feio para ele antes de se aproximar de mim.

— Já que todos vocês querem se juntar ao seu pai e me provocar, focarei na única boa jovem presente. — Ela me olhou e sorriu de orelha a orelha, pegando minha mão. — Ah, como estou feliz de você enfim passar um tempo conosco, Verity.

— Obrigada por me receber, Vossa Senhoria...

— Não falei que você pode me chamar de madrinha? Aceitarei apenas esse título. Agora venha, vou te mostrar os seus aposentos — disse ela enquanto me conduzia de volta à casa, onde o esplendor do banquete de casamento do meu irmão estava aos poucos sendo desmontado pelos serviçais. — Ingrid — chamou a marquesa e, de imediato, uma mulher mais velha e magra, com uma mecha de cabelo branco entre os fios escuros presos em um coque, fez uma reverência diante dela. Achei estranho que uma dama chamasse um serviçal por algo que não fosse o sobrenome, mas ninguém mais pareceu notar. — Diga aos serviçais para deixar a limpeza para amanhã...

— E podem tomar o último barril de vinho! — A voz do marquês ressoou atrás de nós. Só naquele momento, dentro da casa, eu via mais claramente a vermelhidão em suas bochechas. Ele estava bêbado. E percebi que, com um simples olhar da marquesa, o criado dele se aproximou, conduzindo-o para longe.

— Ingrid, diga aos serviçais que eles podem ficar com as sobras do que quiserem — disse ela para a governanta. — Eles foram tão esplêndidos. Irei agradecê-los pessoalmente mais tarde.

— Sim, madame. — Ingrid fez outra reverência antes de se retirar.

— Agradecerá aos serviçais *pessoalmente*?

A pergunta saiu antes mesmo que eu percebesse, mas só porque fiquei muito surpresa. A ideia de uma marquesa ou qualquer senhora da nobreza agradecendo os serviçais no ambiente deles parecia... fora do comum. Perdi as contas de quantas vezes levei sermões de minha governanta por conta de minhas idas aos salões dos serviçais ou minhas escapadas pela propriedade sem acompanhante.

A marquesa me olhou, um tanto triste.

— Você não acha adequado?

— Não, óbvio que não. Quero dizer, não, não acho que seja impróprio. Minha antiga governanta discordaria, mas ela era muito severa, embora não cruel. Fui muito bem cuidada. É só que... perdoe-me. De repente fiquei um pouco atrapalhada. — Ao que parecia, eu havia perdido o controle sobre a minha fala. Quem era eu para julgar uma dama em sua casa, ainda mais uma mulher famosa por ter a casa mais bem cuidada da região?

Pensei que ela poderia se chatear, mas a marquesa apenas deu uma risadinha enquanto subia as escadas comigo.

— Você não precisa ficar tão nervosa, querida, nem ser tão formal. Esta casa é a sua casa.

Certamente não era a minha casa. Era barulhenta demais para ser a minha casa.

Como se para provar que eu estava certa, ouvimos um som alto no segundo andar.

— *Ai!* — Primeiro veio a voz de Hathor, e depois um vulto de cabelo cacheado enquanto Abena corria escada abaixo em nossa direção.

Os olhos castanhos da garotinha se arregalaram de terror ao ver a mãe.

— Não foi culpa minha, mamãe! Hathor é esquisita e você sabe!

— Quem você está chamando de esquisita? — A cabeça de Hathor apareceu acima do corrimão, olhando para nós.

— Parece que as duas estão sempre querendo interromper a minha paz, então devo devolver o favor? — perguntou a marquesa calmamente.

— Boa noite, mamãe! — disseram Hathor e Abena em uníssono.

Enquanto Abena corria de volta escada acima, não consegui deixar de rir.

— Não dê atenção a elas. Isso é puro sofrimento. — A marquesa sorriu, balançando a cabeça enquanto seguíamos para o saguão.

— Sofrimento? Por quê?

— Pela perda da irmã — respondeu ela, abrindo a porta do meu quarto. — Eu não deveria dizer *perda*, mas casamento. Hathor e Abena amam muito Afrodite e sentirão muita falta dela. Já que não podem ficar tristes pelo casamento dela, estão apenas redirecionando seus pensamentos e energia.

— Imagino que isso seja natural para Abena, considerando a idade dela, mas Hathor? — Para mim era óbvio que ela estava com inveja da irmã. Foi o que eu achei que seria compreensível.

— Não deixe a língua afiada e o teatrinho de Hathor te enganarem. Ela tem o coração mole — respondeu a marquesa enquanto abria as cortinas, mais uma coisa que achei estranho uma dama fazer. — Agora, você. Este era o quarto de Afrodite. Os serviçais já trouxeram a maior parte de suas coisas. Se precisar de algo mais, diga e garantirei que será atendida.

— Senhora... madrinha — eu me corrigi ao ver a expressão dela. — Você já fez mais que o suficiente por mim.

— Mal comecei, querida — afirmou ela, franzindo a testa e me conduzindo ao banco diante da cama. — Verity... Eu pedi que você me chame de madrinha, não apenas por conta de seu irmão, mas porque tenho certeza de que é o que sua mãe ia querer.

Se fosse o caso de minha mãe ter vivido o suficiente para dizer tal coisa, era o que ela queria dizer. Mas, pelo que me disseram, minha mãe não viveu nem cinco minutos depois do meu nascimento. Pensar nisso fazia minha garganta doer, mas eu não queria demonstrar sofrimento diante da marquesa, então apenas assenti.

Ela tomou minhas mãos.

— Você não a conheceu, Verity, mas confie em mim quando digo que ela amava você intensamente. Ela queria que você fosse criada com amor e protegida a todo custo. Tomar conta de você e de seu irmão foi a única coisa que ela me pediu, e sinto que falhei com você...

— Não falhou — respondi. — Você me salvou de tanta coisa no passado. Sou grata. Estou bem agora, e é só o que importa. De verdade, não precisa se preocupar.

— Você está bem. Mas está feliz? — perguntou ela de repente, e eu hesitei, em parte atordoada e em parte preocupada com o que ela via em mim. Eu não queria que ela me visse como a mesma garotinha triste que ela resgatara havia tanto tempo.

Rapidamente, consertei minha expressão e dei um sorriso amplo.

— Claro! Meu irmão se casou! E com a mulher que sempre amou. Quem não estaria feliz com um evento tão abençoado?

A marquesa abriu a boca para responder, mas em um gesto a fechou e deu um sorriso gentil, pousando a mão na minha bochecha antes de assentir.

— Mal posso esperar para ver quem vai balançar seu coração.

Eu ri.

— Eu não pensaria muito nisso, marque... madrinha.

— Ó céus, ninguém me dá paz. Primeiro Afrodite, e agora você. — Ela suspirou profundamente. — Para que vocês acham que serve a apresentação à sociedade, senão para garantir um casamento vantajoso?

— Não está cansada, madrinha? Foram dois em um ano.

— Pelo contrário, renovei minhas energias para você e Hathor.

— Falo sério, não há necessidade! — Senti meu coração acelerar só de pensar no assunto.

— Há toda a necessidade do mundo, querida, *toda a necessidade*, e não ouvirei uma palavra que diga o contrário. Agora, vou deixá-la descansar. Dormir bem é a arma secreta de uma dama. Boa noite.

— Sim, madrinha. Boa noite.

Ela apertou minha mão com gentileza antes de se levantar e ir até a porta.

Caí de costas na cama, me espreguiçando e deitando de lado para acalmar meu pânico. O que ela planejava fazer?

Era verdade, garantir um bom casamento era o motivo por trás da apresentação à sociedade. Mas não era o meu objetivo. Eu tinha ido até ali apenas para ajudar meu irmão.

Além disso, com quem eu poderia me casar? Pensar em um daqueles pretenciosos e enfadonhos jovens lordes como meu marido me lembrou de meu pai da pior maneira possível.

Não. Eu não poderia viver dessa maneira outra vez.

Olhando para um baú do outro lado do quarto, me dei conta de que, de qualquer forma, ninguém ia me querer se soubessem a verdade. Me levantando da cama, fui até o baú e me ajoelhei diante dele para abrir a tampa. Tive que revirar o fundo até alcançar a caixinha de joias.

Bem quando eu ia abri-la, alguém bateu à porta.

— Milady?

Rapidamente, escondi a caixinha debaixo de minhas roupas, fechei a tampa do baú e me levantei.

— Sim, pode entrar.

Uma criada jovem, com o rosto cheio de sardas, cabelo ruivo e pele alva entrou com uma bacia d'água e toalha, fazendo uma reverência. Evander havia me dito para levar minha própria criada, mas recusei, pensando que ele estava sendo detalhista, como sempre. Agora, eu estava arrependida.

— Boa noite, milady. Vou ajudá-la enquanto estiver aqui — disse ela enquanto deixava a bacia na mesinha.

— Não é necessário. Posso me virar sozinha esta noite — respondi, indo até a cama.

— Tem certeza, milady? Posso ajudá-la com a camisola — disse ela, aproximando-se do baú.

— *Não!* — Falei alto demais, e ela se assustou um pouco antes de paralisar. Seu olhar era de pânico. Rapidamente, eu disse: — Quero dizer... está tudo bem, mesmo. Gosto de ser independente.

Ela apenas assentiu.

— E as velas, milady? A senhoria disse que devo trocá-las para que durem a noite toda.

Me esforcei para não morder meu lábio.

— Os Du Bell costumam manter velas acesas a noite inteira?

— Não, não nos quartos, milady.

— Então também não manterei. Obrigada. Você pode ir.

Ela assentiu mais uma vez e fez uma reverência antes de deixar o quarto. Só soltei o ar quando ela saiu de vez. Isso me fez rir com amargura, com dó de mim mesma.

Segurando a vela, voltei para o baú, peguei a caixinha de joias e meu diário e me dirigi até a mesa para escrever.

9 de maio de 1813

Evander, meu querido irmão,
Está agora com sua amada
Foi maravilhoso de ver
Mas esta emoção não foi feita para mim.
Há uma diferença entre nós dois.
Ele é uma criança de julho, e eu de dezembro.
Uma foi criada por nossa mãe e a outra criada por
*   nosso pai.*
A temporada começou na primavera, e eu estou para
*   sempre no inverno.*
Que coração aguentaria minha frieza?
Não me atrevo a pensar.

Deixando minha caneta de lado e fechando o diário, abri a caixinha, levei o frasco à boca e bebi antes de apagar todas as velas.

2

Verity

— Verity. — Verity!

Abri os olhos de uma vez e vi a marquesa me encarando, em pânico. Ela estava sentada ao meu lado na cama, ainda usando uma camisola branca e um robe violeta com as iniciais dela bordadas no peito, o cabelo dentro de uma touca de seda de cor similar.

— Você está bem? — perguntou, pondo a mão em minha testa. Eu não tinha certeza do que havia acontecido, mas torci para que não fosse o que estava pensando. Infelizmente, não adiantou, pois ela disse: — Você estava chorando enquanto dormia, querida. Teve um pesadelo?

Vergonha, frustração e raiva correram por mim enquanto eu me sentava na cama. Por quê? Por que aconteceu? Eu tinha tomado o tônico, um frasco inteiro, na esperança de não causar nenhuma perturbação. O que eu deveria fazer? Sorrir e fingir que não era nada? Não, ela saberia que algo estava errado.

— Verity? — ela tornou a me chamar, gentil. — Você...

— Perdoe-me, madrinha. Eu não quis acordá-la. Não faço ideia do que aconteceu. Não consigo me lembrar — respondi, torcendo as mãos. Não era uma completa mentira. Jamais conseguia me lembrar de meus sonhos, e nem queria me lembrar. Eu só queria passar a noite sem nenhum incidente.

— Deve ser o quarto novo — disse a marquesa com confiança enquanto olhava ao redor e a luz do sol começava a entrar pelas cortinas — Instruí as criadas a manterem o quarto bem iluminado para você, mas parece que não fizeram isso.

Eu não queria que ninguém fosse punido por minha causa.

— Culpa minha, madrinha, eu pedi que não acendessem as velas. Meu irmão diz que é perigoso mantê-las acesas a noite toda. Um verão desses, um arrendatário da nossa propriedade em Everely perdeu a casa e quase perdeu a esposa por conta de uma única vela. Dá para imaginar? — Forcei uma risada nervosa, e de novo os olhos castanhos dela focaram em mim. Eu me senti encolher sob o peso daquele olhar. — Obrigada pela preocupação, mas estou muito bem. Perdoe-me por assustá-la.

— Sou mãe de seis filhos, então nada além da volta de Cristo me assustaria, querida. Estou satisfeita por você estar bem — disse ela enquanto se levantava. — O café da manhã será servido aqui mesmo em seus aposentos, quero dar a todos tempo suficiente para se recuperarem das festividades de ontem antes de irmos ao concerto privado na casa dos Rowleys esta noite.

— Obrigada. Eu estarei pronta. — Assenti para ela.

— Pedirei que Bernice a ajude.

Ela não me deu tempo para recusar, pois já estava na porta.

Esperei até que a marquesa tivesse se retirado antes de me jogar sobre a cama, cobrindo meu rosto com o lençol. Quanta frustração e vergonha! Minha primeira noite ali e eu já era motivo de preocupação para a marquesa!

Por favor, por favor, por tudo o que é sagrado... rezei para que ela não suspeitasse de nada. A última coisa que eu queria era que meus problemas se tornassem um segredo conhecido na casa, como acontecera em Everely. Quanto mais eu pensava no assunto, mais eu gemia e revirava na cama.

— Pelos céus, o que você está fazendo?

De imediato, me sentei e tirei o lençol da minha cabeça. Hathor estava à porta, ainda de camisola e com um xale cor de lavanda envolvendo os ombros, me encarando.

— Nada — respondi calmamente enquanto largava o lençol. — Posso saber por que você entrou no meu quarto sem se anunciar?

— Tecnicamente, o quarto é meu — afirmou ela enquanto ia até a penteadeira de mogno, cujos puxadores eram feitos de folhas douradas para combinar com a moldura de três espelhos dourados que permitiam uma visão de todos os ângulos. Por um instante, o terror tomou conta de mim quando me lembrei do diário e da caixinha. Mas, por sorte, eu os havia colocado nas profundezas do baú.

— Pensei que o quarto fosse de Afrodite — falei enquanto calçava meus chinelos e olhava para a porta pela qual ela entrara.

— Era. Quando ela era apenas minha irmã, mas agora ela é a *duquesa de Everely* e tem muitos outros grandes aposentos para chamar de seus, portanto, pode me conceder este. Então eu ficaria muito agradecida se você não arruinasse a roupa de cama.

Com cuidado, semicerrei os olhos, pois não sabia se ela tinha a intenção de provocar um conflito logo pela manhã. Mas não teria me surpreendido. Eu conhecia poucas jovens nobres, mas era óbvio que elas não gostavam de mim. Não de verdade. Todos me diziam que era inveja, mesmo assim era cansativo lidar com as cordialidades e o aparente veneno delas.

— Você é bem lerda — disse ela, franzindo a testa.

Bufei, irritada.

— Como é que é?

— Suas respostas. Deixam muito a desejar — respondeu Hathor enquanto se virava para olhar no espelho da penteadeira, inspecionando os cremes no balcão. — Nós, Du Bells, somos uma família sagaz. Você precisa ter uma resposta bem esperta para todo desrespeito que perceber, ou as coisas ficarão desconfortáveis.

— Sagaz ou estranha? — falei sem pensar e imediatamente cogitei me desculpar quando a ouvi rir.

— As duas coisas — respondeu ela, cheirando um dos meus cremes. — Não se preocupe. Você vai se acostumar.

Eu costumava ser sagaz, pelo menos com as pessoas próximas a mim, ou seja, principalmente com Evander.

— Também terei que me acostumar com você entrando nos meus aposentos logo de manhã?

— Só se eu passar a gostar de você. Ainda não me decidi.

— Então o que está fazendo aqui?

— Essa resposta passou longe de ser sagaz o suficiente. Você vai precisar trabalhar nisso — disse ela, pegando outro frasco.

Bufei outra vez. Quem ela pensava que eu era?

— Não sabia que era meu dever manter você entretida.

— Bem melhor. — Ela sorriu e olhou para mim por sobre o ombro. — E sim, é dever de nós duas manter uma a outra entretidas.

— Por quê?

— Você se esqueceu de seu propósito em vir para Londres?

De novo o mesmo assunto? A marquesa a mandara até ali?

Hathor suspirou dramaticamente quando não respondi.

— A temporada, Verity. Temos que encontrar bons maridos. Ainda faltam muitas semanas, o que significa que vamos passar muito tempo juntas e, como tal, achei que seria correto estabelecermos uma base esta manhã. Uma boa conversa proporciona uma boa base.

— Você veio até aqui, aos meus aposentos, com o nascer do sol, para tramarmos como agarrar um marido?

Hathor franziu a testa, a cabeça inclinando para o lado.

— O que mais sobra para jovens tramarem?

— Não sei, mas espero que nossa vida, ou, pelo menos, nossas manhãs, não sejam centradas nisso.

— Do que mais devemos falar? De ovos e linguiças?

Soltei uma risada. No entanto, vendo a expressão dela murchar, tentei me controlar.

— Está bem. Perdoe-me por rir. É que eu raramente falo de maridos ou coisas assim. — Em poucas horas naquela casa, o assunto se repetira duas vezes.

— Claro que não. Sua mãe não está aqui para pressionar você. — Hathor falou sem pensar, e eu vi os olhos dela se arregalarem. Mas, de verdade, não fiquei incomodada, pois era óbvio que ela dissera sem malícia. — Eu...

— Esse é o perigo de ser sagaz — interrompi antes que ela se desculpasse. — Há uma tendência a falar sem pensar.

— Peço desculpas. Fui indelicada — respondeu ela. Pela primeira vez, ela se encolheu.

Me levantando, fui até o banco aos pés da cama, perto dela.

— Você está desculpada. Agora, o que você quer tramar?

De imediato, Hathor sorriu, e eu pude ver que gostaria dela, já que ela expressava tão abertamente seus sentimentos para que todos vissem.

— Já falei com minha mãe! Iremos a todos os eventos da temporada, e encantaremos os dois últimos duques que sobraram na cidade.

Isso era simples demais para ser chamado de trama.

— Como faremos isso?

— Com nossos charmes femininos.

Ela não podia estar falando sério.

— Não é isso o que todas as jovens fazem? Que charmes temos que elas não têm?

— Família respeitável, título, intelecto e beleza. Nós duas decerto atrairemos atenção, e muitos se aproximarão para nos parabenizar e perguntar sobre a união de nossos irmãos. Se agirmos direito, espero nada menos que duas semanas de atenção constante de todos. Junto aos esforços de minha mãe, isso nos destacará entre todas.

— Você não acha tudo isso um tanto ingênuo?

— Nem um pouquinho.

Que confiança... de onde toda a família tirava aquilo? Sentindo a necessidade de provocá-la, perguntei:

— Você não está preocupada que minha beleza ofusque a sua?

— Você não tem metade da beleza da Afrodite. Se eu a aguento, você não me preocupa. Mas, por sorte, você ainda está acima da média e, portanto, também não me atrapalhará.

Ela estava me insultando? Senti que eu precisava segurar uma espada em uma das mãos e um escudo na outra para resistir a uma conversa com ela. Mas era muito mais envolvente conversar com ela do que com as outras damas que eu conhecera. Pelo menos ela era sincera quanto aos seus pensamentos e sentimentos.

— Hathor, por mais que essa conversa seja muito interessante, devo ser sincera e informá-la que não tenho vontade de me casar com ninguém, muito menos com um duque. Vim até Londres pelo bem do meu irmão, e agora...

— E agora o quê? Você passará seus dias definhando em vestidos bonitos na casa de terceiros? — perguntou ela, de sobrancelhas erguidas. — O que você deseja então?

Eu não sabia.

— Decerto damas como nós podemos aspirar outras coisas.

— Que *outras coisas*? A vida do seu irmão está resolvida, Verity. Agora você deve cuidar da sua. E não há prioridade mais urgente do que garantir um marido. Afrodite, de certa forma, é agora a governante de Everely, e por mais que seja para sempre seu lar, não é o seu lugar. Quando você voltar, duvido que estará como deixou. E é por isso que você deve construir seu próprio lar. — Ela olhou para mim, perplexa. — Você não pensou mesmo na trajetória da sua vida?

— Pensei! — Eu queria me defender. Estava muito despreparada para isso, mas não deixaria de tentar. — Você sabe de verdade o que é um casamento?

Hathor franziu a testa, sem entender.

— A união entre duas pessoas...

— Não. É um contrato entre um homem e sua propriedade. Nós somos a propriedade. E eu não quero me casar com algum nobre interessado em mim por conta do meu dote e das conexões da minha família.

— Muito bem, então se case com um nobre por amor. — Ela disse como se fosse a coisa mais simples do mundo.

Eu a encarei, um tanto irritada.

— Você pode não saber disso, considerando o abundante sucesso da sua família na questão, mas casamentos por amor são raros para damas como nós, Hathor. Como poderia ser diferente? Somos apresentadas à sociedade, e então durante o período de poucas apresentações, bailes e caminhadas devemos confiar que seremos amadas? Homens nobres dirão o que for preciso para garantir o que desejam.

— E como é que você sabe disso? Quantos homens você conheceu para ser tão entendida do assunto?

Minhas mãos ficaram tensas. Talvez eu não conhecesse tantos homens, mas tinha visto muito do comportamento deles em meu pai.

— Eu só quis dizer que o casamento pode ser perigoso para as mulheres e você não deve pensar que é um conto de fadas.

— Você vê os homens como vilões. — Hathor franziu a testa enquanto me olhava. — Mas você também me vê de maneira bastante desagradável.

Esse podia ser o motivo de outras damas não gostarem de mim, então adicionei rapidamente:

— Eu não quis ofendê-la...

— Você não me ofendeu — disse ela calmamente, o que era bem confuso vindo dela. — Não acho que você está de todo errada, Verity. Sei de mulheres que sofreram de alguma forma. No entanto, minha mãe sempre disse que um *bom* casamento é a maior de todas as bênçãos. E eu acredito nela, pois ela tem me provado isso com o próprio exemplo.

— De novo, não duvido. Mas como se chega a isso?

— Como todas as coisas, só posso supor que é com esforço — disse ela. — Se a ideia de casamento não a inspira a dedicar tal esforço, então talvez você, como Afrodite, só possa ser convencida por um único homem.

— Quem?

— Como é que eu vou saber? Você só terá essa resposta se aceitar as apresentações, os bailes e as caminhadas. — Hathor sorriu, se levantando e juntando as mãos. — Agora, nossa base foi estabelecida. Você e eu iremos a todo evento possível da temporada para encontrar nossos maridos.

Por que eu sentia que havia andado em círculos?

— Que diferença há do início da nossa conversa? — perguntei.

— É muito diferente, porque temos uma direção melhor a seguir. Você parece não se importar com títulos ou posição, então pode olhar para qualquer um que a faça *perder o ar*, como diz minha mãe. Farei o mesmo, mas com um duque. Nossa primeira oportunidade é esta noite, no concerto. — Não fazia um pingo de sentido, mas Hathor estava claramente orgulhosa daquela trama não tramada.

Tudo o que pude fazer foi assentir.

Toc. Toc.

— Entre — disse Hathor antes de mim.

O mesmo rosto cheio de sardas da criada da noite anterior apareceu. Ela segurava uma bacia de água quente e tinha uma toalha sobre o ombro enquanto outra criada vinha logo atrás, trazendo o café da manhã.

— Bom dia, miladies. — Bernice e a outra criada fizeram uma reverência diante de nós.

— Bom dia, Bernice — disse Hathor antes de forcar em mim. — Preciso ir. Preciso experimentar alguns vestidos para hoje à noite. Por favor, arrume-se, pois não quero me atrasar por sua causa.

Com isso, ela se retirou, com tanta calma quanto chegara, deixando-me um tanto atordoada.

— Ela é sempre assim? — perguntei à criada enquanto ela colocava a bacia na penteadeira.

— Assim como?

A reação da criada já dizia muito.

— Lady Hathor, ela é bastante... implacável.

— Sim, milady, ela é — disse ela com um sorriso agradável.

Eu me achava muito boa em ler pessoas, e havia achado Hathor bastante mimada, invejosa e tola, como a maioria das jovens. Eu costumava achar que ela não tinha muita profundidade. No entanto, depois dessa conversa, percebi que ela era muito mais... substancial do que eu pensara.

— Milady? — Bernice chamou mais uma vez.

Olhando para ela, assenti, indo me sentar à penteadeira. Desejei fazer mais perguntas não apenas sobre Hathor, mas sobre todos na família. Eu queria saber como eles eram de verdade antes que eu os encarasse para os eventos do dia. Mas eu me lembrei do que minha governanta me ensinara: criados servem, não aconselham. Então apenas estendi a mão para a toalha que ela me oferecia e fiquei em silêncio.

Me aprontar levou bem mais tempo do que eu esperara, graças à minha conversa com Hathor. Claro que Evander mencionara o assunto "casamento" uma ou duas vezes no passado, mas era fácil desviar do assunto com ele. Uma simples menção ao seu grande amor ou um comentário sagaz e a atenção dele era desviada. Isso me deixava livre para seguir com o meu dia, que consistia principalmente em cuidar dele e de sua filha, Emeline, ou escrever cartas para meu meio-irmão mais novo, Gabrien. No entanto, como Hathor dissera, as questões do meu irmão eram agora dever de Afrodite. E eu não podia passar o resto da minha vida apenas escrevendo cartas para Gabrien, que cedo ou tarde voltaria para casa nem que fosse para implorar que eu parasse.

Então eu não tinha mais nada a fazer além de me casar. Mas observando Bernice trazer vestidos para que eu escolhesse um, preocupada que ela visse minha caixinha ou meu diário, eu não conseguia imaginar aquele tipo de vida. Todo esforço nesse sentido espalhava arrepios por meus braços e ombros. Claramente, aquele não era um caminho para mim. Eu duvidava que algum homem me faria mudar de ideia ao simplesmente me fazer perder o ar.

E qual era, de fato, o sentido daquilo? Que só de ver *meu amor verdadeiro* eu me esqueceria de respirar? Dificilmente uma coisa dessas seria um conto de fadas. Pensei em todos os homens que eu conhecia e que não eram meus parentes, claro, e nenhum deles havia provocado qualquer sensação em mim...

Você está me atrapalhando, milady.

Me engasguei com o chá e tossi.

— A senhorita está bem, milady? — perguntou Bernice, voltando-se para mim.

— Sim, estou bem, e este vestido está bom — murmurei, apontando aleatoriamente. Por que eu havia pensado aquilo? "*Você está me atrapalhando, milady.*" Era o que aquele médico... Dr. Darrington, havia me dito antes de fechar a porta rudemente na minha cara, dentro de minha própria casa, enquanto tratava o ferimento de meu irmão. Franzi os lábios ao pensar nele.

Precisei me corrigir: a maioria dos homens não me provocava emoção alguma ... exceto ele. A maioria dos cavalheiros, na minha presença, era pelo menos cordial, apesar de suas verdadeiras intenções. Uma pena eu não tê-lo visto outra vez, ou teria comentado sobre seu mau comportamento.

— Podemos começar a arrumar seu cabelo, milady? — perguntou Bernice.

— Sim, por favor. — Assenti, tirando o médico da minha cabeça. Eu tinha coisas mais urgentes com as quais me preocupar, como, por exemplo, se ia sobreviver a essa exposição na sociedade.

Eu rejeitaria qualquer iniciativa, não importando de quem viesse.

3

Verity

— Esperemos que a pobrezinha tenha se recuperado — disse Hathor, olhando pela janela enquanto nossa carruagem se aproximava da casa de tijolos cobertos por videiras perto da fronteira da cidade.

— Que pobrezinha? — questionou Damon, sentado diante dela. Ao lado dele, como sempre, estava sua esposa, Silva, os dois usando os tons complementares de borgonha e amarelo. Silva tinha demonstrado preocupação com a cor ser muito intensa para ela e com atrair atenção demais, principalmente com os diamantes em seu pescoço. Mas a marquesa insistira que ela se vestisse assim. Todos tínhamos que estar vestidos como se fôssemos ao palácio.

— Lady Clementina Rowley — respondeu Hathor, voltando a atenção para nós. — A apresentação dela à rainha foi um fiasco e todos comentaram o assunto.

Minha apresentação tinha sido logo após a dela, então eu estava aguardando atrás da porta e ouvi a rainha questionar se a jovem tinha sido esticada, por causa de seu longo pescoço e altura considerável. Também vi como as outras duas jovens atrás de mim seguraram o riso. Na época, eu estava preocupada demais com meu próprio problema, minha madrasta, que havia me forçado a estar ali, constrangendo-me, para pensar em lady Clementina.

— Faz semanas — disse Silva, franzindo a testa. — Decerto a conversa da sociedade mudou.

— Claro que a conversa mudou, porque ela sumiu da sociedade desde então. Ela nem foi ao nosso baile — lembrou-se Hathor.

— Tenho certeza de que vi Vossa Graça, a duquesa de Imbert, no seu baile — falei, me lembrando da mulher baixa e muito orgulhosa usando uma tiara de safiras e um vestido no mesmo tom, com vários laços no corpete, a quem a marquesa me apresentou naquela noite. — E ela estava com a filha.

— Ela estava acompanhada de apenas uma filha, Domenica. Ela se casou com o conde de Casterbridge faz alguns anos — respondeu Hathor, ajustando o vestido enquanto se virava para olhar para mim. — Clementina não foi. Durante toda esta temporada, eu só a vi duas vezes: uma vez no palácio e alguns dias depois no parque, onde ela ainda era o alvo da zombaria. Ela foi embora chorando e, desde então, nem sinal dela.

— Estranho você estar tão preocupada com os problemas de outra pessoa — respondeu Damon, e mesmo na pouca luz, vi quando ele ergueu as sobrancelhas. — Se você está motivada a perguntar, deve temer por si mesma de alguma forma. Desembucha.

Hathor revirou os olhos.

— Você acha que eu sou tão egoísta assim?

— Sim! — Damon e eu respondemos em uníssono, fazendo-a bufar. Embora eu estivesse brincando, Damon olhou para mim e assentiu, aprovando.

— Silva?

Hathor olhou para a mulher loira diante de mim, buscando uma aliada. Silva apenas sorriu, sem responder, para o divertimento de seu marido.

— Muito bem, já que vocês têm tão pouca fé em mim, devo ser a vilã que vocês desejam e dizer que estou preocupada porque não quero que a ausência dela receba toda a atenção desta noite.

— Enfim a verdade. — Damon deu um sorrisinho enquanto balançava a cabeça para ela. — Irmã, te digo com toda sinceridade: sua mente me impressiona.

Rápida e toda infantil, Hathor fez uma careta para ele, o que me fez pensar em Abena, antes de se voltar para a janela enquanto chegávamos à construção coberta de lavanda. Havia outras várias carruagens já estacionadas e sendo atendidas. A que estava diante de nós levava o marquês e a marquesa. Observei Hathor e Silva reajustando suas luvas, joias e vestidos antes que as portas se abrissem para sairmos.

Damon desceu primeiro, colocando o chapéu antes de estender a mão para ajudar Silva a descer, e então Hathor, e por fim eu. Do lado de fora, parecia mais um baile do que apenas um concerto, com cercas vivas elaboradamente esculpidas, cocheiros finamente vestidos marchando como guardas reais, centenas de velas e um grande número de criados.

— Devo muito à sua mãe por ter insistido que eu me vestisse de maneira tão elegante — sussurrou Silva ao marido enquanto observávamos o esplendor. Até Damon parecia um pouco impressionado, e ainda precisávamos entrar, pois havia uma fila.

— É o que se espera de uma duquesa — disse Hathor para nós de cabeça erguida, como se ela fosse uma. — Se Afrodite estivesse aqui, teria visto toda esta concorrência.

— A duquesa de Imbert é velha demais para ser concorrente de minha filha — disse a marquesa, se aproximando de nós. Estava usando seda cor de vinho e o marido usava um preto simples. — E você deveria estar menos preocupada com as rivais de sua irmã e mais focadas nas suas. Como você pode ver, há muitas grandes damas aqui esta noite.

— Elas não me preocupam, mamãe, pois sei muito bem do potencial delas. — Hathor sorriu, adicionando: — *Se você conhece o inimigo e se conhece, não precisa temer o resultado de uma centena de batalhas.*

— Sun Tzu? — O pai dela sorriu, assentindo. — Muito bem, minha garota. Eu não sabia que você havia começado com as filosofias orientais.

— Vocês precisam parar de me subestimar. — Ela sorriu, orgulhosa.

— Ela mal leu os gregos, que dirá o Extremo Oriente. Foi Afrodite quem disse isso para ela uma vez — disse Damon, fazendo Hathor se virar para encará-lo.

E pronto, lá estavam eles envolvidos em um conflito familiar mais uma vez. Eles entravam em conversas com tamanha facilidade e intimidade que, mesmo junto deles, me sentia como se fosse nada mais que um personagem secundário observando-os viverem suas vidas. Eu nunca tivera uma manhã como a daquele dia — o riso, a provocação e o diálogo aberto. Até o marquês estava sempre envolvido, apenas fingindo estar muito ocupado com seu jornal.

Eu não conseguia acompanhá-los, e me sentia afastada deles mesmo naquele momento. A sensação ficou ainda mais forte enquanto entrávamos na casa. Ao nosso redor, eu ouvia as pessoas dizendo:

— Lorde Monthermer. Lady Monthermer.

— Marquês. Marquesa.

— Boa noite, Damon. Milady.

— Oi, Hathor!

Um verdadeiro coro de cumprimentos de todos que os viam. Todos agiam com graça e júbilo ao ver os Du Bells, enquanto eu recebia gestos de cabeça educados e sorrisos cerimoniosos. Eu não era desconhecida nem estava deslocada. Aquela era a minha sociedade. Eu apenas estava distanciada dela, pois não tivera a oportunidade de me misturar a eles durante minha vida. Criar essas oportunidades era a tarefa de uma mãe. Isso nunca havia me chateado porque eu nunca estivera tão perto deles antes. E, quando estava, havia a presença de meu irmão por perto. Ele era o meu escudo. Sem ele ali para me distrair, de imediato eu quis ir embora. Olhei para a entrada, vendo que ela ficava cada vez mais distante, e mais pessoas chegavam.

Mas a noite apenas começara. Como se pudesse ouvir meus pensamentos, Hathor enganchou o braço no meu.

— Mamãe, nós vamos cumprimentar as outras jovens — disse ela para a mãe, que assentiu, mas lhe deu um olhar de aviso.

— Mantenha o ar em seus pulmões para não desmaiar, minha querida.

Damon sorriu, mas eu não sabia o motivo.

— Claro. — Hathor sorriu para ela e me puxou para longe enquanto o sorriso diminuía. — Viu alguém de quem gostou?

— Gostei? — perguntei enquanto vagávamos pelo salão. — Hathor, acabamos de chegar.

— Havia pelo menos uma dúzia de cavalheiros elegíveis entre onde estamos agora e a entrada. Você não reparou?

— Nem um pouquinho.

Ela suspirou pesadamente.

— Esforço, lembra?

— Estou olhando tão intensamente quanto posso e o ar permanece nos meus pulmões — brinquei.

— Hathor! Verity!

Nos viramos para ver três jovens usando vermelho, branco e um suave roxo-azulado, todas de cabelo castanho-claro e olhos verdes. Elas haviam chamado meu nome, sem título, como se fôssemos amigas próximas. No entanto, eu não me lembrava delas.

— Ah, não, não as irmãs jardim — murmurou Hathor.

— Irmãs jardim? — perguntei enquanto caminhávamos em direção a elas.

— Elas não são irmãs de verdade, são primas. Mas a questão não é essa. A questão é que elas vão nos prender na mais chata das conversas a noite toda, então vamos apenas dizer oi e nos afastar rapidinho — instruiu ela, colocando um sorriso enorme no rosto enquanto as alcançávamos. — Rosa, Jasmim, Violeta, boa noite. Como estão?

Rosa, Jasmim, Violeta. Tentei não rir ao compreender a razão do apelido coletivo.

— Tão impecáveis quanto possível. Parabéns para as famílias de vocês. O casamento foi esplêndido. Minha mãe só falou dele a manhã inteira — disse a que estava vestida de vermelho, que eu supus ser Rosa.

— E a minha — disse a garota que supus ser Violeta. Eu não tinha como saber de verdade, pois elas não haviam se apresentado, o que me fez me perguntar se eu tinha sido apresentada a elas anteriormente e me esquecera.

— Elas pensaram que vocês não viriam esta noite, pois teriam que se recuperar das festividades. Mas eu garanti a elas que de jeito nenhum Hathor Du Bell perderia a chance de agarrar outro duque nesta temporada. — Jasmim deu uma risadinha, e eu olhei para Hathor, esperando sua furiosa resposta. No entanto, para a minha decepção, ela apenas assentiu.

— Que bom que você me conhece tão bem, Jasmim. Agradeço os parabéns. Agora, se nos derem licença...

— Hathor, mal cumprimentamos Verity — interrompeu Rosa, voltando-se para mim. — Sinto que ouvi falar de você minha vida inteira, mas mal trocamos duas palavras. Sou Rosa Perrin, filha de sir Grisham. Estas são minhas primas, Jasmim e Violeta.

Eu estava certa. Os vestidos combinavam com seus nomes, e me perguntei se elas faziam isso com frequência e, se fosse o caso, com que propósito?

— Olá — falei para elas, como se não conhecesse sir Grisham. — É um prazer conhecê-las...

— Ah, lá está ela! — Rosa deu um gritinho, apertando os braços das primas.

Quando me virei para olhar, ninguém menos que lady Clementina Rowley descia a escada logo atrás de seus pais. O vestido cor-de-rosa intenso dela não era nada em comparação às lindas voltas e mais voltas de colares de pérolas ao redor de sua pele marrom. Eu nunca vira tamanha elegância em ninguém, fora a rainha e minha madrasta.

— Pelos céus, ela parece um lustre com pernas — sussurrou Violeta, contendo a risada.

— Sério, como é que ela consegue ser tão alta? — murmurou Rosa.

— Com alongamentos — respondeu Jasmim, e elas começaram a rir.

— A duquesa não economiza mesmo, não é? Vir à casa dela é sempre uma honra, embora eu questione a quem ela oferece os convites. Pensei que o concerto era apenas para a nobreza — disse Hathor, lembrando-me muito a mãe dela antes de gentilmente olhar na direção das outras. — Aproveitem. Tenho certeza de que convites assim *dificilmente* chegam para vocês. E amei seus vestidos. São bem parecidos com os que vocês usaram no nosso baile.

Essa era a resposta que eu estava esperando. Orgulhosa de si mais uma vez, Hathor pegou meu braço e me afastou das irmãs jardim até outro grupo de damas. Eu sabia que as conhecia, pois tínhamos sido apresentadas diante da rainha naquele ano. No entanto, mesmo as damas da nossa posição também zombaram de Clementina enquanto ela andava devagar atrás dos pais, mais alta que os dois, para cumprimentar os convidados. E mesmo quando Hathor redirecionava a conversa ao tópico dos cavalheiros, elas cedo ou tarde voltavam o assunto para Clementina.

Fiquei entediada com a fofoca. Tanto que, se eu pudesse, teria ido dormir.

— Boa noite — disse lady Clementina suavemente quando enfim se livrou das garras dos pais e se aproximou do nosso grupo.

— Clementina, como você está bonita. Sua pele está brilhando.

— Seu vestido é maravilhoso.

— É tão anor...

— Adorável — interrompeu Hathor.

Não fiquei chocada pelas palavras e ações delas, e nem Clementina, que apenas sorriu. No entanto, antes que ela pudesse falar, o pianista foi até o instrumento, e mais que algumas poucas velas foram apagadas enquanto uma série delas era acesa ao redor do pianoforte, atraindo a atenção de todos.

Hathor e eu estávamos prestes a voltar para perto da família dela quando, de repente, a mão longa e magra de Clementina se enfiou no espaço entre nós e segurou o braço de Hathor. Ela quase deixou o corpo de susto, olhando para a amiga, que respirava com dificuldade. Sem a luz das velas, estava óbvio que ela não estava brilhando e sim suando, os fios de seu cabelo castanho grudados na pele.

— Eu... não quero... causar uma cena, mas... preciso voltar aos meus aposentos. — Clementina tinha dificuldade para falar. Ela não estava mesmo bem.

Hathor segurou a mão dela e a entregou para mim.

— Verity a conduzirá, e caso alguém perceba, eu o distrairei.

— Eu? — Olhei para Hathor, arregalando os olhos.

— Ninguém vai notar sua ausência...

— Shh — disse a dama diante de nós, fazendo Hathor assentir pedindo desculpas antes de me encarar de olhos arregalados.

— *Vá* — disse ela baixinho.

Franzindo a testa, peguei o braço de Clementina e me virei para navegar pela multidão diante de nós. No entanto, ela arrastava os pés ao andar e quase caiu sobre mim enquanto passávamos por uma mesa, o peso me fazendo derrubar uma cadeira. Geralmente isso não seria percebido, pois as festas costumam ser barulhentas, mas uma única cadeira foi tão estrondosa quanto um canhão no silêncio.

— Ah! — Um arfar alto ecoou pelo salão, seguido por uma comoção ainda maior. Não vi o que o causou quando me virei, mas sabia que tinha sido Hathor.

— Venha comigo — sussurrei para Clementina, esforçando-me para puxá-la. No entanto, ela não se mexeu, o corpo afundando e me levando consigo quando, de repente, senti mãos nas minhas costas, me segurando.

— Fique calma — disse uma voz profunda diretamente atrás de mim. — A criada ajudará.

Não entendi o que ele quis dizer até perceber que Clementina não estava mais tão pesada; agora, havia apoio do outro lado do corpo dela.

— Siga em frente — ordenou o homem, e assim eu segui. Não que eu tivesse muita escolha, graças a Hathor.

Chegamos ao corredor sem mais incidentes, e ali vi dois lacaios e uma criada esperando; eles logo tiraram Clementina de mim.

— Levem-na aos aposentos e notifiquem a senhora da casa imediatamente sobre minha presença. Precisarei de uma bacia de água fresca e toalhas.

Com Clementina sob os cuidados deles, enfim me virei, e fiquei tão surpresa por ver quem estava diante de mim que o encarei em um silêncio atordoado. Era o dr. Darrington, usando uma casaca preta simples e gravata branca, sua pele de um marrom profundo e quente, olhos castanhos e cabelo cacheado curto. Ele era mais alto que eu, minha cabeça batia na altura de seus ombros.

— Lady Verity — ele me cumprimentou antes de seguir Clementina e os criados escada acima.

Só percebi que estava prendendo a respiração quando ele se afastou de mim.

Por que eu não conseguira falar?

Fiquei ali atordoada com tudo o que acontecera, sem saber o que fazer em seguida, quando a duquesa saiu do salão de baile, bufando irritada.

— Juro, aquela garota! É como se ela escolhesse os momentos mais inoportunos para ser um estorvo! Eu... lady Verity? — Ela deu um passo para trás, surpresa ao me ver.

Fiz uma mesura diante dela.

— Vossa Graça.

De imediato, a expressão dela ficou educada.

— O que você está fazendo aqui, querida?

— Lady Verity ajudou a senhorita a sair do salão — sussurrou alto a criada ao lado dela. Por um segundo, e apenas porque eu estivera observando o rosto da duquesa, vi os olhos dela se arregalarem em pânico antes de relaxarem.

— Que gentileza a sua, mas Clementina está exagerando por conta de um simples resfriado. A senhorita não precisa se preocupar com ela. Por sorte, sir Grisham está cuidando dela...

— É outro médico — tornou a sussurrar a criada, fazendo a duquesa se voltar para ela.

— Outro médico! Quem?

— Dr. Darrington — respondi, enfim conseguindo pronunciar o nome dele. — Acredito que o nome é dr. Theodore Darrington, Vossa Graça. Não há necessidade de se preocupar. Ele cuidou de meu irmão e... e do conde de Montagu. Ele é bem preparado, fiquei sabendo, assim como discreto. Tenho certeza de que ela já está se sentindo bem melhor.

Eu não tinha certeza se o dr. Darrington havia cuidado de Damon, mas não podia simplesmente dar meu irmão como única referência para a duquesa, em especial sem a presença dele. No mínimo, Damon poderia relatar que o médico estivera em nossa casa.

— Ah. — A duquesa se acalmou um pouco. — Bom, você deve retornar. Não quero que Deanna fique se perguntando aonde você está.

— Sim, Vossa Graça. — Fiz outra mesura antes de me retirar.

Enquanto eu entrava no salão, ouvindo as mãos do pianista deslizando sobre as teclas, me vi tocando onde as mãos dele tinham me tocado.

Por que o toque dele era tão cálido, a ponto de seu calor permanecer em meu corpo?

Que estranho.

4

Verity

Olhei com expectativa para a entrada do salão, além do concerto, esperando para ver se ele, a duquesa ou Clementina iam voltar. No entanto, quando o pianista encerrou a última música com uma rodada de aplausos, nenhum deles havia reaparecido. E ninguém parecia ter reparado.

A noite continuou como se tudo estivesse bem.

— Me diga agora se você enlouqueceu para que eu possa garantir que eu não enlouqueça — disse a marquesa para Hathor enquanto observávamos alguns casais entrarem na pista de dança assim que a banda que nos entreteria pelo restante da noite começou a tocar. Hathor preferiria muito mais estar presa na pista de dança do que ao lado da mãe, recebendo um sermão. — Você precisa mesmo desmaiar em todo evento?

— Que exagero, mamãe. Tivemos um evento gigantesco na noite passada, e minhas pernas nem sequer bambearam como as do meu pai depois de todo aquele vinho. — Hathor deu uma risadinha, fazendo o pai dela quase tossir na taça de vinho que segurava. De imediato, a ira da marquesa voltou-se para ele, mas antes que ela dissesse algo, outra mulher chamou sua atenção.

— Você jogou a mim e a seu próprio pai ao lobo? — sussurrou a marquesa para Hathor.

Ela sorriu, assentindo.

— Devo viver para lutar mais um dia.

— Goldsmith ficaria desesperado com o jeito deturpado que você está usando as palavras dele — zombou Damon.

— De todos os romancistas dos quais você poderia se lembrar, claro que seria Goldsmith — respondeu o pai dele. — E vocês dois deveriam saber que o verdadeiro dono da frase é ninguém menos que sir John Mennes em 1641...

— Está se divertindo? — perguntou-me Silva com gentileza, enquanto o marquês seguia com a lição. Como não respondi, ela se inclinou para mim, sussurrando: — Toda essa intimidade entre eles pode ser um pouco opressiva, não é?

— Você não é parte deles agora? — perguntei.

— De certa forma, mas eu estaria mentindo se dissesse que não me sinto desconcertada com esse comportamento deles. Às vezes, é como se uma grande peça estivesse se desenrolando diante dos meus olhos, e eu só posso observar — respondeu ela, permitindo que eu entrasse em uma conversa da qual de fato podia participar. — Perdoe-os, eles não percebem que é um tanto arrogante.

Fiquei feliz por não ser a única a me sentir assim. Olhei ao redor para a decoração, desejando encontrar algo para mudar de assunto, quando vi as portas se abrirem e o dr. Darrington entrar. O rosto dele, no entanto, estava sombrio, o maxilar retesado e os ombros para trás. Eu só havia falado com ele uma vez antes, graças ao meu irmão, e ele tinha sido bastante abrupto e rude comigo. No entanto, ele jamais tivera essa expressão.

— Verity? — chamou Silva.

— Humm? — Desviei meu olhar dele para ela.

Ela sorriu e ergueu a sobrancelha.

— Que cavalheiro atraiu sua atenção?

— Nenhum! — Arfei quase alto demais, o que a deixou com ainda mais suspeitas. — De verdade, nenhum. Não tenho plano algum de me envolver nessa...

Perdi as palavras vendo que ele se aproximava de nós na companhia de dois homens, um mais velho e outro mais ou menos da idade dele.

— Marquês, que bom que o encontrei! — disse o homem mais velho com tufos de cabelo de aparência feroz crescendo em cada lado do rosto, apesar de estar ficando careca no centro da cabeça. O comportamento de Hathor, Damon e do marquês mudou quando eles se aproximaram de nós.

— Lorde Fancot. — O marquês assentiu para ele, e, mais uma vez, vi que o dr. Darrington olhava para mim. Porém, quando nossos olhares se encontraram, ele o desviou, focando outra vez em lorde Monthermer.

— Você se lembra do meu filho, Henry. — Lorde Fancot deu um passo para o lado para apresentar o filho, que era alto e forte, com cabelos pretos cacheados e cheios, pele negra retinta, e um sorriso iluminado e charmoso. Lorde Fancot olhou para Hathor enquanto falava de seu filho.

— Sim, é claro. Seu pai já comentou comigo sobre os vários empreendimentos que fez nas Américas no último ano — respondeu o marquês, apertando a mão do jovem antes de olhar para o próprio filho. — Damon, você se lembra, ele também frequentou a Eton.

— Ah — respondeu Damon, claramente não se lembrando nem um pouco. — Espero que você e toda a sua família estejam bem.

— Muito bem, tirando alguns fios de cabelo perdidos. — Lorde Fancot deu uma risadinha, tocando o próprio cabelo. — E tentando casar este aqui, é claro. Ele não para no lugar. Se você piscar, ele pode muito bem estar na Índia, mas uma boa esposa decerto...

— Dr. Darrington? — interrompeu Damon, enfim reparando no homem em silêncio atrás dos dois. — Faz um tempo. Como tem passado?

— Muito bem, milorde, e o senhor? — respondeu o dr. Darrington, aceitando o aperto de mãos de Damon. A voz dele era calma e sem emoção. Ele não parecia impressionado com a presença deles.

— Amigo seu, Damon? — A marquesa já havia se posicionado ao lado do marido.

— Apenas um conhecido, Vossa Senhoria. Seu filho e eu tivemos a sorte de nos conhecermos por meio do duque de Everely.

Com a menção de meu irmão, a marquesa e Hathor olharam para mim. Eu não sabia se devia dizer algo, mas, por sorte, Damon falou outra vez.

— Sim, mãe, ele salvou a vida de Evander.

— Pelos céus! — exclamou a marquesa, arregalando os olhos.

— O milorde exagera. Eu apenas...

— Eu não duvidaria nem um pouco! — interrompeu lorde Fancot enquanto pousava a mão no ombro do dr. Darrington. — Charles, este é o médico de quem eu falava. O gênio de Oxford!

— Gênio — falei, fazendo os olhos castanhos dele encontrarem os meus.

— Foi você quem foi aceito na tenra idade de quinze anos? — O marquês deu um passo à frente, sorrindo.

— Quinze? — arfou Damon, e então o olhou de cima a baixo.

— Sim, no entanto...

— Estou dizendo, ele deixou todos os professores impressionados — exclamou lorde Fancot. — Aritmética, ciências, todos os clássicos, inglês, francês, holandês, alemão. Ele lê até em sânscrito. Onde é que se encontra sânscrito para aprender? Não sei, mas ele aprendeu!

— Extraordinário. Totalmente extraordinário — respondeu o marquês enquanto olhava para o dr. Darrington. Até eu estava mais do que impressionada com isso.

— Quantos anos você tem? — A marquesa se aproximou para ouvir.

— Vinte e seis, Vossa Senhoria.

— E sua família, eu os conheço? Sua mãe está aqui? — pressionou ela da maneira mais óbvia e, por algum motivo, eu não consegui evitar me sentir um tanto envergonhada.

— Faz muito tempo que minha mãe faleceu, e meu pai... meu pai é o marquês de Whitmear.

Fez-se silêncio. Eu não entendi por que os olhos da marquesa se arregalaram e seus ombros murcharam, mas não gostei.

— Ah, imagino que ele esteja muito satisfeito com a sua educação. — Ela tentou se recuperar e então agarrou o braço de Hathor, pronta para partir. Antes que a marquesa falasse alguma coisa, lorde Fancot interrompeu rapidamente.

— Henry, que grosseria não pedir uma dança a lady Hathor!

Henry olhou para o pai com os olhos arregalados. Quando o homem assentiu para Hathor, ele foi forçado a olhar para ela mais uma vez.

— Lady Hathor, a senhorita me honraria com uma dança? — perguntou ele, estendendo a mão para ela.

— Apenas se lady Verity dançar também. — Hathor sorriu amplamente e olhou para mim. Foi minha vez de arregalar os olhos, correndo o risco de que saltassem do rosto. Olhei para as portas, desejando escapar, mesmo sabendo que não seria possível, antes de olhar de volta para Hathor.

— *Esforço.* — Ela me disse só com o movimento da boca.

Isso... ela... Ah! Gritei por dentro.

Devolvendo o sorriso, falei:

— Não tenho parceiro, então...

— Isso não é nenhum problema, é, Theodore? — Henry olhou para ele e, como em um espetáculo de comédia, todos estávamos em círculo olhando uns para os outros sob os olhares atentos de nossos pais e guardiões.

— Bem? O que você está esperando?! — pressionou lorde Fancot mais uma vez.

Hathor assentiu, pegando a mão de Henry, e quando Theodore estendeu a mão para mim, olhei em seus olhos.

— Lady Verity, me concederia a honra da próxima dança? — perguntou ele gentilmente.

Não consegui responder. Apenas peguei a mão dele, que mais uma vez estava tão cálida, não de maneira desconfortável, não estava suada, mas era como estender a mão ao sol. Com gentileza e suavidade, ele me conduziu ao centro do piso de mármore. Tanta gentileza que, quando me virei para encará-lo outra vez, senti minha garganta ficar seca e engoli.

O que está acontecendo comigo?

Os olhos castanhos dele espiaram os meus quando começamos a dançar. Fiquei esperando que ele dissesse algo, iniciasse algum tipo de conversa, como é o normal nessa situação. No entanto, ele não o fez, e apenas me encarou fixamente... e a cada virada, a cada toque de nossas mãos, eu sentia uma pressão aumentar em meu peito. Tanto que fiquei um pouco atordoada. Aos poucos, todo o resto foi ficando em segundo plano, o mundo ao meu redor distante, era como se eu estivesse levitando com aquele homem desconhecido ao som de Bach — Prelúdio e Fuga em dó maior.

Tudo parecia tão... intenso.

Não sei como explicar, mas quando enfim encontrei ar nos meus pulmões para voltar a falar, a música havia acabado e tínhamos retornado à posição inicial da dança, diante um do outro. Theodore abaixou a cabeça e eu fiz uma reverência breve, mas antes que eu pudesse me endireitar ele já havia partido.

— Queria que tivessem tocado algo mais alegre — disse Hathor ao voltar para o meu lado, bloqueando minha visão da figura dele, que se afastava.

— O quê? — perguntei a ela.

— A dança. — Ela me olhou. — Você está bem? Parece estar sem fôlego. Não tem o costume de dançar?

Eu não estava sem fôlego por causa da dança, disso tinha certeza. Mas não queria atribuir isso ao meu parceiro, pois isso significaria que, por duas vezes, tinha ficado sem ar por conta dele.

— Estou bem — menti.

— Ótimo! Viu como um pouquinho de esforço não faz mal para ninguém? — Ela bufou e voltou para o lado dos pais.

— Verity — chamou Silva enquanto se aproximava de nós — fui instruída a lhe dizer que aceite convites para dançar de alguns outros cavalheiros esta noite.

— O quê? Instruída por quem?

Ela assentiu na direção da marquesa, que sorriu e assentiu para mim.

— Acho que ela está preocupada com os boatos que podem correr se você dançar apenas com o dr. Darrington. Isso seria bastante... problemático.

— Por quê? E o que aconteceu quando ele se apresentou? O ambiente mudou muito drasticamente antes de dançarmos.

— O marquês de Whitmear está casado com lady Charlotte há vinte e cinco anos — sussurrou ela, pegando meu braço.

Mas o dr. Darrington dissera que sua mãe havia falecido.

— Então o pai dele está no segundo casamento? Por que isso seria problemático? — Pensando bem, apenas um ano de luto era relativamente cedo.

— O marquês de Whitmear não tinha sido casado antes — respondeu ela, e quando parei para encará-la, incapaz, ou talvez indisposta, de juntar as peças, ela disse com todas as letras: — Ele é o bastardo do marquês.

A primeira coisa em que pensei foi em meu agora falecido pai e como suas más escolhas haviam impactado na vida de todos nós. O sofrimento mais público era o dos meus três irmãos: Evander e Gabrien, considerados legítimos, e Fitzwilliam, o mais velho, o bastardo de Everely. Eu raramente falava com ele, e fazia anos desde que vira seu rosto. Eu nem sabia se o reconheceria se ele passasse por mim na cidade.

Mentira. Como seria possível esquecer um irmão, por parte de pai ou não, ilegítimo ou não?

A família Eagleman sabia muito bem todo o problema caótico que era ter um bastardo no meio. A dor e a desordem causadas não valiam a associação, e, dessa forma, a marquesa estava correta em nos afastar da presença dele.

Mesmo assim. Olhei para a festa por sobre o ombro e vi o marquês ainda conversando com o dr. Darrington e Henry. O olhar do dr. Darrington encontrou o meu e rapidamente tornei a olhar para a frente.

Não sabia o motivo por trás da minha agitação, pois não estava fazendo nada de errado.

Olhei ao redor, buscando mudar meus pensamentos, mas não consegui. A dança ainda estava em minha mente.

— Lady Verity.

Nós duas demos um pulo, assustadas com o homem estranho que surgiu de repente diante de mim.

— A senhorita me daria o prazer desta dança? — perguntou ele, estendendo a mão na minha direção.

— Perdoe-me, estou um pouco cansada. Talvez em outro momento — falei gentilmente, assentindo em despedida enquanto puxava Silva comigo para escapar.

Ela tentou me relembrar:

— Verity, você deve dançar com...

— Mais tarde. — Eu ainda não havia me recuperado o suficiente da primeira dança para pensar em outra.

Theodore

Assim que a vi pela primeira vez, soube que lady Verity Eagleman era simples, pura e injustamente a criatura mais estonteante que eu já vira, e a mera visão dela me encantaria para sempre. Aquela dança se repetiria para sempre em minha mente.

Em pensar que ela, de todas as pessoas, dançaria comigo, um...

— Você precisa mesmo começar toda apresentação com "Oi, eu sou bastardo"? — resmungou Henry enquanto deixávamos a companhia de lorde Monthermer e seu filho. — Tais coisas devem ser ditas com tato ou, preferivelmente, nem ser ditas.

— Não sou eu quem começa as conversas assim, são eles. — Ergui minha mão para apontar a suposta nobreza ao nosso redor. Sem falha, todas as vezes em que andava nesse círculo de pessoas, uma das cinco primeiras perguntas era sobre meu passado e linhagem.

— Você prefere que eu minta?

— Sim, na verdade, prefiro. Minta, Theodore. Minta. Não vai matar. — Henry suspirou e pegou duas taças de vinho da bandeja de um lacaio, aproximando-se para me entregar uma, mas ergui minha mão, recusando a bebida. — Por favor, deixe de ser irritante e pegue a porcaria da taça.

Henry Parwens e eu nos conhecêramos em Oxford. No entanto, quando nossos caminhos se cruzaram, ele tinha acabado de entrar na universidade e eu estava graduado havia anos, apenas auxiliando as pesquisas de alguns professores. Pensei que ele faria o que todos faziam: tentar me usar por causa de minha inteligência ou me evitar por conta de minha origem. Ele não fez nada disso, e apenas tentou ser meu amigo. Anos depois, eu não tinha certeza do que ele ganhara com essa troca além de conselhos médicos gratuitos.

Ele era estranho, mas havia se tornado meu único amigo, embora às vezes testasse os limites dessa amizade.

— *Eu* sou irritante? Não foi você quem me forçou a dançar? — devolvi. Ele havia perdido a cabeça? Possivelmente.

— Você queria que eu fosse sozinho para a pista?

— Sim! Por que raios eu deveria acompanhar você em uma dança?

— Foi sua conversa que estragou os ânimos e meu pai tentou remediar a situação me forçando a dançar com lady Hathor. Se eu devo sofrer, você deve sofrer também!

Ele era tão infantil às vezes.

— Henry, a conversa estragou quando a marquesa se deu conta de que não queria que as damas sob seu cuidado fossem associadas a mim. E então você me forçou a me tornar ainda mais indesejado. Isso não ajuda a aliviar a tensão. Estava bem óbvio que lady Verity também não estava satisfeita por ser forçada. — Ela não me disse uma palavra e me encarou como se não soubesse por que havia aceitado a dança.

Eu sabia que deveria esperar isso de uma dama da posição dela, mas, mesmo assim... não era fácil aceitar.

— Eu...

— Ah, que desagradável — disse uma voz masculina à nossa direita.

— Olha só a cara de tacho do rejeitado.

— Ele foi tolo de convidar, para início de conversa.

Henry e eu seguimos os olhares deles até o outro lado do salão, onde outro homem estava sozinho enquanto outros zombavam.

— O que perdemos? — perguntou Henry, já entre eles como se fossem melhores amigos.

Henry tinha esse dom. Na universidade, os amigos o chamavam de camaleão, já que ele conseguia se inserir com facilidade em todo tipo de grupo. Isso não o prejudicava, porque ele era considerado o cavalheiro ideal em termos de aparência e posição.

— Anderkins tentou dançar com lady Verity e foi totalmente rejeitado — respondeu um dos homens, tentando não rir enquanto Anderkins, como fora chamado, estufava o peito e tentava se afastar como se ninguém tivesse visto a situação.

Tentei me segurar, mas quando dei por mim já estava procurando por ela. Depois de pouco esforço eu a localizei perto de uma janela, de pé, o vestido azul, a luz da vela iluminando sua bochecha com perfeição. Ela parecia brilhar.

Nosso primeiro encontro aconteceu quando fui chamado à casa dela para cuidar de seu irmão. De imediato, fiquei impressionado ao vê-la. Eu não sabia se era por conta do lindo rosto em forma de coração, dos grandes olhos castanhos, ou de sua conduta. Logo percebi que não estava apenas atônito, mas encantado por ela. No entanto, em vez de expressar isso, fiz de tudo para interromper outra interação com ela o mais rápido possível.

— Bem feito. Ele não é filho de um barão? — perguntou um deles. — Ele está abusando demais de sua posição.

E esse era o motivo. Ela era filha de um duque e, estivesse ele morto ou não, o fato era que ela estava na posição mais alta da sociedade e eu... na mais baixa. Ter qualquer tipo de sentimento por ela seria imprudente da minha parte.

Observei quando ela mais uma vez olhou para a entrada, como fizera antes de nossa dança. Estava esperando por alguém? Um pretendente, talvez?

— Você não viu que lady Verity dançou com meu amigo aqui, dr. Darrington? — perguntou Henry, de cabeça erguida como se estivesse orgulhoso.

— Sim, e ficou bem óbvio que ela foi forçada. — Um deles riu. — Vimos que ela não disse uma palavra a você.

Assenti.

— Ela não disse, e foi Henry quem a forçou a aceitar quando sugeriu a dança sob os olhares de todos.

Eles riram entre si.

— Eu sabia.

— Henry, você é cruel, a pobre moça estava aterrorizada.

— Não sei do que você está falando, ela parecia bastante envolvida com ele — disse Henry, brincando. Quase dei um soco nele, pois Verity não era uma dama da qual ele podia zombar. Todos sabíamos da facilidade com que o mais breve rumor podia arruinar uma jovem dama. Uma palavra que afirmasse que ela tinha aproveitado a companhia de um bastardo faria dela alvo de ridicularização.

No entanto, pela forma como eles reviraram os olhos, percebi que isso não era sequer uma possibilidade em suas mentes.

— Lady Verity não estava se divertindo. Mas foi sim graciosa — respondi, sério. — Esperemos que ela esteja livre para dançar com quem escolher da próxima vez.

— Teria que ser um lorde poderoso — disse um deles, olhando-a com cobiça. Mordi o interior da minha bochecha e fechei minha mão em punho, mas não falei nada.

Henry, o tolo sempre esperançoso, não deixou o assunto em paz.

— A mulher ao lado de lady Verity... ela não é filha de um barão humilde e quase arruinado? Agora ela é a condessa de Montagu e futura marquesa de Monthermer. Tudo e qualquer coisa é alcançável, cavalheiros, desde que vocês tenham a coragem de estender a mão. Eu bebo em homenagem ao jovem Anderkins e a você, dr. Darrington — exclamou Henry, erguendo sua taça diante de todos e então a despejando garganta abaixo.

Eles deram risadinhas, imitando Henry e bebendo também. Ele fazia parecer tão fácil. Apenas estenda a mão? Olhei para as minhas. Eu podia fazer várias coisas com elas. Havia até salvado vidas.

Mas... Olhei para a jovem de azul, lembrando-me da sensação de tê-la em minhas mãos, de quão desesperadamente eu desejara puxá-la para mais perto de mim. E pensar que eu ao menos conseguira dançar com ela. Talvez aquela tivesse sido a última oportunidade da minha existência de tocar uma mulher da posição dela, a não ser que ela precisasse de atenção médica.

— Cavalheiros. — Henry assentiu para eles, voltando para o meu lado para que pudéssemos atravessar o salão. Ele pegou meu drinque, que eu nem havia experimentado. — Então agora você me contará sobre a jovem na qual está interessado?

— Não estou interessado em ninguém — menti.

— Você raramente comparece a eventos como este...

— Isso é porque não recebo convites para eventos como este.

Eu só estava ali naquela noite por estar na companhia do pai dele, o visconde, que eu não achava tão amigável quanto o filho.

— Isso é porque ninguém sabe quem é o dr. Darrington.

— Eu prefiro ser um médico desconhecido do que o filho bastardo de Whitmear. Você não disse para evitarmos falar desse assunto?

— Não use minhas palavras contra mim. — Ele ficou amuado, então tomou um pouco da bebida antes de falar outra vez. — Pelo menos seja corajoso e peça por uma dança ou algo assim.

Eu já conseguira isso. E nem podia ficar com muita raiva dele, pois, por mais que tivesse feito isso sem saber, ainda era um presente para mim.

— É melhor esquecer tudo isso — falei, pegando outra taça de vinho de um lacaio que passava. — Paixões inocentes fazem parte da vida e nem sempre dão certo. Estou satisfeito.

— Que monte de besteira — pontuou ele enquanto eu cedia e tomava um gole. — Você decerto não pode ter vindo até aqui apenas para olhar de longe.

Na verdade, era isso mesmo. Agora que o irmão dela estava casado, Verity se mudaria para Everely, e eu não sabia se nossos caminhos tornariam a se cruzar. Eu mal a vira em Londres durante as últimas semanas, então pensara em colocar um ponto final em minha tola paixão.

— Dr. Darrington! — A criada praticamente gritou enquanto corria até mim, de rosto afogueado e olhos arregalados. — A duquesa pede por sua ajuda imediata! Lady Clementina está morrendo!

Todos os outros pensamentos desapareceram de minha mente.

— Minha maleta está na sua carruagem. Traga-a imediatamente! — gritei para Henry enquanto entregava-lhe a taça e começava a correr.

5

Verity

— Lady Clementina está morrendo! As palavras se espalharam pelo salão de baile como fogo nas árvores. Como folhas ao vento, as pessoas iam de grupo em grupo para propagar a notícia, e logo a música parou.

A primeira pessoa que procurei foi o dr. Darrington, e o encontrei bem quando ele passava correndo pelas portas, com a criada logo atrás. Eu só podia imaginar que visão ele teria.

— Silva, Verity — chamou Damon enquanto nos alcançava e pegava a mão de sua esposa. — Estamos indo embora. Meu pai já está conduzindo minha mãe e minha irmã para fora.

— Sim, não seria apropriado permanecermos — respondeu Silva, segurando a mão dele com força.

— Vocês duas estão com suas coisas? — perguntou ele, olhando para mim.

Assenti, sem saber o que dizer. Eu não conseguia acreditar. Lady Clementina? Uma moça da idade dela, morrendo? A mãe ainda dissera que não passava de um resfriado. E embora ela decerto parecesse doente — tão doente que mal podia andar — não me ocorrera que a questão seria tão grave.

Todo o esplendor da casa Rowley desapareceu quando chegamos ao lado de fora. O ar estava bastante sombrio e silencioso enquanto todos seguiam para suas carruagens. A nossa havia acabado de se aproximar quando, como trovões cruzando o céu, ouvimos um grito que me fez arrepiar.

— *Clementina!*

Encarei a casa em um horror paralisado.

— Rápido, para dentro da carruagem — ordenou Damon, pegando minha mão e me ajudando a entrar. Mesmo no meu assento, não conseguia tirar os olhos das janelas. Eu não sabia de qual delas soara o grito, mas, por algum motivo, encarei na esperança de que conseguiria... bem... eu não sabia o que pretendia conseguir. Só me recostei quando nossa carruagem havia se afastado o suficiente para que eu não conseguisse ver nenhuma das glicínias. Diante de mim, Damon e Silva estavam sentados em silêncio, dando as mãos com tanta força que eu não conseguia dizer a quem pertencia o toque mais firme.

— Devemos pensar que tudo ficará bem, e ficará — disse Silva suavemente na escuridão, e Damon assentiu, concordando.

Fiquei com vontade de dizer que, se fosse simples assim, cemitérios não existiriam. Mas segurei minha língua, e o caminho de volta para a casa Du Bell foi silencioso e estranhamente rápido, como se toda a sociedade buscasse não estar nas ruas, como se a morte fosse contagiosa.

— Bem-vindo de volta, milorde — disse o mordomo assim que Damon saiu da carruagem. — Seu pai acabou de chegar e deseja vê-lo no escritório.

— E minha mãe? — perguntou Damon.

— Na sala de estar com lady Hathor. Ela pediu chá.

— Vá ver seu pai, querido. Verity e eu ficaremos com sua mãe — disse Silva para ele antes de olhar para mim.

Assenti. Enquanto eu entregava minhas luvas para a criada e me preparava para acompanhar Silva, Hathor apareceu.

— Verity e eu vamos direto para a cama — afirmou ela, pegando meu braço mais rápido do que consegui ver.

— Mas e o chá? — disse Silva atrás de nós.

— Não, obrigada — respondeu ela, já nas escadas e andando de forma tão acelerada que tive que erguer minhas saias.

— Hathor, devagar, ou vou cair! — exclamei enquanto ela me puxava. Ela não desacelerou até estarmos no meu quarto. Foi então que ela se virou para olhar para mim, seus olhos cor de mel arregalados.

— O que aconteceu? — ela exigiu saber, e eu a encarei de volta, minha cabeça ainda atenta ao andar inferior. — E então?

— E então o quê?

— Clementina! O que aconteceu quando você saiu do quarto? Você viu alguma coisa? Vi quando vocês duas quase caíram e derrubaram uma cadeira. Mas aí eu tive que causar uma distração, é claro, o que me deixou cercada e sem conseguir ver o que aconteceu depois. Tentei sair da confusão, mas mamãe me segurou como se eu fosse uma prisioneira até você voltar. Ela estava bem? Ora, obviamente ela não estava bem, considerando as notícias que recebemos. Mas decerto ela não estava morrendo, estava? E quem falaria de morte se não houvesse alguém morrendo?!

Enquanto ela falava sem parar, sentei-me na cama e tirei meus sapatos.

— Hathor, respire — falei enquanto ela encarava o nada, perdida em pensamentos.

— Ela parecia estar muito doente, não parecia? — perguntou ela. — Talvez fosse uma febre? Mas as pessoas não morrem de uma simples febre, morrem?

— Como não sou médica, não sei — respondi. — E sim, ela estava pálida. A mãe dela apareceu logo depois e disse que era um resfriado...

— Ninguém morre de resfriado! — Ela bufou e então se sentou ao meu lado, chutando o ar. Ela inspirou fundo e me olhou.

— Nunca vi minha mãe ficar como ficou quando ouvimos aquele grito. E acho até que ela queria voltar para dentro. Para quê, não sei. Mas... a expressão dela. Foi terrível.
— Foi por isso que você não quis tomar o chá? — perguntei.
Ela balançou a cabeça.
— Não adianta ficar lá com ela agora. Juro que esta casa a transforma de alguma maneira. Assim que entramos, foi como se nada estivesse errado, e ela pediu calmamente pelo chá. Ela apenas desviaria do assunto e nos trataria como se fôssemos crianças. Não acho que aguentaria gestos falsos nesse momento.
Suspirando, ela se deitou na cama, e fiz o mesmo ao lado dela. Ficamos deitadas, olhando para o drapeado da cama em silêncio, até que ela perguntou:
— Alguém pelo menos chamou sua atenção?
— Mesmo neste estado, você não larga sua busca por um marido?
— Eu só queria que algo bom tivesse acontecido esta noite. Algo para me fazer parar de pensar em Clementina — respondeu ela suavemente. — Então, notícias?
Estranhamente, pensei no dr. Darrington.
— Não. Nenhuma — menti. Eu estava mentindo com frequência, mas não sabia como expressar o que estava sentindo. Também não tinha a quem perguntar, e já que Hathor parecia pensar mais nesse assunto, senti a necessidade de pressionar. — Mas me pergunto o que você quis dizer com perder o ar. É parar de respirar? Isso pode acontecer por outro motivo, não é?
Hathor me olhou e deu de ombros.
— Não tenho certeza. Mamãe diz que é assim. Ela diz que quando a gente se encanta por alguém parece que o peito fica pesado, a mente fica tola e que estamos andando nas nuvens.
— Andando nas nuvens? — repeti devagar.
— Sim, também não faz muito sentido para mim. Então perguntei a Afrodite como ela sabia que amava seu irmão e ela disse que quando estava perto dele todo o resto do mundo desaparecia. O que também não fez sentido para mim. Como o

mundo desaparece? Todo mundo com quem eu falo tem alguma analogia ou descrição estranha que mal consigo entender. — Ela suspirou cansada e se moveu para mais perto de mim. — Sabe o que Damon disse?

— Você perguntou isso até para o seu irmão?

— Sim. Para papai também, pois devemos ter boas referências para todas as coisas, não? — respondeu ela. — Enfim, Damon disse: "Ela me deixa muito irritado e feliz ao mesmo tempo". E papai disse que se sente muito em paz *provocando* mamãe. Para mim, tudo isso mais parece ser uma bobagem adorável, mas mal posso esperar para chegar a minha vez. — Ela deu uma risadinha.

Hathor estava certa, era tudo bobagem, e mesmo assim eu encontrava certo sentido, o que me levava de volta ao dr. Darrington. Mas decerto não podia ser amor. Eu não o conhecia. Eu mal havia falado com ele. Aquilo era... algo, mas... *ugh*.

Gemendo, me deitei, pousando a mão na cabeça.

— O que você tem? — perguntou Hathor.

— Nada, só pensei em Clementina outra vez. — Mais uma mentira. Mentiras para cobrir mentiras. Como eu honrava meu próprio nome.

— Agora estou preocupada de novo — disse ela, sentando-se outra vez, os ombros caídos. — Vou deixá-la para que se troque e descanse. Devo chamar a criada?

— Não, eu me apronto sozinha. Obrigada.

— Muito bem. Vejo você de manhã.

Assenti e a vi sair sem mais comentários, me perguntando como eu conseguira bagunçar ainda mais a minha mente. Então me levantei, fui até o baú e peguei meu diário e a caixinha de joias. Fiquei encarando meu diário sem ter certeza do que escrever sobre mim, e então escrevi sobre outra pessoa, que estava com dificuldades bem maiores que a minha.

10 de maio de 1813

O ar da noite é sombrio.
Enquanto a vida de uma dama está por um fio.
Ela também é a filha de um duque e foi apresentada
nesta temporada,
ela também é bastante criticada.
Mesmo doente, foi adornada com diamantes e pérolas,
na esperança de dançar como as outras garotas,
chance única de romance ou uma mudança em sua
condição.
Minha dama, que você vença essa batalha,
Que seu cavalheiro seja sábio,
Pois mais forte, você é à luz do sol.

Fechando o diário, abri minha caixinha de joias, levei o frasco aos meus lábios e bebi tudo. Eu estava confiante de que ao menos naquela noite não haveria problemas; eu estava tão cansada. Mal consegui me trocar, guardar minhas coisas e cair na cama antes que o sono me dominasse.

Theodore

Precisei de toda a minha força para não gritar enquanto a raiva me tomava. Segurei o frasco de vidro marrom na mão esquerda e a prescrição com a direita, uma lista de substâncias incluindo tudo, de mercúrio a láudano a sumo de cebola, entre outras besteiras, tudo com o propósito de curar... a altura?

— Quanto disto ela tomou? — perguntei a Vossa Graça, a duquesa de Imbert, que ainda estava coberta de diamantes enquanto se sentava ao lado da filha enfraquecida, o marido do outro lado da cama, de joelhos. A situação era extrema a esse ponto.

— Não me lembro, mas não tem mais que três semanas, uma dose à noite e então uma manhã sim, outra não, com frutas, e ela detesta o gosto — respondeu a duquesa.

— Me dê tudo — falei para a criada e já fui pegando a caixa cheia de mais frascos. Marchei até a janela aberta e a joguei, para que se espatifasse no chão.

— Que raios você está fazendo? — gritou o duque, levantando-se.

— Eu poderia perguntar o mesmo, já que vocês estão dando veneno para sua filha. — Mordi minha língua para me acalmar.

— Veneno! — A duquesa se levantou da cadeira. — Não fizemos nada disso, como ousa nos acusar! Como expliquei, era para ajudar com...

— Vossa Graça, não existe remédio para altura — falei, e ergui a lista para que ela a visse. — Mas consumir mercúrio diariamente é suficiente para matar alguém, ainda mais misturado com todo o resto. É pela graça de Deus e apenas por isso que ela não morreu semanas atrás.

— Não entendo nada disso. E não permitirei que você culpe minha esposa — gritou o duque marchando em minha direção. — Recebemos essa prescrição de um médico muito respeitado, o que não pode ser dito de você. Quem é você para...

— Clementina? Clementina? Ela não está respirando! — A duquesa gritou, agarrando a filha, que não se mexia.

— O que você está fazendo? Pelo amor de Deus, dê algum remédio! — gritou o duque para mim enquanto eu ouvia os batimentos cardíacos dela. — Esqueçam este louco, alguém chame sir Grisham imediatamente. É o remédio dele, ele decerto...

— Com todo o respeito, Vossa Graça, peço que faça silêncio! — gritei para ele antes de tentar ouvir de novo. — Ela está respirando, mas pouco. O láudano e o remédio que tomou estão desacelerando seu coração.

Levantando-me, fui até a bacia de vinagre, hortelã e guardanapos embebidos em ervas na qual estivera trabalhando antes que eles me mostrassem a prescrição. Virei os lençóis dela e ergui seu braço.

— O que você está fazendo? — perguntou a duquesa, me encarando de olhos marejados. Lembrou-me mais uma vez por que eu precisava acalmá-la. Ela era uma mãe que havia cometido um erro.

— O antídoto que tenho está funcionando. Isto é apenas para ajudar a remover as toxinas através dos poros da pele. — Peguei a jarra transparente que a criada segurava. — Precisará ser trocado de hora em hora. Ficarei e farei isso.

— Ou poderia usar sanguessugas. — Um cavalheiro mais velho, de rosto sério e sombrio, estava à porta. O homem usava uma curta peruca grisalha presa a um rabo de cavalo e uma sobrecasaca de um violeta intenso. Com uma das mãos ele se apoiava em uma bengala preta, e com a outra segurava sua maleta profissional. Ele fez um gesto de cabeça para o duque e a duquesa. — Perdoem-me, Vossas Graças, eu estava chegando à cidade depois de visitar outro paciente quando recebi a notícia.

Os olhos azuis dele se voltaram para mim.

— E quem é este?

— Ah, sir Grisham, este é o dr. Darrington — respondeu o duque. — Ele foi o primeiro a ver Clementina, já que estava no concerto.

— E o que está fazendo com minha paciente, dr. Darrington? — Ele fez uma careta para mim.

— Seu tônico causou muito mal, senhor, então estou salvando a vida dela — respondi, enrolando o braço dela com cuidado.

— Transformando a paciente em uma múmia? — questionou ele. — Obrigado, mas já que estou aqui, não há mais necessidade de seus serviços. Posso garantir que deve ter sido outra coisa, talvez ela tenha comido algo que não caiu bem.

— O que você acredita que ela pode ter comido? — O duque rapidamente olhou para ele. — Este médico falou bastante sobre veneno. Eu sabia que não podia ser isso. Clementina pode ser bem gulosa às vezes, e ela come qualquer coisa que pareça doce. Ela tinha muita dor de barriga quando criança.

A deferência e o respeito imediatos do duque a sir Grisham não passaram despercebidos. Esperei que ele me pedisse para me afastar de sua filha, mas em vez disso foi a esposa quem falou.

— Quero que o dr. Darrington fique — disse ela, seriamente.

— Mas, querida, sir Grisham...

Ela se voltou para eles, de cabeça erguida, enquanto segurava o braço da filha.

— Conheço minha filha. Sei como ela fica quando está com dor de barriga, e não é assim. Ela me disse várias vezes que se sentia mal depois de tomar seu tônico, sir Grisham, mas confiei que sua sabedoria fosse maior que a dela. Agora veja como estamos.

— Vossas Graças, eu garanto...

— Obrigada por vir até aqui, sir Grisham, por favor tome cuidado em sua jornada para casa! — Ela apertou a mão da filha com mais força e se voltou para mim. — Dr. Darrington, também não aceitarei nenhuma desculpa vinda do senhor.

— Sim, Vossa Graça. — Assenti e não olhei para o duque nem para o sir Grisham.

Que noite!

Verity

— Milady?

— Milady!

— *Ugh!* — arfei, todo o meu corpo tremendo enquanto eu abria os olhos.

— Milady?

Precisei de um momento, porque todo o mundo parecia estar girando, mas quando minha visão clareou, olhei para o rosto sardento de Bernice, que estava ajoelhada ao lado da minha cama, observando-me de olhos arregalados.

— A senhorita está bem, milady? — perguntou ela enquanto eu me sentava devagar.

— Eu... — Pulei com o relâmpago e o som de um trovão estremeceu do lado de fora da minha janela. Aquilo aumentou ainda mais minha dor de cabeça.

— Direi à senhoria...

— *Não!* — Desesperada, agarrei o braço dela. Vendo a expressão assustada em seu rosto, busquei me acalmar, soltando-a e respirando fundo. — Não é nada, de verdade. Acho que me agitei na noite passada. Não quero que a senhoria fique preocupada com isso.

Tentei sorrir, mas minha cabeça ainda doía, então me levantei rápido da cama. Bernice ergueu um robe para que eu o vestisse. Em geral, o remédio prescrito pelo dr. Cunningham, nosso médico da família em Everely, funcionava perfeitamente. Mas, por duas noites seguidas, eu acordara suando frio e com olhares preocupados ao meu redor.

— Trarei água para a senhorita, milady — disse Bernice.

Apenas assenti enquanto me sentava à janela. Eu não fazia ideia do que fazer quando o remédio não funcionava. E eu não podia mandar chamar o dr. Cunningham. Pensei em escrever para Evander, mas duvidava de que ele a lesse nos próximos dias, senão semanas, enquanto cuidava de sua nova esposa. Além disso, seria de mau gosto escrever uma carta para ele agora. Ele me consideraria um incômodo — bem, talvez não, mas ficaria preocupado, e a última coisa que eu queria era perturbar a paz dele.

— Milady, o que a senhorita gostaria de vestir? — perguntou Bernice.

— Qualquer coisa. Duvido que sairemos com este clima.

— Sim, as chuvas têm sido terríveis nesta estação.

Eu tinha vivido isso na pele. No início da temporada, na viagem para Londres, a roda de nossa carruagem ficara presa em um buraco, e parte de mim acreditara que era um sinal para que retornássemos. Mas, coincidentemente, na mesma hora, uma carruagem que pertencia aos Du Bells passou, e Evander e eu a encaramos como se ela tivesse asas. Na época, lembro de me perguntar se havia sempre duas forças em movimento, uma nos incentivando a ir em frente e outra tentando nos manter presos no lugar.

— Milady, este serve?

Olhei para Bernice e vi o vestido simples cor de lavanda que ela me mostrava. Assenti e tornei a me levantar.

Levou mais ou menos meia hora até que eu ficasse pronta, tempo suficiente para ouvir toda a família se levantar. Em um momento havia silêncio completo; no seguinte uma agitação de passos e vozes no corredor.

— *Abena!*

Ouvi alguém — Hathor, obviamente — gritar assim que abri minha porta. Dei uma olhada no corredor e vi uma garotinha correndo de um cômodo a outro com uma caixa de fitas e um pé de sapato em suas mãos.

— Ela ama mesmo enlouquecer a irmã. — Sorri enquanto caminhava ao lado de Bernice. — Ela não fica com medo de que a mãe fique brava com ela?

— Lady Abena parece se esquecer das consequências quando está se divertindo — respondeu ela bem quando Hathor abriu a porta de seu quarto, ainda de camisola e touca... e com as bochechas excessivamente pintadas com ruge.

Mordi meu lábio para não rir.

Ela me olhou, de olhos arregalados.

— Para onde a pestinha foi?

Precisei de toda a minha força para não rir.

— Não vi.

— Muito bem. Sei como lidar com ela. — Hathor bufou, marchando de volta para o quarto e batendo a porta.

— Devemos prosseguir, milady, pois o corredor ficará *barulhento* — adicionou Bernice. — Dias chuvosos sempre têm muita... Abena.

Desejei ficar e descobrir o que ela queria dizer com isso, mas segui seu conselho. Quando estávamos bem diante das portas que davam para a sala de jantar, ouvi a voz da marquesa.

— Jura? Como assim? Clementina está bem? — exclamou ela, e me aproximei para ouvir sem ser vista.

— Quantas vezes terei que dizer que sim?

— Como é que você sabe disso antes de mim?

— O cocheiro foi buscar meu relógio de bolso logo cedo e viu que todos os criados estavam de melhor humor. Ele mesmo ouviu que a jovem dama estava bem.

— Eles fizeram parecer que ela estava prestes a falecer. Você não ouviu como a mãe dela gritou? Um som assim só é emitido quando...

— Ao que parece, a garota estava mesmo nas últimas. Mas o médico, aquele que nos apresentaram, trouxe-a de volta à vida com as próprias mãos. Óbvio, ele ficou lá bem além do amanhecer.

— O bastardo?

— Deanna.

— O quê? Não foi assim que ele se descreveu?

— Você perguntou sobre os pais dele, e ele disse a verdade. Mas isso não importa. O homem salvou a filha do duque. Que feito, que *cérebro!* Estou dizendo, minha querida, o que de fato faz um homem é sua mente.

A marquesa deu uma risadinha.

— Você está apenas animado pela possibilidade de conversar com alguém que conhece todos os seus grandes livros e filósofos.

O marquês soltou uns sons abafados e então disse:

— Escute o que eu digo, esse dr. Theodore Darrington sem dúvidas será muito renomado um dia. Tenho faro para essas coisas.

Eu nunca ouvira o marquês falar tanto e tão livremente.

— Sim, querido. Mas ainda é uma pena — adicionou a marquesa.

Franzi a testa, sem saber por que estava um pouco irritada com o tom dela, mas ignorei o sentimento por um melhor: alívio...

O dr. Darrington a salvara.

— O que te faz sorrir tão cedo esta manhã?

Me virei e vi que Bernice não estava mais lá, e que Silva e Damon desciam a escada.

Sorrir? Eu estava sorrindo?

— Damon, deixe ela em paz. — Silva o empurrou com o ombro.

— O quê?

— Clementina ficará bem — falei, já que esse era o motivo do meu sorriso... não era?

6

Verity

Já tinham se passado três dias do concerto na casa dos Rowleys, e, desde então, nem a chuva nem o interesse da sociedade no recém-famoso dr. Darrington haviam passado. Mesmo com as tempestades, as mulheres iam visitar a marquesa para compartilhar informações que haviam conseguido reunir ou para descrever a forma como ele havia miraculosamente as curado ou a alguém que elas conheciam.

— Vossa Senhoria, a sra. Marie Loquac está aqui para visitá-la — anunciou Ingrid enquanto entrava na sala de estar, onde todas estávamos.

— Parece que nem a chuva conseguiu pará-la também. — Hathor, de trás de seu cavalete, deu uma risadinha. — Imagino que tipo de notícias ela está trazendo.

— Hathor — alertou a marquesa, lançando a ela um olhar severo enquanto deixava o bolo que comia de lado e se levantava. — Peça que ela entre, Ingrid, e mande vir o chá.

Hathor rapidamente se afastou de sua pintura para se sentar ao meu lado à janela. Eu não conhecia o talento dela para as artes até ver seus rascunhos, muitos deles de sua família.

— Sra. Marie Loquac? Ela é a famosa modista, certo? — perguntei a Hathor, certa de que havia ouvido esse nome ser recomendado por uma das outras damas na cidade.

— Sim, ela é *neta de um conde* e não quer que ninguém se esqueça disso. Mas eu prefiro chamá-la de espiã da sociedade — disse ela. No entanto, antes que pudesse falar mais, as portas se abriram para que entrasse uma mulher rechonchuda de bochechas rosadas com covinhas, olhos verdes e cabelo castanho ondulado preso no alto da cabeça com uma pena verde, embora seu vestido fosse de um rosa suave. Atrás dela vinham duas jovens simples, uma segurando livros e a outra uma fita métrica e um chapéu. As bainhas de seus vestidos estavam empapadas de lama, mas o da sra. Loquac estava limpo.

— Vossa Senhoria. — Ela fez uma reverência à marquesa e depois para Hathor e eu. — Como estão adoráveis hoje.

— Não devemos receber o crédito por isso, pois são seus vestidos que nos deixam radiantes mesmo em um dia sombrio como este — disse a marquesa enquanto esticava o braço em um gesto para que a sra. Loquac se sentasse. — Vejo que trouxe mais modelos para nos fazer gastar.

— Acredito que com ou sem meus vestidos, você e suas meninas seriam motivo de inveja da sociedade. Muitas perguntaram sobre a seda usada no vestido de noiva de sua filha, e mesmo ao a experimentarem, não chegaram aos pés da beleza dela — exclamou a sra. Loquac, e ouvi Hathor arfar ao meu lado. Para a minha surpresa, ela ficou em silêncio. Em vez de falar, estendeu a mão para que a assistente da sra. Loquac lhe entregasse o livro.

— Verity, não acho que vocês foram apresentadas. Esta é a sra. Marie Loquac. Ela é uma modista e tanto — disse a marquesa para mim enquanto Ingrid entrava com o chá. — Sra. Marie Loquac, tenho certeza de que você conhece minha afilhada, lady Verity Eagleman. Ela ficará conosco por um tempo e precisará de mais alguns vestidos o quanto antes.

— Madrinha, você não precisa...
— Eu quero, e farei — interrompeu ela com um sorriso. — Você não tem nem perto do suficiente, minha querida, e antes de partir seu irmão me implorou que eu atendesse suas necessidades.
— Ele acha que estou tão em falta assim? — E eu achando que ele pensava que eu gastava demais com roupas. Eu dava o meu melhor para acompanhar as modas da sociedade, mas tinha a sensação de que elas estavam sempre mudando.
— Ele apenas deseja que você tenha tudo o que quiser.
— Corrija-me se eu estiver errada, mas Damon não é o amigo mais próximo dele? Por que ele não herdou esse traço? Não vejo essa preocupação com as minhas necessidades — afirmou Hathor, folheando o livro.
— Diferentemente de Evander, tenho irmãs demais para me preocupar com o que elas vestem; e suas necessidades, em particular, são infinitas, Hathor — disse Damon, da porta, ajustando as mangas da camisa. — Perdoem minha intromissão, senhoras. Mãe, estou saindo.
— Ah, pensei que você já havia ido encontrar seu pai no clube. — A marquesa ergueu o olhar do livro que tinha diante de si.
— Silva não estava se sentindo bem, e quis ficar com ela até que estivesse descansada.
— Jura? Por que você não disse nada? Eu teria ficado com ela. Ela pareceu estar bem durante o café da manhã. O que será que há de errado?
— Ela não quis preocupar você e alega ser apenas uma dor de cabeça.
— Perdoem-me a intromissão — disse a sra. Loquac —, mas não seria melhor chamarem o dr. Darrington?
— Não acho que uma dor de cabeça simples exija a presença de um médico, senhora. Obrigado. — Damon assentiu para ela antes de olhar para a mãe, mas a sra. Loquac o interrompeu:
— Nunca se sabe, e agora que temos um médico tão bom na cidade, seria um desperdício não utilizar seus serviços. Foi ele quem curou lady Clementina. Ela tinha...

— Sim, ficamos sabendo — respondeu Damon antes de falar com sua mãe. — Estou indo. Tenham um bom dia, senhoras.

— Cuidado com as estradas! — disse a marquesa, mas ele saíra com tamanha velocidade que olhei pela janela para ver se já não estava dentro de sua carruagem. — Perdoe-o, ele não é muito bom de conversa — disse a marquesa para a sra. Loquac. Embora Damon sempre parecesse estar conversando, pelo menos com sua família, eu havia percebido que ele tinha pavio curto para o resto do mundo. — O que você ficou sabendo de lady Clementina? Ela está bem agora, não está?

— Finalmente, mais informações — murmurou Hathor baixinho, sem tirar os olhos do livro. Por conta da chuva, tínhamos entendido que ela estava se recuperando, mas não sabíamos muito além disso.

— Sim. Ao que parece, ela está bem melhor — disse a sra. Loquac, levando um biscoito à xícara de chá.

— Graças a Deus ela está bem. Foi um susto e tanto. — A marquesa claramente não estava interessada em nenhum dos modelos, embora estivesse de olho neles.

— E pensar que foi coisa da mãe dela — suspirou a sra. Loquac.

— Como é?

Todas nos viramos para a modista.

— Você não ficou sabendo? — A sra. Loquac se sentou na beirada da cadeira. — Evidentemente, antes de seu infortúnio, a duquesa percebeu que lady Clementina tinha crescido mais um centímetro. Ela pediu a ajuda de outro médico para impedir a pobrezinha de crescer. Ele prescreveu um tônico a ela.

— Foi o que a deixou doente? — perguntei, enquanto pensava no meu próprio tônico.

— Doente? Aquele veneno quase a matou! — exclamou a sra. Loquac antes de dar uma mordida no biscoito. Ela balançou a cabeça e suspirou. — Dizem que ao descobrir a fonte do problema, o dr. Darrington o jogou pela janela.

— Céus. — A marquesa franziu a testa, fechando o livro. — Quem prescreveu o tônico? Decerto não pode ser um médico de verdade.

— Essa é a parte chocante, pois foi prescrito por ninguém menos que sir Grisham.

— Verdade?

Olhei para Hathor, lembrando de minha apresentação às "irmãs jardim". Uma das meninas era filha dele. Ela assentiu como se pudesse ler meus pensamentos.

— Talvez tenha sido um erro do boticário que pegou a prescrição? — disse a marquesa baixinho. — Afinal de contas, sir Grisham foi condecorado por sua proficiência e dedicação ao longo dos anos. Eu nunca o chamei, mas sua reputação nunca foi questionada.

Mais uma vez, a sra. Loquac se inclinou à frente, então Hathor e eu fizemos o mesmo.

— Não sou eu quem estou dizendo, Vossa Senhoria, mas fiquei sabendo que ele não tinha um centavo depois que conseguiu o título. Dizem que as prescrições dele não passam de um esquema para encher os bolsos. — Ela bufou, dando outro grande gole no chá. — Raramente funcionam. Lorde Fancot alega que o homem o trata muito bem, mas a esposa dele reclama que não viu melhora com os supostos tônicos dele.

De novo, pensei nos frascos no meu baú. O dr. Cunningham tratava nossa família fazia muitos anos; Evander confiava muito nele. Mas, por algum motivo, eu mesma já não via melhoras. Eu não passara uma noite sequer naquela casa sem ser acordada em uma crise aterrorizadora. Eu estava com sorte de que a chuva dos últimos dias havia escondido meu problema, mas não choveria para sempre.

— Decerto ele não pode ser cruel a ponto de tomar vantagem dos doentes — respondeu a marquesa.

— Tomara que não. Mas, como minha mãe dizia, sempre há pessoas querendo tirar vantagem das outras. — A sra. Loquac bufou e comeu outro biscoito enquanto se recostava na cadeira. — É por isso que os melhores médicos são os que são como Darrington... embora a linhagem dele possa ser questionável, ele claramente não é motivado a manter a profissão pela fortuna. Afinal de contas, ele é bem amparado.

— Como assim? — perguntei.

— Minha querida — ela falou comigo como se eu fosse um gato de estimação. — Uma educação assim não é barata. Acredita-se que o marquês de Whitmear não apenas pagou por todos os gastos do filho como também continua a enviar a ele uma pequena fortuna. Uma pena ele ser ilegítimo, pois eu ficaria satisfeita em oferecer minha filha, Catherine, mas como vocês sabem, sou neta de um conde, e sei que só cogitar isso faria meu avô se revirar no túmulo.

— Ele morreu antes mesmo de ela nascer, e a filha dela é uma solteirona — sussurrou Hathor para mim, balançando a cabeça. Como ela conseguia lembrar da história da família de várias pessoas era um mistério para mim.

— Bem, que intrigante. Mas devemos nos apressar, pois espero visitantes mais tarde — disse a marquesa calmamente enquanto erguia o livro para que uma das jovens o pegasse. — Verity, por favor fique de pé para que elas possam tomar suas medidas.

— Sim, madrinha — respondi, indo até onde elas indicaram enquanto minha mente se embolava em pensamentos.

O que eu deveria fazer? Continuar a tomar os tônicos? Eu deveria inspecioná-los? Para fazer isso, eu teria que contar para a marquesa, mas não poderia.

Além disso, quem os inspecionaria? O dr. Darrington? Decerto que não.

Embora assim eu fosse ter uma chance de falar com ele. Mas por que eu queria falar com ele?

— Verity, Verity?

— Hum? — Olhei para as mulheres na sala.

— Você está bem, querida? — perguntou-me a marquesa.

— Sim, é claro. — Sorri e abaixei meus braços enquanto elas terminavam.

— Você tem um físico tão bom, nem pequeno nem grande. Tem certeza de que não é uma Du Bell? Você tem quase as mesmas medidas que Hathor — provou a sra. Loquac, olhando para Hathor por sobre o ombro.

— Ah não, ela é bem parecida com a mãe. Elas têm olhos muito parecidos — respondeu a marquesa, antes de deixar o chá de lado. — Obrigada por vir. O vestido azul e o lavanda ficarão melhores nela.

— Mamãe, e eu? — arfou Hathor.

— Você já encomendou quatro vestidos, dois chapéus, um par de luvas de seda e sapatos novos. Quer que eu cancele para você escolher novos? — perguntou a marquesa enquanto se levantava para ir até a porta.

— Deixa pra lá, estou satisfeita — disse Hathor, voltando para a pintura.

Tentei não rir, mas falhei, fazendo-a me olhar feio:

— *Por favor*, pode se sentar para que eu termine minha pintura?

— Claro. E eu posso perguntar por que você precisa de *quatro* vestidos novos?

— Sim. A resposta é porque gostei deles. Agora, abaixe o queixo — ordenou ela.

Fiz isso enquanto a sra. Loquac, junto às suas assistentes, partia. Observei pela janela o condutor do cabriolé bastante usado se apressar para levar um guarda-chuva até ela. Mas o que tornou a cena absurda foi ver as assistentes, uma de cada lado da sra. Loquac, erguendo as bainhas do vestido da modista para que não sujasse.

— A sra. Loquac age como se fosse uma renomada condessa — falei para Hathor.

— Apenas nos sonhos dela, pois a mãe dela se casou com um homem de posição bem baixa, um alfaiate. Consegue imaginar o burburinho que isso causou? O pai dela a deserdou. Ela foi completamente banida da sociedade, e o marido dela logo perdeu todos os clientes e ficou sem recursos.

— Então como ela passou a viver com tamanho refinamento? Ela é mesmo uma excelente modista?

— Mamãe contou que o conde, antes de morrer, teve seu coração tocado e deixou para a filha a pequena quantia de duas mil e duzentas libras, que foi usada para reerguer a loja. Ajuda o fato de ela ser mesmo uma boa modista. Mas se a mãe dela tivesse escolhido corretamente, duvido que ela tivesse que trabalhar.

— Como é que você sempre sabe tanto sobre a vida das pessoas?

— Eu escuto — disse Hathor como se fosse a coisa mais óbvia do mundo. — Assim como ela vem falar dos outros, os outros vêm falar dela. De qualquer forma, mamãe diz que ela é uma lição de como devemos nos esforçar para planejar nossa vida, para que não sejamos tolas como a mãe dela.

Observei o cabriolé partir, e as assistentes foram forçadas a voltar caminhando na chuva, pois não havia lugar para elas lá dentro.

Não pude deixar de me perguntar quão profundamente a mãe da sra. Loquac deve ter amado o marido, para não se importar com o que diriam nem com o que perderia.

— Mamãe, quem a senhora está esperando para o jantar? — perguntou Hathor quando a marquesa voltou.

— Seu pai convidou alguns dos membros do clube dele, e, acho, o dr. Darrington.

Um arrepio percorreu meu corpo quando tirei meu olhar da janela e foquei nela, sem saber direito o que eu estava sentindo, mas de repente consciente de que não conseguia mais pensar.

Theodore

— Devo perguntar se você secretamente me odeia por algum motivo desconhecido — falei para o homem com um sorrisinho na cara que estava sentado diante de mim na carruagem.

— Pelo contrário, Theodore. Penso em você como um irmão.

— Então me conte, *irmão*, por que você me tira de perto da minha cama, sabendo dos eventos recentes, da tempestade, e do meu pedido?

— Para começo de conversa, mal foi uma tempestade, era apenas uma garoa. Se fôssemos todos ficar em casa por conta da chuva, jamais sairíamos neste país. Além disso, você gosta da chuva — respondeu Henry, sorrindo de orelha a orelha. — E para continuar, estou ignorando seu pedido *por conta* dos eventos recentes. Não posso permitir que você desperdice este momento.

— O que é este momento?

— Theodore, você se tornou uma sensação da noite para o dia por ter salvado aquela jovem. Você é o assunto da sociedade. Agora não é hora de dormir. Você deve capitalizar o momento e expandir sua empresa...

— Sou médico, não um banco, Henry. Você entende que para capitalizar este momento, como você diz, será necessário que mais pessoas fiquem doentes? Esse não é o meu objetivo.

— Bem, as pessoas ficarão doentes de qualquer forma, e você precisa ser a primeira escolha delas, caso demonstre ser amigável. Então, tire essa carranca do rosto. Não estou te arrastando para um baile nem nada.

— E para onde exatamente você está me arrastando?

Na verdade, eu preferiria dormir. O sol estava alto no céu quando averiguei que lady Clementina não precisava mais da minha atenção e deixei a casa Rowley. Eu havia fechado meus olhos por apenas uma hora quando comecei a receber chamados de outras pessoas notáveis pela cidade. Desde então, fui passando de uma casa luxuosa a outra. Naquele final de dia eu estava voltando para casa e Henry estava à porta, exigindo que eu me trocasse e o seguisse sem motivo aparente. No entanto, a resposta logo veio quando entramos em uma fileira familiar de grandes casas.

— Henry, aonde estamos indo?

— Não se preocupe. Não há paciente te chamando — respondeu ele.

— Por que outro motivo eu viria aqui?

— Para jantar.

— Como é? Jantar? Com quem?

— Com o marquês de Monthermer.

Eu o encarei boquiaberto enquanto, em minha mente, a visão *dela* disparava como relâmpagos.

— Antes que você me acuse de apenas arrastá-lo para desviar do esquema de meu pai para me apresentar à lady Hathor, saiba que o marquês pediu especialmente que o convite fosse estendido a você. Fiquei preocupado que você o recusasse por orgulho, então eu o trouxe sem mais informações.

Inspirei para acalmar meu coração que batia cada vez mais rápido, forçando-me a encarar a rua, temendo que ele percebesse de alguma forma.

— Então seu pai está determinado a noivá-lo com lady Hathor? Isso significa que ela estará no jantar?

Se sim, decerto lady Verity também compareceria.

— Sim, é claro. Como se ele fosse perder tal chance. Até minha mãe e irmã participarão do jantar, para garantir. Nós os encontraremos lá.

Quer se acalmar, tolo? Puxei um pouco minha gravata.

— Você está bem? — perguntou ele.

— Perfeitamente bem — afirmei sem hesitar. — Quando você contará aos seus pais que está apaixonado por outra mulher?

— Quando ela enfim largar todo o fingimento e me aceitar. — O sorriso no rosto dele cresceu, e ele pareceu até endireitar a postura, com nada além de determinação no olhar. — Quando esse dia chegar, eu decerto correrei pelas ruas cantando e dando graças.

Não consegui conter a risadinha.

— Como você tem tanta certeza de que ela é a pessoa certa...

— Na primeira vez que a vi, todo o meu corpo estremeceu. Eu não conseguia dormir nem comer sem pensar nela, e nem sabia seu nome. Não se deve duvidar de um sentimento assim.

A forma com Henry vivia era diferente de tudo o que eu já vira. Só consegui assentir diante da loucura dele.

— Não aja como se eu tivesse esquecido sua mulher misteriosa — disse ele enquanto a carruagem parava diante dos portões de ferro da casa Du Bell.

— Não tem mulher misteriosa.

— Você precisa alinhar sua história. Ou você acredita que ela é inalcançável ou ela não existe. Por favor, decida para que eu consiga descobrir quem é essa criatura que conseguiu encantá-lo — respondeu Henry enquanto a porta se abria e os lacaios abriam guarda-chuvas acima de nós.

Eu não tinha certeza se estava confortado ou perturbado pelas outras carruagens que vi. De certa forma, ajudava a me disfarçar — quanto mais pessoas, mais livremente eu poderia... talvez eu pudesse falar com ela. Mas como eu poderia fazer isso sob tantos olhares? Não seria impróprio da minha parte falar com outra pessoa além do anfitrião que estendera o convite a mim?

— Cavalheiros, Vossa Senhoria os espera na sala de estar — disse o mordomo enquanto entrávamos, já nos conduzindo. Houve uma única batida antes que a porta se abrisse e eu ouvisse o homem dizer: — Sir, o sr. Parwens e o dr. Darrington chegaram.

Enquanto ele dava um passo para o lado, pareceu que todo o mundo havia desaparecido, exceto por ela. Verity estava sentada ao pianoforte, usando amarelo, o menor dos sorrisos em seu rosto, e, como Henry descrevera, eu estremeci.

Como trovão nas nuvens e a maior das tempestades, estremeci.

7

Theodore

Eu havia ouvido falar muito do marquês de Monthermer. Dizia-se com constância que ele era um homem culto com grande fortuna, sorte e família, que não se podia dizer nada de ruim a respeito dele, e que ele valorizava mais a inteligência até do mais pobre dos homens do que a companhia de príncipes. E se isso não fosse o suficiente, ele e seus filhos, principalmente o mais velho, Damon, compartilhavam um relacionamento mais similar a uma amizade amadurecida que apenas de pai e filho. Ele era tão altamente considerado que, como um filho de marquês, eu achava difícil que tais rumores fossem verdadeiros. Eu achava que era um exagero das pessoas que tentavam cair nas graças dele por puro interesse.

No entanto, nos curtos vinte minutos em que tive a oportunidade de conversar na sala de estar, descobri que provavelmente também falaria dele com tal afeição. Eu nunca havia conhecido um lorde tão... gentil e estudado. Mas não era apenas ele. Toda a família Du Bell parecia irradiar uma simpatia que eu havia visto apenas em famílias menos abastadas. Apesar da minha posição, ele falou comigo como se eu estivesse em pé de igualdade com os outros lordes presentes. Eu teria aproveitado muito a companhia dele se fosse outra ocasião e estivéssemos apenas nós, homens. Mas não era o caso.

O calor que eu sentia nas minhas costas indicava a presença dela a poucos passos atrás de mim. Eu não sabia como tal fenômeno era possível, mas era. Ela estava tão perto que meus pulmões pareciam pressionados, e ao mesmo tempo, ela estava tão longe que eu não podia dizer uma palavra a ela. Quando olhei, ela olhava em direção à porta, como se esperasse por alguém. Mas quem?

Antes que eu encontrasse coragem para falar, os olhos dela se voltaram para os meus bem quando as portas duplas se abriram e o mordomo, vestido de vermelho, entrou, com os ombros endireitados e o queixo erguido.

— Milorde, milady, o jantar está servido.

— Teremos que terminar esta discussão depois, cavalheiros. — O marquês gesticulou para que fôssemos à frente, e todos esperaram pelas mulheres: a marquesa, a mãe bastante taciturna de Henry, lady Fancot, e a irmã igualmente reservada dele, srta. Amity Parwens, ambas ruivas. Estavam ali também lady Montagu, esposa de Damon, lady Hathor, e, é claro, lady Verity, que encontrou meu olhar pelo mais breve instante antes de seguir as outras para fora.

Eu não esperava alguma chance de falar com ela, embora devesse admitir que gostaria. Enquanto entrávamos na sala de jantar, pensei que ficaria satisfeito se pudesse apenas olhar para ela. No entanto, meu coração deu um salto quando percebi que a única cadeira que eu poderia ocupar era ao lado dela. Encarei o assento, esperando que outra pessoa o reivindicasse e me punisse por ousar desejar sentar-me ali.

— O que você está fazendo? — sussurrou Henry à minha frente vendo que eu não me mexia.

Sem responder, fui até a cadeira que o lacaio afastara para mim. Só nos sentamos depois que o marquês se acomodou à cabeceira da mesa. Fiquei em silêncio, encarando a prataria, buscando ignorar o leve cheiro de jasmim que só podia estar vindo dela.

— Você me considera inadequada para uma conversa, dr. Darrington?

De imediato, ergui o olhar e encontrei os olhos castanhos dela diretamente nos meus. Consegui falar apenas quando percebi o leve franzir de sua testa.

— Não, não considero.

— Então por que não conversa comigo? Até seu companheiro já começou — disse ela, e percebi que Henry e Hathor conversavam, pois também estavam sentados lado a lado.

— Careço da habilidade de meu amigo de conversar tão livremente com o seu gênero.

— O que há no meu gênero que dificulta tanto a livre conversa? Decerto não é diferente se o assunto for apropriado.

— Esse é o problema, manter o decoro, mas o que um homem pode fazer diante dos charmes de uma mulher tão bonita? — As palavras saíram dos meus lábios antes que eu me desse conta. Arregalei os olhos, encarando-a.

— Então sua resposta é que não consegue manter uma conversa adequada com o meu gênero porque nos acha bonitas? Foi por isso que também não falou durante nossa dança, estava distraído por todas as jovens lá?

— Não, claro que não, a senhorita me entendeu mal. Não falei durante nossa dança porque... — *Estava tão profundamente encantado por você?* Eu não podia dizer isso, mas também não sabia o que dizer.

Ela franziu a testa com mais força, e me deu as costas enquanto a sopa da entrada era trazida.

Merda.

Eu não sabia o que mais dizer e pensei em me poupar do ridículo. Mas quando é que eu teria outra chance de falar com ela assim? Desesperadamente, busquei por alguma coisa para remediar a situação, mas não consegui pensar em nada.

— Dr. Darrington? — chamou a marquesa.

— Sim, Vossa Senhoria? — respondi, imediatamente olhando para ela, grato por ser salvo.

— O senhor está hospedado com lorde Fancot, ou tem família aqui?

— Tenho família na cidade, parentes de minha mãe, mas a casa deles é bastante cheia, então estou ficando na Hospedaria da Coroa.

— Deve ser bastante solitário sem o conforto da família — respondeu ela enquanto os lacaios traziam o próximo prato, que parecia ser cordeiro.

— Ou tranquilo — murmurou Damon de trás de sua taça, o que o fez receber um olhar feio de sua mãe e esposa e uma risadinha de todos os outros homens ali.

— Não se preocupe, Vossa Senhoria — disse Henry. — Theodore é como um irmão para mim e, portanto, assumo a responsabilidade de perturbar a paz dele sempre que possível.

Lutei contra a vontade de revirar os olhos.

— Vou à hospedaria apenas para dormir, portanto é mais que suficiente — falei.

— Por enquanto pode ser suficiente, mas decerto não será quando você escolher uma esposa — disse lady Fancot.

— Não penso em escolher uma esposa, milady — respondi, para o horror de toda a mesa, incluindo, ao que parecia, lady Verity, que me encarou, de sobrancelhas erguidas.

— Por que não? — respondeu a marquesa, perplexa. — O senhor acha as jovens de Londres tão desagradáveis assim?

— Não, pelo contrário, tenho a mais alta estima pelas mulheres. Principalmente as mulheres da sociedade, pois elas lidam com seus difíceis destinos com uma graça e dignidade que são superiores às de qualquer homem.

— O que o senhor quer dizer com *difíceis* destinos? — Lorde Hardinge riu, erguendo sua taça. — Tenho certeza de que nada tão sério poderia acontecer dentro de uma sala de estar.

Aquela resposta não me surpreendeu.

— Se o senhor fosse forçado a permanecer em uma sala onde lhe ensinassem habilidades que pouco lhe interessassem, não acharia isso cruel? — perguntei, e ele parou a taça a centímetros dos lábios. — Essa é a realidade para as jovens da sociedade. Elas são mantidas em salas de estar e têm aulas de etiqueta, literatura, música, artes e bordado. É irrelevante se elas se interessam ou não por essas coisas.

— O que mais poderia ser de interesse delas? — bufou lorde Bolen, franzindo os lábios.

— Deveríamos perguntar a elas, milorde, mas ninguém pergunta — respondi, franzindo a testa. — Simplesmente dizem a elas qual lugar podem ocupar e as forçam a permanecer nele. A única liberdade que têm é se aventurar do lado de fora quando são consideradas maduras o suficiente para se casarem, e, uma vez casadas, são mandadas a outra sala de estar.

— Você fala como se as mulheres aqui não tivessem escolha. Minha querida, diga a ele, você se imaginava fazendo outra coisa? — Lorde Fancot olhou para a esposa, que se sobressaltou um pouco, como se não esperasse ter que falar. — Você odeia tanto assim nossa sala de estar, minha querida?

— Eu a prefiro a um asilo ou fazenda, decerto. — Lady Fancot riu, colocando o cabelo ruivo atrás da orelha.

— Viu? — Lorde Fancot assentiu, orgulhosamente. — O senhor defende uma posição que ninguém deseja...

— Eu não gosto de salas de estar.

O comentário de Verity trouxe silêncio enquanto ela dava uma mordida no cordeiro. A atenção de todos estava nela agora.

— Gosto de ler, mas devo admitir que o único motivo que tive para estudar pianoforte, artes e bordado era ser competente o suficiente para que minha governanta me deixasse em paz.

— Minha querida garota, o que mais a senhorita poderia querer? — perguntou lady Fancot.

— Eu... eu acho que teria gostado de frequentar a universidade — respondeu ela.
— Universidade? Para estudar o quê? — perguntou Hathor.
Verity deu um leve sorriso.
— Escrita.
— Para escrever a senhorita deve aprender a ler. Isso pode ser aprendido dentro de sua própria casa — disse lorde Hardinge.
— Se é assim, por que os homens vão à universidade?
Ela olhou para ele, que não teve resposta. Nenhum deles tinha. Me esforcei para não sorrir.
Sem saber o que dizer, todos olharam para o marquês, que até então não dissera uma palavra. Nem a esposa dele, estranhamente.
— Charles, você está ouvindo isso? — perguntou lorde Hardinge.
O marquês assentiu com a cabeça grisalha.
— Estou, e estou impressionado com a destreza como conseguiu desviar do assunto inicial, que era sua falta de vontade de se casar.
Droga. Achei que eles esqueceriam o assunto.
— Ah, sim — disse a marquesa. — E não compreendo por que esse raciocínio atrapalharia em conseguir uma esposa.
Eu não queria me demorar no assunto, então sorri e disse:
— Temo não ter uma sala de estar.
Verity deu uma risadinha ao meu lado, assim como Hathor e até Silva. Mas os mais velhos não me deixavam em paz.
— Claro, ela de certo não será uma grande dama esperando gerenciar uma considerável propriedade, mas ela pelo menos buscará uma pequena casa própria na qual morar. Um pequeno saguão pode servir — disse lady Fancot.
— Mãe, nem todos nós devemos nos casar. — Henry tentou aliviar o interesse em mim.
— Todos vocês decerto devem — disse a marquesa por fim, erguendo sua colher. — Jovens amáveis como vocês decerto precisam de uma esposa, e portanto uma esposa precisa de vocês. Vocês não devem decepcioná-las. E quanto antes encontrarem esposas, melhor.

— Mãe, sou um ano mais velho que Darrington e só me casei este ano — respondeu Damon, tentando ajudar também.

— E você se orgulha disso? Se você tivesse tomado juízo antes, isso não teria tornado a vida de Silva mais fácil? Certo, minha querida? — pressionou ela, olhando para a jovem loira em questão.

Silva arregalou os olhos, olhando do marido para a sogra.

— Sim, teria, Vossa Senhoria.

Damon só pôde suspirar.

— Viu? Além disso, Damon, você não estava nem de perto na mesma situação que nosso doutor, pois além de ter muitas casas, tem várias ótimas pessoas para cuidar de você. O dr. Darrington dedica a vida àqueles que precisam. Uma esposa cuidaria dele e desse modo faria bem para ele, pois fazemos bem mais do que definhar em belas salas — disse a marquesa.

— Isso vem com o tempo — afirmou lorde Bolen antes de olhar na minha direção. — O senhor deve pensar bem, pois o casamento é um comprometimento sério.

— Lorde Bolen não ficou noivo duas vezes e jamais se casou? — disse Hathor tão baixinho que eu pensei ter ouvido errado. No entanto, a expressão nos rostos de Henry e Verity dizia que não.

— Um comprometimento deve ser feito. E eu o verei acontecer, pois sou a própria representante do casamento. — A marquesa atraiu a atenção mais uma vez. — Eu poderia apresentá-lo à sobrinha da sra. Frinton-Smith, Edwina. Ela é muito adorável.

— Está falando da família de padeiros na West Elm? — questionou lady Fancot.

— Eles também têm várias hospedarias no campo. Fiquei sabendo que estão adquirindo uma mina de cobre em Cornwall.

Ao meu lado, vi Verity apertar o garfo com mais força, mas eu não tinha certeza do motivo.

— Obrigado, Vossa Senhoria, mas acredito que seus esforços seriam mais bem aproveitados com Henry — respondi em minha tentativa final de me salvar. Henry me olhou de olhos arregalados, inflando as narinas.

Melhor você que eu, pensei, enquanto ele era cercado de perguntas e os lacaios traziam o próximo prato em bandejas de prata.

— O senhor demonstrou que consegue conversar muito bem — sussurrou Verity, olhando para mim. — Ou é porque elas são mulheres casadas?

— Elas simplesmente não são você. — As palavras saíram da minha boca antes que eu pudesse pensar.

— Eu sabia. — Ela franziu a testa com força. — Mas o que fiz para ofendê-lo, senhor?

— Nada — respondi rapidamente.

Como foi que causei tamanho mal-entendido?!

— Então o que me torna diferente?

Entreabri meus lábios para responder, mas não havia nada... nada que eu pudesse dizer além da verdade. E eu temia admitir a verdade.

— Entendi. Muito bem, eu não o forçarei. — Ela desviou o rosto e o simples movimento me fez temer tê-la magoado.

A verdade me magoaria e meu silêncio a ofenderia.

Que enlouquecedor era o fato dos sentimentos dela já terem mais importância para mim que os meus.

Suspirei e disse:

— Não falei com a senhorita durante nossa dança porque estava nervoso. Agora ainda estou nervoso e para evitar me constranger eu escolho o silêncio. Mas isso tem provocado desentendimentos entre nós.

Quando ela voltou a olhar para mim, eu sabia que pergunta faria, então me preparei para ela.

— Por céus, por que você ficaria nervoso? Eu não me acho tão desconcertante assim.

— A culpa é minha, por estar tão apaixonado pela senhorita — falei baixinho enquanto ela me olhava outra vez e eu não ousava desviar o olhar. — Eu estava e estou nervoso por conta de meus sentimentos pela senhorita, lady Verity. É isso o que a torna diferente para mim. Imploro por seu perdão.

O olhar dela estava fixo e eu não conseguia entender que expressão era aquela. Minha coragem arrefeceu, então me apressei para ir conversar com Henry em outro lugar.

Maldição!

Maldito fosse meu acelerado coração.

Verity

O jantar havia terminado com a promessa de outro evento mais para o final da semana na casa de lorde e lady Fancot. Estava bastante óbvio que um plano fora montado para juntar Henry e Hathor. No entanto, eu também não conseguia deixar de pensar que me aproximaria do dr. Darrington.

As palavras dele... fizeram minha cabeça girar.

A culpa é minha, por estar tão apaixonado pela senhorita, dissera ele. Eu tinha certeza de que havia ouvido errado, ou pelo menos me enganado quanto ao significado. Mas como ele não queria deixar dúvidas, afirmou que tinha sentimentos por mim.

Como ele poderia ter sentimentos por mim? Nós mal nos conhecíamos.

E o quê... o que era aquela sensação? Toquei meu peito, massageando acima do meu coração como se tentasse evitar que saltasse.

Que estranho.

— Está acordada?

Olhei para a porta entreaberta e vi a pele marrom de Hathor conforme ela entrava. Ao perceber que eu estava sentada na cama, ela sorriu e se apressou, fechando a porta atrás de si. Como eu ainda estava vestida, ela subiu na minha cama.

— Afrodite deixava você fazer isso sempre? — perguntei.

— Sim. Por quê?

Balancei a cabeça.

— Está bem, pode ficar. E o que você veio fazer aqui? Ah, o que mais pode ser além do assunto do casamento?

— Ah, certo, você prefere os salões de Oxford ou Cambridge? — zombou ela.

— É tão estranho assim?

— Sim, e aquele dr. Darrington é ainda mais estranho — respondeu ela diante da minha irritação, mas bem quando eu estava prestes a falar, ela adicionou: — Nunca vi um homem defender as mulheres daquela forma. É surpreendente, não é? Nunca me importei tanto com as salas de estar, amo pintar e gosto de tocar o pianoforte, só parei porque me sinto muito inferior aos talentos de Devana. Nunca me senti forçada, mas ele me fez pensar como as outras damas se sentem. E aí você afirma corajosamente que é uma dessas jovens. Você odeia mesmo?

— Não todos os dias — respondi, trazendo meus joelhos para perto do peito e apoiando a cabeça sobre eles. — Às vezes é relaxante. Mas eu penso em outras coisas. Como conhecer outros países e pessoas.

— Case-se com o dr. Darrington e você terá essa chance. — Ela riu de mim.

— Hathor! — exclamei enquanto a ideia enchia minha mente. — Eu e o dr. Darrington? Isso...

— Relaxe, estou brincando. Obviamente, jamais daria certo.

— Pelo fato de que ele não quer se casar?

— Não, Verity, porque ele é ilegítimo — lembrou ela, pois eu havia me esquecido. — É uma pena. Se não fosse por isso, ele seria um ótimo partido para a maioria das jovens. Bonito, jovem, habilidoso e interessado na mente feminina.

Como ela podia dizer isso com tanta facilidade, não tinha vergonha de admitir? Espere, por que ela deveria ter vergonha? Por que *eu* estava com vergonha?

Minha mente estava uma bagunça; eu só conseguia ver o rosto dele.

— Você não deveria estar focada em Henry? — questionei, tentando encerrar o assunto do médico.

— Não. — Hathor franziu a testa, seus olhos castanhos agora olhando para o topo da cama. — Ele não é a pessoa ideal para mim.

— Como você sabe?

— Ele me contou. — Ela suspirou. — Bem quando o terceiro prato chegou, ele confessou que seu coração já pertence a outra pessoa e que os esforços de seus pais são inúteis.

Isso atraiu minha atenção, e eu me deitei ao lado dela.

— Ele quer se casar com outra pessoa?

— Entendi que ele não pode.

— Por quê?

— Ele não disse. Apenas me contou para que eu não tivesse expectativas e estou muito grata pela honestidade dele. — Ela deu um sorriso enorme. — A personalidade dele é encantadora o suficiente para talvez me distrair do meu verdadeiro objetivo de me casar com um duque.

Revirei os olhos e ri da constância dela, e então hesitei, pensando.

— O que aconteceria se ele confessasse que tem sentimentos por você?

— O que mais poderia acontecer? Eu apenas poderia aceitá-lo ou rejeitá-lo.

— Como você saberia o que escolher?

Ela me olhou de maneira estranha.

— Não seria a partir de como as palavras dele me fizessem sentir? Se ele gostasse de mim e isso me trouxesse alegria, eu seria recíproca. Por que você parece tão perdida?

Era essa a sensação que eu sentia? Alegria?

— Como é que você tem tanta certeza dessas coisas? — perguntei. — Você não tem mais experiência que eu, e mesmo assim esse processo todo, escolher um marido, gostar ou não, é tão pouco familiar para mim quanto as profundezas do mar.

— Não consigo entender você. — Ela suspirou. — Por que seus próprios sentimentos nesse assunto seriam pouco familiares? Você gosta de suco de laranja, não gosta? Eu vi você bebê-lo alegremente todas as manhãs esta semana.

— E?

— Você é capaz de saber do que gosta. Então o mesmo se aplica a pessoas, não? Você pode gostar de uma pessoa por ser bonita, ou bem estabelecida ou por outra razão. Esse conhecimento não tem a ver com as profundezas do mar, tem a ver com as *suas* profundezas. Isso não deveria lhe ser pouco familiar — respondeu ela, levantando-se. — Você é estranha, Verity. Mas gosto de você como pessoa, um tipo de irmã estranha. Boa noite.

— Não vai perguntar se eu gosto de você?

— Aparentemente você não faz ideia do que gosta. Além disso, quem é que poderia desgostar de mim e ter razão? — Ela sorriu e saiu saltitando até a porta.

Não pude evitar a risada.

Ela era tão estranha quanto eu.

Mas enquanto o riso passava e eu pensava no dr. Darrington, meu coração começou a acelerar mais uma vez.

E, em meu íntimo, temi que Hathor estivesse certa.

8

Verity

— O que você está fazendo aqui? — questionou meu pai, sentado à mesa, quase me fuzilando com o olhar.

Ele era quase idêntico a Evander — alto, de pele marrom, cabelo cacheado curto e profundos olhos castanhos, mas, diferentemente dos de meu irmão, os dele eram frios e raivosos.

— Papai...

— Quantas vezes devo dizer para você não me chamar assim? — irritou-se ele.

Abracei minha boneca, a que Evander havia me dado antes de ir embora.

— Sinto muito, Vossa Graça...

— Não, sou eu que sinto muito, sinto muito por não poder ter despachado você para a escola com o tolo do seu irmão. — Ele grunhiu, erguendo outro papel para ler. — É por isso que filhas são uma inconveniência tão terrível. Só posso me livrar de você se eu pagar um caro dote.

— Sinto muito...

— Isso é tudo o que você tem a dizer? Você não é melhor que sua mãe, sempre se desculpando, mas nunca mudando! Se ela ia morrer, deveria ter tido o bom senso de fazê-lo enquanto gestava um filho homem.

— Está tudo bem? — Datura, a nova esposa de meu pai, cuja pele era muito branca e tinha cabelo dourado, se posicionara atrás de mim. Ela usava um vestido vermelho intenso e rubis ao redor do pescoço.

— Não! — gritou ele em resposta. — Eu sabia que manter a casa em ordem estaria além de suas poucas capacidades, mas pensei que você pelo menos saberia como lidar com uma criança. No entanto aqui está ela, atrapalhando.

— Não se preocupe, eu a levarei comigo. — Datura sorriu para mim, mas quando se aproximou automaticamente dei um passo para o lado, abraçando minha boneca com o máximo de força possível.

Não!
Por favor, não.

— Não, papai...

Ela fechou a porta do escritório e imediatamente o sorriso em seu rosto desapareceu, olhando para mim com raiva.

— O que falei a você sobre sair do quarto? — rosnou Datura enquanto estendia a mão e agarrava meu braço com força. Tentei me livrar, mas ela aumentou a pressão ainda mais.

— Papai! — gritei, mas ela colocou a outra mão sobre minha boca e me puxou para longe. Por favor, *por favor*. Eu não queria ir.

— Vamos! — Datura fincou as unhas no meu braço. — Você sempre tem que ser tão irritante?

— Não! — Tentei firmar os pés mas não adiantou, eles apenas deslizavam no mármore. Ela era muito maior que eu; não havia como escapar. Mordi o braço dela e tentei correr, mas ela agarrou meu cabelo e me puxou. Toquei a mão dela, tentando libertar meu cabelo, mas recebi um tapa, e então outro e mais outro.

— Você não passa de uma pestinha! — rosnou Datura enquanto chegávamos ao quarto. — Um estorvo inútil para todos.

— Por favor, não! — gritei quando vi o armário. Tentei me afastar, mas ela batia cada vez com mais força nas laterais do meu corpo... tudo doía.

Por favor, alguém me ajude!

Mas ninguém veio. Não havia ninguém ali.

— Você não vê que este é o melhor lugar para você? Ninguém te quer. Você só estraga o nosso dia com sua carinha horrível — disse ela enquanto me erguia do chão e me jogava lá dentro, batendo as portas do armário atrás de mim.

Esmurrei as portas com os punhos fechados.

— Sinto muito! Sinto muito! Por favor, me deixe sair!

— Cale-se! — Ela bateu o punho do outro lado da porta. — Teria sido melhor para todos nós se você tivesse morrido com a maldita da sua mãe, sua pestinha mimada.

— Por favor — sussurrei, fechando os olhos enquanto a escuridão total me cercava. *Por favor, não me deixe no escuro!*

Serei boazinha.

Prometo.

Abraçando meu próprio corpo, agora sem minha boneca, comecei a chorar.

Mas ninguém ouvia. Ninguém jamais ouvira.

Por favor!

∞

— Verity! VERITY!

— Não! — gritei enquanto ainda abria os olhos, visualizando o dossel da cama. Senti braços ao meu redor enquanto eu chorava e arfava.

— Está tudo bem. Você está segura. Eu juro, minha querida, você está segura.

Levei alguns momentos, enquanto o pesadelo desaparecia das minhas lembranças, para perceber que estava nos braços da marquesa. Ela me abraçava com força, balançando-nos devagar para a frente e para trás.

— Está tudo bem. Você está bem — sussurrou ela, beijando o topo da minha cabeça enquanto eu me acalmava.

Mas com a calma vinha minha vergonha. Quão alto eu estivera gritando? Quem mais ouvira? O que eu deveria dizer?

— Verity, minha querida, o que há de errado? — perguntou-me ela gentilmente.

— Nada — sussurrei, aos poucos me afastando de seus braços para olhá-la. O rosto dela parecia tão terrivelmente... afetado enquanto me olhava com o que eu sabia ser pena. — Só um sonho ruim, madrinha.

— Verity... — Ela suspirou profundamente como se não soubesse o que mais dizer.

— Já estou bem, me perdoe pelo incômodo.

— Você quer descansar um pouco mais? Não precisa vir conosco ao zoológico real — disse ela enquanto estendia a mão e afastava do meu rosto os cachos que caíram para fora da touca.

— Mas eu quero tanto ir, madrinha — respondi sinceramente. O zoológico real na Torre de Londres existia para mostrar todos os animais dados à família real, vindos do mundo todo. — Juro que estou bem.

— Está bem, então — respondeu ela, levantando-se da cama. — Vou sair para que você se apronte para o dia.

Assenti, levantando-me também.

— Obrigada.

— De nada. — Ela sorriu antes de sair.

Escondi o rosto nas minhas mãos.

Quando isso vai acabar?

Quando poderei dormir e acordar como todo mundo?

Fazia anos, e mesmo assim meu passado ainda me assombrava. Eu queria esquecer tudo, mas não podia. Mais uma vez, a casa inteira saberia que eu era... que eu não estava bem. E novamente eu me tornaria um estorvo, eu sabia.

— Bom dia, milady. Dormiu bem? — perguntou Bernice ao entrar, como se não fizesse ideia do que havia acontecido... Bom, talvez ela não soubesse. Talvez, de alguma forma, apenas a marquesa tivesse me ouvido?

— Dormi — menti, e ela assentiu para mim.
— Vamos nos preparar, milady?
Em silêncio, permiti que ela me ajudasse a me limpar e me aprontar. Enquanto isso, outras criadas entravam e saíam — nenhuma delas mencionou nem pareceu saber do meu incidente. Quando desci para o café da manhã, eu estava de fato confiante de que ninguém mais havia ouvido, e então ouvi a vozinha de Abena.
— Por que não posso pelo menos perguntar se ela está bem? — a menor do trio aos pés da escada perguntou ao seu irmão Hector e sua irmã Devana.
— Mamãe disse que não, Abena — disse Hector. — Temos que fingir que nada aconteceu. Então, se você perguntar a Verity se ela está bem, estragará tudo. Entendeu?
Eles falavam de mim. Todos sabiam, e não fazia nem uma semana que eu estava ali.
— Não. Não entendo nem um pouco. — Abena cruzou os braços. — Por que todos estão agindo como se fosse tão ruim? É só um pesadelo. Às vezes eu também tenho. E quando tenho quero que as pessoas me perguntem se estou bem.
— Ela não é você, Abena — disse a irmã dela. — E isso é tudo o que você precisa saber. Além disso, você quer ir contra a mamãe? Ela não permitirá que você vá ao zoológico real.
— Está bem! — Ela suspirou e marchou para longe deles.
Me afastei da escada, perdendo a vontade de descer, mas depois de insistir tanto, não tinha escolha.
Que tipo de infelicidade era essa?

Theodore

Simplesmente o pior tipo de infelicidade.
O zoológico real tinha o objetivo de expor a toda a sociedade como o príncipe regente era muito amado e exibia os numerosos animais que ele recebera de presente pelos governantes e povos do mundo.

— Isto também é um leão? — arfou a srta. Parwens, a maior das expressões que eu vira dela, enquanto encarava a criatura que estava em uma pequenina jaula. — Por que não tem uma juba grande como Edward ali? — Ela apontou para o outro felino na jaula ao lado.

— A leoa, a fêmea do leão, não tem juba, srta. Parwens — respondi, já que o irmão dela estava ocupado demais observando a nobreza ali reunida. Em busca de quem, eu não sabia; só podia imaginar ser sua amada.

— E aquela fera ali, por que tem pintas pretas? Eu não sabia que leões podiam ter essa aparência. É uma raça diferente? — questionou ela, tornando a apontar.

— Não, srta. Parwens, aquele é um leopardo — respondi, encarando-o enquanto rugia e batia a cabeça nas barras, fazendo os guardas o açoitarem com porretes, para a satisfação e divertimento da multidão ali reunida.

— É bem feroz. Pensei que leões fossem as feras mais perigosas. Mas tudo o que esses fazem é ficar deitados. — Ela deu uma risadinha, olhando para os leões diante de nós. — Eles não passam de gatos grandes, como a srta. Peggy, não é, Henry?

— Sim, exato. Só que aqueles ali poderiam devorá-la viva, Amity. Mas, fora isso, decerto não há diferença — zombou Henry, ainda passando os olhos na multidão.

— Com licença um momento — falei para ambos, já me afastando antes que Henry pudesse questionar o motivo.

Enquanto caminhava, não conseguia evitar observar as pessoas mais que os animais. Era notório como aquele passeio divertia as crianças, e como estavam animadas enquanto reuniam a coragem para se aproximar dos animais, para em seguida saírem correndo diante do menor rugido ou rosnar. Todos estavam se divertindo demais, e eu não queria ser o estraga-prazeres. No entanto, enquanto passava, não consegui ignorar um elefante; seus cuidadores atiravam frutas para que ele pegasse com a longa tromba. E então o pensamento se repetiu.

— Que horrível.

Mas não fui eu quem disse. Virei-me para a voz ao meu lado e não vi ninguém menos que...

— Lady Verity? — arfei, surpreso. Ela usava um vestido cor de lavanda claro com um chapéu combinando que tinha flores na lateral, e um par de luvas curtas cobrindo as mãos.

Ela tirou o olhar do elefante e o colocou sobre mim, seus olhos castanhos se arregalando de surpresa.

— Dr. Darrington, o senhor também veio se aventurar na selva? — questionou o marquês logo atrás dela, junto de todo o clã Du Bell. Eles realmente se moviam como um único organismo.

— Sim, bom dia, Vossa Senhoria — respondi, fazendo um aceno com a cabeça para ele. — Henry e a irmã dele estenderam o convite, pois lorde Fancot e sua esposa não puderam comparecer.

— Não me surpreendo. Lady Fancot não suportar sequer ver um papagaio — disse a marquesa, dando um passo à frente.

— E foi apenas pela graça de Deus que o gato de minha irmã viveu por tanto tempo — disse Henry, enquanto ele e a irmã de alguma forma conseguiram nos encontrar. Havia duzentas pessoas ali e mesmo assim eu conseguia esbarrar com a criatura que eu mais temia.

Meu olhar se moveu para o dela mais uma vez, e viu que a intensidade de seu olhar ainda estava em mim. Obviamente, ela não havia esquecido o que eu lhe dissera. Como poderia? Fazia apenas algumas horas.

— Bem, já que vocês estão todos aqui, não faz mal se juntarem a nós enquanto nos aventuramos. — A marquesa sorriu e então olhou para sua filha Hathor.

Os planos das mães. Fiquei esperando que Henry desse um jeito de se afastar para que eu pudesse fazer o mesmo, mas o tolo maldito concordou com ela.

— Lady Hathor, está gostando da exibição? — perguntou ele, aproximando-se dela.

Mas que diabos?

Voltamos a andar, e mais uma vez fiquei ao lado de... lady Verity. Ela encarou os animais, franzindo bem os lábios.

Mantive os braços atrás de mim enquanto tentava não distraí-la ou irritá-la. Se ela tivesse me pedido para criar asas e voar para longe dela, acho que eu teria conseguido.

— Eu pensei que fosse gostar disso — disse ela baixinho, e não tive certeza se ela falava comigo ou consigo, então fiquei em silêncio. No entanto, quando ela se voltou para mim, com um olhar sério, me vi falando.

— E não gostou?

Ela franziu a testa.

— O natural seria gostar, não é? Afinal de contas, todos parecem muito felizes.

— Não todos — falei.

Ela olhou ao redor.

— De quem está falando?

— De mim.

— De você?

Assenti, olhando para os macacos enquanto eles gritavam de volta.

— Essas pobres criaturas, arrancadas de suas vastas florestas e natureza, enfiadas em jaulas para o nosso divertimento. É bastante triste. Devo admitir que não pensei nisso quando decidi vir. Foi só ao ver os...

— Olhos deles — disse ela, e mais uma vez minha atenção estava nela. — Eles não estão felizes. O senhor também reparou.

Assenti, sem saber por que eu sorria.

— Sim, reparei, mas ao que parece a maioria não repara. Estão muito fascinados apenas com a existência deles.

— Isso é porque nenhum deles sabe como é estar preso em uma jaula — murmurou ela.

— Como assim? — Eu não tinha certeza do que ela queria dizer. Ela franziu a testa enquanto olhava de volta para mim.

— O senhor é mesmo tão gentil quanto parece, dr. Darrington?

— Não penso em mim como uma pessoa má, mas também não finjo ser angelical.

— Então você é mesmo gentil. Pois apenas os gentis por natureza negam ser chamados assim.

— Não tenho certeza dessa lógica, milady. — Eu sorri. — Pois o cruel também negará ser cruel. Acredito ser melhor julgar uma pessoa por suas palavras e ações.

— Que palavras ou ações minhas levaram você a me julgar como uma pessoa digna de sua afeição? — Ela questionou tão calmamente, e mesmo assim tudo em mim se despedaçou no caos.

Eu a encarei. Toda vez que eu a encontrava, ela me despojava de toda a razão e habilidade. Eu não duvidava de minha inteligência, mas não conseguia demonstrar isso ao lado dela. Apenas me tornava um tolo.

— O senhor não tem resposta? Devo supor que está totalmente atordoado por minha aparência? — questionou ela, inclinando a cabeça de lado.

— Devemos manter o ritmo — falei, vendo o espaço entre nós e nosso grupo ficando maior e dando um pequeno passo à frente. Quando ela se juntou a mim, foquei nas pedras arredondadas sob meus pés. — Não negarei que quando a vi pela primeira vez foi sua aparência que me fascinou completamente.

— Foi por isso que o senhor bateu a porta em meu rosto?

— Não fiz nada disso.

— Bem, não foi uma batida, mas foi bastante... abrupto... e na minha cara.

Lembrei-me do momento pouco antes de eu ir cuidar do irmão dela. E fora mesmo abrupto.

— Perdoe-me, eu... eu não sabia o que mais fazer além de correr.

Ela deu uma risadinha e olhou para mim.

— O senhor é sempre tão sincero?

— Sobre mim mesmo? Não. Sou bastante reservado e temperamental, assim as pessoas me deixam em paz. Mas...

— Mas?

— Papai, podemos ver os pássaros? — perguntou a segunda mais nova menina Du Bell, a de cabelos loiros, Devana, enquanto apontava para o aviário.

— Você quis vir até aqui para ver pássaros? — A menina mais jovem, Abena, franziu a testa. — Há pássaros na Inglaterra. Quero ver outros animais.

— Vocês chegaram a um impasse, o que faremos? — perguntou o marquês, olhando de uma para a outra.

— Vamos votar — disse Devana.

— Podemos ser gentis e ouvir a mais jovem. — Abena sorriu, fazendo seus pais rirem e seus irmãos resmungarem.

— Ela abusa demais da posição de mais nova, mamãe. — Hathor balançou a cabeça ao lado de Henry e da srta. Parwens. — Ela é mimada.

— Como você era nessa idade — respondeu a mãe dela, e então olhou de Verity para mim. Senti vontade de me afastar imediatamente, sem saber o que ela pensava.

— Verity, minha querida, o que você gostaria de ver? Você é nossa convidada, portanto a escolha é sua.

Todos olharam para ela, e Verity olhou para as jaulas antes de focar no aviário. Observei enquanto ela reparava no tamanho da construção e nos pássaros que voavam ao redor do topo.

— Acredito que eu também gostaria de ver os pássaros — disse ela gentilmente.

— Veremos os pássaros então. — O marquês assentiu, pegando a mão da filha mais nova enquanto ela fazia uma careta, mas o seguia.

Esperei que todos estivessem caminhando para falar com ela.

— A senhorita escolheu os pássaros porque a gaiola deles é maior, para que a sensação de ser uma jaula fosse menor?

— Foi tão óbvio assim?

— Talvez apenas para mim — respondi, e então lembrei de outra coisa que me atraíra a ela em todas as outras vezes nas quais eu a vira. — E já que eu estava certo, tenho outra pergunta.

— Sim?

— Por vezes, no baile ou quando fui à sua casa para o jantar, eu a vi olhando para a entrada. A princípio, pensei que estivesse esperando por alguém. Mas talvez a senhorita estivesse procurando um jeito de escapar?

De imediato, ela olhou para mim, os olhos arregalados bem quando entramos no aviário. De boca aberta, atônita comigo enquanto todos os outros estavam atônitos com as árvores e as criaturinhas coloridas que voavam ao redor delas.

Ela franziu a testa, agarrando as próprias mãos.

— O senhor me observou tanto assim?

— Perdoe-me, eu...

Ela me deu as costas, adentrando a jaula. Eu quis segui-la, mas Henry estava ao meu lado, deixando escapar um profundo suspiro.

— Preciso ir ver... alguém. Quanto tempo levaria para você me perdoar se eu o abandonasse com eles e sumisse? — perguntou ele, o corpo já angulado em direção à porta.

— Várias centenas de anos — respondi. — Enlouqueceu? Perdoe-me, mas e quanto à sua irmã?

— Você pode tomar conta dela...

— Não posso. Ela não é *minha* irmã. Por mais próximos que você e eu sejamos, a reputação dela pode ser manchada — lembrei-o. Ele mordeu o lábio, voltando-se para a irmã, claramente lutando contra o desejo de escapar... provavelmente para a tal mulher dele. — Henry, você tem responsabilidades com ela...

— Está tudo bem? — O marquês se voltou para nós enquanto as damas entravam.

— Vossa Senhoria, por favor perdoe-me; uma questão de séria importância aconteceu e devo resolvê-la. Vossa esposa cuidaria da minha irmã até meu retorno, por gentileza? — perguntou Henry, e fechei minha mão em punho para me impedir de bater na cabeça dele.

— Sim, é claro. — O marquês assentiu para ele.

— Obrigado, Vossa Senhoria — respondeu Henry, e nem um segundo depois ele corria o mais rápido que seus pés conseguiam, o maldito tolo.

— E quem seria a jovem que é de tal séria importância para ele? — O marquês deu uma risadinha enquanto se aproximava de mim.

Eu o encarei, estupefato, mas rapidamente falei:

— Vossa Senhoria, eu duvido...

— Vamos, não precisa acobertá-lo, está óbvio. O que mais pode ser tão sério para um cavalheiro, senão uma dama? Ele estava bastante distraído nesse pouco tempo de nosso passeio — respondeu ele, e então suspirou. — Enfim, eu gostaria de continuar nossa conversa de ontem à noite, sobre os trabalhos de Descartes.

Eu queria continuar minha conversa com Verity, mas assenti para ele.

— Ah sim, Vossa Senhoria, qual texto? Falamos de *Meditações sobre filosofia primeira* e *As paixões da alma*.

Os olhos dele se iluminaram de alegria quando começou a falar. Ouvi e respondi, seguindo-o enquanto ele andava, mas minha mente divagou. Não conseguia deixar de pensar que essa era outra das grandes diferenças entre Henry e eu.

Quando o coração dele dizia para que ele fugisse... ele fugia.

Eu, por outro lado, pairava; eu era como aqueles pássaros, com permissão de voar somente até certa altura.

9

Verity

Eu estava perdida.
 Quer dizer, eu tinha escolhido me esconder. Mas, se alguém perguntasse, eu diria apenas que tinha me perdido. Sentei-me atrás de um arbusto, longe do local em que todos estavam reunidos. Eu queria respirar, mas meu peito estava apertado.
 Era o meu espartilho? Não. Eram as palavras dele.
 Talvez a senhorita estivesse procurando um jeito de escapar? Elas se repetiam em minha mente. Quanto tempo fiquei encarando a saída dos lugares, para ele ter reparado? Os outros haviam reparado também? Será que fingiam que nada tinham visto, como faziam com meus pesadelos? Por que todos os meus segredos e defeitos estavam se escancarando para o mundo?
 Ah, se eu pudesse voltar para Everely. Eu queria caminhar sozinha pela propriedade. Preocupar-me com nada e nem ninguém. Mas ainda era muito cedo, eu não podia voltar agora, não sem ser um incômodo para meu irmão e sua esposa. Eu não queria isso. Então, eu estava presa ali. Presa e me escondendo. Primeiro dos Du Bells, agora desse tal dr. Darrington.

— Agora sei com certeza: não gosto dele, ele é bastante rude — resmunguei para o pássaro de cabeça laranja e corpo verde empoleirado no galho da árvore diante de mim. — Por que ele me perguntaria aquilo? É da conta dele se estou procurando um jeito de escapar? As pessoas ficam intrometidas assim quando estão apaixonadas?

O pássaro virou a cabeça para a esquerda e alçou voo, passando bem ao lado do corpo de...

— Dr. Darrington? — Me aprumei rapidamente, surpresa por ele ter me encontrado, mas ele não me olhou nos olhos. *Será que ele havia me ouvido?*

— A marquesa logo perceberá sua ausência. A senhorita deveria voltar logo; ela está do outro lado daquela árvore à esquerda. — Ele apontou para ela e então fez menção de se retirar.

— Me desculpe! — exclamei rapidamente.

Ele se voltou para mim, de testa franzida.

— Pelo quê?

— O senhor me ouviu, não foi? — Olhei para minhas luvas, cutucando-as.

— Sou eu quem devo me desculpar por ser tão intrometido. Agora, a senhorita deve ir...

— O senhor não é intrometido — falei antes que ele fosse embora. Inspirando fundo, olhei para ele. — E não tenho nada contra o senhor. Estou apenas constrangida. Não pensei que fosse possível perceber minha apreensão.

— Sua apreensão? — O corpo dele se moveu na direção do meu e percebi outra vez quão bonitos eram seus olhos castanhos enquanto me encaravam. — Com o quê?

— Reuniões. Sociedade. Londres. — Joguei as mãos para cima um pouquinho. — Tudo. Todos. As pessoas, todos são demais... o tempo todo. Sinto que não me encaixo entre elas. Mas sou obrigada a me encaixar. Como uma jovem da sociedade, devo ser amigável, cheia de astúcia, charme e graça. Precisei usar toda a minha energia para que meu irmão não se preocupasse comigo. Agora que ele partiu e estou sozinha aqui, só quero fugir e me esconder. Então sim, estou procurando um jeito de fugir. Porque quero fugir!

— Posso contar-lhe um segredo? — perguntou ele gentilmente, e fiquei surpresa com a pergunta.

— Sim.

— As pessoas que não querem fugir são as mesmas que não pertencem a lugar algum — respondeu ele, franzindo a testa.

— O senhor é filósofo ou médico?

— De qual a senhorita precisa?

— Nenhum dos dois. — Fiz um biquinho.

Ele riu de mim e a risada soou... boa. O rosto inteiro dele se iluminou e o fez parecer bem bonito.

— Então serei apenas uma pessoa e direi que está tudo bem, lady Verity. Há vários lordes e damas que nunca se aventuraram na sociedade, nem pedem que a sociedade vá até eles. Eles vivem seus dias quietos em suas propriedades sem se preocupar com nada.

— Como é que eu faço isso?

— Casando-se com um lorde com uma bela propriedade, acredito.

Grunhi, deixando meus ombros caírem de uma maneira pouco elegante.

— Por que as pessoas dizem isso como se fosse fácil? O casamento é... para sempre. E a pessoa com quem nos casamos tem o poder de transformar uma grande propriedade no maior dos infortúnios. Acredite em mim, eu sei.

— A senhorita já foi casada?

Arfei, de olhos arregalados.

— Claro que não!

Ele tornou a rir de mim.

— Então como pode falar com tanta certeza?

— Eu... eu... o senhor não é contra a instituição do casamento? Além disso, não é estranho o senhor ser contra e confessar seus sentimentos por mim?

— Não, acho que não, pois não desejo me casar — disse ele, olhando para um pássaro colorido que se aproximou, empoleirando-se em sua mão.

— Está admitindo que é um patife?

— Não, admito que sou um bastardo — respondeu ele, acariciando o pássaro gentilmente. — Estou ciente de que nada resultará dos meus sentimentos. Então não penso além da existência deles.

Franzi a testa, sem gostar nem um pouco do que estava ouvindo.

— Se fosse verdade, o senhor não teria me contado.

— Foi a senhorita que me pressionou por uma resposta no jantar.

— O senhor não pode mentir?

— A senhorita parece muito capaz de discernir a verdade. Além disso, eu estava inquieto demais para pensar em uma mentira plausível.

Ri do biquinho infantil e do franzir frustrado da testa dele.

— O senhor não deveria ser um gênio, dr. Darrington? Soube que o senhor e o marquês conversam por horas sobre obras antigas.

— Não são tão antigas assim, e por mais que eu não seja um tolo, também não sou um gênio, principalmente quando estou diante de...

— Jovens damas tentando fugir da sociedade? — Sorri.

— Da senhorita. Exatamente. — Ele devolveu o sorriso.

— Mesmo assim, o senhor deve se esforçar mais.

— Como?

— Em suas confissões. É bem pouco romântico dizer tais coisas comendo guisado de carne.

— Entendido. Direi comendo carne assada da próxima vez.

Eu ri tanto que quase ronquei, e rapidamente cobri minha boca.

— Perdoe-me!

— Pelo quê? A senhorita é magnífica — disse ele, e eu paralisei. A expressão dele, a suavidade de seu sorriso, eu nunca os tinha visto tão de perto.

Quanto mais eu o encarava, mais ouvia meu coração martelando no peito. Eu não sabia o que dizer. De repente, outro pássaro, de tamanho similar ao que ele tinha na mão, mas todo azul, voou direto no meu rosto. Com o susto, dei um pulo para trás enquanto via os dois pássaros voarem ao redor um do outro.

— Estão brigando? — perguntei, olhando os pássaros, que voaram até a árvore. Mesmo ali, eles ficavam se empurrando.

— Não — respondeu ele, também observando. — Estão se abraçando.

— Pássaros fazem isso?

— Estes fazem, principalmente quando estão apaixonados.

— O quê? — Observei os pássaros de novo. Eles pareciam incapazes de se separar, assim como... assim como amantes. — Eles estão apaixonados?

— Essa espécie de papagaio é conhecida por sua devoção. Tanto que são chamados de "pássaros do amor" — explicou ele, divertido. — Eles são pássaros monogâmicos, e assim que se cortejam eles permanecem juntos a vida inteira. Se um deles morre ou se eles se separam, ficam muito estressados e podem até morrer de tristeza.

— Sério? — arfei, impressionada enquanto olhava. — Eles sofrem mais que pessoas.

— Algumas pessoas, decerto — respondeu ele.

— De onde eles vieram?

— Eles são nativos das terras do sul do Deserto do Saara e de Madagascar.

Franzi a testa enquanto me recostava.

— Então estes são os sortudos.

— Como assim? — Ele se virou para me encarar, confuso.

— Ou eles já eram parceiros ou começaram a se cortejar aqui — expliquei. — Imagine os pássaros que são separados de seus parceiros ou os que jamais encontrarão um. Esses sofrerão como o senhor explicou, não é?

Ele me encarou e eu fiquei bastante desconfortável sob a intensidade do olhar dele.

— A senhorita está certa. Estamos vendo os sortudos.

Assenti.
— Bem, pelo menos há algo alegre nesta exibição.
— A senhorita é muito solidária, lady Verity — disse ele de repente.
— Eu? Por que diz isso? — perguntei.
— A senhorita veio a Londres pelo bem de seu irmão, tentando ajudá-lo a conseguir a mão da agora esposa dele.
— Como o senhor sabe?
Ele sorriu.
— Como não ficar sabendo se todas as jovens da sociedade reclamavam que quando tentavam dançar com seu irmão a senhorita as interrompia pedindo a atenção delas ou exigindo que seu irmão lhe concedesse uma dança... apesar da etiqueta.
Abri a boca para replicar e então a fechei. Era verdade. Eu tinha me esforçado para manter outras damas e mães longe do meu irmão, como uma maneira de garantir que não ocorressem desentendimentos ou obstáculos. O que por vezes significava dançar com Evander, o que não era exatamente adequado, mas quem é que nos questionaria?
— Sim, fiz isso, e as jovens da sociedade dificilmente diriam que foi um ato solidário — enfim consegui dizer.
— Verdade, mas seu irmão diria o oposto.
— Ele é meu irmão, então não é estranho eu ser gentil com ele.
— E com lady Clementina? — perguntou ele. — A senhorita não tentou ajudá-la em um momento de necessidade?
— O maior crédito é de Hathor, pois foi ela quem percebeu o que estava acontecendo e se jogou no chão. — Ri, me lembrando como ela fora dramática.
O dr. Darrington olhou para mim.
— Por que a senhorita evita ser elogiada, milady?
— Apenas não me acho digna de elogios.
— A senhorita se acha digna de quê? — perguntou ele, e então sorriu, adicionando: — Além de uma grande declaração de amor.

— Não sou! — Tentei não devolver o sorriso. — E como o senhor pode dizer tais coisas tão facilmente? Não fica constrangido?

— Estou muito constrangido, no entanto, palavras ditas não podem ser retiradas, e assim eu continuo sem me conter.

— O senhor é teimoso e estranho, dr. Darrington.

— Sim, perdoe-me.

Ri, mas antes que pudesse responder, ouvi Hathor chamar:

— Verity? Verity?

Rapidamente, me levantei ao mesmo tempo que o dr. Darrington entrava no arbusto ao meu lado. Ele olhava ao redor, mas seu corpo estava tão perto do meu que eu sentia seu cheiro: mel quente e maçãs. Mais uma vez, senti seu calor na minha pele, mesmo através de minhas roupas.

— Verity? — Amity também chamou, mas sua voz estava bem mais distante.

O dr. Darrington olhou ao redor.

— A senhorita deve ser rápida, Verity, antes que cause uma cena.

— Verity? — repeti, olhando para ele. Os olhos dele, no entanto, ainda estavam focados em outro lugar. — Isso significa que posso chamá-lo de Theodore?

O pescoço dele virou-se de uma vez em minha direção, seu rosto tomado de espanto. Sorri.

— Devo ir agora, *Theodore*, obrigada — sussurrei para ele, e corri por trás dele em direção do caminho principal.

— Ah, você está aí! — disse Hathor, correndo até o meu encontro, com Amity ao seu lado. — Mamãe quase entrou em pânico quando percebeu que você tinha sumido. Todos começamos a procurar. Onde você se enfiou?

— Me perdoe, fiquei hipnotizada com os pássaros do amor — menti, sorrindo.

— O quê? Eles são pássaros de verdade? — Amity ergueu as sobrancelhas.

— Conversem mais tarde. Temos que voltar antes que minha mãe chame a guarda de Londres — respondeu Hathor, enlaçando o braço no meu. — Juro, Verity, às vezes parece que você está prestes a fugir.

— Não sei do que você está falando — respondi, olhando por sobre o ombro para os arbustos onde Theodore sem dúvidas ainda se escondia.

De repente, meu dia estava muito mais iluminado.

E bem assim, me dei conta de que gostava dele... O que eu deveria fazer?

Theodore

O sorriso no meu rosto, a alegria que me percorria... vieram com uma sensação de pavor e frustração.

Com que propósito eu fazia aquilo? Por que falava com ela daquela forma? Pensei que confessar meus sentimentos acabaria com eles. Mas não aconteceu. Convenci-me de que o motivo de eu ter ido até ela foi por medo de que ela se perdesse ou que a marquesa se preocupasse com ela. No entanto, eu sabia que era mentira. Enquanto o marquês e eu conversávamos, não consegui parar de olhar na direção dela, observando cada passo como se ela fosse uma maravilha que viera dos cantos mais distantes do globo. Quando os passos dela foram ficando intencionalmente mais lentos e ela foi se afastando cada vez mais... aproveitei a chance. Menti para o marquês, dizendo que havia pacientes que precisavam do meu cuidado, só para poder ir até ela, para falar com ela.

Agora que havia feito isso, perguntava-me mais uma vez... qual era o propósito? Bem algum poderia surgir de nossa proximidade. Se alguém nos tivesse visto, eu poderia ter facilmente manchado a reputação dela.

— Chega, de agora em diante manterei distância — sussurrei enquanto caminhava pela multidão. Era melhor assim. — Perdoe-me, senhor — falei quando esbarrei de leve em um homem loiro e frágil, com uma pele tão pálida que dava para ver o azul de suas veias correndo por baixo dela. Eu não era um homem pequeno, mas também não era corpulento o bastante para derrubá-lo apenas esbarrando em seu ombro. No entanto, o homem gritou como se o mundo inteiro o estivesse atacando de uma só vez. Ele caiu nos meus braços, as mãos segurando a própria cabeça.

— Alistair! — Uma mulher usando pervinca e luvas brancas correu para ele, seus olhos castanhos arregalados de medo enquanto o homem lutava para ficar de pé sozinho.

Ele estendeu a mão para ela, rangendo os dentes.

— Foi... eu... sinto muito.

— Milorde, o senhor precisa respirar — falei, conferindo o pulso dele. Estava perigosamente lento. Olhei para quem eu só podia supor ser a esposa dele. — Milady, temos que levá-lo para casa imediatamente, ele está...

— Irmão?

Em poucos segundos outro homem, um pouco mais alto que eu, de cabelo loiro parecido com o do homem em meus braços, apressou-se até nós.

— O que aconteceu? Yumiko, o que houve? — perguntou ele para a mulher ao nosso lado.

— Não sei! Ele queria ir embora, pois estava se sentindo febril, e então caiu e gritou...

— Tristian... eu... AHH! AHH!

Pelo nome da esposa e do irmão dele, eu tive certeza de que aquele era ninguém mais ninguém menos que o primeiro filho de lorde Wyndham, lorde Alistair Yves, o visconde de Tregaron. E era tarde demais para me preocupar com a situação. Todos que estavam por perto tinham se virado para observar o espetáculo.

— Milorde, sou médico! Precisamos levá-lo para casa agora mesmo! — falei, recobrando a atenção deles, pois pareciam ter esquecido que eu estava ali.

— Ajudarei o senhor a levá-lo — respondeu o irmão dele, já do outro lado do homem, segurando-o pelos ombros.

— Eu posso andar... sozinho.

— Milorde, o senhor mal consegue respirar sozinho! — falei enquanto nos apressávamos para a saída.

— Abram caminho! ABRAM CAMINHO! — gritou o irmão dele para todos, com claro pânico e terror na voz enquanto seguíamos.

Levamos quase oito minutos para alcançar a carruagem, e quando o fizemos, lorde Alistair estava desacordado.

— Irmão! — gritou Tristan enquanto o deitávamos no banco de trás.

— ALISTAIR! — gritou a esposa. Eu entendia, mas nada daquilo era útil.

— Senhor, preciso que vá até a carruagem de lorde Fancot; lá, o senhor encontrará minha maleta médica! — falei direto para Tristian e um segundo depois ele estava correndo, deixando a esposa de seu irmão, que também entrara na carruagem e segurava a mão do homem inconsciente, e eu.

— Alistair? Meu amor, abra os olhos, por favor abra os olhos, por favor!

Pensei que era tolice, uma impossibilidade, pois ele estava claramente doente, mas de alguma forma seus olhos se abriram, e ele a olhou e sorriu. Como? Eu não tinha certeza, mas logo eles se fecharam mais uma vez e de imediato conferi o pulso em seu pescoço. Ele estava tão fraco. Eu tinha ouvido rumores de que o herdeiro de lorde Wyndham estava muito doente, então...

— O que ele estava fazendo de pé? — perguntei, mais para mim mesmo enquanto desfazia o plastrão e desabotoava a camisa dele, para garantir que respirasse livremente.

— É minha culpa! — exclamou a mulher ao meu lado. — Ele sabia que eu queria ver a exibição, então se esforçou para vir comigo.

Antes que eu pudesse dizer alguma coisa, o irmão dele voltou com minha maleta.

— Eu a trouxe e enviei um homem para alertar a todos em casa. Partam agora, eu irei logo atrás — disse ele, fechando a porta e ordenando que o cocheiro se apressasse.

Abrindo a maleta, peguei minha mistura de pulmonária, hortelã e tanaceto, inclinando a cabeça dele para ajudá-lo a engolir. Não era bem um tratamento, mas ajudaria a manter as vias respiratórias desobstruídas para aliviar seu coração.

— O que o senhor está dando para ele? E não sei o seu nome. Quem é o senhor?

— Sou o dr. Theodore Darrington, e preciso que a senhora me conte tudo sobre a condição dele até agora. Tudo.

E ela contou.

Por seis meses, o visconde de Tregaron havia sofrido da mais grave das dores de cabeça, perda de equilíbrio, fraqueza geral e rápida perda de peso. Houve até mesmo situações em que sangue saíra de seu nariz e ouvidos. Nenhum médico, doutor ou estudioso consultado conseguira diagnosticar o motivo de sua condição e, pior ainda, ninguém conhecia um método para ajudá-lo... exceto sir Grisham, que havia oferecido a ele um tônico que pareceu tê-lo ajudado a se aventurar naquele dia.

— Graças a Deus chegamos! — exclamou a mulher quando enfim chegamos aos portões de ferro de uma propriedade de paredes brancas, onde lorde Wyndham, muito ereto para alguém tão baixo, junto à sua esposa e quase todos os criados deles, já esperava. As portas foram escancaradas e os lacaios apareceram para carregar o visconde como se ele fosse Cristo saindo do túmulo.

— Levem-no para o quarto imediatamente! Os banhos devem ser preparados como sir Grisham instruiu! — comandou lorde Wyndham, do topo da escadaria de pedra. A esposa dele e a de Alistair o seguiram rapidamente para dentro da casa.

— Milorde, não acho que um banho fará muito bem para ele agora! — falei enquanto saía da carruagem por último.

— E quem é você? — perguntou ele com desprezo.

Apresentações não pareciam pertinentes naquele momento.

— Sou o dr. Darrington... — respondi.

— Agradeço seus esforços, dr. Darrington, mas meu filho está sob os cuidados de sir Grisham. O senhor pode ir — declarou ele, me dando as costas.

— MILORDE! Seu filho precisa de...

— O homem que meu filho Tristian enviou foi chamar sir Grisham. Ele logo chegará aqui — disse ele.

— Se é o que o senhor prefere, mas pelo menos permita-me cuidar dele enquanto isso — ofereci.

— Pai, não faz mal deixá-lo ficar. Ouvi falar dele na sociedade, ele é o médico que ajudou lady Clementina — disse Tristian enquanto subia a escadaria até o pai.

— Se o duque de Imbert permite que sua filha se submeta aos cuidados de um bastardo, a escolha é dele. Eu, no entanto, não submeterei seu irmão a tal desonra — foi a resposta que deu antes que se virasse e marchasse para dentro de casa.

— Me desculpe, dr. Darrington. — Tristian franziu a testa ao olhar para mim. — Agradeço por sua ajuda. O senhor gostaria que nosso cocheiro o levasse de volta...?

— Não há necessidade. Caso precisem dos meus serviços, estou na Hospedaria da Coroa. Desejo o melhor para o seu irmão — respondi calmamente, abaixando a cabeça antes de ir embora.

Aquele foi um lembrete muito necessário para mim.

Nada que eu fizesse ou fosse jamais mudaria minha posição de nascimento para pessoas como lorde Wyndham. Um bastardo, mesmo que tivesse salvado a vida de uma mulher nobre ou de milhares... ainda era um bastardo.

Comecei a andar sentindo uma enorme amargura crescer dentro de mim, um xingamento subindo do fundo da minha garganta, e quando as palavras estavam para deixar meus lábios, senti uma gota d'água cair do céu e atingir meu nariz. Outra gota caiu, e então duas, e de repente a chuva afogou o mundo inteiro. Olhei para cima, permitindo que lavasse minha ira, e fiquei ali, de pé, como um homem insensato, sorrindo, absorvendo a chuva.

Por fim, o bom senso tomou conta de mim e comecei a andar. Caminhei até o dia passar e a noite surgir, até que as extravagantes ruas abertas do oeste fossem substituídas pelas lotadas ruas de pedrinhas do lado leste da cidade, onde bêbados e apostadores seguiam para bares para exaurir seus poucos ganhos. Eles estavam alegres, rindo e pulando na chuva. A noite havia acabado de começar e eles ainda não haviam perdido nada. Segui para a terceira casa na rua de pedras cobertas de musgo, a única com um pequeno portão de ferro. Olhei para os tijolos escuros. Às vezes, tinha a impressão de que a casa era mantida de pé apenas pela vontade divina. A porta mal fechava e havia um pequeno buraco de rato em um cantinho; as janelas estavam tão sujas que eu mal podia ver a mais fraca luz lá dentro. No entanto, ninguém ali perceberia esses detalhes, pois apenas uma família vivia nessa casa, e isso já era considerado bastante luxuoso.

Não me dei ao trabalho de ir até a porta da frente. Apenas segui o caminho estreito pelos fundos até chegar à escada e um fedor familiar encher o ar.

— O senhor precisa manter a porta fechada, vô — falei enquanto entrava, enxugando o nariz molhado pela chuva.

— Você está péssimo — foi a primeira coisa que ele disse quando entrei na cozinha, embora sua atenção estivesse na panelinha sobre o fogo.

— O senhor poderia pelo menos olhar para mim antes de me avaliar, vô — falei, colocando minha maleta sobre o único espaço limpo na mesa. Como sempre, estava coberta por uma infinidade de plantas, frutas, raízes e uma infinita variedade de remédios. Ele tinha tudo, de equinácea, ginseng, sabugueiro e valeriana a láudano, sanguessugas e creme de tártaro. Quando eu era pequeno, ele costumava me contar que todo o mundo estava ali na cozinha dele, logo a leste de toda a sociedade importante, o que o tornava o homem mais rico da Inglaterra... exceto pelo rei, é claro.

— Não preciso olhar, você só vem até aqui quando está se sentindo péssimo — respondeu ele, e voltou-se para me olhar. Ele não tinha cabelo no topo da cabeça, mas o que restara nas laterais era grisalho; as costas eram um tanto encurvadas, provavelmente devido a décadas se debruçando sobre livros e panelas; e seus olhos, como os meus, eram cor de mel. — Viu...como disse, péssimo. O que aconteceu?

— Nada. Não posso apenas visitar minha família? — perguntei, enrolando as mangas para investigar o que ele estava cozinhando.

— Está em maus lençóis então?

— Vô!

Ele deu uma risadinha e bateu no meu braço.

— Muito bem, já que não falará de sua vida, fale de sua medicina. O que aflige os grandes lordes da *sociedade* atualmente?

— Gota, avareza e glutonaria — disse meu tio Hamish enquanto marchava para dentro da cozinha, usando o mesmo colete esfarrapado dos últimos dez anos. A evidência do quanto a peça já tinha sido usada eram seus múltiplos buracos e remendos. Nós, Darringtons, não éramos uma família pobre, mas de forma alguma éramos abastados; as habilidades de meu avô como boticário e o trabalho de meu tio como ferreiro nos garantiam apenas o suficiente para nunca temer passar fome. No entanto, meu tio, cuja fé era maior que a de um clérigo, era conhecido por jamais gastar um pence com "refinamentos"... Ele dizia que aquilo era feio aos olhos de Deus. Ele usava meias esburacadas até que seus pés conseguissem passar pelos buracos. Isso fazia dele indistinguível dos homens mais pobres da cidade na maior parte do tempo.

— Só que eles podem se dar ao luxo de sofrer disso, enquanto a maioria sofre de fome — bufou e, antes que eu pudesse responder, ele se voltou para meu avô. — Quantas vezes precisarei dizer ao seu avô para parar de fazer essas poções horríveis na cozinha na hora do jantar?

Senti minha irritação crescer.

— São remédios, tio, não poções. Ele não é um bruxo.

— O único remédio de verdade no mundo é a palavra de Deus. Ou você se esqueceu disso enquanto corre ao redor dos pés *daquelas* pessoas? — disse ele amargamente, com tanto nojo que contorceu o rosto. — Faz tempos que eu não vejo você ir à igreja. Você ainda vai à igreja, agora que encontrou sua galinha dos ovos de ouro?

— Hamish, chega! Ele acabou de chegar em casa — meu avô gritou com ele, e senti o impulso de dizer a ele para relaxar e não se preocupar. Fazia tempos que eu havia me acostumado a isso. Era o motivo de eu preferir a hospedaria.

— Acredito que a igreja deveria edificar a alma e não a condenar — falei para ele.

— Como sempre, você quer ouvir palavras doces, Theodore, e acreditar no bem neste mundo — resmungou ele, balançando a cabeça para mim. — Enquanto seus grandes e nobres amigos se lambuzam em banquetes estravagantes no lado deles da cidade, crianças choram nas ruas deste lado. Eles são todos gananciosos, ruins, malignos...

— Só Deus pode julgar — falei alto, olhando-o com um sorriso. — Não é, tio? O senhor não conhece todos eles, assim como eles não conhecem você. Com isso, desejo uma boa noite a vocês dois.

Olhei para meu avô, cujos ombros estavam caídos e o rosto sério. Ele era velho, não queria brigar, não queria discutir, queria apenas estudar possíveis medicações e comer torta com cerveja. Aproximando-me dele, pousei a mão em seu ombro.

— Virei visitar outra hora...

— Você está ensopado. Pelo menos se troque e jante conosco — disse ele.

Mas eu preferia sofrer com o frio cortante das minhas roupas e arriscar ficar com febre do que ficar ali com o meu tio.

— Vô, eu...

— Se ele quer ir embora, deixe que vá! — gritou meu tio. — Talvez você possa tentar ver se algum dos seus supostos remédios funcionam por aqui. Com aquele povo... nosso povo.

Cerrei o maxilar, mas não falei mais nada. Peguei minhas coisas e fui até à porta, batendo-a atrás de mim. Fiquei ali por um momento mais antes de soltar o ar e marchar escada acima.

Era estranho. Não importava aonde eu fosse, do lado oeste ou do leste, minha presença não era bem-vinda.

10

Verity

Eu não tive um pesadelo, pois não dormi. Passei a noite pensando nos pássaros... e nele: dr. Theodore Darrington. Talvez a falta de sono e a calmaria da noite fossem responsáveis por tamanha clareza. Fiquei me perguntado o tempo todo por que minha mente estava presa nele. Por que pensar nele indo embora deixava uma sensação tão estranha no meu peito? Por que eu queria vê-lo mesmo agora? Eu apenas tive que imaginar que era outra pessoa me fazendo essas perguntas. Meu irmão, talvez até Hathor. E ao fazer isso veio a resposta.

Eu gostava dele.

Se meu irmão ou Hathor tivessem me falado desses mesmos pensamentos, eu seria direta ao dizer que pensavam daquela maneira por causa da afeição que sentiam. Mas por que era tão difícil aceitar? Por que admitir me fazia sentir como se eu fosse cair em um buraco no chão e cair diretamente na sala de estar?

— Eu gosto... — sussurrei as palavras e então cobri meu rosto com as mãos. Eu não conseguia dizer.

— Está tudo bem, milady?

Rolei de lado para olhar para Bernice, que entrara no quarto e me observava, segurando uma bacia. Encarei o rosto sardento dela. Não, nada estava bem. Era o absoluto oposto de bem. Eu estava apaixonada pela pior opção de pretendente para mim. Evander preferiria me deixar casar com um criador de porcos a... alguém como ele. Alguém como nosso Fitzwilliam. Apenas mencionar isso... ah... eu nem ousava pensar.

— Não, não estou nem um pouco bem — sussurrei. Era melhor esquecê-lo de uma vez... e mesmo assim eu me lembrava de como ele sorrira para mim no dia anterior e como isso me fizera sorrir.

— A senhorita está passando mal, milady? — Bernice largou a bacia e estendeu a mão para tocar minha cabeça. — Milady, a senhorita está um pouco quente — disse ela, em pânico.

— Estou? — Estendi a mão para tocar minha testa, mas não senti febre. — Acho...

— Espere um momento, vou chamar a senhoria! — Ela já se apressava para a porta.

— Decerto não é tão ruim assim — falei para tentar contê-la, mas ela já tinha saído do quarto, deixando seu pânico comigo. Eu não estava doente, nem queria causar uma cena, só desejava... chafurdar nas minhas emoções.

Conhecendo a marquesa, a casa inteira seria galvanizada.

Mas se eles achassem que eu estava doente, chamariam por *ele*? Tornei a sorrir e então franzi a testa, sentando-me rapidamente, sem desejar que ele me visse tão mal.

— Verity! — A marquesa entrou correndo no quarto, de olhos arregalados, junto com outra criada, pressionando a mão na minha testa. — Você está doente. Sei que foi por causa da chuva que tomou ontem. Falei para você e a Hathor se apressarem para a carruagem, mas vocês ficaram brincando!

— Não estou doente — falei. E eu não estivera brincando na chuva no dia anterior. Estava apenas aproveitando a água fria na minha pele, junto à visão dos outros correndo para se protegerem.

— Mary, peça à cozinha para enviar chá de limão com mel e uma sopa de cenoura e gengibre. Bernice, traga um banho quente, o truque é cuidar o quanto antes! — ordenou ela, claramente me ignorando. Elas correram para fora do quarto.

— Não vai chamar um médico? — perguntei, já aliviada.

— Para um resfriado? Bobagem. — Ela sorriu, ajudando-me a deitar. — Se eu chamasse um médico toda vez que um dos meus filhos pega um resfriado, as pessoas achariam que o problema está na casa. Não precisa desse drama todo. Você receberá os remédios da família Du Bell e ficará bem amanhã.

— Quem pega resfriado na primavera? — disse Hathor da porta enquanto terminava de trançar o cabelo na lateral da cabeça. — E ainda por cima por causa de chuva.

— Se você não vai confortá-la, Hathor, é melhor ir lá para baixo para também não ficar de cama... por levar palmadas no traseiro!

Ri, me ajeitando no travesseiro.

— Não sou mais criança, mamãe, a senhora não pode me disciplinar assim.

— Quer apostar?

Elas se encararam antes que Hathor se afastasse da porta.

— Damas não apostam, então devo ir... já que alguém decidiu, de maneira tão inconveniente, adoecer, nos impedindo de sair para um passeio...

— Vá com seu pai, Hathor.

— Lorde Hardinge visitará papai, portanto eu ficarei presa ouvindo-os falar de Descartes o caminho inteiro. — Ela suspirou dramaticamente e olhou para mim. — Você pouco ajudou até agora.

— HATHOR!

— Estou indo! — disse ela enquanto saía às pressas.

— Perdoe-a — sussurrou a marquesa, acariciando minha cabeça devagar. — Por algum motivo, ela nunca quer deixar que as pessoas saibam que ela se importa.

Eu quis repetir que não estava doente. Mas, por outro lado, fiquei impressionada pela forma como a marquesa cuidava de sua família. Ela era bem mais atenciosa do que eu esperava de uma dama de seu padrão.

— Por que a senhora se esforça tanto? — perguntei baixinho.

— O quê?

— Evander disse que é porque a senhora e minha mamãe eram amigas muito próximas. Mas faz mais de dezoito anos que ela faleceu. Como uma amizade pode durar mesmo quando uma das pessoas já se foi?

Ela deu uma risadinha.

— Dura justamente porque ela partiu, minha querida. Não consigo mais me lembrar de nenhuma das coisas ruins que abalam uma amizade, nem consigo abrir mão das coisas boas. Devo muito à sua mãe, tudo o que tenho agora é por causa dela.

— Não compreendo.

— É muito complicado e doloroso para explicar. Só posso dizer que sua mãe... era a maior defensora do amor.

Então por que o amor a decepcionou tanto?, era o que eu queria perguntar, quando soou uma batida na porta. Observei os lacaios entrarem com uma banheira de cobre, e uma fila de criadas com jarros de água para enchê-la... certamente eles foram rápidos.

— Mary, Bernice, ajudem-na a se levantar — disse a marquesa para elas, e não reclamei.

Minha mente estava anuviada e eu sabia que a causa não era febre, mas sim meus próprios pensamentos. Eu não estava tão fraca a ponto de ser derrubada por uma chuva, nem costumava andar sempre debaixo dela. Não, eu tinha certeza de que a causa de minha condição atual era aquele homem e minha confusão a respeito do que eu deveria fazer.

Era assim que ele havia se sentido ao descobrir sua atração por mim? Será que ele havia se desconcertado ao ponderar sobre tais emoções?

Eu queria perguntar a ele... havia tanto que eu queria perguntar a ele. Mas não tinha como nos falarmos, não como havíamos conversado no aviário no dia anterior. Eu não podia fazer nada além de esperar e torcer por outra sequência de eventos que nos aproximasse. Mas, se acontecesse, decerto seria o destino.

Destino.

Muito bem, eu deixaria a cargo desse poder, e se de alguma forma o dr. Darrington aparecesse naquele dia, eu não questionaria... meus sentimentos, mas ousaria explorar para onde me levariam.

Afinal de contas, era praticamente impossível nos encontrarmos de novo tão cedo. Ele era médico. Ele tinha pacientes... antes, eu só o havia visto duas vezes, e brevemente, graças ao meu irmão. Naquele dia, os Du Bells não tinham compromissos fora de casa. A única explicação possível seria a vontade de Deus.

Era simples assim.

Theodore

— Diga-me, doutor, o que há de errado com ela? Ela já perdeu dois dentes e está sem energia alguma! — implorou a mulher mais velha ao meu lado, enquanto equilibrava um bebê no quadril e outra criança pequena se pendurava em seu avental.

Eu havia decidido ouvir meu tio e visitar alguns pacientes no lado leste da cidade, e quando vi já tinha atendido mais de duas dúzias de crianças dentro da mesma casa. Pelo menos cinco famílias compartilhavam a casa onde eu estava naquele momento. Fui subindo a escada aos poucos, porta a porta, examinando crianças que tinham no máximo sete anos e que não conseguiam sair da cama.

— Estou dizendo, foi o menino de Amanda, no segundo andar... ele adoeceu os outros. A doença dele vai matar o meu bebê! — gritou a mulher para mim e seu marido, que estava à porta, de braços cruzados. A camisa e os braços dele estavam cobertos de tinta e suor.

— Rebecca, acalme-se e deixe o médico trabalhar, você está assustando as crianças. São só alguns dentes...

— Ela é menina, Tim! Quem vai se casar com uma menina sem dentes?

— Ela tem seis anos! Os dentes iam cair de qualquer jeito.

— E os hematomas no corpo dela?

— Ela é criança, esbarra em coisas, é isso o que as crianças fazem. Eles estavam brincando muito...

— Conheço minha filha, Tim, e sei que ela está doente! Aquele garotinho nojento passou a doença para ela, para todas as crianças, e agora... e agora... ela vai morrer!

— Ela precisa de laranjas — falei por fim, olhando da menininha loira para seus pais. Eles me olharam como se eu fosse louco.

— Como é, doutor? — O pai franziu a testa, me encarando. — Laranjas?

— Morangos também servem. Até tomates. Não só ela, mas o filho da sra. Miller no segundo andar também. Eles estão com um mal que se chama escorbuto... o remédio é comer frutas e vegetais frescos. — De acordo com meus estudos, era uma doença mais comum entre marinheiros... não devia estar afetando tantas crianças. — Depois de comer algumas frutas, ela vai começar a se sentir melhor em dois dias. Mantenham a alimentação por duas semanas e ela deve se recuperar completamente.

Eles ficaram em silêncio, o que, no meu curto período ali, percebi não ser comum. Rebecca continuava sem dizer nada, segurando as duas crianças contra si. Por fim, Tim falou, a voz um pouco mais suave.

— Você não tem mais nada que funcione?

Eu o encarei.

— Não, infelizmente.

— Não há muitas frutas no mercado atualmente — disse ele.

— Vi uma barraca de frutas que deve estar a um minuto de caminhada daqui...

— A loja do Andy? — Rebecca bufou, reajustando o bebê no quadril. — Eu teria que vender esta aqui só para conseguir pagar duas ou três das mercadorias podres dele.

— Podres?

— Ele compra o que sobra do outro lado da cidade e traz para vender para nós por quase metade do que ganhamos por dia.

— Decerto o homem deseja ter clientes para seu empreendimento. Ele não pode ser tão caro assim. — Que sentido fazia vender comida que ninguém conseguiria pagar? — Os produtos não serão jogados fora se ele não conseguir vender?

— Ele não se importa. Ele diz que o preço é aquele e fim — respondeu Rebecca. — Mal temos dinheiro para os grãos e nosso teto aqui.

— Não se preocupe, vou comprar — disse Tim de uma vez.

— Como? — retrucou Rebecca. — Não temos o bastante...

— Falei que vou comprar e vou comprar.

O tom da voz dele... me deu uma sensação estranha.

— Se isso for tudo, doutor...

Ele estendeu a mão para me dar três pence. Já que essa era a última criança no prédio, eu havia lidado com pais suficientes naquele dia para saber que não podia rejeitar o pagamento dele. Ricos ou não, os homens são orgulhosos.

— Obrigado. Voltarei em dois dias — falei, aceitando o pagamento e assentindo para eles antes de ir até a porta. Assim que saí, uma gota d'água caiu do telhado da casa na minha cabeça. Eu a ignorei, passando entre as crianças na escada enquanto descia. Não era a única coisa que eu tinha que ignorar: o fedor, o choro, a... exaustão de cada adulto lá dentro.

"*Gota, avareza e glutonaria. Só que eles podem se dar ao luxo de sofrer disso, enquanto a maioria sofre de fome.*" As palavras de meu tio voltaram à minha mente no meu caminho para encontrar esse tal de Andy. Mas quando cheguei lá, nem ele nem suas frutas caras estavam presentes.

Fui a outros dois vendedores, mas eles tinham apenas grãos, batatas e vinho do porto para vender. Fiquei abismado. Como era possível que uma região como aquela, com centenas de moradores, ficasse sem o básico dos alimentos se, a poucos passos dali, ao cruzar o que parecia ser uma linha invisível dividindo os lados oeste e leste de Londres, havia uma variedade de todas as frutas possíveis na praça do mercado? Até o cheiro do ar era diferente ali.

— O que o senhor gostaria, dr. Darrington? — O vendedor de frutas acabara de colocar um carregamento de pêssegos na mesa. — Estas belezuras chegaram hoje mesmo.

Parei, olhando tudo o que tinha ali, pensando que o custo me afetaria mais tarde; no entanto, aquelas crianças não saíam da minha cabeça, e a determinação no rosto do pai daquela menina... eu conhecia a expressão de um homem pronto para fazer o que não deveria ser feito. Eu poderia evitar.

— Se eu comprasse tudo o que está à venda aqui hoje, quando poderia ser entregue? — perguntei enquanto reunia meus últimos centavos.

— Tudo? — arfou ele, abrindo um sorriso enorme em seu rosto bronzeado de sol, as mãos já estendidas. — Eu... meus garotos poderiam entregar esta noite. Onde, senhor?

— Um prédio de apartamentos no Langley Cross. Anotarei o endereço...

— Langley Cross? — repetiu o homem, o sorriso desaparecendo. — No lado leste?

— Isso seria um problema? — perguntei.

— Não posso pedir que meus garotos entreguem lá.

— Por quê?

— Não é seguro.

— Acabei de vir de lá sem nenhum arranhão. Tenho certeza que seus garotos...

— Perdoe-me, doutor, o senhor não levava mercadorias consigo. Um carregamento de comida, aqueles selvagens tentariam roubar meus garotos assim que eles entrassem naquele buraco. Não podemos arriscar. — Ele já estava me devolvendo minha bolsa de moedas, o nariz tão empertigado que parecia uma espécie de senhorio das frutas.

— Eu...

— Faça os pacotes, meus lacaios farão a entrega.

Virei-me para ver ninguém menos que Henry, suas roupas um tanto desgrenhadas e um sorrisinho convencido nos lábios. Ele se inclinou para pegar uma maçã da barraquinha.

— Outra vez tentando ser um herói solitário, meu amigo?

— Por que você sempre aparece quando menos desejo sua presença?

— Eu poderia dizer o mesmo de você — respondeu ele, dando uma mordida na maçã antes de assentir para o homem e suas frutas. — Meus homens estarão aqui dentro de uma hora para pegar a encomenda. Faça os embrulhos direitinho, nem os selvagens querem pêssegos amassados.

— Você não precisa fazer isso, Henry, está tudo bem. Eu vou...

— Levar as frutas nas costas, sozinho? — Ele me lançou um olhar, balançando a cabeça. — Você já deu a eles todo o seu dinheiro. Pelo menos preserve sua saúde.

Eu o ignorei, afastando-me da barraquinha. Então me dei conta que eu mal teria dinheiro para pagar minha estada na hospedaria naquela noite. Então ou eu voltava para a casa do meu avô ou para a de... Henry. Ambos os pensamentos me frustravam.

— Você já se deu conta de que ainda precisa da minha ajuda? — Henry riu, comendo sua maçã e voltando a se aproximar de mim.

— Você não está exausto dos seus outros assuntos? — questionei, apontando com o queixo para a mancha de batom no colarinho da camisa dele.

— Vamos focar no motivo de você ter decidido gastar seu dinheiro comprando frutas que dariam para o mês todo. — Ajustando a camisa e usando o casaco para cobrir a mancha, ele mudou o assunto. — Você não pode continuar fazendo isso.

— Fazendo o quê?

— Gastar todo o seu dinheiro com os oprimidos. Faz anos que você faz isso. Você não vai conseguir salvá-los sozinho. Não sei por que você carrega essa culpa. Não foi você quem causou essas circunstâncias.

Henry era um homem bom e gentil. Bem melhor que a maioria que eu tivera o infortúnio de conhecer. Ele se esforçava para ajudar os necessitados. No entanto, no fim das contas, ele ainda era um nobre, e, portanto, incapaz de entender por completo a falta de equidade da vida. E eu nunca tentei mudar a visão dele porque sabia que de nada adiantaria.

A vida era injusta. Sempre seria injusta. Portanto, o máximo que se podia esperar das pessoas era que fossem o melhor que pudessem ser.

— Ajudar a quem precisa não é gastar — respondi enquanto cruzávamos a rua.

— A caridade é sempre um bom empenho, mas você por vezes faz isso às suas próprias custas, meu amigo. Você deu comida a eles hoje, mas o que acontecerá amanhã ou semana que vem? Você não é rico o bastante para continuar sendo um benfeitor...

— Alguém já te disse que você está começando a falar como seus pais?

Ele parou e me olhou, horrorizado, pousando a mão no peito.

— Que golpe doloroso. Você precisa ser tão cruel assim?

— Preciso. Pois você...

— Sr. Parwens? Dr. Darrington?

Nós dois nos viramos. Era lady Hathor, usando um vestido azul-claro, segurando uma sombrinha da mesma cor e a mão de sua irmã mais nova. Não muito longe dela estavam seu pai e lorde Hardinge, imersos em alguma conversa profunda que decerto era sobre filosofia.

— Lady Hathor, que prazer revê-la — disse Henry.

— Estou aqui também. — A garotinha ao lado dela fez um bico, fazendo-o rir. Ele assentiu para ela.

— Mil perdões, lady Abena.

Ela sorriu, assentindo.

— O senhor pode me chamar de Abena. Não sou uma dama muito boa.

— Abena! — exclamou Hathor.

— O que foi?

— Perdoe, ela é... jovem — disse Hathor com um sorriso retesado no rosto, fazendo Henry sorrir ao meu lado.

— O que as traz aqui hoje? Comprando fitas? — questionou Henry enquanto eu conferia se Verity estava por perto, pois elas costumavam estar sempre juntas. Mas ela não estava por ali.

— Planejamos uma caminhada em família, mas isso mudou esta manhã e agora estamos em uma missão em busca de algum tipo de doce que uma pessoa resfriada possa consumir — respondeu ela.

— A senhorita está doente? — perguntei.

— Ela não — disse lady Abena. — É a Verity, e queríamos arranjar algo para fazê-la se sentir melhor. Eu sugeri chocolates, mas *certas pessoas* não concordam.

Foi como se a terra estremecesse aos meus pés.

Hathor balançou a cabeça.

— Chocolates, quando você está doente, te fazem piorar, Abena...

— Lady Verity está doente? Quais são os sintomas? Ela está febril? Já chamaram um médico? Ela...

— Uma pergunta por vez, doutor, ou elas não poderão responder! — Henry pousou a mão no meu ombro e me lançou um olhar sério. Foi só então que vi as expressões das garotas diante de mim.

— Perdoem meu amigo aqui, quando se trata de medicina, ele costuma perder a cabeça.

— Ah, eu fico assim com comida! — Abena sorriu, fazendo a irmã suspirar.

— Se eu fosse uma pessoa mais esperta, estaria em casa com Devana — murmurou Hathor, olhando para nós. — Obrigada por sua preocupação, dr. Darrington. Acredito que ela está bem e não precisa de um médico. Nossa mãe já derrotou vários resfriados antes. Nós apenas buscávamos algo para ela, já que viemos caminhar. Precisamos ir agora.

Ela se virou para ir embora, mas dei um passo à frente.

— Chá de Laoshan!

— Como é? — Ela se voltou para mim.

— Chá de Laoshan com um pouco de açúcar. É bem doce e lembra chocolate. Também é muito bom para a saúde — falei baixinho, buscando me acalmar, mas sabia que não conseguiria até poder vê-la. No entanto, o que poderia haver de errado? Ela parecia perfeitamente bem no dia anterior.

— Um chá que tem gosto de chocolate? — Abena arfou.

Antes que eu respondesse, ouvi a voz do pai delas:

— Benjamin!

Ele gritou tão alto que todos por ali pararam e se viraram para ver o marquês segurando o amigo, que com a mão apoiada no peito, tinha dificuldade para respirar.

Mais uma vez?

Isso não havia acontecido no dia anterior? Eu não precisava de uma performance repetida. Corri até ele, ajudando o marquês a segurar o peso do homem quase se ajoelhando diante de nós. Henry veio ajudar a aliviar o fardo do marquês.

— O que houve? — perguntei, tocando o pescoço pálido de lorde Hardinge.

— Não tenho certeza. Ele estava bem, e de repente começou a tossir sem parar.

— Consegue me ouvir, milorde? Fique calmo, respire devagar — instruí, vendo seu olhar de pânico. O homem assentiu, mas ainda respirava de maneira bastante irregular. Olhei para o marquês, assim como para a multidão que se juntava. — Não posso examiná-lo aqui, precisamos levá-lo para casa...

— Minha casa é mais perto. Você cuidará dele lá! — disse lorde Monthermer antes de chamar sua carruagem, e eu olhei para ele.

Você cuidará dele.

As três palavras negadas a mim ontem eram dadas livremente hoje. Eu sempre desejei o melhor para todos os meus pacientes, isso não mudava, mas eu não podia negar que aquilo gerou em mim uma faísca maior de... determinação.

E também... esperança de vê-la.

II

Verity

15 de maio de 1813

Como é gostar ou amar?
Quem mede as porções de cada coisa?
Algum fio marca a fronteira?
Como os pássaros do amor se encontram em um mundo
estranho?
Assustados, arrancados de seu paraíso.
Mas tal destino desafortunado é o caminho único para
seu amado.

— Você não deveria estar descansando?
Fechei meu diário imediatamente, voltando-me para a única pessoa que sempre entrava sem aviso nem permissão.
— Se eu descansar mais, Hathor, a cama e eu seremos uma só — respondi enquanto ela estendia as mãos para me entregar uma xícara de chá. — Obrigada. Posso perguntar por que *você*, e não uma criada, trouxe o chá?
— Fui forçada porque aparentemente tem uma praga à solta. — Ela bufou enquanto se sentava na cama.
— Uma praga? Em Londres? Sim, entendo por que as criadas estão preocupadas. — Dei uma risadinha, soprando o chá enquanto ela suspirava ainda mais alto, o que era o motivo de eu saber que

ela estava sendo dramática e não havia causa real para me preocupar. Além disso, ninguém havia mencionado nada quando minha refeição foi servida.

— Não há outra explicação para tanta gente adoecendo ao mesmo tempo. Como vamos aproveitar a temporada se todos estão ficando de cama? — resmungou ela.

— Eu estava apenas cansada esta manhã, Hathor, você não precisa...

— Não apenas você! Primeiro Clementina. Silva tem se sentido muito mal e não tem conseguido me acompanhar. Ontem, o filho de lorde Wyndham desmaiou no meio do zoológico real. Depois você...

— De novo, estou perfeitamente bem — interrompi antes de tomar outro gole de chá. Estava bem mais doce que os preparados pela manhã.

— E como se isso não fosse o bastante, lorde Hardinge desmaiou durante nossa caminhada esta tarde.

— Jura? Ele está bem? O que houve?

— Não sabemos, e ele ainda precisa se recuperar. — Ela tornou a suspirar e se jogou na cama. — Graças aos céus o sr. Parwens e o dr. Darrington estavam por perto, ou papai teria se ferido tentando trazer lorde Hardinge para casa conosco. Agora, a casa toda está em polvorosa para ajudar o dr. Darrington.

Tossi na minha xícara.

— Como assim?

— Papai insistiu que lorde Hardinge fosse trazido para cá, para que o dr. Darrington cuide dele. Claro que mamãe me dispensou, mas...

— Ele está aqui? Nesta casa? Agora?

— Quem? Lorde Hardinge? Sim. Você não está me ouvindo? O dr. Darrington está fazendo o atendimento dele lá embaixo, na sala de visitas.

Eu não conseguia acreditar nas palavras saindo de sua boca. Naquela manhã, na mesma cama onde ela agora estava deitada e se lamentava, eu havia feito... uma aposta? Um juramento? Eu não tinha certeza, mas eu havia claramente afirmado, em mente, que se o dr. Darrington de alguma forma conseguisse vir à casa naquele dia, eu não... eu não negaria meus sentimentos. E ele estava ali.

Como era possível?

Não podia ser. Tais coisas, ditas numa brincadeira, não são verdadeiras. Nunca tinha acontecido de um pedido meu aparecer diante de mim poucas horas depois. Fiquei tão impressionada que não sabia o que dizer. Mas enquanto Hathor explicava os eventos daquela tarde, meu olhar vagou para o chão sob meus pés.

Ele estava ali.

A apenas alguns passos abaixo de mim, ele estava ali.

Meu coração começou a bater rápido, tanto que o quarto não parecia mais ser firme. Com cuidado, deixei a xícara de chá na mesa atrás de mim, me levantei e me joguei na cama.

— Você está bem? — perguntou Hathor ao meu lado.

— Não sei.

— Foi o chá?

— Não.

— Então eu deveria chamar o dr. Darrington...

— Claro que não.

Isso faria com que eu me sentisse bem pior.

— O que deu em todo mundo? — Ela balançou a cabeça para mim enquanto se levantava. — Se continuar assim, vou acabar tendo que cuidar de todos.

— O resultado lógico não seria você ficar doente, em vez de ter que cuidar de todos? — perguntei.

— Não vou adoecer, pois não fico bem doente. Agora por favor se apresse e recobre o juízo, para que amanhã seja de maior serventia. Mais tarde eu passo aqui, para ver se você precisa de algo. Mamãe estará ocupada com os outros hóspedes.

Sorri, pois sabia que ela não precisava fazer isso, e tinha certeza de que não havia ninguém a forçando. Ela apenas não conseguia se segurar, embora reclamasse

— Hathor, estou bem, não se preocupe. Amanhã poderemos ir aonde você quiser.

— Vou cobrá-la! — Ela assentiu antes de ir até a porta. — Boa noite.

Assim que ela saiu, deitei-me de costas e cobri o rosto com os travesseiros porque... porque... o que, em nome de Deus, eu deveria fazer?

Ele estava ali!

Theodore

— Ele mal está respirando — disse o marquês, aos pés da cama, enquanto eu examinava lorde Hardinge. O rosto dele estava perigosamente pálido, e sua respiração fraca tinha um leve odor. Além disso, ele suava de tanta febre. O homem estava ensopado, como se tivesse caído em uma fonte, e não no meio da rua. Eu já havia visto isso antes. — É um ataque cardíaco?

— Penso que não, pois os sinais não são estes. No entanto, não conseguirei diagnosticar até que ele desperte. Por favor, mande avisar a esposa dele que ele não poderá retornar para casa esta noite nestas condições — respondi enquanto ia até onde o lacaio deixara minha maleta.

— A querida esposa dele faleceu no verão passado — disse a marquesa da porta, pois o marido não a deixara entrar no quarto, e com razão. No entanto, ela insistira em ficar por perto. — Eles têm um filho, mas o garoto não tem mais que doze anos. Ele não tem outros parentes. O senhor precisa salvá-lo, dr. Darrington, ou a criança ficará órfã. É o maior medo de Benjamin.

— Ele fará tudo o que puder, minha querida. — O marquês ficou de costas para o paciente, ainda falando com a marquesa. — Você precisa dar a ele espaço para trabalhar. Vá ver as crianças. Hathor e Abena estavam conosco e devem estar preocupadas.

Ela suspirou, assentindo, e então olhou para mim mais uma vez.

— Dr. Darrington, esta é nossa governanta, a sra. Ingrid Collins. Caso precise de algo mais, informe-a, e ela cuidará de tudo. Suponho que o senhor também ficará aqui para cuidar dele?

Assenti.

— Perdoe-me pela imposição.

— Imagine. Estamos gratos pela sua presença. — Ela suspirou profundamente, olhando para lorde Hardinge mais uma vez antes de partir.

— Precisarei de água fervente, uma xícara com não mais que uma colher de chá de gengibre e açúcar, uma colher, uma bacia vazia e toalhas, se for possível, sra. Collins. — Voltei o olhar para lorde Hardinge para conferir seus dentes e gengiva. A mulher assentiu, saindo em silêncio e fechando a porta atrás de si.

— Duvido que o senhor precisará desses itens para um chá. O que é? — perguntou o marquês. — Agora que as mulheres não estão aqui, o senhor pode falar livremente.

— Não quero especular nem causar pânico — respondi, abrindo mais a boca do homem para examinar sua garganta.

— O senhor causa exatamente isso ao não dar respostas. Medo e pânico são resultados da ignorância — disse o marquês, soando como um professor. Mesmo naquele momento, o fato de se manter ao lado do amigo, em vez de se afastar, amedrontado, dizia muito sobre seu caráter.

— Não está com medo de pegar seja lá o que o adoeceu? — repliquei. — A maioria das pessoas estaria falando comigo por trás de uma porta ou, no mínimo, com um lenço cobrindo o nariz e a boca.

Ele deu uma risadinha, balançando a cabeça.

— Confio em suas habilidades o bastante para saber que, se a situação fosse tão ruim, o senhor teria me pedido para não entrar e tomado precauções para se proteger. Além disso, a natureza relaxada de nossa conversa dá a entender que o senhor não está tão preocupado assim.

— Milorde, o senhor é, como dizem, um homem de bom senso — respondi enquanto me endireitava e olhava para meu paciente.

— E curioso. Então me conte o que está acontecendo com meu velho amigo aqui — pressionou ele.

Não era comum que eu falasse de meus pacientes com quem não fosse da família, mas como lorde Hardinge não tinha mais ninguém, eu tinha pouca escolha.

— Lorde Hardinge já esteve sob os cuidados de sir Grisham? — perguntei, olhando para o marquês, que franziu a testa e balançou a cabeça.

— Não tenho certeza. Por quê?

— O caso dele está apresentando similaridades com o de lady Clementina Rowley — falei.

— O quê? Mas ela não tomou algum tipo de tônico? Eu não consigo imaginar Benjamin desejando ficar mais baixo.

Nem eu.

— Sim, e o tônico era altamente tóxico, e é por isso que o farei expelir o que tiver no estômago, só para garantir, para limpá-lo de seu organismo.

Naquele momento, uma batida soou na porta.

— Entre — disse o marquês.

A sra. Collins entrou com uma bandeja com tudo o que eu pedira, seguida de duas criadas: uma com a água e a outra com a bacia vazia.

— Precisarei de dois lacaios para ajudar a mantê-lo perto da bacia quando ele tiver consumido isto — respondi, pegando a ipecacuanha da maleta e com cuidado pingando uma gota bem pequena na xícara com água.

Voltei-me para o paciente, e vi que o marquês havia retirado a sobrecasaca para ajudar o lacaio ao lado dele a erguer lorde Hardinge.

Assustei-me, mas afastei o pensamento enquanto me preparava para trabalhar. Pegando a colher, despejei um pouco na boca de lorde Hardinge.

Mas, no fundo, eu ainda estava me perguntando quando... ou se eu poderia ver Verity.

Verity

Tentei escrever no diário na esperança de a noite passar rápido, e a certa altura até comecei a bordar para distrair a mente. No entanto, nada distraía meus pensamentos do andar inferior. Peguei-me indo até a porta para tentar ouvir a voz dele, ou alguma coisa que indicasse sua presença. Mais tarde, Bernice apareceu para conferir se eu estava bem. Mas o que aconteceu de verdade foi só que a pressionei por notícias de lorde Hardinge na intenção de saber do dr. Darrington. Eu havia descansado tanto durante o dia que, enquanto a noite caía e todos se recolhiam, continuei acordada... Meus pensamentos estavam cheios de... Theodore. Pensei na facilidade com a qual havíamos conversado no dia anterior, na forma como ele sorrira com inocência... também pensei nos sentimentos dele, aqueles que ele me confessara, e todo o meu ser estremeceu de animação mais uma vez.

Queria que tivéssemos conversado mais, pensei, enquanto buscava o frasco na caixa, e desanimei ao imaginar o que ele pensaria se soubesse que eu tomava este remédio ou o motivo. Seus sentimentos mudariam?

Pensei mais e mais nessa questão até que o impulso de acabar com meu tormento enfim alcançou níveis quase extremos. Apertando o frasco nas mãos, me levantei.

Ele ainda estava na casa, e eu sabia em qual quarto ele estava, pois Bernice dissera que ele se recusara a sair de perto de lorde Hardinge.

Eu poderia ir.

— Mas não deveria — falei para mim mesma diante do espelho.

Tudo o que eu podia fazer era imaginar as consequências, caso fosse pega. Pensar nisso era insanidade. Por que motivo eu o procuraria no escuro? Apenas para falar com ele por alguns minutos? Era ridículo. Mesmo assim, senti um plano arriscado fervendo em minha mente. Evander não ficaria surpreso. Eu só estava tentando me comportar bem porque estava aos cuidados da marquesa. Se eu estivesse em Everely, já teria feito o que queria fazer.

— Irei — falei, virando-me para a porta apenas para me sentar imediatamente. Talvez ele também estivesse dormindo.

Se estiver, direi que desci para tomar uma xícara de leite, pensei, pegando meu robe. A última coisa que fiz foi pegar o frasco. Eu seria sincera, como ele fora comigo, e então saberia se seus sentimentos eram reais.

Abri a porta um pouquinho e coloquei a cabeça para fora para ver nada além do brilho fraco de uma vela vindo dos pés da escada. Nas pontas dos pés, conferi se havia uma criada, mas em vez disso, no patamar seguinte, estava ninguém menos que o homem em questão. Ele havia retirado o casaco e encarava algo que segurava, até cheirando o objeto, e quando seu rosto se contorceu em uma careta, não consegui deixar de dar uma risadinha.

De imediato, ele se virou para olhar, e me abaixei como se eu fosse uma criança. Pelos céus, o que havia de errado comigo?

— Olá?

— Shh! — Levantei-me rapidamente, temendo que alguém o ouvisse.

— Lady Verity? — Ele ainda falava como se estivéssemos em um baile.

— Shh!

Devagar, desci as escadas, meu coração acelerando a cada passo. Talvez seja por isso que perdi o equilíbrio no último degrau, tropeçando na minha bainha. Todo o sangue correu das minhas pernas para o meu coração. Tentei me equilibrar, temendo o barulho da queda, mas em vez de atingir o chão, a parede ou o corrimão, meu peito colidiu... com o dele, e seus braços me envolveram firmemente.

O rosto dele ficou tão perto do meu que eu conseguia ver até as linhas finas ao redor de seus olhos, que se arregalaram enquanto ele me olhava.

— Você... está bem?

Eu não conseguia falar, então apenas assenti.

Ele também assentiu antes de balançar a cabeça e dar um passo para trás, ajudando-me a ficar de pé sozinha.

— O que você está fazendo aqui tão tarde? — Enfim consegui perguntar.

— Eu poderia te perguntar a mesma coisa.

— Eu perguntei primeiro.

Eu estava envergonhada para dizer que não espera vê-lo tão de repente.

Ele deu uma risadinha.

— Foi mesmo.

— E então?

Ele ergueu um frasco vazio para que eu visse.

— Eu estava investigando.

— O que é isto?

Ele abriu a boca para falar, e então olhou ao redor do patamar onde estávamos.

— Não podemos ficar aqui.

Assenti, descendo mais a escada, mas ele não me seguiu.

— Você não vem?

— Lady Verity...

— No aviário, não combinamos de nos chamar pelo primeiro nome, Theodore?

Vi o peito dele subir e descer antes que ele voltasse a falar.

— Se alguém descobrir...

— Descobrirão se ficarmos aqui — respondi e fui descendo a escada até a sala de estar. Relutando, ele me seguiu.

— Lady Verity.

— Apenas Verity. — Virei-me para ver a enorme distância que ele havia colocado entre nós. Ele estava na porta, e eu perto da lareira.

— Nada disso é apropriado. Se a marquesa, ou qualquer um, na verdade, souber que a senhorita está sozinha na companhia de um homem...

— Não um homem, mas um médico — respondi, aproximando-me dele. Ele ficou tenso, mas não se mexeu. Parei quando havia trinta centímetros entre nós e ergui o frasco para que ele visse. — Se alguém entrar, direi que busquei seu cuidado porque não me sentia bem.

Ele estendeu a mão para pegar o frasco, mas não deixei.

— O que você descobriu na sua investigação?

— Não falo de meus pacientes com terceiros.

Franzi a testa.

— Então por que se deu ao trabalho de mencionar?

— Parece que esta noite estou sofrendo de uma extrema falta de discernimento — murmurou ele, e suspirou. — Lady Verity...

— Você...

— Verity — disse ele por fim, e eu sorri, assentindo.

— Sim.

— Pelos céus, o que você está fazendo?

— Não tenho certeza.

12

Theodore

Assim que vi o rosto dela pelas frestas do corrimão, tive certeza de que se tratava de uma tentação dos céus. As partes racionais e cautelosas da minha mente desapareceram. Fiquei tentando me convencer a fugir. Ela se sentou ao lado da lareira, encarando-me enquanto eu a encarava.

Ela era assombrosa e ao mesmo tempo espetacular à pouca luz da minha vela. Onde mais eu a veria tão… despreocupada? E ainda por cima usando um vestido de ficar em casa e um robe.

— Por favor, diga algo — implorei, pois não era forte o bastante para resistir.

— Sinto que posso respirar pela primeira vez desde que cheguei aqui.

— Ironicamente, estou tendo a exata oposta experiência. — Nunca tive tamanha dificuldade de respirar.

— Me perdoe. Eu não quis me exceder…

— Não é o caso. Isto é só…

— Inapropriado. Sim, eu sei, você já disse duas vezes.

— Porque não sei o que fazer, nem o que você quer. Uma dama na sua posição deveria…

— Ser exclusivamente controlada pela mãe até ser dada a um marido para então ser exclusivamente controlada por ele. — Ela franziu a testa, e eu também.

— Com sorte, não será assim para você.

— Você não discorda?

— Por que eu discordaria? Você disse a verdade.

Ela pareceu realmente surpresa, e então sorriu.

— Você sabe que eu não tenho mãe?

— Todos temos mãe. A sua apenas não está mais aqui — respondi, apoiando-me na parede.

— Como não tenho nem uma lembrança dela, não faria diferença se você me dissesse que eu caí do céu direto em Everely. Você se lembra da sua mãe?

— Sim.

— Quantos anos você tinha quando ela faleceu?

— Estamos de volta às perguntas pessoais — falei, e ela deixou os ombros caírem. Eu não aguentei ver aquilo. — Ela morreu quando faltavam duas semanas para o meu aniversário de sete anos.

— Sinto muito.

— Sinto o mesmo por sua situação.

Ela ficou em silêncio por um momento, olhando ao redor como se estivesse procurando algo para falar. Quando o olhar dela encontrou o meu, ela franziu a testa.

— Verity, preciso perguntar outra vez o que a trouxe aqui...

— Você.

— Como é?

Ela inspirou fundo antes de repetir.

— Você. Sua presença foi o que me trouxe aqui, Theodore, pois você povoa meus pensamentos desde... não sei quando. Então eu desejava vê-lo. Embora, agora que o estou aqui com você, não sei o que dizer ou fazer.

Ela inspirou e foi como se estivesse roubando o ar do meu corpo. Eu a encarei, sem saber se estava sonhando ou perdendo minha sanidade. Como eu tinha ido parar em uma situação como aquela?

— Eu... Você... me perdoe, mas você pode explicar melhor seus pensamentos? — enfim consegui dizer.

— Eu explicaria se conseguisse pensar com clareza. — Ela sorriu, gentil. — Só entendi que comecei a gostar de você também, embora eu não entenda como, já que mal nos conhecemos. Isso é normal?

Eu ri, mas foi como um suspiro de alívio e uma onda de alegria enquanto eu olhava nos olhos castanhos dela. Minha mente estava uma bagunça.

— Não tenho mais certeza do que é normal.

— Isso não ajuda — disse ela. — Como entenderei esses sentimentos se ninguém nunca me fez agir assim ou dizer tanto quanto estou dizendo agora?

— Pare. — Estendi as mãos para agarrar os braços dela. — Se você falar mais, pensarei que estou sonhando.

— Não consigo parar, esse é o problema. Fico me perguntando: Como? Como posso gostar de alguém tão rápido? É possível que talvez sua alma e a minha tenham reconhecido algo dentro de cada uma antes que nossas mentes pudessem fazer o mesmo, portanto a razão não se aplica?

Eu sabia que jamais esqueceria aquele momento com ela. No entanto, eu não poderia permitir que meus sentimentos tomassem conta de mim.

Tomando as mãos dela, senti o martelar do meu coração ficar mais alto enquanto minha voz ficava mais baixa.

— Estou encantado pelo fato de você ter algum tipo de sentimento por mim, Verity. Essas palavras são como bálsamo para a minha alma. Mas devo ser sincero, se eu soubesse que havia a menor possibilidade de você gostar de mim, eu jamais teria confessado meus reais sentimentos.

— Eu não entendo... por quê?

— Porque nada além de dor pode surgir disso, Verity. Você é uma dama, e eu sou o filho ilegítimo de um nobre. Tal união jamais seria aceita. Portanto, é melhor nem fazer alusão a ela.

— Melhor para quem?

— Para você.
— Não deveria ser eu a pessoa a fazer esse julgamento?
Balancei minha cabeça.
— A sociedade julga, e você não sabe quão brutal pode ser ir contra aos que são contra.
— Não pense que sou tão inocente nesse assunto, estou bem ciente. Minha família teve muitos escândalos...
— Homens nobres conseguem resistir à tempestade de escândalos, mas as mulheres são esmagadas pelas ondas. Seu pai e irmão não são a mesma coisa que você.
O franzir na testa dela era intenso, e seu olhar claramente confuso.
— Você está... me rejeitando?
— Estou implorando que você me rejeite. — Abaixei minha cabeça porque eu a queria... ah, como eu a queria. Mas eu não deixaria que fosse magoada por minha causa.
— Não.
Olhei para ela, confuso.
— Não?
— Sim. Quero dizer, não, não vou rejeitá-lo baseado em seu nascimento, e peço a você para demonstrar a mesma cortesia, pois é ridículo...
— Verity.
— Se você deseja um motivo para me rejeitar, que seja isto. — Ela ergueu o frasco para que eu visse e senti que ela estava desesperadamente tentando mudar o assunto para evitar que eu dissesse a verdade. — É um tônico que eu bebo, pois sofro de pesadelos há anos. Às vezes, fico sem conseguir me mexer. Outras vezes, acordo suando frio ou chorando.
De imediato, lembrei do irmão dela falando para mim desta condição. Pensei que ele estava se referindo a si mesmo, mesmo quando ele negou, pois a maioria dos homens da posição dele não admitiriam sofrer de tal aflição. Eu nunca havia pensado que ele falava dela.

— As únicas pessoas com quem falei disso são meu irmão e o dr. Cunningham. Este último, por sinal, me prescreveu isto. Funcionou por um tempo, mas recentemente parou de ser efetivo.

Foi só então que tive forças para ir em direção a ela. Pegando o frasco de suas mãos macias, eu o desarrolhei e cheirei.

— Você sabe o que tem aqui?

Ela balançou a cabeça.

— É perigoso?

— Não tenho certeza. Mas eu não pensaria isso se você não tiver tido outros sintomas. Não é incomum remédios perderem a eficiência com o tempo. Há quanto tempo você usa este? — Olhei para ela, e não deveria ter feito isso porque, mais uma vez, meus pensamentos se espalharam. A expressão envergonhada dela... eu queria estender a mão e tocá-la. — Não há nada para se envergonhar. Em algum momento, todas as pessoas, da mais forte à mais rica, até mesmo a mais sábia, buscará algum tipo de ajuda.

— Cinco anos — sussurrou ela. — O dr. Cunningham receitou vários outros nesse período. Você diz que em algum momento, todos precisaremos de ajuda, mas para mim, parece que sempre foi assim. Passei a aceitar, e esse foi o meu remédio.

— Quando seu irmão mencionou essa questão, ele fez parecer que nenhum remédio havia sido prescrito ainda...

— Meu irmão te contou? — Ela pareceu mortificada, como se não tivesse acabado de me contar.

— Sim. Mas ele não disse que era você. Pensei que ele estivesse falando de si mesmo.

Ela relaxou.

— Ah, e o que você disse para ele?

— Falei que os pesadelos costumam ter relação com outras questões e sentimentos. Este remédio provavelmente ajuda a acalmar seu corpo e mente. No entanto, quanto mais você tomar, mais precisará dessa substância, pois seu corpo desenvolve uma resistência a ela.

— Está dizendo que devo parar de tomar?
— Não. Estou dizendo que jamais será um remédio de verdade.
— O que... o que devo fazer então? Deixar a casa inteira me ouvir? Deixar toda a sociedade falar de mim? Rir de mim? — Ela abaixou a cabeça, apertando o vestido com mais força.
— Verity.
Ela olhou para mim, os olhos brilhando, mas sem deixar cair uma lágrima.
— Você acha perturbador?
— Acho o quê?
— Que a mulher que você gosta seja... doente, assim.
Franzi a testa.
— Você não me ouviu? Quase todo mundo tem alguma enfermidade. Por que você acha isso perturbador?
O peito dela subiu e desceu enquanto ela suspirava profundamente... aquilo era perigoso.
— Verity, você tem que retornar aos seus aposentos agora.
— Theodore. — Ela disse meu nome, e mais uma vez tive que reprimir meus sentimentos... as dores do desejo começavam a surgir. Ela não sabia como até as mais simples palavras eram tentadoras saídas de seus lábios.
— Eu imploro, por favor, vá — implorei de verdade, pois já havíamos dito muito.
— Não posso.
— Verity, nossa conversa vai além...
— Da decência, sim, eu sei, assim com este momento — sussurrou ela e meu coração estremeceu. — Como já passamos disso, preciso dizer que desejo compreender seus sentimentos e mais dos meus.
Mais uma vez minha mente me disse que aquilo não podia ser real... e, mesmo assim... Eu via a determinação nos olhos dela.
— Não é algo que eu consigo colocar em palavras, Verity...
— E por ações? — questionou ela. — Se for possível, me mostre.

E tive que me segurar para não resmungar. Dante claramente havia se esquecido de mencionar essa parte do inferno, ou aquilo era o purgatório?
— Verity.
— Mostre-me.
Está bem, se eu seria amaldiçoado, era melhor não me segurar. Pousei minha mão na bochecha dela e... e me inclinei à frente, pressionando meus lábios nos dela rapidamente. Foi tão rápido, mas no momento em que os lábios dela tocaram os meus, me senti... endurecer. Ela me encarou de olhos arregalados.
Droga.
— Perdão...
Ela se inclinou à frente e pressionou os lábios contra os meus, hesitante, por apenas alguns segundos antes voltar a se sentar.
— Você não deveria ter feito isso. — Balancei a cabeça.
— Senti uma sensação e queria ver se aconteceria duas vezes.
— Aconteceu?
— Sim.
Querido Deus, perdoe-me, pensei enquanto a puxava para meus braços, beijando-a levemente a princípio, permitindo que ela ficasse confortável com meus lábios nos dela. Quando as mãos dela pousaram no meu peito, aprofundei nosso beijo, minha língua deslizando para dentro de sua boca, uma das mãos aninhando seu pescoço e a outra em suas nádegas. Logo, ela me imitou, e a língua dela rolou sobre a minha também. A cada segundo, eu me sentia ficando mais duro. Minhas mãos se moveram sob o robe dela para erguer sua camisola.
Theodore, pare! Seu tolo, você deve parar!, a sanidade gritava em minha mente, mas eu não conseguia aguentar. Eu queria mais. Precisava de mais. Precisava dela.
PARE! Parei de imediato ao tocar as coxas nuas dela.
Me afastei dela devagar. Ela me encarou com olhos cheios de desejo, seus lábios saborosos só um pouco entreabertos, o peito

subindo e descendo enquanto ela puxava ar desesperadamente para os pulmões.

Só então, olhando para ela, eu... deixei tudo de lado por completo, dando três passos para trás e cobrindo meus olhos com as mãos.

— Merda. — Eu queria gritar xingamentos para o ar. No entanto, eu jamais poderia permitir que alguém soubesse disso.

— Theodore...

— Volte para o seu quarto agora — exclamei. — Verity, vá. Garanta que ninguém a veja. Cometi um erro terrível. Vá

— Mas, Theodore...

— Não posso falar com você agora.

Ela não disse mais nada antes de se retirar. Só quando ela se foi coloquei minhas mãos na cabeça e afundei no chão.

Como eu podia ter feito aquilo? Como eu podia ter cruzado essa linha? E ainda por cima na casa dos outros, inferno!

Eu era um tolo, um demônio e um vilão.

E o desejo de fazer pior ainda trovejava dentro de mim.

Verity

Eu desejava ficar com ele, mas sua expressão, como se ele estivesse se contendo por medo de me devorar por inteira, me incentivou a partir mais do que suas palavras. Meu corpo... formigava. Tinha começado nos meus lábios, onde nos beijamos, e se espalhado por todo o meu corpo como fogo. Um fogo que não queimava, mas trazia calor... e eu desejava mais. Mas depois, estarmos separados me fez sentir como se eu tivesse sido atirada no tempo frio. Minha mente estava nas nuvens, cada passo que eu dava escada acima me fazendo sentir flutuar.

— O que você estava fazendo? — disse Hathor, à porta, conseguindo sussurrar e gritar ao mesmo tempo.

Eu a encarei de olhos arregalados.

— Por que você estava no meu quarto?

Ela olhou ao redor para garantir que ninguém mais estivesse acordado, antes de pegar meu braço e me conduzir para dentro.

— Vim ver se você estava bem, mas você não estava no quarto. O que você estava fazendo?

— A essa hora?

— Obviamente eu cheguei no tempo certo, já que você estava acordada, apenas no andar de baixo... com o médico. — O rosto dela estava muito sério, parecido com o de sua mãe, e medo instantâneo me percorreu. Eu não sabia o que dizer, nem se ela sabia o que acontecera, então ela prosseguiu. — Como não te encontrei no quarto, desci e vi você entrar na sala de estar com o dr. Darrington... sozinha. Verity, o quê...

— Não é o que você está pensando! — falei rapidamente, me voltando para ela.

— O que mais eu poderia pensar? O que mais uma pessoa pensaria? Você estava sozinha com um homem...

— Um médico — falei, mostrando o frasco para ela. E lá se ia meu segredo. Pelo jeito agora eu falava livremente sobre o assunto com qualquer um. Por sorte, os ombros de Hathor relaxaram e os olhos cor de mel dela suavizaram.

— É para os seus pesadelos?

— Sim.

Jamais imaginei que eu admitiria isso não uma, mas duas vezes em uma mesma noite. Eu havia contado a Theodore... porque realmente queria ver se o olhar dele mudaria quando eu contasse. Se ele usaria minha doença como desculpa para me rejeitar. Mas os olhos dele não mudaram. Todos sempre me olharam com culpa ou dó; até a expressão de Hathor havia suavizado com tristeza diante do frasco em minhas mãos. Mas ele não.

— Não farei perguntas, mas você precisa tomar cuidado. Mal--entendidos acontecem facilmente — disse ela enquanto se sentava na cama.

Eu estava começando a me perguntar com que frequência a irmã dela, Afrodite, fora submetida a esse comportamento.

— Sim, eu sei — respondi, indo me deitar ao lado dela... sabendo pelo menos que ela me distrairia dos... sentimentos que eu tinha.

— Lorde Hardinge é um homem gentil — disse Hathor de repente, tornando a se deitar e encarando o teto.

— Eu não o conheço, mas ele parece ser um homem alegre.

— Sim, mas não é só isso. Anos atrás, quando ele conheceu a esposa, lady Jane, dizem que ele se apaixonou loucamente por ela à primeira vista. Mas ele não sabia se era recíproco. Ele sabia que ela gostava de gardênias, então enviou secretamente algumas para a casa dela, com poemas.

— Ele é poeta?

— Papai diz que ele queria muito ser, mas não tem a habilidade. Sendo assim, ele pesquisou em nossa biblioteca e copiou toda a melhor poesia do mundo para enviar para ela. Foi assim que ele e papai ficaram tão amigos: depois de enviar todos os poemas que conhecia, veio até o papai, pedindo por outros livros. E nada anima mais o papai do que uma missão literária. Papai tinha os melhores livros da Índia, Ásia, e de todo o continente da África.

— Quantas línguas seu pai sabe?

— Oito, eu acho, mas não foi ele que os traduziu. Ele foi atrás de outros estudiosos, e logo lorde Bolen se juntou para ajudar.

— Espere — virei-me para olhar para ela —, por quanto tempo ele enviou os poemas a ela?

— Um ano. — Um sorriso se espalhou no rosto de Hathor. — Trezentos e sessenta e cinco poemas com flores. Teria continuado, não fosse por mamãe.

— O que ela fez?

— Ela falou com lady Jane.

— Por quê? — Franzi a testa. — O segredo não era dela.

— A única pessoa que parecia pensar ser um segredo era lorde Hardinge. Segredo algum pode ser mantido da sociedade por muito tempo, principalmente com uma comitiva de flores e cartas chegando na porta de uma pessoa todos os dias.

— Então lady Jane já sabia?

— Sim, e ela gostava dele, mas não conseguia dizer nada.

— Por quê?

— Porque anos antes, ela tinha se envolvido em um acidente de equitação. As pessoas diziam que ela tivera a sorte de sobreviver, mas que seus ferimentos a deixaram infértil. Lorde Hardinge não tinha parentes além de uma tia distante.

Agora eu entendia.

— Ela achava cruel se casar com ele e, dessa forma, acabar com a linhagem dele.

— Sim, e foi por isso que mamãe foi falar com ela. Mamãe disse a ela que era cruel deixá-lo continuar com aquilo e que, no mínimo, ela devia dizer a ele a verdade — disse Hathor. — Então, lady Jane fez isso, e adivinhe o que lorde Hardinge disse para ela?

— Suponho que ele a pediu em casamento, já que eles se casaram.

— Ele disse: "A senhorita é, nem mais nem menos, tudo o que sempre sonhei". Eles se casaram menos de um mês depois.

— E depois, eles conseguiram ter um filho. — Por um breve momento, fiquei satisfeita em saber que eles tinham conseguido o felizes para sempre deles. Mas logo me lembrei que lady Jane falecera, e que lorde Hardinge estava muito doente e de cama naquela mesma casa.

— Sim. Ele ficou arrasado quando ela faleceu. Veio aqui em grande sofrimento, chorando como eu nunca vira um homem adulto chorar, e... E sei que era errado, mas quando o vi chorar daquele jeito, lembro-me de ter pensado: "Espero que meu marido me ame exatamente assim."

Hathor ficou em silêncio por um momento, então estendi a mão e toquei a dela.

— Tenho certeza de que ele amará.

— Gosto de pensar assim também, mas nem todos têm a sorte de ter um casamento amoroso. Às vezes, penso se há uma quantidade finita de amor. E se há, quanto sobrou? Meus pais, lorde Hardinge, Afrodite, Damon... e se eles tiverem ficado com a maior parte?

Fiquei surpresa por ela pensar assim, já que estava tão determinada a se casar.

— O que você fará se for verdade? — questionei. — E se só houver uma quantidade limitada de amor a se encontrar?

— Desafiarei as circunstâncias e garantirei o meu.

Sorri porque, simples assim, Hathor havia retornado.

— Quanta confiança.

— Papai diz que, se dermos atenção aos nossos medos, eles nos derrotarão. Continuarei dizendo a mim mesma que me tornarei uma duquesa até que eu me torne uma.

— Ser viscondessa também não é ruim. Você poderia muito bem ganhar o coração de Henry.

— Não quero competir, e não é por isso que estou te contando essa história.

— O que você quer dizer então?

— Às vezes, meus medos me mantêm acordada também.

Ah, ela estava falando dos meus pesadelos... ela, mais uma vez, buscava conforto em mim.

— Sua mãe está certa, você é bem molenga por dentro.

— Ah, cale-se! — Ela me empurrou e não consegui conter o riso.

Conversamos um pouco mais, até que ela adormeceu ao meu lado. Eu nunca havia pensado muito sobre ter uma irmã, mas Hathor parecia determinada a fazer de mim irmã dela. Sorri, mas logo minha expressão mudou pois voltei a pensar na mesma coisa sobre a qual ponderara mais cedo naquela noite.

Hathor estava certa, havia uma praga entre nós.

Era amor.

Pois o sentimento devia estar na mente de todos os adultos dentro daquela casa, talvez de toda Londres. O amor não se importava se éramos casados ou não. Se estávamos vivos ou não.

O amor era a raiz de tudo.

13

Theodore

— D r. Darrington? Dr. Darrington?
Abri meus olhos e vi a sra. Collins, a governanta dos Du Bell, diante de mim. Confuso, sentei-me, minhas costas doendo por conta da cadeira onde eu adormecera. Foi então que me lembrei que voltara ao quarto de lorde Hardinge depois do encontro com Verity... e rezei para que tivesse sido apenas um sonho. Que eu não tivesse passado de tais limites.

— Perdoe-me por despertá-lo, dr. Darrington, mas Vossa Senhoria pediu para lembrá-lo do café da manhã.

— Café da manhã? — Minha mente ainda estava confusa, e a dor no meu traseiro era considerável, mas meus pensamentos continuavam nos lábios dela, em seu corpo pressionado no meu.

— Sim, a família está se reunindo agora.

Esfregando os olhos, movimentei os ombros, tentando me acalmar. Então fui até lorde Hardinge para ver como ele estava.

— Vossa Senhoria enviou roupas e água fresca para o senhor.

— Agradeça ao marquês por mim, mas será melhor se eu comer aqui no quarto...

— Meu pai não ficará feliz em ouvir isso — disse Damon, aparecendo à porta. A sra. Collins fez uma reverência diante dele antes de dar um passo para o lado. — E seria deplorável da nossa parte mantê-lo aqui a noite inteira sem oferecer um café da manhã decente.

— Jantar com Vossa Senhoria uma vez já está além do que mereço...

— Seria melhor se não fosse um convite, mas uma ordem? — perguntou ele ao se aproximar de mim. — Meu pai exige que o senhor se junte a nós para o café da manhã, e você não pode negar, certo?

Franzi a testa.

— Devo permanecer com o meu paciente.

— A sra. Collins ficará com ele enquanto comemos. E, apesar da aparência, ela corre rápido. Ela costumava perseguir minha irmã pela propriedade. — Ele deu uma risadinha, e a mulher atrás dele sorriu de leve. Quando tentei argumentar, ele pousou a mão no meu ombro. — Lorde Hardinge é meu padrinho, e o senhor o salvou, então o mínimo que podemos fazer é lhe oferecer uma refeição. Por favor, não seja difícil, ou eu terei que ser difícil também.

— Está bem — respondi, não porque quisesse de verdade, mas porque minha mente queria entender o que fora real e o que fora sonhos na noite anterior. — Ficarei pronto daqui a pouco.

Ele assentiu e se virou para lorde Hardinge, dando um tapinha na perna do homem antes de sair. A sra. Collins também saiu, me dando espaço para me aprontar. Ela fizera mais que providenciar água fresca, levara também uma camisa limpa, óleos perfumados e toalhas de rosto.

Cheirei minha própria camisa e estremeci, e então entrei em pânico. Decerto eu não estava fedendo daquele jeito na noite anterior... Verity não conseguiria beijar um homem que fedesse daquela forma.

Verity? Eu já havia me decidido a chamá-la assim agora?

Expulsando os pensamentos de minha mente, me limpei e me troquei rapidamente. Ao sair do quarto, vi a sra. Collins com outra criada ao seu lado.

— Esta é Bernice. Ela o levará à sala de jantar enquanto eu espero aqui.

Assenti.

— Se ele começar a tossir ou mostrar algum sinal de que está acordando, me chame de imediato.

— Sim, senhor.

— Por aqui, senhor — disse a segunda criada, gesticulando para que a seguisse.

Fiz isso, mas quanto mais perto chegávamos, menos eu precisava que ela me guiasse, porque conseguia ouvir as vozes claramente.

— Abena, chega, ou garantirei que você não coma até amanhã!

— Mamãe, isso é assassinato!

Sorri com o coro de risadas que parecia ecoar como música pela casa inteira.

— Sua...

— Dr. Darrington, milorde, milady — disse a criada, e abriu espaço para mim.

Quando ela fez isso, vi um banquete inteiro distribuído sobre a longa mesa, e ao redor dela estava o clã Du Bell, com lorde Monthermer na cabeceira. No entanto, o par de olhos castanhos que eu mais buscava, o de Verity, não estava lá.

— Dr. Darrington, seja bem-vindo. Por favor, sente-se — disse lorde Monthermer, estendendo a mão para a cadeira vazia ao lado de Hathor.

— Obrigado, milorde. Bom dia, milady. — Curvei a cabeça para cumprimentar a marquesa.

— Espero que o senhor esteja com fome, dr. Darrington. Nosso cozinheiro parece estar alimentando um exército esta manhã — disse a marquesa enquanto eu me sentava.

— Espero ser digno disso — respondi, olhando para tudo.

— Por que o senhor não seria digno de comida? — perguntou a criança Du Bell mais nova, de cabeça inclinada e com um pouco de geleia no lábio superior.

— É uma expressão, Abena — disse a irmã dela, a de cachos dourados, do outro lado da mesa.

— Ah — respondeu Abena, dando outra mordida generosa. — O senhor deveria comer ovos e salsichas. São os melhores. Mas mamãe não me deixa comer mais.

— Abena, estou avisando pela última vez! — exclamou a marquesa. — Perdoe minha caçula. Ela às vezes age como se estivesse na casa da mãe Joana.

Me esforcei para não rir e peguei os ovos e as salsichas. Mas quase deixei cair meus talheres quando Hathor esbarrou em mim. De imediato olhei para ela, e vi que estava quase adormecendo.

— Hathor! — chamou a mãe dela, fazendo a garota se endireitar rapidamente e olhar ao redor.

— Presente!

Toda a família começou a rir, exceto a marquesa.

— Eu estava mesmo me perguntando como você veio tomar café da manhã tão cedo, e agora vejo que é porque você deixou sua mente lá em cima — provocou Damon enquanto tomava seu chá.

— Silva, devo perguntar mais uma vez, de todos os homens da sociedade, ele foi mesmo o melhor que você encontrou? — devolveu Hathor, olhando feio para o irmão mais velho.

— Infelizmente, sim — respondeu Silva, sorrindo.

— Infelizmente? — Damon se virou para ela, de sobrancelhas erguidas.

— Dr. Darrington, por favor perdoe minha família. Normalmente somos bem mais... comportados no café da manhã — disse a marquesa enquanto eu comia meus ovos, satisfeito e em silêncio. A criança estava certa: estava tudo muito bom.

— Não sei do que está falando, Vossa Senhoria. Jamais vi uma família mais bem comportada — respondi, e era verdade. Que alegria ter uma manhã assim. Eu não via isso nem na casa de Henry.

— Um homem sábio, de fato. — O marquês riu enquanto dobrava o jornal. Ele abriu a boca para falar quando Silva, sem perceber, falou:

— Onde está Verity? Ela não acordou? Ainda está se sentindo mal?

— Ao que parece, ela e Hathor ficaram acordadas a noite toda conversando. Estou permitindo que ela descanse — respondeu a marquesa, e instantaneamente, me senti... alarmado. Fora tudo um sonho? Quando Hathor fora para os aposentos dela?

— Mamãe, preciso perguntar outra vez: por acaso a senhora me encontrou sob uma árvore? Por que eu não tive permissão para descansar? — perguntou Hathor.

A mãe dela apenas devolveu o olhar.

— Porque você foi perturbá-la.

— Mas ela já estava acordada...

— Verdade, eu estava.

Me virei ao ouvi-la. Verity estava usando um vestido rosa suave, com os cachos soltos, e quando seu olhar encontrou o meu, ela me encarou por um momento antes de se voltar para a marquesa.

— Bom dia. Por favor, perdoem-me pelo atraso.

— Claro, por favor venha se sentar, minha querida.

A única cadeira disponível estava bem ao lado da minha. Senti a necessidade de prender a respiração, quase como se me preparasse para um soco.

— Dr. Darrington, bom dia. — Ela assentiu para mim, e bem quando eu estava prestes a concluir que a noite anterior tinha de fato sido um sonho, nossos olhares cruzaram e ela pressionou os lábios... eu inspirei e soube na hora.

Eu havia mesmo tirado vantagem dela.

— Bom dia — consegui dizer, voltando a encarar minha comida. Eu desejava ignorá-la, ignorar minha própria mente, quando o segundo filho Du Bell vozeou meus pensamentos.

— Você está bonita esta manhã, Verity — disse ele tão tranquilamente que o invejei.

— Obrigada, Hector. — Ela sorriu de orelha a orelha.

— Cuidado, Hector — disse Damon para o irmão. — Se você não tomar cuidado, mamãe vai fazê-lo noivar com ela.

— Damon! Não seja ridículo. — A marquesa franziu a testa. — Infelizmente, ele é jovem demais.

— Viu, a senhora já pensou nisso, ao menos uma vez — provocou Damon enquanto comia uma torrada. — Frustrei o grande plano dela.

— O quê? — arfou Hathor, olhando de Verity para Damon, e então para a mãe dela. — Mamãe, a senhora não poderia ter pensado nisso. Queria dar tanto Afrodite quanto Damon para os Eagleman?

— Vejo que todos vocês desejam me atormentar esta manhã. Damon, ainda está confuso por conta da noite passada? Por que você diria tal coisa? Não vê que está constrangendo a Silva?

A mulher em questão ergueu o olhar, quase confusa por ter sido mencionada. Ela rapidamente largou a colher e disse:

— Está tudo bem. Damon compartilhou muitas coisas...

— Sim, bem, uma conversa entre marido e esposa deve permanecer entre o marido e a esposa — interrompeu a marquesa.

— Decerto, mas foi uma conversa entre meu irmão e eu — devolveu Damon, nem um pouco envergonhado. — Hector, tome cuidado ao demonstrar interesse por uma jovem, ou mamãe moverá céus e terras para que você se case antes do nascer do sol.

— Eu não...

— Se é assim, mamãe, posso me casar com a filha do lorde Darvish? — Hector se inclinou para perguntar, e as mulheres deram tantos gritinhos que foi como se a sala estivesse cheia de porcos.

Eu mal consegui acompanhar enquanto elas o pressionavam para saber como alguém tão jovem como ele sabia com quem queria se casar. Fiquei impressionado porque a atmosfera inteira era completamente diferente da do jantar que eu tivera com eles dias antes.

— Você sente que está desaparecendo? — A voz suave de Verity sussurrou ao meu lado. Eu a vi observá-los. — Eles são assim toda manhã: raios de sol, refletindo uns nos outros para irradiar mais luz. Deixa pouco espaço para que terceiros se aproximem ou digam algo. Somos reduzidos a meros espectadores.

— Por que não apenas aproveitar o calor que emanam? — sussurrei. — O mundo é tão cheio de amargura. Isto não é um alívio bem-vindo?

— Perceber a alegria familiar em outra casa enquanto ela falta em você não é motivo para mais amargura? — Ela me olhou, franzindo a testa. — Você não acha difícil ficar perto deles?

Como alguém que não tinha nem metade — não, nem um terço da felicidade que havia ali na minha própria casa, eu entendia o que ela queria dizer.

— Sim, tenho inveja deles, mas ver que tal laço existe é inspirador e dá esperança.

A expressão amuada dela não mudou. Em vez disso, ela encarou a mesa.

— E mesmo assim você tentou me rejeitar noite passada.

Sem pensar, respondi:

— Porque não acho que seja possível termos algo assim.

Eu não queria ser tão duro, e embora ela permanecesse em silêncio, senti que minhas palavras a magoaram.

— Isso não é possível para mim... mas você... você deveria conhecer...

— Acontece que decidi que quero você. Não acho que suportaria a ideia de outra pessoa... você suportaria?

Nos entreolhamos. E o barulho que vinha da mesa diante de nós pareceu desaparecer, como se ela e eu fôssemos os únicos ali. Era cedo demais para aquele tipo de conversa.

— Você me pressiona e não me dá espaço — sussurrei.

— Foi você quem pressionou primeiro — respondeu ela baixinho, e estava certa. Se eu não tivesse me declarado... se eu não tivesse tentado tão desesperadamente ter a atenção dela nem que fosse por um segundo, não teríamos chegado àquele ponto.

— Verity, você está bem? — perguntou a marquesa.

— Sim, é claro — respondeu ela, e nenhum de nós disse outra palavra. Para não atrair mais atenção para nós, virei-me para Hathor e o irmão dela, falando com eles enquanto Verity falava com Abena.

Achei torturante tê-la tão perto e não poder falar com ela, mas falar era ainda mais doloroso. Quando o café da manhã enfim terminou, lorde Monthermer se levantou e me chamou.

— Dr. Darrington, por favor.

Assentindo, levantei-me da mesa e o segui até o saguão. Assim que a porta para a sala de jantar se fechou, ele se voltou para mim, sério, nem um pouco relaxado como estivera diante de sua família.

— Benjamin? Como ele está?

— Está muito melhor, senhor, mas ainda preciso conversar com ele e saber mais detalhes da doença... Quando ele estiver consciente, é claro.

Como se o homem pudesse me ouvir, a sra. Collins apareceu na escada.

— Doutor, lorde Hardinge acordou!

⁓

O que todas as pessoas da sociedade tinham não era fortuna, mas orgulho.

— Benjamin, não seja tolo — disse o marquês para lorde Hardinge, enquanto este calçava as luvas. — Fique e descanse um pouco mais.

— De verdade, não seria nenhum incômodo — adicionou a marquesa rapidamente.

— Agradeço vocês dois pela enorme hospitalidade, mas eu simplesmente não poderia. Sinceramente, me sinto forte... como... um touro... — As palavras dele foram interrompidas pela tosse.

— Um homem forte não tosse assim, tosse, dr. Darrington? — perguntou o marquês.

Franzi a testa, mas não respondi. Apenas olhei para meu paciente, que claramente estava com dificuldade de ficar de pé, mesmo com a ajuda de um lacaio. Ele ainda suava, o rosto pálido e a respiração irregular, mas seu orgulho não permitia que descansasse mais um dia com eles. E eu não tinha escolha além de ajudá-lo a voltar rapidamente para casa.

— Não se preocupe, milorde — falei para o marquês. — Eu o acompanharei até em casa e ficarei com ele se for preciso.

— Decerto para me secar. Se não com sanguessugas, tomando meu dinheiro — resmungou lorde Hardinge enquanto sua carruagem se aproximava.

— Seja lá qual for o custo, você deve aguentar. Ele já salvou sua vida uma vez — respondeu o marquês, seguindo-nos até a carruagem.

— Sim... sim... — Lorde Hardinge voltou a tossir enquanto subia.

Esperei que ele se acomodasse lá dentro antes de me juntar a ele, mas o marquês buscou minha atenção.

— Dr. Darrington.

Voltei-me, e o rosto dele estava sério. Ele se virou um pouco para que lorde Hardinge não visse, e então falou:

— Caso algo aconteça, mande me chamar imediatamente. Não aceite a palavra dele quanto à severidade de sua condição.

— Milorde, cuidarei tão bem dele quanto cuido de todos os meus pacientes. Eu compreendo Vossa Senhoria.

Ele olhou para a carruagem, e então assentiu e me permitiu entrar também. Sua expressão mudou ao olhar para lorde Hardinge.

— Não seja difícil com ele. Eu irei visitá-lo.

Enquanto eles se falavam, vi Verity à janela. Os olhos dela se arregalaram, como se não esperasse ser vista tão perto da janela, o que fez meus lábios se curvarem para cima. O que não antecipei foi o sorriso que ela deu. Como eu queria estar ao lado dela, e quantas coisas impediam isso.

— Charles, você tem vários filhos e uma esposa com quem se preocupar. Bom dia, e obrigado outra vez! — bufou lorde Hardinge, batendo na lateral da carruagem. — Cocheiro!

Observei a figura dela ficar menor enquanto a carruagem avançava. Só então pude olhar para lorde Hardinge. Ele conseguira manter a cabeça erguida, o corpo ereto, e o rosto sem emoção. Parecia que ele não havia sequer inspirado fundo até passarmos pelos portões e entrarmos na estrada. Quando ele respirou, seu corpo se curvou, e eu imediatamente segurei diante dele a bacia que pedi que a criada colocasse na carruagem. Ele vomitou nela por um minuto antes de se recostar no assento, inspirando fundo.

— O senhor fez bem em segurar todo esse tempo — falei, colocando a bacia no chão e pegando a mão dele para checar o pulso. — Deve ser a última coisa que o senhor precisava tirar de seu sistema por enquanto.

— Que terrível remédio você me deu? — Ele limpou a boca e a testa com o lenço.

— É desagradável, sim, mas era a única forma de garantir que o senhor eliminasse seja lá o que consumiu. Agora me diga, o que o senhor esteve tomando? — Naquela manhã, a única preocupação dele fora sair da residência Du Bell, e ele não me responderia direito até que eu o ajudasse primeiro nessa questão.

Ele soltou o ar devagar.

— Pensei em parar de fumar. Sir Grisham disse que seria bom para mim se eu o fizesse.

— Isso é certo. — Assenti para que ele prosseguisse.

— No entanto, ao fazer isso, senti-me muito pior: dores de cabeça, náusea, tonturas, sem mencionar a boca seca. Sir Grisham disse que eram os efeitos do uso prolongado de tabaco, e que o único remédio para mim era expurgar o sangue ruim do meu sistema.

Eu quase abaixei minha cabeça, pois sabia o que ele diria a seguir. Eu havia examinado o corpo dele o suficiente para saber.

— E de que maneira ele sugeriu o expurgo?

— A prática comum, é claro. Sangrias, sanguessugas, alguns banhos de mostarda, e o tônico para os remanescentes teimosos.

— E quantas vezes o senhor fez esse tratamento?

— Duas ou três vezes.

Me esforcei para manter a compostura.

— Duas ou três vezes por semana?

— Semana? Sir Grisham disse que seria mais efetivo fazer o tratamento uma ou duas vezes por dia.

Deus do céu.

— Milorde. — Minha compostura desapareceu. — O senhor se colocou sob um risco tremendo! Esse tratamento seria perigoso se fosse feito uma vez por mês.

— Sir Grisham me garantiu...

— Sir Grisham está... — mordi meu lábio para me acalmar — *muito* errado em sugerir esse tratamento. O senhor tem muita sorte de ter sobrevivido. Mas, como pode ver, seu corpo quase sucumbiu noite passada. O senhor tomou o tônico outra vez?

— Sim. — Ele franziu a testa e, mais uma vez, precisei me lembrar de que ele era vítima do péssimo médico e não merecia minha raiva. — Eu estava me sentindo bastante mal, e sir Grisham me disse que se acontecesse quando eu não estivesse sob seus cuidados ou não pudesse chamá-lo, eu deveria acender um cachimbo, mas não fumá-lo, e sim inspirar o aroma enquanto tomava o tônico dele.

Era melhor ter sugerido que ele lançasse um feitiço.

— Milorde, o senhor não me conhece bem, e não posso garantir que o senhor será curado de todos os seus males, mas posso garantir que meus tratamentos o farão se sentir melhor e não requererão sangrias ou sanguessugas, nem o farei fazer seja lá quais rituais sir Grisham prescreveu.

Ele me olhou, erguendo as sobrancelhas.

— Alguém tão jovem quanto você deve ser tão confiante em suas habilidades? Você deveria ter humildade e respeito com os mais velhos. Não sou tão fácil de persuadir quanto os mais novos da sociedade. Sir Grisham é bastante renomado e tem se dedicado a...

— Percebeu que parou de tossir, senhor? — interrompi.

Ele arregalou os olhos ao se dar conta. Pousou a mão no pescoço e inspirou fundo uma vez, e então duas, e mais uma.

— O que você fez, pelos céus?

— Permita que eu o trate por um tempo, e, se não se sentir melhor, o senhor pode continuar com as práticas de sir Grisham.

Ele esfregou o pescoço mais uma vez e só então assentiu.

— Muito bem. Tentarei seus métodos, mas não diga uma palavra do que lhe contei a lorde Monthermer. Já devo muito àquela família, e não quero ser um peso para eles.

— Muito bem. Embora não tenha parecido que lorde Monthermer nem a esposa dele achem o senhor um peso.

— Claro que não. Eles são bons demais para pensar de tal forma, o que apenas me faz sentir pior por... — Ele se interrompeu ao perceber que falava de maneira tão pessoal.

— Nada que o senhor disser sobre sua saúde e bem-estar será compartilhado com terceiros — respondi, mas ele ainda estava um pouco tenso e desconfiado. — Como um bastardo, sou filho da discrição, não é mesmo?

Ele riu.

— Se fosse verdade, ninguém saberia quem é seu pai.

— Se não fosse verdade, eu poderia ter causado danos bem maiores, pelos quais eu teria uma má-fama. E, no entanto, toda a alta sociedade está investigando firmemente em busca de mais detalhes de meu passado.

— Então você sabe.

— Sempre. É por isso que posso garantir ao senhor que, como meu paciente, valorizo sua privacidade.

Desta vez, ele sorriu e assentiu.

— Estou começando a entender o que Charles quis dizer sobre você.

Eu não sabia o que ele queria dizer com isso, mas a culpa voltou quando pensei na confiança que quebrei quando me encontrei com Verity. Ignorei o sentimento, já que a carruagem havia parado diante da casa de lorde Hardinge, interrompendo todo comentário extra sobre o assunto.

Passei outras duas horas na casa dele antes de enfim me sentir confortável o bastante para voltar para a minha. Eu não queria fazer uso da carruagem dele, mas já que eu havia chegado à propriedade Du Bell com Henry e não meu próprio cavalo, não tive opção. Eu poderia ter caminhado, mas estava exausto demais. No entanto, me arrependi de minha decisão imediatamente ao chegar à Hospedaria da Coroa e ver as expressões das pessoas enquanto eu saía da carruagem privada de um lorde.

— Ora, macacos me mordam! Quem é este distinto cavalheiro à minha porta? — foi a primeira coisa que a senhoria exclamou, com um amplo sorriso torto, enquanto eu entrava. — Melhorando de vida, hein, dr. Darrington? Ouvi seu nome mais do que o de qualquer rameira, agiota ou salafrário esses dias.

— Bom dia para a senhora também, sra. Howard — falei educadamente. — Alguma correspondência para mim?

— Já está no seu quarto, *milorde* — provocou ela enquanto fazia uma reverência diante de mim.

— Deixe o homem em paz, sua velha bruxa, antes que ele encontre um estabelecimento mais fino para descansar sua cabeça delicada de doutor — disse o marido dela, fazendo outras pessoas rirem.

— Vou me lembrar disso, sr. Howard, caso o senhor precise de mais cuidados com aquela alergia — falei alto, embora jamais o tenha tratado de tal doença. No entanto, serviu para capturar a atenção da esposa dele.

— Do que ele está falando?

Escapei rapidamente, subindo a escada dois degraus por vez. Só quando cheguei ao meu pequeno quarto enfim me permiti respirar. E então caí na cama. Minha mente estava uma bagunça — em parte pensando na medicina, mas também pensando nela, e, por último, pensando na minha vida.

Eu precisava ser mais discreto, ao menos para evitar que mais fofocas sobre mim se espalhassem. A última coisa que eu devia fazer era parecer estar subindo na sociedade. Eu não queria isso. Mas o que eu queria? Semanas antes, eu teria dito que queria uma vida simples, honesta e feliz. Agora, um rosto aparecia na minha mente. A sensação era que a cada dia eu estava ficando mais e mais... arrebatado. E esses sentimentos me deixavam completamente cauteloso.

— O que devo fazer?

Logicamente, eu deveria ficar longe dela, mas não queria fazer isso.

Suspirando, levantei-me e fui até a mesa para ver as cartas. Não havia pedidos para os meus serviços, mas havia vários selos de diferentes membros da sociedade. E a primeira coisa em que pensei não foi em cuidar dessas pessoas, mas sim como tais pacientes me deixariam mais íntimo da sociedade e de alguma forma me permitiriam ficar perto dela.

O pensamento me enojava, pois eu não queria ser esse tipo de homem.

Juntando as cartas, coloquei-as na gaveta e peguei minhas anotações dos pacientes que tinha começado a atender em Londres. Eu já os havia negligenciado o bastante.

Eu precisava evitar Verity por enquanto.

Dar a ela tempo para esquecer seus sentimentos.

Verity

16 de maio de 1813

Até agora, minha estadia em Londres me envolveu com todo um elenco de personagens e personalidades; e todos eles me fizeram parar para me inspecionar ainda mais. E, nessa inspeção, descobri que meu pensamento mais urgente é: "Por quê?". Por que tudo é assim? E por que não tenho o poder para controlar e mudar isso como eu quiser?

Olhei do meu diário para a janela, pela qual pude ver Theodore ao lado de lorde Hardinge e diante do marquês e da marquesa. Não conseguia ouvir o que eles diziam, mas não importava muito. Fiquei olhando para ele, lembrando de nossa conversa no café da manhã. Vê-lo sentado à mesa fora um choque, mas logo fiquei feliz por sua presença. Outro estranho para ser meu aliado. Mas, para minha surpresa, ele parecia bastante confortável naquela situação; feliz, até.

Os filhos ilegítimos não têm um passado sórdido que os deixa amargos e cáusticos? Eu sabia que esse era o caso dentro da minha família. Pensar em Fitzwilliam feliz sentado à mesa como Theodore aparentara estar naquela manhã era, na minha mente, além da realidade. Theodore conseguia se misturar, algo que eu mesma tinha dificuldade em fazer. Era só comigo? Não, Silva dissera que também teve dificuldades. Então talvez fosse porque ele era homem? Isso dava a ele vantagens que eu não conhecia? De qualquer forma, suas palavras me deixaram... triste. A ideia de que uma família lhe era negada pelo simples fato de sua ascendência... não, não só uma família... uma família comigo, por conta de nossas posições. Eu nem havia pensado para valer em ter minha própria família antes, mas a sensação de Theodore negando completamente a possibilidade... doía. Eu entendia o pensamento dele, mas a injustiça também me frustrava.

— O que devo fazer, Theodore? — sussurrei para a figura dele, e, como se pudesse me ouvir, ele olhou para cima. Não sei que expressão fiz, mas vi com clareza o leve sorriso em seu rosto, e sorri também.

Cedo demais, ele e a carruagem haviam partido.

— O que você tá olhando?

Olhei para Abena, que entrara no meu quarto. Claramente, ninguém ali batia antes de entrar.

— Nada, só estou escrevendo — respondi, fechando meu diário.

— Está tudo bem?

Ela se aproximou.

— Quando você volta para sua casa?

— Você não gosta da minha presença aqui?

Ela balançou a cabeça.

— Não, não é isso. É que a mamãe disse que não posso ir ver Odite até que você esteja em casa por pelo menos três semanas.

Eu não sabia dessa regra. Mas o que ela queria dizer estava óbvio.

— Você sente falta de sua irmã?

Ela fez uma careta e saltitou até mim.

— Você não sente falta do seu irmão? Não está escrevendo para ele?

Eu não havia pensado em escrever para ele porque supus que fosse estar ocupado demais com sua própria felicidade, e não queria lembrá-lo de se preocupar comigo.

— Não, eu estava escrevendo para mim mesma.

— Você mesma? Por quê? Você está em sua própria companhia o tempo todo.

Eu ri.

— Sim, estou. Esse é o problema às vezes. Tenho muitos pensamentos e quero organizá-los, então eu os anoto.

— O que você faz depois de organizá-los?

— Tento aprender com eles. Não tenho certeza, mas me sinto melhor quando escrevo.

— Está bem. — Ela perdeu o interesse e perguntou mais uma vez: — Então, quando você volta para Everely?

— Infelizmente, devo ficar aqui por mais algumas semanas, no mínimo.

Ela arregalou os olhos.

— Tudo isso? Esse tempo todo e mais três semanas? Está muito longe.

— Sinto muito.

Ela inflou as bochechas.

— Espero que ninguém mais se case.

— Não nos amaldiçoe! — Hathor entrou no quarto.

— Principalmente você! — devolveu Abena, e então tentou correr. Mas Hathor a agarrou e a segurou firme. — Me solte!

— Não solto até você retirar o que disse.

— Não retiro!

— Vai retirar — exigiu Hathor, e começou a fazer cócegas nela. Abena deu um gritinho e chutou o ar enquanto buscava escapar.

— Retire!

— Não! Há-ha!

— Retire agora.

— *Ha!* — riu Abena.

— Está tudo bem? — perguntou Silva, que passava com Devana ao seu lado, olhando para dentro do quarto. Uma por uma, elas pareceram se reunir, como se meu quarto fosse outra sala de estar.

Mas não falei nada. Em vez disso, sorri enquanto pensava em como minha própria família poderia ser ou seria um dia.

E Theodore era a pessoa com quem eu queria vê-la.

Eu disse que não lutaria contra esses sentimentos e não estava lutando, mas era óbvio que Theodore queria lutar contra os dele.

Então, o que eu poderia fazer além de obrigá-lo a parar também?

Eu não permitiria que ele me afastasse.

14

Verity

E le estava me evitando. Eu tinha certeza.

Nos últimos três dias, eu havia encontrado Theodore quatro vezes, e em todas ele evitara meu olhar ou minha presença. Ele fazia isso de propósito, e eu sentia minha irritação crescer aos poucos diante da tolice da situação.

E da tolice dele! Parte de mim queria ignorá-lo também, mas eu não conseguia, e em vez disso me pegava esticando o pescoço toda vez que saíamos de casa, na esperança de vê-lo.

Também estava óbvio que eu havia me tornado um pouco tola, mas a culpa era dele.

— Verity, você está pronta? — perguntou Hathor, ajustando o chapéu enquanto entrava no meu quarto.

— Estou, embora eu não esteja à altura da sua elegância — respondi enquanto pegava meu chapéu e luvas.

— O objetivo é esse. — Ela sorriu, virando-se para que eu mais uma vez observasse seu belo vestido cor de vinho com detalhes em dourado, luvas do mesmo tom, um chapéu com joias e penas e, é claro, um casaco. — Tem certeza de que quer usar isto?

— Isto já é mais do que costumo usar para um passeio simples no parque — falei enquanto a seguia para o corredor.

— Este não é um passeio qualquer. Todos estarão lá hoje.

— Como é que você sabe? — E o que "todos" significava?

— É a terceira quarta-feira do mês — disse ela enquanto alcançávamos o sopé da escada, como se isso explicasse tudo.

— Vocês duas estão esplêndidas, mas duvido que consigam cavalgar até o parque vestidas assim — disse o pai dela quando chegamos à porta, onde a marquesa ajustava o vestido de Abena.

— Cavalgar? — A esposa dele imediatamente o encarou como se ele tivesse enlouquecido. — A cavalo *para* o parque?

— Você não pediu aos criados que trouxessem os cavalos? — perguntou ele. — Para que eles servem senão para cavalgar?

Hathor deu uma risadinha.

— Papai, eles são para cavalgarmos *no* parque. Devemos ir de carruagem até lá primeiro. Se fôssemos a cavalo até o parque, nossos vestidos ficariam amarrotados, e tudo seria em vão.

— Mas eles não vão ficar amarrotados quando cavalgarmos no parque, de qualquer forma? — questionei. Eu tinha entendido que cavalgaríamos até o parque, como eu já fizera várias vezes antes.

— Foi o que pensei — respondeu o marquês.

— Se elas forem devagar e com graça, isso não será um problema até bem mais tarde, quando todos já tiverem olhado para elas — explicou a esposa dele, ganhando um assentir orgulhoso de Hathor.

O marquês olhou para Abena, pousando a mão na cabeça dela.

— Sinta-se livre para fazer o que quiser hoje.

— Obrigada, papai! — exclamou Abena enquanto saía porta afora.

— Charles! — A esposa dele quase gritou, e ele apenas riu dela.

— Deixe que ela se divirta! Quando crescer será forçada a participar desses planos absurdos — respondeu ele.

— Se ela fizer alguma bobagem, você que vai ter que resolver. — A marquesa puxou as luvas para cima com força. — Garotas, vamos.

— Já está se arrependendo, papai? — perguntou Hathor enquanto seguia a mãe.

— Um pouco, mas ficarei firme. Afinal de contas, quanta confusão Abena pode causar? — disse ele antes de rir. — Você virá me ajudar?

— E me tornar inimiga de mamãe? Jamais. Verity é bem mais adequada para isso.

— Por quê? — perguntei.

— Porque mamãe não perderá a paciência com você — disse ela, e saiu. Eu a segui, e embora soubesse que ela não queria dizer isso como uma afronta, não consegui deixar de interpretar mal suas palavras.

Mais uma vez, ela me pintava como uma estranha. A mãe dela se sentia livre para gritar, educar ou punir ela e suas irmãs porque eram filhas dela. Elas eram da família e, não importando o que acontecesse, isso não mudaria. Eu, por outro lado, não era filha dela, e no esforço para cuidar de mim, ela me tratava como se a qualquer momento, diante da menor das pressões, eu fosse desmoronar.

— Enfim está fazendo um tempo bom — disse a marquesa quando estávamos dentro da carruagem. Eu havia acabado de perceber que ela banira o marido, que seguia na outra carruagem, com Devana, Hector e Abena. — O parque estará agradável.

— Mamãe, o duque de Alfonce ainda está na cidade?

— Hathor. — A marquesa lançou à filha um olhar sério.

— O que foi?

Olhei para Hathor.

— Foi ele quem chamou sua atenção?

— Ele é bastante deslumbrante, muito alto, e...

— E demonstrou zero interesse em você. Na verdade, até te evitou, se não estou enganada — respondeu a marquesa, fazendo Hathor murchar. — Fica a lição para você também, Verity. Damas da sua posição jamais devem parecer ansiosas demais ou, Deus as livre, desesperadas. Pretendentes devem chamá-la, não o contrário, *Nunca* o contrário.

— Mas devemos pelo menos indicar que estamos abertas a...

— Um simples sorriso — interrompeu a marquesa —, uma conversa curta e múltiplas danças no baile são mais do que suficientes para estabelecer o interesse. Se for um homem minimamente inteligente, logo entenderá e não perderá tempo em começar o cortejo. Você não precisa pressionar nem se esforçar. Isso está aquém de você. Entendeu?

— Sim, mamãe — resmungou Hathor.

A marquesa olhou para mim também, o que me surpreendeu, mas respondi rápido:

— Sim, madrinha.

— Ótimo. — Ela suspirou e olhou para fora da janela da carruagem. — O que me lembra, Hathor, lady Fancot expressou o interesse em vê-la noiva de seu filho, Henry. Não acho que seja uma má possibilidade.

— Pois eu acho. Mamãe, mesmo que a senhora não me veja com um duque, não acha que está mirando baixo demais?

— Não seja tão obviamente materialista, Hathor.

Hathor bufou.

— Ah, então, nesse caso, deixe-me casar com o dr. Darrington.

— Não seja ridícula!

Ela estava determinada a estressar sua mãe, e então se virou para mim, sorrindo.

— Bem, Verity, devo admitir que o dr. Darrington é muito bonito, inteligente e agradável, você não acha?

— Acho — admiti. Enquanto Hathor dava uma risadinha e a mãe dela suspirava profundamente, descobri que eu de fato pensava todas essas coisas. Ele era bastante bonito.

— Sei que está falando por falar, mas não deve fazer isso — respondeu a marquesa. — Não há necessidade de zombar dele. Embora ele seja um pretendente completamente inapropriado, ouvi dizer que ele fez várias coisas boas, então merece respeito.

— Sim, mamãe — respondeu Hathor, embora sua atenção estivesse bem capturada pela vista lá fora.

Eu também olhei, mas minha mente estava nas palavras dela: *pretendente completamente inapropriado*. Sim, desde que passara a me evitar, ele havia se tornado um assunto ainda mais constante nas conversas. Isso acontecera porque ele rejeitara vários chamados por seus serviços de lordes e cavalheiros e fora cuidar dos pobres. Até o marquês ficara estupefato em saber que um convite que fizera a ele naquela semana não fora respondido. Em vez de se sentir afrontada, no entanto, a sociedade parecia estar ainda mais curiosa sobre ele. Eu tinha certeza de que ele estava cuidando daqueles que precisavam, mas também sabia que queria ficar longe de mim.

— Ah, enfim chegamos — disse Hathor alegremente quando a carruagem parou. Ela mais uma vez ajustou o chapéu enquanto sua mãe descia primeiro.

Quando desci, reparei que o parque inteiro estava lotado de pessoas.

— Por que a terceira quarta-feira do mês é tão popular? — perguntei enquanto o cocheiro trazia nossos cavalos.

— Parlamento, óbvio.

Não foi Hathor quem respondeu, mas sim Henry Parwens, que estava atrás de nós, usando um casaco azul-claro e cinza, com um cavalo branco ao seu lado. Naquele momento, olhei ao redor dele rapidamente. Se Henry estava ali, decerto não teria vindo sozinho. E lá estava, atrás dele, em um cavalo preto, Theodore.

Vi os olhos de Theodore se arregalarem e sua mandíbula retesar ao me ver.

— Senhoritas. — Henry fez uma reverência diante de nós.

— Sinto um plano se formando — sussurrou Hathor ao meu lado, a atenção presa em sua mãe conversando com lady Fancot.

— As senhoritas também planejam cavalgar? — perguntou Henry bem quando nossos cocheiros traziam as rédeas de nossos cavalos. — Se importam se nos juntarmos às senhoritas?

— Os dois? — perguntei, olhando para Theodore.
— Sim...
— Perdoem-me, senhoritas, eu tenho alguns pacientes...
— Tenho certeza de que eles podem esperar, Theodore. — Henry agarrou as rédeas de seu cavalo, dando a Theodore um olhar severo.
— Os doentes jamais devem ser forçados a esperar — resmungou Theodore.
— Se fosse verdade, médicos seriam como escravizados... talvez você simplesmente não deseje nossa companhia, não é mesmo? — perguntei diretamente a ele.

Seus lábios formaram uma linha fina.

Ele não disse nada enquanto os cocheiros nos ajudavam a subir nas selas de maneira bastante graciosa. Confesso que, ao ver Hathor sentada como se fosse uma princesa, uma parte de mim se arrependeu um pouco de não ter me esforçado mais.

— Como eu dizia, lady Verity, a terceira quarta-feira do mês é popular por conta do Parlamento — continuou Henry enquanto começávamos a cavalgada, — Hathor e ele à frente com Theodore e eu atrás.

— Os membros do Parlamento só podem sair na terceira quarta-feira? — tentei brincar, olhando para Theodore, mas ele não disse nada, o olhar focado à frente.

— Não, claro que não — respondeu Hathor. — Eles normalmente têm sessões no fim de tarde nas segundas, terças, quintas e sextas. Votar pode demorar muito e ultrapassar a noite, se forem contestados. Na terceira semana, a maioria está exausta dos debates e se encontra aqui.

— A senhorita sabe muito, milady. — Henry olhou para ela, surpreso.

— Não dê os créditos a mim, e sim ao meu pai. Ele é tão informado que eu também acabo ficando, embora não por escolha. — Ela sorriu.

Eles começaram a conversar entre eles, permitindo que eu focasse em Theodore, que ainda não prestava atenção em mim.

— Eu o ofendi, dr. Darrington? — perguntei baixinho.
Só então ele olhou para mim, de sobrancelhas erguidas.
— Não que eu saiba.
— Então você está mesmo me evitando.
— Perdoe-me, milady. Estou apenas cansado.
— Algo me diz que isso é mentira — respondi, e ele franziu a testa.
— O que a senhorita quer que eu diga?
— A verdade.
— Sabe que não posso
— Não, não sei nada disso.

Ele suspirou, como se eu estivesse sendo a pessoa difícil. E assim cavalgamos em silêncio. Quer dizer, Hathor e Henry conversaram. Theodore se recusou a dizer algo a não ser que fosse diretamente perguntado por um deles, mas, mesmo nesses momentos, pareceu que suas respostas foram tão frias quanto eram para mim.

Como ele passara da pessoa que me beijara para... isso?

Eu estivera enganada?

Por que conversar tinha se tornado tão... difícil?

Quanto mais o silêncio se prolongava, mais frustrada e irritada eu ficava.

— Theodore — murmurei apenas para ele ouvir. Ele me encarou de olhos arregalados. — Ah, ótimo. Você sabe que estou ao seu lado. Pensei que havia se esquecido.

— Milady, a senhorita não deve me chamar de...

— O que você fará a respeito? Vai me ignorar?

Ele abriu a boca para falar, mas uma voz soou.

— Dr. Darrington!

Ele se virou para ver ninguém menos que lady Clementina, também a cavalo, vestida de maneira muito elegante em um roxo profundo e, estranhamente, usando uma cartola.

— Lady Clementina. — Ele assentiu para ela. — Como vai?

— Finalmente o senhor pergunta sobre minha saúde. Estava achando que o senhor não mais se importava após me curar. — Ela

sorriu e então olhou para Hathor e eu. — Hathor, Verity, perdoem-
-me por não tê-las procurado antes. Devo a vocês muita gratidão
também.

— Estou muito satisfeita em vê-la hoje, você parece estar muito
bem de saúde. — Hathor sorriu.

— Como devo agradecer todos vocês? Não sei — respondeu lady
Clementina.

— Nos elogiar para o mundo todo pode ser a forma de começar
— disse Henry, fazendo todos nós olharmos para ele.

— E o que você fez para merecer elogios? — questionou Theodore.
Dramático, Henry ficou boquiaberto.

— Senhoritas, ele me transformou em seu escudeiro. Sou eu
quem ele envia em direção a carruagens para buscar sua maleta
médica. Lady Clementina, como a senhorita sabe, há muitos degraus em sua casa, e fui eu quem os subiu e desceu para entregar
o que ele pedia.

Theodore revirou os olhos, mas lady Clementina riu.

— Eu lhe agradeço, senhor, por me contar. Não gostaria de ignorar nenhum dos meus galantes heróis. Eu o elogiarei, conforme
pedido.

— Muito obrigado. — Henry assentiu.

— Lady Clementina, a senhorita se importa se conversarmos
a sós? — perguntou Theodore, e assim conseguiu sua deixa para
escapar.

— Claro que não. Eu a verei mais tarde, Hathor. Você também,
Verity — disse ela, puxando as rédeas de seu cavalo para ir na direção oposta e, ao fazer isso, levar Theodore consigo. Eu os observei
partir, e percebi que estava ainda mais irritada.

— O que fiz para merecer a companhia de duas grandes damas
hoje? — disse Henry, atraindo minha atenção.

— Acredito que nossas mães podem ter algo a ver com isso —
respondeu Hathor, suspirando ao olhar para mim. — O que me
lembra: quando o senhor dirá à sua família que deseja outra pessoa?

— Hathor? — sussurrei para ela, certa de que ele não queria que seus casos fossem comentados tão publicamente.

— Vejo que a senhorita não conseguiu guardar meu segredo — disse ele enquanto recomeçávamos a cavalgar.

— Só contei para ela, e isso não conta, pois ela não fala com ninguém além de seu diário — provocou ela, fazendo-me olhá-la com seriedade. — Enfim, o senhor deve se resolver com o fato de que essa mulher é claramente inadequada para o senhor, ou afirmar sua intenção publicamente para evitar confusões.

— Hathor! As escolhas dele não são da sua conta — exclamei para ela. — Perdoe-a, sr. Parwens. Ela é muito direta.

— Sim, percebi. Mas não se preocupe. É por isso que me senti tão inclinado a contar para ela. Ela não está errada — disse ele. — E me chame de Henry.

Hathor assentiu.

— Bem, Henry, e por que você não escolheu um caminho?

Eu queria dar um tapa no braço dela. Mas voltei o olhar para ele.

— O senhor não precisa responder.

— Ele não pode nos contar a história pela metade — disse Hathor.

— Ele não deve nos contar *nenhuma* parte da história — murmurei. Falar disso poderia ser doloroso para ele... e eu estava passando pela mesma situação.

— A resposta que a senhorita busca é simples. Não posso decidir sozinho. As duas partes devem estar de acordo em situações assim.

— Ela não está de acordo? Por quê? — perguntou Hathor.

Ela não via que estava basicamente exigindo que ele desnudasse a alma?

— É complicado. — Ele suspirou. — Tudo sobre o amor é complicado, senhoritas. Ele provoca o pior e o melhor em nós. Em um momento você está alegre, como se nada no mundo pudesse atingi--lo, e no seguinte tudo parece machucar.

— Isso parece muito exaustivo. — Hathor suspirou como se estivesse cansada de ouvir. Fiquei pensando como ela conseguiria o amor que desejava quando parecia tão hostil a ele.

Henry riu.

— Acredite em mim, é. Mas não podemos escolher quem desejamos. Até o momento, ela parece satisfeita em observar de longe. Não consigo entender como ela ou Theodore aguentam isso.

— Theodore? — perguntei, surpresa.

Ele arregalou os olhos, e uma expressão de culpa tomou conta de seu rosto.

— Senhoritas, por favor, esqueçam o que eu disse...

— Impossível. O que tem o dr. Darrington? — perguntei, meu tom surpreendendo até a mim.

Ele suspirou.

— Se isso virar fofoca, saberei que veio de vocês duas...

— Ah, desembucha, o que tem ele? — pressionou Hathor.

Ele olhou por sobre o ombro como se temesse que o homem em questão fosse aparecer atrás de mim.

— Aparentemente, ele está bastante apaixonado por uma dama da sociedade.

— Quem? — arfou Hathor enquanto meu coração estremecia outra vez.

— Não sei, pois ele não conta. Mas, em todos esses anos, é a primeira vez que o vejo assim.

— E ele não pode dizer nada porque ele é inapropriado. — Hathor assentiu, compreendendo.

— Não há nada inapropriado sobre ele — disse Henry, na defensiva.

— Não estou falando do caráter dele. Falo de sua origem — respondeu Hathor suavemente. — Se ela é uma dama da sociedade como você diz, quem permitirá que sua filha se case com um...

— Bastardo — terminei a frase para ela.

Henry franziu a testa, claramente incomodado.

— É uma grande injustiça que a vida de um bom homem seja estragada e atrapalhada pelas escolhas do pai. Se ele tivesse nascido com um título, toda a Londres estaria a seus pés. Ele não precisaria se humilhar forçadamente diante de toda pessoa que conhece.

— Se humilhar? Como assim? — perguntei.

— Toda vez que ele recebe atenção, tanto agora como na época da escola, ele se afasta. Por quê? Porque teme que as pessoas pensem que ele é maldoso de alguma forma. Que ele deseja se infiltrar na sociedade.

— Por que alguém pensaria que ele está tramando algo, e que não é inteligente como ele se prova ser? — Franzi a testa, agora bastante irritada comigo mesma.

— Na escola, quando os outros rapazes zombavam dele pelas costas, eu não tinha dúvidas de que era inveja. Na verdade, os pais desses rapazes desejavam que ele fosse filho deles para que pudessem se gabar. Embora Darrington e eu não fôssemos colegas de sala, a idade dele é tão próxima da nossa que era difícil para nós vê-lo como um educador. Conforme crescíamos, pensei que os outros fossem se comportar com mais maturidade, mas não aconteceu. Apenas descobri que aqueles que se destacam de alguma forma são mais ridicularizados.

— Como é o caso da minha irmã — disse Hathor, franzindo a testa. — Mesmo sendo a grande beleza de Londres, foi forçada a ficar longe por um tempo para evitar as fofocas.

— Pelo menos, sua irmã tinha a proteção da família na sociedade — disse Henry. — Theodore não tem nada, nem pode se esconder. Ele deve ter algum tipo de ocupação, então ele se esforça para disfarçar sua própria grandeza.

— Isso é incrivelmente... enfurecedor — murmurei, apertando minhas rédeas com força.

— É mesmo.

Olhei por sobre o ombro, como se ainda pudesse vê-lo ao longe, mas não o vi. Nem percebi o quanto me distraí, pois em um momento meu cavalo estava estável, e no seguinte ele disparou à frente.

— Verity!

Theodore

— Alguma dor de cabeça? A senhorita sente algum tipo de falta de ar? — questionei lady Clementina enquanto cavalgávamos em direção à família dela, perto da lagoa.

— Nada. Realmente me sinto muito melhor — respondeu ela com um sorriso.

Todas as damas que tiveram uma criação como a dela faziam isso, sempre sorriam apesar de seus pensamentos, sentimentos ou condição. Verity também dissera que estava bem, quando eu via com clareza que não estava.

— Considero que não é uma boa ideia a senhorita já estar cavalgando. — Franzi a testa e olhei para onde a mãe dela conversava alegremente entre amigos, parecendo um pássaro rosa em seu vestido. — Só posso imaginar que tenha sido ideia da sua mãe.

— Não quero que o senhor pense mal dela, dr. Darrington — disse ela baixinho enquanto também olhava para a mãe. — Tudo o que ela faz é para garantir o meu futuro.

A mulher dera veneno para a filha. Sim, ela não sabia que era tóxico nem que causaria tanto dano. Mesmo assim, a mãe a forçara a tomar remédio para uma doença inexistente.

— Sua altura não é um obstáculo para o seu futuro, milady.

Foi tudo o que consegui dizer sem ser rude.

— Ah, se fosse assim. — Ela franziu a testa e olhou para mim. — Sei que o senhor não quer me ofender, mas a verdade é que sou uma gigante em comparação às outras damas. Mesmo entre os cavalheiros, costumo ser uma cabeça, às vezes até os ombros, mais alta que os deles. Quem vai querer uma esposa...

— Se a senhorita acredita nisso, não discutirei, mas devo perguntar: a senhorita acha que é a única?

— O quê?

— Se a senhorita é uma gigante, não pode ser a única. Deve haver um par para a senhorita, quer seja ele um gigante ou não. Há alguém para todas as pessoas. A senhorita só precisa acreditar.

Ela riu.

— Eu não pensei que o senhor fosse um idealista, dr. Darrington.

— Não sou, mas não quero que a senhorita se magoe ou permita ser magoada por causa de um mero matrimônio.

— É um mero matrimônio para o senhor, enquanto homem, mas é tudo para nós, damas — lembrou-me ela, e não estava errada. A prova era a quantidade de pessoas ao nosso redor no parque. — Mas vou levar o seu conselho em conta, e minha mãe também. Não acredito que alguém a repreendeu pelas ações dela como o senhor fez. Ela se arrependeu muito. Fui eu quem pressionou para mostrar ao mundo que eu estava bem.

— Muito bem, mas caso se sinta mal, mesmo que só um pouco, deve mandar me chamar.

— O senhor virá? — Ela ergueu as sobrancelhas. — Dizem que o senhor nos despreza em nome dos menos afortunados.

Suspirei. As pessoas da sociedade e suas *fofocas*.

— Não desprezo ninguém. Apenas desejo ser justo. E como a senhorita é minha paciente, sempre estarei à disposição.

Ela abriu a boca para responder, mas foi interrompida pela voz atrás de nós.

— Dr. Darrington!

Virei-me para ver um homem muito mais velho. Ele era magro, alto e de cabelos grisalhos, com marcas de idade ao redor do nariz. Acompanhado de um grupo de homens atrás de si, segurava uma bengala lisa e usava o mais fino terno de veludo.

— Sir Grisham? — disse lady Clementina.

— Lady Clementina, como a senhorita está? — perguntou ele.

— Espero que esta... pessoa não a confunda mais.

— Não. — Ela olhou para mim. — Com o que eu poderia estar confusa?

— Lady Clementina, acredito que seja melhor a senhorita voltar para a sua mãe — falei enquanto descia do meu cavalo.

— Cavalheiros. — Ela assentiu para eles antes de sair rapidamente.

Olhei para todos eles. Só podia supor que também eram médicos. Por qual outro motivo estariam atrás de sir Grisham?

— Como posso ajudá-los, senhores?

— Você pode voltar para de onde os bastardos saem! — gritou sir Grisham.

— Como minha mãe está morta, não acho que exista essa possibilidade, senhor.

Ele deu outro passo em minha direção.

— Acha que isto é brincadeira, garoto? Quem você pensa que é para arruinar minha reputação? Muito antes da sua maldita concepção, eu já era chamado de médico. E agora você fica caluniando meus tratamentos e roubando meus pacientes? Dizem que seu tipo não tem honra, mas no mínimo você deveria ter consciência.

Minha mão se fechou em punho, e a fúria subiu como fogo dentro de mim. Queria mostrar a ele minha tamanha falta de consciência.

— Peço desculpas, senhor, se o ofendi — forcei-me a dizer. Brigar com ele não faria bem algum. Mesmo se eu vencesse em um argumento ou briga física, no fim das contas todos ficariam sabendo que o filho bastardo de Whitmear estava causando problemas na sociedade londrina.

— Você me ofendeu muito, e agora remediará o que fez. Devolva todos os meus pacientes e retire tudo o que disse sobre o meu tratamento.

— Não farei isso, pois meus diagnósticos estão corretos, senhor. O senhor é livre para se encontrar com seus pacientes e se explicar. Mas não contradirei minha própria palavra.

— Não falarei outra vez, garoto...

— O que o senhor fará se eu não concordar? Me espancará aqui no parque? — Senti minha resolução se partir sob o peso da minha irritação. — Seus remédios pioraram as doenças. Isso é fato.

— Posso tornar sua vida muito difícil, *dr.* Darrington.

Eu ri, porque não, ele não poderia.

— Senhor, minha vida sempre foi difícil, então acho que nem vou perceber.

— Você...

— Theodore! — Virei-me e vi Henry correndo em minha direção, sua roupa amarrotada, os olhos em pânico. — Rápido! Lady Verity caiu do cavalo!

Foi como se todo o mundo desaparecesse, e meu coração se contraiu em agonia. Em um piscar de olhos, vi-me outra vez sobre meu cavalo, cavalgando mais rápido do que jamais achei possível.

15

Verity

Eu não me sentia tão mal assim, mas havia sangue, e com isso uma multidão de curiosos se dirigiu para o canto no qual a família Du Bell se instalara ao lado da lagoa, e para onde eu fora levada após a queda.

— O sangramento não está parando, milorde — disse Bernice, segurando um pano contra a minha cabeça.

— Cadê a droga do médico?! — exigiu a marquesa enquanto segurava meus ombros. Era a primeira vez que eu a ouvia usando tal linguagem. Era de se pensar que eu estava morrendo. Eu estava morrendo?

Havia tantas pessoas ao meu redor, correndo da esquerda para a direita, exigindo uma coisa ou outra. Tudo acontecera tão rápido. Em um momento eu estava tranquila sobre o meu cavalo, e no seguinte estava galopando na direção das árvores e arbustos, até voar pelos ares e cair na lama. Olhei para minhas mãos e vi que minhas luvas tinham se rasgado. A pele estava cortada e suja por ter amortecido minha queda.

— Abram caminho! — ouvi a marquesa gritar, mas continuei olhando para as minhas mãos.

— Lady Verity? — Esta voz não estava em pânico nem era alta, então ergui o olhar e vi os olhos cálidos de Theodore me encarando.

— Dr. Darrington?

— Que bom, a senhorita ainda sabe quem sou. — Ele sorriu gentilmente. — O que dói mais?

— Não está vendo que a cabeça dela está sangrando? — questionou a marquesa, mas a voz dela estremeceu de um jeito que me fez pensar que estava chorando.

— Minha querida, permita que ele faça seu trabalho — disse o marquês, vindo tirá-la do meu lado, embora ela tenha ficado a alguns centímetros de distância.

— Lady Verity? — chamou Theodore outra vez, estendendo a mão para pegar o pano da minha cabeça. Encolhi-me ao sentir o ar tocar na ferida. — Então sua cabeça é o ponto que mais dói?

— Sinceramente, não sinto nada agora — enfim falei.

— Ah céus, o que isso quer dizer? — questionou a marquesa.

— Ela pode estar em choque — respondeu ele, sem tirar o olhar de mim. Então beliscou meu braço o mais forte que pôde.

— *Ai*! — arfei, arregalando os olhos enquanto tocava meu braço. — Para quê isso?

— Um... dois..

Eu não sabia por que ele estava contando, mas gritei de dor quando ele pressionou a ferida na minha cabeça.

— O senhor a está machucando! — exclamou a marquesa, e ele realmente estava.

— Sentir dor às vezes é um bom sinal. Só posso tratar o que sei ser um ferimento — respondeu ele, e então olhou para mim. — O que dói? — tornou a perguntar.

— Minha cabeça, mãos e agora meu braço, graças ao senhor. — Fiz um biquinho.

— E suas pernas e costas? — questionou ele, focado na minha cabeça. — A senhorita as bateu em algum lugar?

— Não me lembro, mas não estão doendo.

— Mova o pé, por favor — disse ele, e obedeci. — Muito bem. Lorde Monthermer, traga a carruagem imediatamente. Continuarei o tratamento em sua casa. O ferimento é profundo, mas não mortal. Fizeram bem em pressioná-lo.

— Não quero ir para casa! Fiquei trancada dentro de casa a semana inteira — murmurei.

— Verity, você está sangrando, minha querida! Você precisa ir para casa imediatamente — disse a marquesa.

— A carruagem já está aqui — respondeu o marquês.

— Ótimo. Eu a carregarei — disse Theodore, e arregalei os olhos.

Arfei.

— Consigo andar...

— Verity, chega! Não seja ridícula! Você está ferida — insistiu a marquesa. — Dr. Darrington, por favor, faça o que for necessário.

Ele não esperou por mais instruções, e senti seus braços ao redor da minha cintura e sob minhas coxas. Quando olhei para ele, foi como se o sol tivesse refletido nos meus olhos. Ele parecia brilhar como um cavaleiro de armadura.

— Segure-se — sussurrou para mim, fazendo-me estremecer de um jeito estranho. Desviei o olhar, sem saber por que eu reagia daquela forma.

As pessoas diante de nós abriram espaço. Sabia que muitos olhares observavam, então fechei os olhos. Aquilo não era constrangedor? Sinceramente, eu não me sentia tão mal assim, mas, de repente, era como se eu fosse uma princesa.

— A dor aumentou? — A voz dele estava bem na minha orelha.

Quando tornei a abrir os olhos, eu encarava os dele diretamente, bem mais perto que antes.

— Não... — sussurrei enquanto ele me acomodava no banco da carruagem, ajoelhando-se diante de mim.

Ele assentiu, e então olhou para Bernice enquanto falava.

— Diga ao condutor para ir o mais devagar possível e peça para que alguém vá na frente, para alertar os criados a providenciarem curativos.

— Sim, senhor — disse ela rapidamente, e saiu da carruagem.

— Por que agora você finge se importar? — gritei com ele quando ficamos sozinhos.

— Acha que estou fingindo?

— Não sei o que pensar! Em um momento você afirma estar apaixonado por mim, está sempre por perto, me beija, e no seguinte me trata como se eu fosse insignificante e me ignora... — Antes que eu pudesse terminar minha reclamação, ele beijou meus lábios levemente... e rápido demais.

— Agradeço a Deus por você não ter se machucado mais... vê-la assim já foi demais para meu coração suportar — sussurrou ele.

Franzi a testa, olhando feio para ele, desejando que ele me beijasse mais uma vez.

— Você esteve me evitando.

— Sim.

— Pare com isso imediatamente, pois dói mais do que levar um tombo.

— Verity... nós não podemos...

— Vamos tentar mesmo assim.

— De que forma? Verity, estou tentando...

— Dr. Darrington! — interrompeu Bernice à porta da carruagem. — Está tudo pronto. Podemos ir agora?

Ele assentiu para ela. Eu ainda estava nos braços dele. Meu coração batia muito rápido, e eu tinha certeza de que ele podia senti-lo contra seu peito. Era estranho quão bom era ter ele me segurando daquele jeito. Quão segura eu me sentia. Como se ele sozinho pudesse me proteger de todo o mundo. Apoiando minha cabeça contra ele, inspirei fundo e instantaneamente senti o perfume quente que ele exalava. O cheiro dele era bom, como um jardim.

Eu nunca ficara tão feliz em estar ferida, pois ninguém me questionaria ou o faria me soltar.

— Beba isto, vai aliviar a dor — sussurrou ele, com o líquido já nos meus lábios. Nos encaramos. Entreabri os lábios um pouco e foi ele quem pareceu engolir o nó em sua garganta.

Qualquer que fosse o feitiço entre nós naquele momento, só se quebrou quando o amargor do remédio que ele me deu tocou minha língua, fazendo todo o meu rosto se contorcer em protesto.

— *Ugh* — resmunguei, virando o rosto, não querendo mais.

— A senhorita deve tomar tudo, milady.

Desejei protestar contra a recusa dele em dizer meu nome, mas sabia que ele não poderia dizê-lo, pois Bernice estava bem ao nosso lado, preocupada enquanto observava.

Balancei a cabeça, terminando de tomar, e o que quer que houvesse ali era potente, pois em questão de segundos me senti muito exausta.

Olhei para o rosto de Theodore mais uma vez antes de me ver olhando nos olhos severos de meu próprio pai.

Você tem sempre que ser um estorvo?

Tentei falar, mas as palavras não saíam. Tentei gritar, mas não consegui ouvir nada... e então não consegui ver nada, pois tudo era escuridão.

Não.

Não. De novo não!

NÃO!

— Lady Verity! Lady Verity!

Abrindo os olhos, ali acima de mim e me apertando com força estava...

— Theodore?

Só quando senti sua mão na minha testa é que percebi que não era um sonho. Ele era real. *Aquilo* era real. Mas por que eu não conseguia parar de tremer? Eu estava desperta agora, então por que ainda sentia medo? Eu me sentia como uma criança, não conseguia falar. Ele tentou se mover, mas eu não o soltei.

— Verity, está tudo bem — sussurrou ele. — Está tudo bem, eu juro.

Olhei ao redor, lembrando-me apenas da carruagem. De alguma forma, eu já estava em meus aposentos. Quantas horas haviam se passado desde o parque? Eu não tinha certeza, mas deviam ser muitas, pois já estava escuro lá fora. Ele estivera comigo o tempo todo? O que ele tinha visto?

— Deite-se — sussurrou ele, com cuidado me forçando a me recostar outra vez sobre os travesseiros.

— Quanto tempo eu dormi?

— Algumas horas.

— Você ficou aqui todo esse tempo?

Ele assentiu, tirando meu cabelo do rosto gentilmente.

— A marquesa foi irredutível, quis que eu ficasse até que você despertasse.

Franzi a testa.

— Foi só por isso que você ficou?

— Você sabe que não — sussurrou ele, a mão na minha. — Meu coração não me deixaria partir mesmo que me ordenassem.

— Você está começando a me confundir, Theodore. — Sorri, apertando a mão dele. — Você quer ficar comigo ou fugir de mim?

— As duas coisas. — Ele sorriu. — Minha mente me diz para fugir. Meu coração me diz para ficar. Sou um homem em guerra comigo mesmo.

— Se eu disser que desejo que você fique, isso ajudaria seu coração a vencer?

— Tudo o que você faz ajuda meu coração a vencer — respondeu ele, erguendo minha mão e a beijando. — Verity, você sabe o quanto desejo estar ao seu lado. Mas...

— Não me importo com a sua posição. Se você tem título ou não, se tem propriedades e salas de estar ou não — sussurrei de volta. — Eu apenas desejo... apenas desejo estar ao lado de alguém que não me faz procurar um jeito de escapar.

— Você é muito ousada para uma dama — murmurou ele, aproximando-se de mim. — Sua ousadia apenas inspira minha imprudência e isso apenas causará problemas. O que estamos fazendo agora é...

— Divertido. — Sorri.

— Ser lançada de um cavalo dificilmente é o que podemos chamar de divertido.

Sorri ainda mais.

— Não. Mas ser cuidada por um médico como você é.

Devagar, um sorriso se espalhou pelo rosto dele.

— O que farei com você?

— O que deseja fazer?

— Tais coisas não podem ser ditas em voz alta.

— Então pode anotá-las? — perguntei, e ele me lançou um olhar um tanto irritado, embora o sorriso permanecesse.

— Você brinca com os meus medos. — Ele riu, balançando a cabeça. Estava prestes a falar, mas a porta se abriu de repente, fazendo-o largar minhas mãos enquanto a marquesa entrava.

— Verity! — Ela correu em minha direção, com pânico estampado em seu rosto. Quando me alcançou, puxou-me para seus braços como se eu fosse uma criança, me abraçando. — Ah, graças aos céus você está acordada. Não consegui dormir de preocupação com você, minha querida. Você está bem?

— Sim, me sinto bem o bastante agora. Perdoe-me pela confusão — respondi, observando dos braços dela enquanto Theodore voltava para o canto do quarto onde sua maleta e pertences estavam.

— Vossa Senhoria? — disse ele. — Ela está bem, mas voltarei amanhã para ver como ela está.

Ele estava indo embora outra vez? Fugindo de mim outra vez? Nós mal havíamos começado a conversar de verdade.

— Tem certeza? — perguntou a marquesa, apertando-me com mais força. — Pode ser que ela precise de algo para passar a noite.

— Não — respondi, tentando me sentar sozinha. — Não quero dormir de novo, madrinha.

— Verity, você precisa descansar! Não é, doutor?

Ele assentiu.

— Sim, instruí a criada a administrar um remédio. É uma sopa simples, que a fará relaxar mais facilmente.

— Sopa? — questionou a marquesa.

— Sim. É melhor que hoje ela não tome mais nada. Depois da queda, dei a ela um tônico para acalmá-la. A sopa ajudará, pois acredito que ela ainda esteja cansada e sob os efeitos do tônico — afirmou ele, mas a forma como falou quase soou indiferente. Ele olhou para Bernice, que estava no canto atrás da marquesa. — Traga-a para lady Verity agora, por favor.

Eu queria dizer a ele para não ir, mas... não podia dizer nada, não com tantas pessoas ao redor. Havia sempre tantas pessoas ao redor e nossas chances de conversar eram como a brisa.

— Boa noite, Vossa Senhoria, milady. Eu as verei pela manhã.

— Sim, obrigada, dr. Darrington. De verdade, nós o chamamos tantas vezes nos últimos tempos — respondeu a marquesa.

— Não há problema. — Ele abaixou a cabeça antes de se retirar, e me senti... abatida mais uma vez.

— Verity? — chamou a marquesa, atraindo minha atenção. — Precisa de algo?

— Estou bem — falei sem hesitar, mas isso pareceu apenas deixá-la insatisfeita.

— Não posso mais fazer isso. Não é da minha natureza. — Ela suspirou pesadamente, jogando as mãos para o alto.

— Não entendo. O que você não pode fazer?

— Esperar por você, minha querida. Hathor tem razão. Você simplesmente não se mexe até ser forçada. — Ela falava de uma forma que eu não compreendia. — Sei dos seus pesadelos. E sei também do remédio que você toma para essa condição. Esperei e esperei que você se sentisse confortável o bastante para confiar em mim. Em vez disso, você me olha e diz que está bem quando é óbvio que não está.

— Madrinha... — Abaixei minha cabeça e juntei minhas mãos, pois não sabia o que dizer. No entanto, ela ergueu meu queixo.

— Verity, não posso ajudá-la se você não falar comigo.

— O que devo dizer, madrinha? — sussurrei. — Contar dos horrores do meu passado, que você já conhece? E perdoe-me, mas se um médico não pode me curar, o que você ou outra pessoa poderá fazer caso eu conte?

— Há solução para tudo, e duas mentes pensam melhor que uma, então decerto daremos um jeito.

Apertei minhas mãos com mais força. Como se fosse tão simples. Era isso o que me frustrava em relação à família deles: a forma como pensavam que as coisas aconteceriam só porque eles queriam que acontecessem.

— Verity, não me diga que está bem...

— Não quero falar disso porque Vossa Senhoria não compreenderá — exclamei, e imediatamente a expressão dela desmoronou e seu corpo se afastou de mim. De imediato, me arrependi. — Perdoe-me. Estou cansada.

Virei de lado. Não era justo descontar nela. Tudo o que ela queria era cuidar de mim. Eu sabia disso. Mas, ao mesmo tempo, eu estava irritada.

— Preciso ir. Bernice ficará com você, caso precise de algo. — Ela pousou a mão com leveza no meu ombro antes de eu sentir o movimento que a cama fez quando ela se levantou.

Depois que a porta se fechou, deitei-me de costas e olhei para cima. Eu queria ir para casa. Queria dormir na minha própria cama e estar onde as pessoas me deixariam ficar na escuridão da minha mente.

Toc. Toc.

— Milady.

Viu, esse era o problema.

— Entre — falei, sentando-me enquanto Bernice entrava carregando uma bandeja com uma única tigela e colher e a colocava diante de mim. Encarei a sopa amarelo-clara com frango, cenoura e ervilha.

— É só isto? — perguntei. Por algum motivo, eu esperava mais.

— Sim, milady — respondeu ela, erguendo a colher para mim. Peguei-a e me inclinei para provar um pouco e, surpreendentemente, era doce e quente.

Sorri.

— Está boa.

— Que bom. Fiquei preocupada quando o dr. Darrington disse que ele mesmo a prepararia.

— O quê? Ele a cozinhou?

— O cozinheiro já havia se recolhido. Eu planejava ir buscá-lo, mas o dr. Darrington disse que ele mesmo a prepararia.

— E ele não fez uma bagunça na cozinha?

— Não, milady. Ele pareceu bem acostumado. Eu apenas levei os ingredientes que ele pediu.

Encarei a sopa. Eu havia aprendido algo novo. Não apenas ele era um estudioso e um médico talentoso, mas também cozinhava.

Não consegui conter uma risadinha. Bem quando eu me sentia sucumbir à minha infelicidade, de alguma forma ele me alegrava.

— Milady?

— Não é nada. — Sorri, pensando nele cozinhando, e dei outra colherada.

Estava mesmo deliciosa.

Theodore

Eu havia mesmo enlouquecido, pois que outro motivo eu teria para estar na cozinha? Me forcei a sair quando a marquesa entrou no quarto de Verity, pois não suportava estar ao lado de Verity sem poder abraçá-la. Ao mesmo tempo, também não suportava partir. Quando estava prestes a sair, foi como se eu tivesse sido tomado por uma força maior, e busquei algum motivo para ficar. Embora eu soubesse que não era possível, parte de mim desejava que ela me pedisse para ficar.

— Isto é enlouquecedor — murmurei enquanto terminava de lavar as mãos e me dirigia para a bancada da cozinha pegar minha maleta.

Eu precisava ir embora.

— Dr. Darrington! — chamou uma voz familiar, da saída dos criados. Ninguém menos que Damon Du Bell me chamava da escada. Ele estava vestido de maneira simples, mas não com as roupas de se recolher, embora já fosse tarde.

— Milorde? — falei para ele.

Ele olhou ao redor antes de fazer um gesto de cabeça, me chamando para que eu o seguisse escada acima.

— Posso falar com o senhor por um segundo?

Por Deus, jamais me libertarei deste lugar?, pensei, mas fui ao encontro dele. Ele só voltou a falar no topo da escada, seu tom de voz era baixo.

— Não quero chamar atenção de todos. Porém, seria possível o senhor examinar minha esposa?

— O que aconteceu com ela? — perguntei, seguindo-o pelo corredor.

— Nos últimos tempos, ela tem sentido uma náusea terrível que às vezes resulta em vômito dia e noite. Ela fica muito fatigada. Toda vez ela diz que é apenas a comida, mas discordo. Estou começando a me preocupar que seja mais que isso — disse ele enquanto alcançávamos a porta para o quarto.

— Alguma outra reclamação?

— Não que ela me conte — respondeu Damon. Ele abriu a boca, mas tornou a fechá-la.

— Milorde?
Ele balançou a cabeça.
— Nada. Talvez eu esteja imaginando. Mas...
— Mas?
Ele hesitou outra vez.
— É melhor o senhor ver com os próprios olhos.
Esperei que ele entrasse primeiro. Ela estava sentada na cama, lendo um livro, e ao me ver arregalou os olhos.
— Dr. Darrington? Damon? O que está acontecendo?
— Querida, não aguento mais vê-la passando mal, então trouxe o doutor para descobrir a causa...
— Damon! Eu te disse que não queria causar alarde. Estou perfeitamente bem.
— Momentos atrás você pareceu prestes a vomitar na cama — respondeu ele, e então olhou para mim. — Eu imploro, examine-a. Ela prefere sofrer em silêncio a deixar minha mãe pensar que está doente.
Assenti, dando um passo à frente, quando ela ficou de pé, irritada, abraçando o próprio corpo.
— Não quero ser examinada. Estou bem.
— Silva, por favor não seja difícil...
— Difícil? — Ela inclinou a cabeça, e eu desejei escapar, pois não queria testemunhar um assassinato. — Dr. Darrington.
— Sim, milady?
— Agradeço por sua dedicação hoje. Monopolizamos muito do seu tempo. No entanto, garanto que é cedo demais para um médico, faltam meses ainda — disse ela, dando-me um olhar que li com maior compreensão que qualquer livro.
— Ah, compreendo. Então vou indo embora...
— Espere! — Damon estendeu a mão para mim. — Como assim faltam meses? Então você sabe que doença tem e quer adiar o tratamento? Como isso faz sentido? Você está sendo irracional, e estou surpreso com sua conivência, dr. Darrington.

Abaixei a cabeça como se fosse rezar pelo tolo.

— Se esta criança for irracional, será um traço herdado de você.

No silêncio, olhei para ele compreendendo a implicação por trás das palavras dela. Ele a encarou, embasbacado, boquiaberto, de olhos arregalados, e sua esposa se esforçou para não ter um ataque de riso. Foi então que ele se virou para mim, e eu nunca havia visto Damon Du Bell tão radiante de alegria.

— Estou indo. Boa noite e parabéns. — Fui sozinho até a porta, fechando-a atrás de mim, pois nenhum deles conseguia falar.

Assim que saí, ouvi que eles começaram a rir do outro lado. Isso me fez sorrir e sentir uma pontada de inveja enquanto descia as escadas. Que maravilhosa era a vida dele, tão simples, como a vida devia ser para todos. Encontrar o parceiro que quisesse, casar, ter uma criança, não se preocupar com posição, fortuna ou nome.

Na saída, observei a casa mais uma vez e me senti enfim capaz de ir embora. Aquele não era o meu destino, e ficar apenas me deixaria mais infeliz.

Ir além da posição e do lugar que nos foram destinados no mundo só resultava em tragédia.

16

Verity

Esperei até o meio-dia, e depois o dia inteiro, mas ele não veio. Em vez disso, enviou uma mensagem dizendo que ficara ocupado com outro paciente em extrema necessidade. Ele deixou instruções para Bernice chamá-lo caso eu sentisse algum desconforto significativo. E era bem infantil da minha parte estar tão... chateada com isso. Talvez alguma emergência tivesse acontecido, porque, não importava aonde ele fosse, parecia que elas o perseguiam. Mesmo assim, eu ainda pensei... eu ainda queria que ele fosse me ver. Pensei que ele decerto me visitaria, mas não aconteceu, e minha raiva se transformou em mágoa. Mais uma vez, ele estava fugindo de mim.

Sentei-me no jardim, pois a marquesa acreditava que tomar ar fresco me faria bem. Eu também me preocupava com ela. A marquesa não havia dito mais nada sobre meu comportamento, mas estava claramente mais reservada na minha presença. Suspirando, abri meu diário para escrever.

20 de maio de 1813

Sinto como se eu fosse um arbusto com uma única rosa cercada de espinhos. Queria produzir mais flores, mas crio apenas espinhos. Quantas rosas são exigidas de uma planta antes que ela seja considerada uma roseira e não uma espinheira?
Que bem faz ser bem-nascida
No meio das sombras?
Serena à luz do dia, transtornada ao luar.
Um horror...

— Milady — chamou Bernice atrás de mim enquanto eu escrevia. — O dr. Darrington veio vê-la.

Imediatamente, levantei-me e me virei. Lá estava ele, usando um colete azul-marinho, de maleta na mão, o rosto um tanto afogueado, como se tivesse corrido. Apesar disso, ele me encarava com calma.

— Lady Verity...
— Dr. Darrington...

Falamos ao mesmo tempo. Ele assentiu para que eu prosseguisse e eu assenti para que ele fizesse o mesmo. Agora, apenas nos olhávamos. Ele deu um passo à frente.

— Lady Verity, perdoe atrapalhar. Como está?

Como eu estava?

— Estou me sentindo bastante negligenciada pelo meu médico — respondi, séria.

— Perdoe-me, uma febre se espalhou entre algumas famílias em Langley Cross. Eu não quis negligenciá-la — respondeu ele, e eu o observei por mais um momento antes de assentir.

— O senhor conseguiu curar a febre?

— Dei o meu melhor... mas nem todos se recuperaram — disse ele, e a tristeza em seu rosto me fez me sentir culpada por minha lamentação de antes. — Sua cabeça, como está? Por favor, sente-se para que eu possa examinar.

Sentei-me de imediato e, ao fazê-lo, lembrei-me do meu diário. Quando me mexi para fechá-lo rapidamente, derrubei a tinta não só sobre a mesa, mas também em meu vestido.

Céus!

— Milady! — Bernice correu para me ajudar, embora não houvesse nada com que limpar, então ela apenas afastou a mesa para que não caísse mais tinta em minha roupa. — Venha, milady, a senhorita precisa se trocar.

Então me dei conta de que poderia usar isso ao meu favor.

— Não se preocupe — falei. — É apenas um vestido, Bernice. Não devo ocupar mais o tempo do dr. Darrington, pois ele tem outros pacientes para atender. Se você puder, por favor, trazer alguém para limpar isto e separar um vestido limpo para mim enquanto converso com ele, e aí sim irei me trocar.

— Claro, milady. — Ela fez uma reverência e saiu correndo, deixando-nos a sós.

— Pensei que você tivesse me esquecido, Theodore. — Encontrei a coragem para dizer enquanto me virava para ele.

Ele pareceu espantado.

— Você derramou a tinta de propósito?

— Meu irmão diz que eu posso ser um pouco ardilosa, mas foi apenas um acidente que resolvi aproveitar.

— Aproveitar? — perguntou ele, ainda distante de mim, fazendo-me franzir a testa.

— Como você planeja me examinar de tão longe?

— É melhor que eu não a toque enquanto você estiver desacompanhada... não quero me sentir tentado.

Não gostei da formalidade dele. Não tínhamos muito tempo para falar livremente.

— Não suporto o pouco tempo que temos para conversar. Então me diga sem rodeios: se você tem sentimentos por mim e eu por você, o que faremos?

— Esse é o problema, não há nada que possamos fazer...
— Não acredito nisso. Por que você insiste nisso?
Ele franziu a testa e então examinou a ferida na minha cabeça.
— Como está sua cabeça? Voltou a sentir dor?
— Minha cabeça está bem. Mal reparei nos pontos. Agradeço por tê-los escondido tão bem. Estou um pouco dolorida, mas nada muito desconfortável. — Respondi as perguntas dele antes de perguntar outra vez: — Por que você insiste que não há nada que possamos fazer?
— Porque eu mesmo sou o resultado de duas pessoas que achavam que podiam desafiar a sociedade.
— Como assim?
— De que outra forma nascem os bastardos, senão de duas pessoas que ousam tentar ficar juntas mesmo quando não deveriam estar?

Abri a boca para responder, mas ouvi Bernice falando com alguém. Mais uma vez nosso tempo acabava rápido demais. Nesse ritmo, levaria anos para que eu o conhecesse de verdade.

— Encontrarei uma forma de conversamos com mais *privacidade*.

Ele me encarou, mas não disse nada enquanto Bernice retornava.

— Está tudo bem, milady? — perguntou ela.
— Sim, o *dr. Darrington* estava esperando por você antes de continuar o atendimento. O senhor gostaria de examinar minha cabeça, certo?

Ele assentiu.
— Sim, *milady*.

Eu não sabia no que ele estava pensando, mas desejava desesperadamente saber, então pensei em criar outra distração ou causar outra bagunça para forçar Bernice a nos deixar a sós outra vez. Nós precisávamos continuar a conversa... nos falar livremente por mais que alguns minutos.

Mas a pergunta era: como?

Theodore

Eu tinha certeza de que ela não sabia o que havia pedido. Uma mulher ou um homem só pedia para ver o outro com mais privacidade para que pudessem fazer coisas privadas um com o outro. Ela era inocente demais para saber, mesmo assim pensei nisso e fiquei empolgado. Se ela soubesse as coisas que eu faria com ela se pudesse, me chamaria de patife várias vezes. Eu planejava esquecer tudo, mas mais uma vez ela conseguira distrair a criada com outra tarefa e começara a sussurrar:

— O meu pedido é possível?

— Não. — Enfim encontrei minha voz.

— Por quê?

Verity e seus malditos *por quês*. Por quê? Porque ela era quem era, e eu era que eu era. Por quê? Porque eu não tinha autocontrole. Por quê? Porque eu a amava. Ela não percebia como era difícil dizer a verdade?

— Você não deseja me ver? — perguntou ela, irritantemente.

— Claro que desejo — murmurei, sem conseguir me conter.

— Então faça isso.

Que tentação infernal. Eu não conseguia mais aguentar.

— Você não sabe do que está falando, e se soubesse, perceberia que está se jogando para a ruína. Se alguém descobrir...

— Não deixe ninguém descobrir. — Ela não desviou o olhar enquanto eu cuidava da ferida em sua cabeça. — Você é uma das poucas pessoas com quem realmente gosto de estar, Theodore.

Ela estava próxima demais, sussurrando exatamente o que eu queria ouvir.

Ah, como... como eu desejava desesperadamente beijá-la, ouvi-la sussurrar mil perguntas em meu ouvido, abraçá-la. Como eu desejava desesperadamente fazer o que ela pedia. Mas, mesmo querendo, era impossível.

Suspirando, afastei-me, para evitar que o sangue em minhas veias corresse para onde não deveria estar na presença de uma dama.

— Verity, Londres não permite tal privacidade — respondi, e para provar meu ponto, a marquesa apareceu.

— Bem, dr. Darrington, como ela está? — perguntou ela.

— Aparentemente, irritei a ferida ao me mexer ao dormir, madrinha — mentiu ela, pois eu não dissera nada disso. — Pedi a ele um novo tônico, mas ele insiste em me deixar sob observação.

— Bem, se esse é o caso, dr. Darrington, faça isso — respondeu a marquesa.

— Madrinha, não quero ficar sob observação. — Ela franziu a testa, os olhos tristes, dedicando-se totalmente a fosse lá o que planejava em sua mente. — E o que parecerá caso descubram? Se ele vier aqui toda noite, as pessoas pensarão que estou morrendo.

— Deus nos livre. — Ela arfou e então olhou para mim. — Ninguém falará disso porque o dr. Darrington virá como convidado para conversar com o marquês.

— Vossa Senhoria, eu não poderia...

— Vá e se troque, minha querida, pois esperamos um convidado esta noite. — A marquesa interrompeu meu protesto para falar com Verity, dando um breve sorriso.

Depois que Verity se retirou, a marquesa me encarou mais uma vez, com uma expressão forte.

— Essa jovem é muito importante para mim, dr. Darrington — afirmou ela. — No entanto, ela afasta todas as tentativas que faço de realmente conversar com ela. Ela prefere recitar um roteiro, palavra por palavra, a falar do que a aflige. Temo que ela pense que o mundo inteiro a julgaria mal se soubessem o que aconteceu.

Hesitei, todo o desejo dentro de mim desaparecendo e sendo substituído por preocupação genuína.

— O que aconteceu?

— Contarei com a esperança de que o senhor consiga tratá-la, mas o senhor jamais deve repetir o que direi — disse ela, e eu assenti. — Há muitos anos, quando criança, ela foi muito negligenciada pelo pai... e ferida pela... pela mulher maligna que ousava se autodenominar sua madrasta.

— Ferida? — repeti, sentindo minhas mãos ficarem tensas. — De que maneira?

— Eu mesma, até hoje, não sei até que ponto. Mas... ela quase morreu de fome e ficava presa no menor dos armários ou cômodos.

Eu mal conseguia aguentar a raiva correndo pelo meu corpo. Minha boca se abriu, mas senti que queria cuspir fogo em vez de falar.

— Como ousaram? — As palavras enfim se formaram. — E essa mulher, essa maldita, ainda está entre nós?

Essa mulher... aquela mulher, que a machucara, tivera a audácia de estar ao lado dela enquanto Verity se apresentava à rainha. Aquela mulher vivia naquela mesma cidade. Como Verity conseguiria dormir à noite tomada de tamanha infelicidade?

— Acredite, se eu pudesse tirar Datura de nossas vidas, eu o faria agora mesmo — disse a marquesa, quase com tanta raiva quanto eu. E digo *quase* pois era óbvio que ela considerara jogar a mulher em um buraco com as próprias mãos. — É por isso que preciso da sua ajuda. Quero libertá-la dessas dores. Meu marido tem muita fé em suas habilidades, e preciso desesperadamente que ele esteja certo.

Eu não merecia toda aquela fé, pois não a ajudaria apenas da forma como um médico ajudaria um paciente. Minhas intenções não eram puras. Mas não conseguiria me afastar, não depois de ouvir o que a marquesa me contava. Meu desejo de ficar cresceu ainda mais.

— Não tenho certeza do que é possível fazer para curá-la. Nem se algo pode ser feito, mas a senhora pode ter certeza de que tentarei desesperadamente.

E foi assim que, apesar de mais uma tentativa de fuga, me vi novamente correndo na direção dela.

17

Verity

Eu não havia acreditado que meu plano funcionaria. Não de verdade. De onde a ideia saíra, eu não sabia. Talvez tivesse surgido da minha pura teimosia. Eu desejava a companhia dele e não queria que me negassem. Então usei o que acreditava ser a única opção disponível: minha condição. Busquei não parecer ávida demais pela ajuda dele, fingindo desespero com a ideia de ter que ser "observada". Apesar de tudo, eu não havia imaginado que a marquesa nos daria proximidade e privacidade para conversar.

Agora que ele estava diante de mim no escritório do marquês, senti um pouco de culpa. Éramos só nós dois — sim, a porta estava aberta, e eu estava ciente da presença de Ingrid e Bernice passando o tempo todo, mas já era alguma coisa. A marquesa provavelmente estava muito preocupada comigo para permitir isso. Eu estava tirando vantagem da gentileza dela, mas estava muito feliz de podermos enfim conversar.

— Estou surpresa por essa estratégia ter funcionado, mas feliz por ter dado certo — falei alegremente, indo me sentar em uma das cadeiras perto da mesa.

A alegria que eu sentia não combinava com a expressão dele.

— Não quero mentir para você — disse ele simplesmente.
— Obrigada. Não quero que você minta. Então?
— A marquesa me contou... o que aconteceu com você na infância. O que sua madrasta fazia.

Foi como se eu tivesse levado um tapa. Se eu estivesse carregando algo, teria deixado cair. Se eu estivesse de pé, teria caído no chão. Nada poderia ter arrancado minha alegria mais rapidamente. Foi como se eu tivesse sido mais uma vez arrastada para aquele cômodo do passado, um lugar em que não conseguia falar nem ver. Tudo era escuro, e eu estava com medo, e só conseguia sofrer.

Por quê?

Por que a marquesa tinha ido tão longe?

Meu passado não pertencia a mim, para contar ou manter em segredo?

Eu queria ir para casa.

Por favor...

— Verity!

Piscando, eu o vi diante de mim.

— Ver...

— Estou cansada. Acho que devemos conversar outra hora...

— Agora é você quem está fugindo? — perguntou ele. — Depois do seu grande esforço para criar este tempo para nós?

Franzi a testa.

— Não estou.

— Sei quando alguém está tentando fugir, pois costumo fazer isso — disse ele, puxando uma cadeira diante de mim. — Também sou especialista em fugir do meu passado. Quero terminar o que comecei a dizer no jardim.

— Como assim? — perguntei.

— Como agora sei de parte do seu passado, compartilharei o meu — sussurrou ele, sentando-se.

— Então você vai me contar não porque quer, mas porque está se sentindo culpado de ter se intrometido no meu? — Eu não queria que esse fosse o motivo

— Eu não me intrometi... bem, me intrometi sim, mas não me sinto culpado. Você não quer saber mais a meu respeito?

Não falei nada, desviando o olhar dele e vendo Ingrid nos espiando outra vez.

— Agora que devo começar, não sei por onde. — Ele deu uma risadinha, torcendo as mãos. Só então percebi o nervosismo dele. — Como você sabe, sou ilegítimo, o bastardo do marquês de Whitmear. Minha mãe se chamava Sarah Darrington, e ela era filha de um médico. Na verdade, ela também queria ser médica.

— Uma doutora mulher? — Sorri, pois nunca tinha ouvido falar de algo assim. — Não uma parteira ou ajudante?

— Não, especificamente uma médica. Meu avô conta que ela estava decidida. Ela praticou com ele como ajudante, apesar dos esforços dele para impedi-la, e ela sempre reclamou de não poder aprofundar os estudos. Ela dizia a ele que não se casaria se ele mesmo não a ensinasse.

— Gosto bastante dela. — Eu ri. Hathor teria desmaiado. — Seu avô ainda está vivo?

Ele assentiu.

— Sim, assim como meu tio, irmão mais novo da minha mãe. Ele é ferreiro e abandonou a medicina.

— Por quê?

— É uma longa história que também envolve minha mãe — disse ele, franzindo a testa. — Veja bem, minha mãe amava a medicina, acreditava nela, e amava ver as pessoas se recuperarem de suas doenças. Ela considerava como um milagre toda vez que via alguém que havia tratado parecer que jamais estivera doente. Isso também permitia a ela bastante liberdade.

— Só ouvir isso me faz querer me tornar médica.

Ele sorriu, mas foi de um jeito meio tristonho.

— Acredito que foi o mais feliz que ela foi, e queria poder tê-la visto assim, pois não é assim que me lembro dela. Ela mudou depois de conhecer meu pai. Um encontro de puro acaso. Ela e meu avô haviam sido chamados para cuidar de um dos amigos de meu pai em Londres, e, pelo que contam, minha mãe e meu pai se apaixonaram loucamente à primeira vista. Eu nunca pensei que isso poderia ser possível, até acontecer comigo.

Sorri.

— Então seu coração é similar ao de seus pais?

— Parece que sim. Este é o motivo de eu desejar fugir de você, pois o amor deles foi uma tragédia — respondeu ele, quase sussurrando. — Eles estavam apaixonados, mas ela era apenas a filha de um médico, e ele o futuro marquês de Whitmear. Muitas responsabilidades o esperavam. Mesmo assim, ele não conseguiu se afastar de minha mãe. Há rumores de que ele planejava fugir para se casar com ela, apesar dos desejos dos pais dele.

Arfei.

— Fugir? Para Gretna Green?

— O que você sabe de Gretna Green?

— Posso não saber muito, mas também não sou tão inocente assim. Eu vi muito em minha liberdade em Everely. Bem... vi o suficiente. — Jovens amantes que não recebiam permissão fugiam para essa cidade na Escócia para trocar votos. — Vamos focar no que aconteceu... quer dizer, no que aconteceu com sua mãe.

Não era só uma história em um livro. Era a mãe dele.

— O que sempre acontece. A fofoca se espalhou como fogo pela sociedade, e, claro, queimou o lado mais fraco: minha mãe — sussurrou ele, e se recostou na cadeira. — A família de meu pai conseguia aguentar um escândalo. Era constrangedor, sim, mas não os arruinaria. Mas esse não era o caso para a família da minha mãe. Quando os boatos começaram, todos cortaram laços com meu avô. Meu avô não era um homem pobre, mas precisava de renda e posição. Meu pai disse a eles que não se preocupassem, que quando se casassem, ele consertaria as coisas. Ele prometeu voltar pela minha mãe na primeira noite do verão.

— Ele quebrou a promessa?

— Não... foi minha mãe que não foi encontrá-lo.
— O quê? — Não fazia sentido. — Por que ela não o encontraria? Ela o amava, não?
— Profundamente, mas ela também amava o irmão, meu tio. Meu pai estava noivo de lady Charlotte Griffinham, e a família deles estava irredutível quanto ao casamento. Tanto que ameaçaram minha mãe por meio do irmão dela. Um dia, meu tio voltou para casa rastejando depois de ser espancado e ficar com a vida por um fio. Por isso minha mãe desfez o compromisso deles sem contar o motivo ao meu pai.
— Espere. Eles espancaram o irmão dela? Seu tio? — Essas coisas aconteciam mesmo?
— E em vez de provocar um escândalo maior, minha mãe mentiu para o meu pai, dizendo que não queria se casar, apenas dedicar a vida aos seus pacientes. Ela se recusou a falar com ele, e ele voltou para a família de coração partido. Somente mais tarde ela soube que estava grávida. Ela sofreu de melancolia antes do meu nascimento e ainda mais depois que eu nasci, mas ninguém percebeu, porque ela estava sempre sorrindo. Ela fez o seu melhor para cuidar de mim, apesar dos abusos das outras pessoas, até que um dia... — Ele ficou muito quieto, o olhar longe do meu. Foi como se tivesse se transformado em pedra.
— Theodore?
Piscando, ele olhou para mim como se tivesse acabado de se lembrar que eu estava ali.
— Perdoe-me. Faz muitos anos que não falo disso.
— Não tem problema. Você já compartilhou tanto.
— Nada disso importa se eu não contar como ela morreu — sussurrou ele. — Não importava o que acontecesse, minha mãe sempre sorria para mim. Ela sempre dizia que estava bem. Foi a última coisa que ela me disse antes de me colocar para dormir, ir até seu quarto, tomar cicuta e jamais tornar a acordar. Fui o primeiro a encontrá-la.

Minhas mãos cobriram minha boca para segurar o choque.

— Theodore, eu sinto tanto.

— Faz vinte anos e, às vezes, ainda tenho pesadelos com aquele dia. Às vezes me pergunto o que aconteceria se eu tivesse percebido que ela não estava bem.

— Você era criança. Não tinha controle do que poderia acontecer.

— Você também era — lembrou-me ele gentilmente, e relaxei os ombros. — Podemos repetir várias vezes que não é culpa nossa, mas nem sempre isso funciona, não é?

— É. — Eu sabia muito bem disso. — E o seu pai?

— Meu pai, quando soube o que aconteceu com minha mãe, ficou de luto, um luto que, dizem, o atormenta até hoje. Eu não consigo ficar perto dele. Faz muitos anos que não o vejo — disse ele.

— Você não foi criado com ele? Ou sua madrasta não permitiu? — perguntei. — Eu também tenho um irmão ilegítimo. O nome dele é Fitzwilliam, e, depois da morte de minha mãe, ele foi morar na propriedade, embora eu o visse raramente. Ele e Evander não conseguem ficar no mesmo cômodo por mais que um minuto sem trocar socos.

— Ouvi rumores sobre sua família, mas tento não dar atenção. Tento não acompanhar a vida ou a família de outros filhos ilegítimos. Temo que eu começaria a comparar minha vida com a deles, o bom e o ruim. No meu caso, meu pai queria me criar na propriedade. No entanto, me recusei a ir.

— Por quê? As pessoas costumam sonhar com a vida em uma grande propriedade.

Mal sabiam elas das dores que vêm junto.

— Depois que minha mãe faleceu, eu me dei conta rapidinho de que lar não era um lugar, mas pessoas — disse ele baixinho. — Se eu não gostava das pessoas, não ficava com elas. Conforme crescia, descobri que lugar nenhum se parecia com um lar para mim, nem mesmo a casa de meu avô, pois eles também sofriam com a perda de minha mãe. A dor e a raiva do meu tio ao longo dos anos o fizeram odiar a alta sociedade. Nos rostos dessas pessoas, ele vê as mesmas que o espancaram, as mesmas que causaram a morte da irmã dele. Pensei que a fé o ajudaria. Mas não ajudou. Então eu não aguentei morar na casa do meu avô. No entanto, me recusei a morar com meu pai, pois... eu ainda tenho raiva dele.

— Como alguém que entende o que é ter raiva do pai, posso te dizer que, até agora, não me parece que o seu seja o pior de todos? — sugeri gentilmente. — O meu... acho que ele nunca me quis. E não sei o motivo. Em todas as minhas lembranças, ele está com raiva de mim. Irritado com minha simples existência. Eu achava que era porque eu que matei minha mãe...

— Você não matou sua mãe — ele me interrompeu. — Alguma doença ou aflição atrapalhou o parto e isso a matou. Você não tem culpa.

— Mas era o que eu achava. Você sabia que eu nasci aqui, na nossa casa em Londres? Então é também onde ela faleceu. Percebi que meu pai não se importava comigo nem com Evander quando eu o lembrei desse fato. Ele se importava tão pouco que nem sequer queria se lembrar disso. Portanto, saber que seu pai pelo menos procurou sua atenção... torna-o um pai melhor que o meu.

— Tem razão. — Ele abaixou a cabeça. — Ele não é o pior dos pais. Sei disso e estou tentando seguir em frente. Mas minha raiva não passou. E não tem nada que me convença a ir vê-lo. Parte de mim deseja, pelo menos, ver meu irmão mais novo, Alexander. Ele tem onze anos, e às vezes fico curioso a respeito dele.

— Então vá conhecê-lo. O relacionamento com o seu pai não pode atrapalhar o seu com ele.

— É melhor não complicar mais nossas vidas.

Pensei em Fitzwilliam outra vez e em como ele não se importava nem um pouco se complicava nossas vidas. Theodore era tão mais gentil.

— Posso perguntar o motivo de sua raiva?

— Para mim, ele deveria ter permanecido afastado. Ele deveria ter compreendido que não era possível para eles ficarem juntos, não deveria ter dado esperanças à minha mãe. — A careta dele se intensificou enquanto ele me encarava. — Agora, temo entender por que foi tão difícil para ele.

— Isso significa que você fará as pazes com ele?

Ele retesou a mandíbula e sua expressão amargurou de vez.

— Parece que seu orgulho não permitirá, Theodore...

— Não estou te contando tudo isso, Verity, para você tentar me reunir com meu pai — respondeu ele, liberando a tensão em sua boca enquanto me olhava, sério. — Estou contando para que você veja... — Ele inspirou fundo outra vez e falou baixo. — Apesar da alegria que você me traz, não posso permitir que continuemos assim. Se a culpa recaísse em mim, eu não me importaria. Eu não fugiria. Mas você? Se sua reputação ou vida fossem prejudicadas como aconteceu com minha mãe... eu jamais me perdoaria. Jamais. É por isso que eu imploro para que você me renegue.

Eu o compreendia muito mais agora, e isso me deu forças.

Foi por isso que eu sorri e falei:

— Não, eu não o renegarei.

Ele grunhiu.

— Você não vê que isso a prejudicará?

— Fui ferida por muitas pessoas e coisas além do meu controle. Se esta for a minha queda, pelo menos eu mesma a escolhi.

— Nunca conheci uma mulher teimosa como você — resmungou ele.

— Aceitarei isso como um elogio.

— Verity...

— Caminharemos de mãos dadas até nosso destino, *dr. Darrington*, ou...

— Ou?

— Ou me envergonharei ainda mais na esperança de atrair sua atenção.

Ele me encarou por um longo tempo.

— Temo ter que me juntar a você para evitar que planeje mais alguma coisa, *milady*.

Eu sorri... pela primeira vez, estava animada com minha temporada em Londres.

18

Theodore

Como tudo na minha vida nos últimos tempos, meu incentivo para agir era ninguém mais ninguém menos que lady Verity Eagleman.

Por anos, eu me esforçara para ficar à margem da sociedade, sem atrair atenção nem desaparecer completamente. Agora, eu me encontrava no centro dela. No fim de tarde, eu não estava nos meus aposentos lendo anotações sobre pacientes ou livros, mas em um dos clubes para cavalheiros mais respeitados e exclusivos de Londres. O convite não tinha sido estendido a mim por Henry e sua família, mas pelo tataraneto de um membro fundador, o próprio marquês de Monthermer.

Por quê?

Bem, em parte para solidificar a história de minhas visitas à sua casa para conversar com ele e seu filho, não com lady Verity. Mas também porque ele simplesmente me queria ali, e aquele nem era o ponto alto da noite. Todos se encontrariam mais tarde no teatro com suas respectivas famílias. Também esperavam que eu comparecesse.

Fui cumprimentado por todos enquanto entrava.

Um mês antes, nenhum deles sabia meu nome nem se importava com isso. E, geralmente, ao saber de minha origem, o interesse deles em mim se dissipava. Agora, todos eram bastante agradáveis. O que mudara? Eles me aceitavam agora porque sabiam das minhas habilidades? Eu achava que não. Acreditava que o respeito deles era apenas estendido, e na verdade direcionado aos meus benfeitores.

Eu não tinha certeza se gostava disso.

Então por que estava ali?

Verity.

Quanto mais esses homens me conhecessem, talvez... talvez... Eu nem conseguia pensar nisso.

— Ahhh, dr. Darrington. — Damon Du Bell deixou seus companheiros e se aproximou de mim.

— Milorde. — Abaixei a cabeça.

— Acho que, agora que nos conhecemos bem, não precisamos de títulos. Pode me chamar apenas de Damon — respondeu ele, gesticulando para que me trouxessem uma bebida.

— Então, é claro, você também pode me chamar de Theodore — respondi, pegando a bebida.

— Certo, sobre a outra noite... aquilo com minha esposa? — Ele se aproximou, ficando de costas para onde seu pai estava sentado. — Não diremos nada aos meus pais e à minha família por enquanto. Silva contará a eles quando as coisas se acalmarem.

— Jamais pensei em contar — garanti a ele. — Como ela está?

— Ela diz que está bem. E é um mistério para mim saber quando isso é verdade.

— Não entendi.

— Ah, sim, você não tem irmãs nem esposa. — Ele pareceu me invejar um pouco. — Às vezes, "bem" significa que elas estão chateadas e querem que você continue perguntando até entender, ou elas ficam irritadas com a sua incompetência e te contam. Às vezes, elas estão bem de verdade. Mas raramente há alguma pista para saber qual é qual.

Dei uma risadinha.

— Não há cinquenta por cento de chance de ser um ou outro?

— Aí que está. Se você perguntar se elas estão bem, pensando que não estão, e elas estiverem mesmo *bem*, elas ficarão irritadas com você e deixarão de estar bem.

— Estou vendo por que o cabelo do seu pai é tão branco.

— Temo não estar tão longe disso. — Ele riu, olhando para o homem que, por sua vez, acenou para nós. — Acho que você está sendo convocado.

— Como você sabe que sou eu e não você?

— Ele simplesmente gritaria o meu nome — afirmou ele, e, como se para provar seu ponto, o pai dele chamou.

— Damon!

— Os pais são pessoas bem previsíveis. Quer apostar que ele só quer que o observemos jogar?

— Não sou de apostar.

— Fique aqui mais um pouco e passará a ser — disse ele, virando-se para ir de encontro ao pai, e eu o segui.

Eu ouvira muito sobre o Clube de Cavalheiros Black, e era exatamente como todos descreveram: uma reunião altamente respeitável dos lordes mais bem instruídos, cercados de livros, bebidas e cartas. No entanto, a franqueza com a qual conversavam sobre assuntos pessoais em um momento e filosofia no seguinte me surpreendeu. Em menos de cinco minutos ali, ouvi pelo menos três homens falarem de suas amantes em um canto do cômodo, enquanto no outro um grupo discutia os seis livros do *Organon* de Aristóteles.

— Já perdeu nossa fortuna, pai? — perguntou Damon enquanto se aproximava do pai.

— Eu perderia sua cabeça antes. — O marquês riu despreocupado. — Bem-vindo ao Black, dr. Darrington.

— Agradeço o convite, milorde — respondi.

— Não seja por isso. O senhor irá ao teatro esta noite, correto? Temos bastante espaço no nosso camarote — afirmou ele, examinando suas cartas.

— E caso não queira ser soterrado pela companhia das mulheres, pode se juntar ao resto de nós no meu — disse lorde Hardinge, sorrindo.

— Que benfeitores generosos o senhor tem aqui, dr. Darrington. — Lorde Bolen balançou a cabeça. — Parece que vocês todos estão apostando nele. Não acha que está sendo desleal com sir Grisham, Benjamin?

— O que é a lealdade para a boa saúde? — respondeu lorde Hardinge. — Sinto que enfim voltei a respirar, graças aos tratamentos do dr. Darrington. Prefiro um médico que cure minhas dores, não que me dê novas. Aquele homem quase me fez sangrar até a morte. Diferentemente de você, tenho um jovem que ainda precisa de mim.

— Você me ofende. — Lorde Bolen pousou a mão no coração antes de rir enquanto olhava para lorde Monthermer. — E qual é a sua desculpa, Charles? Não acho que você esteja doente o bastante para julgar qual deles é o melhor.

— É apenas uma sensação... um instinto — respondeu o marquês enquanto jogava cem libras no meio da mesa. Seu olhar pousou em mim, e ele assentiu brevemente. Assenti de volta, embora não soubesse o motivo. — E, até agora, tem sido uma escolha proveitosa, o que é bem mais do que posso dizer em relação à sua decisão de jogar este jogo.

— Demônios traiçoeiros — resmungou lorde Bolen, largando as cartas e gesticulando para pedir outra bebida antes de olhar para mim. — Perdoe-me, dr. Darrington. Não é nada pessoal. Eu apenas não acredito que os jovens devem substituir os mais velhos antes da hora. O senhor roubou os pacientes do homem. Onde está a ética entre os médicos?

— Ela existe entre os bons — respondi, causando um coro de risadas e zombarias. Eu deveria largar aquela bebida antes que falasse demais.

— É mesmo? E o senhor se acha bom?

Merda.

Inspirando fundo, virei-me para, mais uma vez, me ver diante de sir Grisham. Ele agarrava sua bengala com tanta força que as veias saltavam de suas mãos.

— Diga-me, dr. Darrington, o que lhe dá tal expertise em tão tenra idade?

— Não negarei minha juventude nem minha experiência limitada, senhor, mas posso garantir que ambas mudarão com o tempo. Dito isso, como falei antes, seus métodos e tônicos não fazem nenhum bem.

Tentei ser enfático, mas sem insultar.

— E o senhor conhece os maus tônicos, pois foi assim que sua mãe tirou a própria vida, certo? — proclamou ele alto para toda a sala, e foi como se tudo e todos ficassem em silêncio.

Minhas mãos se fecharam em punho, e eu só pensava em socar o rosto dele, mas estava claro que era isso que ele queria, me marcar como pouco civilizado e indigno de estar ali, como faziam na escola. Os garotos não melhoravam com a idade; eles apenas se tornavam homens cruéis.

— Sim, senhor, foi assim que ela faleceu, e é por isso que eu tenho aversão aos seus tratamentos. Há algo mais que você deseje anunciar para todos? Alguém aqui desconhece minha origem? — perguntei, gesticulando ao redor. Eles olharam para mim, mas nada disseram. — Foi o que pensei. Sir Grisham, seus métodos de humilhação são ainda mais arcaicos que sua medicina. Nisso, os garotos da minha escola estão pelo menos uma década à sua frente.

Damon riu ao meu lado e teve que desviar o olhar quando sir Grisham se aproximou para me olhar de perto. No entanto, ele não falou comigo, e sim com o homem atrás de mim.

— Lorde Monthermer, acredito que este seja um clube de *cavalheiros*. Deve-se pensar muito bem em quem convidar para vir aqui.

— Anotado, sir Grisham — respondeu ele calmamente enquanto conferia outra vez suas cartas.

Sir Grisham me deu as costas e se retirou. Não consegui relaxar porque todos estavam quietos e observando.

— Qual é a apresentação da noite? — perguntou Damon para mim.

— *Hamlet*.

— Não é a mesma peça que a Companhia Drury Lane produzia e que causou aquele incêndio um ano atrás? Faz só alguns meses que o teatro reabriu, e eles já estão brincando com a sorte? — Ele olhou para o pai.

— Nunca mais ouviremos *Hamlet* por causa disso? Decerto não tornará a acontecer, pois ouvi dizer que eles tomaram muitas precauções — respondeu o pai dele, e foi assim que todos voltaram às suas conversas, fazendo a discussão desaparecer em segundo plano... por um tempo, pelo menos.

Eu sabia que mais especulações surgiriam ao meu respeito.

Eu queria ir embora, e parte de mim pensou que eu não deveria ter aceitado o convite, mas quando o marquês se levantou para sair, ele me lembrou de que eu ficaria em seu camarote, e pensei no rosto dela.

Eu poderia me sentar ao lado dela, e só isso já valia o mundo.

Verity

24 de maio de 1813

Um olhar dele basta para dividir minha alma.
Uma parte sente dor,

A outra fica aliviada.
Algumas noites são puro terror:
Quartos escuros sem saída,
Línguas que praguejam acima de mim.
Mas
Algumas noites são cheias de prazer.
Quartos em que estamos sozinhos.
Beijos que alcançam as profundezas do meu ser.
Cautelosa estou...

Eu estava mesmo cautelosa. Não conseguia descansar, pois ou estava dominada por meus pesadelos ou pensava em Theodore. Cada momento longe dele me deixava mais impaciente com a possibilidade de vê-lo.
— Ah, céus!
O grito foi tão alto que me sentei e me voltei para a porta.
Quando ouvi mais gritos, fechei meu diário e corri escada abaixo até a sala de estar, onde todos estavam vestidos e prontos para o teatro, e vi Hathor pulando e abraçando Silva com força. Ao lado dela estavam Abena e Devana.
— O que está acontecendo? — perguntei, vendo-as radiantes de alegria.
— Verity. — Silva virou-se para mim, pousando a mão na barriga. — Eu...
— Vai ter um bebê! — disse Hathor. — Eu vou ser tia!
— Hathor, acalme-se e dê um passo para trás antes que cause danos — ordenou Damon, quase empurrando-a. Hector precisou apoiá-la para que ela não caísse.
— Damon! — arfou Silva. — Não estou tão frágil assim.
— Estamos tão felizes com a notícia — disse a marquesa ao lado do marido, bastante calma em comparação, o que só podia significar que ela já sabia.
— Parabéns — falei para eles.

— Como o bebê entra aí? — questionou Abena em voz alta, encarando a barriga de Silva, e fazendo todos eles hesitarem.

As expressões dos pais dela e de Silva e Damon pareciam ser de pânico.

— Que pergunta boba! — disse Hathor, segurando seu xale. — Uma criança é um presente de Deus. Ele as coloca para casais casados.

Mordi meu lábio para não rir.

— Sim, exatamente — disse a mãe dela, aparentemente a fonte da mentira.

— Mas — Hathor franziu a testa, pensando —, se é assim, como é que existem filhos ilegítimos?

— Estamos muito atrasados! — exclamou a marquesa, erguendo as mãos. — Damas, precisamos ir. Queridos, comportem-se. Nos veremos em breve.

A marquesa beijou Devana, Hector e Abena antes de se aproximar de mim rapidamente. Hathor a seguiu, mas pareceu ainda estar matutando. O pai e o irmão dela estavam em parte em pânico, em parte entretidos.

— Você gosta de *Hamlet*? — perguntou Hathor.

— Na verdade, sim. É reconfortante ver a história de outra família disfuncional — brinquei, me esquecendo com quem eu estava falando.

Ela me lançou um olhar estranho enquanto entrávamos na carruagem.

— Já ouvi muitos comentários sobre a peça, mas nunca "reconfortante".

— Quis dizer interessante — menti, sorrindo. Senti que se tivesse dito isso para Theodore, ele teria entendido.

Ela pareceu aceitar a resposta e relaxou enquanto Damon e Silva entravam.

Eles conversaram, e como sempre, Damon zombou da irmã. Mas ele estava tão feliz que até seus insultos eram carinhosos. Era tudo tão doce que eu mal podia esperar para ver uma tragédia, mesmo que apenas para equilibrar.

— Ah, isso me lembra — disse Damon. — Converse com o dr. Darrington se ele estiver sozinho.

— Por quê? — perguntei, embora eu estivesse mais ansiosa para vê-lo do que a peça.

— Houve uma confusão no clube hoje, então decerto falarão dele esta noite. Ele é nosso convidado no camarote, e quero prevenir o máximo de constrangimento possível.

— Desde quando você é tão gentil com estranhos? — questionou Hathor.

— Ele dificilmente é um estranho a essa altura — disse Silva. — Além disso, ele é... como devemos chamá-lo? Não somos todos pacientes dele, mas ele é...

— Um amigo — falei, fazendo todos olharem para mim. — Nosso amigo.

— Não é adequado uma dama ter amigos homens — respondeu Silva, me fazendo franzir a testa. — Então diremos que ele é amigo de Damon. Ou amigo de seu irmão, Verity.

Só pude assentir, mas então perguntei:

— Ele não deveria ter nos encontrado em casa?

— Ele teve que resolver algumas questões, mas nos encontrará lá — disse Damon enquanto nos aproximávamos da casa da ópera.

— Espero que seja a atriz que gosto interpretando Ofélia. A que foi recém-contratada faz expressões horríveis — disse Hathor quando a carruagem parou diante do teatro.

Acho que ela ainda estava falando. No entanto, não prestei atenção, pois bem ao lado da porta estava Theodore, esperando e usando seu melhor traje.

Meu coração acelerou.

Tive a impressão de que anos se passaram enquanto eu o esperava terminar de falar com lorde e lady Monthermer, cumprimentar Damon e Silva, e depois Hathor, para enfim chegar em mim.

— Lady Verity — disse ele, com um breve sorriso.

— Dr. Darrington. — Enfim soltei o ar. — Espero que o senhor goste de *Hamlet*.

— Sim. Às vezes, por mais estranho que pareça, acho as tragédias de Shakespeare reconfortantes — disse ele, e me vi incapaz de desviar o olhar dele, e nem ele podia desviar o dele de mim.

— Que estranho. Verity acabou de dizer a mesma coisa. — Hathor chamou minha atenção. — Eu choro lindamente, mas não me sinto reconfortada.

— Você chora lindamente? — Damon inclinou a cabeça para o lado. — Não mesmo. Já vi um corgi chorar de maneira mais bonita.

— Espero que você tenha uma filha que zombe de você o tempo todo — devolveu ela.

— Hathor! — grunhiu ele, olhando ao redor.

Ela arregalou os olhos, e cobriu a boca com a mão enquanto olhava para o dr. Darrington.

— Por sorte ele sabe, mas será que você poderia por favor não informar a sociedade toda esta noite? — Damon balançou a cabeça, levando a esposa para longe.

— Desculpe! — disse ela, indo atrás deles.

— Eles são sempre assim? — sussurrou Theodore para mim.

— Sempre — sussurrei de volta.

— Você deve achar bem divertido.

Fomos levados ao camarote de lorde Monthermer pelos funcionários, e só pude responder, sussurrando, quando estávamos sentados lado a lado.

— Às vezes, é divertido, mas tem vezes que parece que sou um monstro em uma sala cheia de anjos.

— Você é linda demais para ser um monstro — disse ele.

Olhei para Theodore, mas ele olhava para a multidão na plateia. Por um momento, ele me olhou de esguelha. E de alguma forma, talvez tenha sido apenas o momento certo, ou por desejo dele ou meu, nossas mãos se tocaram e meu coração se encheu.

Seus dedos roçaram os meus mais uma vez e, embora eu observasse a peça, meus pensamentos estavam apenas nele. Parecia que o ar estava ficando cada vez mais denso, e respirar ficou difícil. Não ajudou o fato de que, quando olhei para ele, seu olhar estava sobre mim; sua expressão também não ajudava, mesmo na escuridão. Senti seu toque subir aos poucos pelo meu braço. Com tanta gentileza que me lembrou daquela noite... na sala de estar, quando nos beijamos.

Eu ansiava por outro beijo.

— Silva, você está bem?

Me virei e vi Damon analisando o rosto corado da esposa.

— Perdoe-me, estou com um pouco de calor — sussurrou Silva, tentando sorrir e tirar a atenção de si.

Theodore se levantou para ajudá-los e foi só neste momento que o seu toque me deixou. Devagar, ele a ajudou a sair do camarote.

— Não se preocupem, minhas queridas, essas coisas são normais na condição dela — disse a marquesa para Hathor e eu enquanto os observávamos sair, embora eu achasse que só Hathor estava de fato preocupada, pois eu na verdade estava triste por ver Theodore partir. Eu não havia percebido quão egoísta e indiferente eu podia ser. Não é que eu não me preocupasse com Silva. Eu só lamentava mais... por mim mesma? Ela tinha o marido ao lado dela, podia ser abraçada e cuidada quando quisesse. Era eu que... desejava o mesmo.

Desejava não estar sozinha.

Fiquei sentada ali, os minutos passando, desesperadamente desejando que ele voltasse e segurasse minha mão na escuridão mais uma vez. No entanto, após dez minutos, perdi a paciência.

— Madrinha, posso ir tomar ar? — sussurrei para ela.

A marquesa me observou.

— Vou acompanhá-la...

— Por favor, não quero interromper. Voltarei com Damon e Silva.

Ela assentiu e com cuidado abri caminho entre as cadeiras e através das cortinas até a sala dos fundos. Bem quando cheguei à porta, ela se abriu e Theodore apareceu diante de mim, de olhos tão arregalados quanto os meus. Quando ele deu um passo à frente, o espaço entre nossos corpos fez minha respiração ficar pesada outra vez. Ele fechou a porta atrás de mim e percebi que estávamos sozinhos na salinha.

— Damon e Silva? — sussurrei para ele.

— Eles quiseram se recolher — sussurrou ele.

— Então estamos a sós?

— Não estamos muito a sós — afirmou ele, pois os Du Bells estavam atrás da porta. — Mas estamos a sós o suficiente.

— O suficiente para quê?

— Perder o juízo — afirmou ele, e então sem outro aviso seus lábios estavam nos meus. Todo o meu corpo se inclinou para ele, como se despertado por aquele beijo. A língua dele mergulhou fundo na minha boca enquanto suas mãos fortes agarravam primeiro minha cintura e então viajavam para cima e para baixo pelo meu corpo, até que uma delas segurou meu seio e a outra ergueu minha coxa. Ele não parou ali, seus beijos passando dos meus lábios para a lateral do meu rosto... descendo pelo meu pescoço. Estremeci e um som que eu nunca ouvira escapou dos meus lábios.

Uma sensação... que eu nunca sentira antes.

— Se você soubesse o que eu desejo fazer com você agora, pensaria que sou um monstro — sussurrou ele no meu ouvido antes de beijar minha orelha.

— Eu jamais pensaria isso — respondi baixinho quando ele ergueu a cabeça e seu olhar encontrou o meu. — Diga-me.

— Você não entenderia mesmo se eu dissesse.

— Então explique.

— Palavras não podem explicar. — E de novo ele beijou meus lábios, mas desta vez com gentileza e só uma vez antes de se afastar.

Ele inspirou profundamente, fechando os olhos por um instante.

— Theodore.

— Volte para dentro, Verity — disse ele quando tornou a abrir os olhos.

— Por que você sempre me diz para sair de perto depois de me beijar?

— Para evitar que eu faça mais que beijar você.

— O que mais pode haver?

— Muito. Há muito mais.

— Me mostre.

— Não posso.

— Por quê?

— É o dever de seu marido mostrar.

— Não terei ninguém além de você, então é o seu dever.

Ele puxou fundo o ar e voltou a se aproximar de mim, desta vez erguendo meu queixo.

— Essa sua boca ainda vai te colocar em encrencas, *milady*.

Eu sorri.

— Que sorte a minha o senhor ser médico, pois não é seu dever me ajudar?

— Você me deixa sem argumentos para construir qualquer defesa. — Ele beijou minha testa. — Então agora eu imploro, volte para dentro. Pelo nosso bem.

Franzi a testa e ele beijou a lateral do meu rosto.

— Não se preocupe, duvido que esta seja a última vez que faremos isso. Agora apronte-se e volte.

Assenti, permitindo que ele se afastasse de mim antes de me voltar para a porta. Inspirei fundo para me acalmar. Levou um momento, e eu não podia olhá-lo outra vez, ou meus esforços seriam em vão. Quando enfim voltei para dentro e me sentei, contei os segundos até podermos estar nos braços um do outro novamente.

19

Verity

— O que é que você tanto escreve no seu diário? — perguntou Theodore enquanto caminhávamos. — Você é bem cuidadosa com ele.

Estávamos outra vez no parque; a família de Henry havia organizado para que ele e Hathor caminhassem juntos.

— Não sou cuidadosa.

— Quando alguém se aproxima, você se apressa para fechá-lo, como se temesse que alguém o lesse — provocou ele, erguendo a sobrancelha enquanto sorria. — Não vai me contar? Tudo bem. — Ele fingiu um biquinho.

— Não é isso. É só que...

— Sim?

— Meu irmão Evander me deu meu primeiro diário há muitos anos e me disse para registrar todas as coisas que me chateassem. Com o tempo, comecei a escrever poemas e histórias. Um dia, minha governanta leu um deles e me disse para parar.

— Por quê?

— Aparentemente, soava como bruxaria.

Ele parou e virou-se para me olhar, e então riu.

— Bruxaria? Agora preciso ler.
— Jamais — respondi, de cabeça erguida.
— Faz sentido.
— O que faz sentido?
— Eu gostar tanto de você — sussurrou ele, com uma expressão séria, mas o olhar que me deu foi mais suave. — Você me enfeitiçou.
Eu grunhi, me atrapalhando com as palavras.
— Qual é a graça? — Hathor virou-se para nos perguntar, girando a sobrinha em suas mãos.
— A charada de vocês — menti rapidamente, olhando para ela e Henry, que observava Theodore com curiosidade. — Você não disse que gostava de outra pessoa?
— Henry diz que eu atrairei maior interesse se for inalcançável, e ele espera provocar ciúmes em sua amada com a minha companhia — respondeu ela, sem vergonha alguma.
— Se vocês dois continuarem assim, as pessoas pensarão que estão mesmo noivos — disse Theodore.
Hathor e Henry se entreolharam.
— Ele tem razão. Você deveria considerar falar com outras jovens também.
— Para então ser visto como um libertino? Ou pior, desesperado? Jamais. Além disso, ela saberia que estou apenas tentando deixá-la com ciúmes. — Ele quase se encolheu ao dizer isso, e Hathor assentiu como se compreendesse esse absurdo.
— Vocês não temem se apaixonar com toda essa proximidade? — perguntei.
Eles me olharam como se eu tivesse enlouquecido.
— Verity, não seja ridícula. Isto aqui é a vida real, não uma peça — bufou Hathor, me dando as costas e seguindo seu caminho enquanto girava a sombrinha.
Olhei para Theodore, e ele apenas balançou a cabeça para eles antes de dizer:

— Não sei quem está sendo mais ridículo, eles ou nós.
— Decerto são eles.
— Você é suspeita para falar de nós.
— Gosto bastante da palavra *nós*. — Sorri, cobrindo a distância que se formara entre nós e Henry e Hathor. Theodore sempre ao meu lado. Ele não disse nada, o que eu aprendera nos últimos dias que significava que ele concordava comigo, mas não ousava dizer em voz alta.

Nós havíamos conversado tanto nos últimos dias... e nos beijado mais também. Tentei não pensar nesses momentos, em todo o meu corpo corando aquecido ao pensar nas mãos dele me agarrando... enquanto seguravam meus seios... na maciez de seus lábios.

... *Não*.

Expulsei esses pensamentos da minha mente para poder pensar nas outras coisas das quais falamos. Ele havia me contado de como tinha sido o tempo dele na universidade e suas viagens pelo país em busca de diferentes médicos com quem aprender. E eu compartilhei como era passar o tempo cavalgando e caminhando em Everely. Meu mundo era bem menor que o dele, ao que parecia, mas ele ouviu, intrigado, como se eu tivesse viajado para alguma terra distante. A sinceridade dele era o que eu mais gostava. Não importava o que eu perguntava, ele era sempre sincero, me incentivando a perguntar ainda mais. Eu estava determinada a saber mais sobre ele do que qualquer coisa neste mundo.

Olhei para ele em nosso silêncio, e ele estava olhando para mim. Desviei meu olhar para não sorrir.

— No que você está pensando? — perguntou ele.
— Nada.
— Decerto isso não é verdade. Conte-me.

Olhei para a lagoa, sem querer falar diretamente para ele.

— Estava pensando em como queria conhecer você melhor que qualquer outra coisa no mundo.

Silêncio outra vez.

Eu sabia o que significava, e me virei para ele. No entanto, Theodore não estava olhando para mim, e sim para uma mulher ao longe, de cabelos escuros, usando um vestido amarelo-claro. Ela estava conversando com um grupo de mulheres, embora seu olhar também estivesse grudado nele.

— Você a conhece? — perguntei, mas Henry estava bem ao lado dele antes mesmo que eu pudesse piscar, virando-o de brincadeira.

— Sinto que arrastamos estas pobres jovens para longe demais, meu amigo. Por que não voltamos? — Ele fingiu rir enquanto levava Theodore para longe de mim.

— O que aconteceu? — Olhei para Hathor, que estava agora ao meu lado.

— A marquesa de Whitmear está aqui — sussurrou ela, apesar de nossa distância da mulher de amarelo, para quem ela acenava.

A madrasta de Theodore. Ela era bem jovem e miúda, com um rosto redondo e cabelos escuros.

— Que constrangedor — disse Hathor enquanto caminhávamos atrás deles. — Talvez seja melhor ele ir embora.

Franzi a testa.

— Por que ele iria embora? Ela não é dona do parque.

— Claro. No entanto, com os dois aqui, decerto haverá fofocas.

— Haverá fofocas de toda forma. Se ele fugir, parecerá que fez algo vergonhoso. Da última vez que conferi, ser filho ilegítimo não é pecado.

— Por que você está tão chateada? — Hathor franziu a testa. — Não sou eu que faço as regras.

Tentei me acalmar.

— Eu sei. Mas tudo parece tão... injusto. Não gosto.

— Sim, bem, não há nada que possamos fazer exceto jamais estarmos nessa situação. — Ela estremeceu com o pensamento. Mas então ficou mais alegre, e pensei ser porque havia encontrado uma solução. — Vamos levar nosso barco para a água?

Eu não estava com vontade de fazer isso.

— Com sorte, alguém pode muito bem cair na água e precisar ser resgatado.

— Que coisa horrível de se dizer! — Ela riu, seguindo sem se importar. Eu olhei para Theodore e vi que Henry conversava animadamente com ele, embora ele estivesse indiferente.

Ele estava bem?

Theodore

Minha mente parou por um instante ao vê-la. Ela e meu pai dificilmente deixavam a propriedade, então ela estar em Londres naquele momento... eu não sabia o que pensar. Isso significava que meu pai também estava na cidade?

— Theodore. Theodore!

— O quê? — Virei-me para Henry.

Ele suspirou.

— Você ouviu algo do que eu disse?

— Não.

— Eu sabia. — Ele riu e pegou algumas pedras para atirar no lago. — Bem, o que você vai fazer? Vai lá cumprimentar?

— Enlouqueceu?

— Então você planeja fugir deles?

— Não vejo motivo para fazer nada disso. Eles vivem a vida deles, e eu vivo a minha — respondi, e então me lembrei de Verity. Virei-me para onde os Du Bells faziam um piquenique e vi a mãe de Henry vindo direto na nossa direção. — E não se preocupe comigo, acredito que você tem suas próprias questões com que se preocupar. Sua mãe está vindo.

Ele olhou para o céu como se fosse rezar.

— Por que ela não me deixa em paz?

— O que você espera, como filho único dela? — Tentei dar um passo para trás para escapar, mas ele me empurrou à frente.

— Não vá embora!

— Não seja ridículo. Isso não é da minha conta.

— Cadê sua lealdade? Eu ajudei você.

— Eu não pedi sua ajuda.

— Sim, você estava...

— Henry! — interrompeu a voz dela, e de imediato paramos com nossa bobagem e a encaramos, sérios.

— Mãe! — exclamou ele no mesmo tom alto, e eu apenas assenti para ela.

— Vi você caminhando com Hathor outra vez. Ela não é adorável? Um verdadeiro tesouro encontrar uma lady tão madura quanto ela, e ao mesmo tempo tão vivaz e sagaz — disse ela, com um sorriso enorme no rosto, e então olhou para mim. — Você não concorda, Theodore?

— A senhora está correta, milady. Ela é esplêndida. — Eu assenti, e Henry me deu um soco nas costas. Não me importei, pois eu não contestaria a mãe dele em seu nome.

— De fato. E então, Henry?

— Ela é uma boa garota, sim, e estou feliz por ter encontrado uma *amiga*. — A ênfase na palavra foi nítida, assim como a mudança no rosto dela. Eu desejei desesperadamente sair dali.

— Henry.

— Mãe.

Ela retesou o maxilar, inspirou pelo nariz e olhou para mim mais uma vez.

— Theodore, pode nos dar licença? Eu gostaria de falar a sós com o meu filho.

— Claro — respondi, já me afastando deles. Henry me olhou feio, mas eu dei de ombros, tentando não rir. Segui em frente e olhei para o céu. Era um raro dia de sol, e eu não tinha compromissos. Tudo o que queria era me sentar à margem do lago como as outras famílias — com Verity.

Mais uma vez, olhei para os Du Bells, mas, estranhamente, ela não estava lá.

— Quem você está procurando?

Virei-me, e ela estava diante de mim, sozinha.

— Você — murmurei, um pouco atordoado. Ela estava mesmo ali, ou eu estava sonhando?

— Bem, você não precisa mais procurar. — Ela sorriu.

— Onde está sua dama de companhia?

Ela sorriu.

— Acabei de escapar dela.

— Escapar? — Eu ri. — Por quê?

— Ora, para ver você. É difícil com minha madrinha sempre por perto. Nenhum movimento acontece na casa deles sem que ela saiba, e isso me incomoda.

— Ela tem muitas damas sob seu cuidado, portanto, deve estar vigilante. Venha, eu a levarei de volta.

— Se estivéssemos em Everely, eu sumiria o dia inteiro e ninguém perceberia — respondeu ela enquanto caminhávamos na direção oposta.

— Eu torceria para que alguém percebesse, pois pode ser perigoso. E os Du Bells, acredito, perceberiam.

— Eu sei. — Ela sorriu enquanto continuava a se afastar deles. — Está preocupado comigo?

— Sim. — Eu me preocupava profundamente com ela e comigo enquanto a seguia.

— Então estou livre para me preocupar com você? — Quando ela me fazia essas perguntas tão diretamente, eu me sentia incapaz de responder. Ficava em parte atordoado e então encantado demais com as palavras para responder imediatamente.

— Não há nada para você se preocupar comigo — enfim respondi —, exceto talvez manchar sua reputação.

— Não me importo com isso...

— Sim, pelo nosso tempo juntos até agora, sei muito bem. Mas...

— Vamos parar por aqui? Estamos quebrando todas as regras da decência? — zombou ela, e então riu. — Você disse isso várias vezes, mas quando eu o abraço, você me abraça também.

Não havia o que argumentar, pois ela estava certa.

Eu reclamava, e mesmo assim, na menor das chances, cruzava os limites. Desde que ela continuasse me procurando, eu sabia que a seguiria até os cantos mais distantes do mundo.

— Já que você não consegue negar, devo mudar o assunto e perguntar... você está bem?

— Claro, por que eu não estaria?

— Sua madrasta. — Ela ergueu a sobrancelha. — Você pareceu... diferente ao vê-la. Vocês estão brigados?

— Não acho que seja possível estarmos em paz. No entanto, nós não nos atacamos. Então só não nos considero grandes inimigos.

— Então por que você se afastou?

— Não sei. — Eu sinceramente não sabia. Eu apenas estava acostumado a não estar perto dela.

— Eu sempre quero fugir — respondeu ela baixinho enquanto olhava para o céu. — Principalmente dos Du Bells, como você sabe. É porque eles sempre são tão bons, gentis e felizes. Eu me sinto... pequena perto deles. Gosto deles, mas sinto muita inveja porque não posso ter uma família feliz também.

— Você não se considera parte de uma?

— Você não conhece minha história?

— Sei do seu passado. Mas ele não é o seu presente nem o seu futuro — respondi. — Verity, você é parte de uma família feliz. Você é parte dos Du Bells...

— Não sou.

— Você é, pois seu irmão é parente deles por parte da esposa. Seu futuro sobrinho ou sobrinha não será neto ou parente deles, também? Vocês são família. Se não por sangue, por conexão. E eu sei melhor que ninguém que até a menor das conexões importa.

— Eu tinha conexão com a esposa do meu pai, embora ela jamais tivesse falado comigo.

Ela fez um biquinho.

— Não deveríamos estar falando da sua vida? Como voltamos à minha?

Tentei conter meu divertimento.

— Acredito que foi você.

— Bem, mudarei o assunto de novo então.

— *Lady* Verity, devemos retornar — falei quando percebi duas mulheres aos cochichos enquanto nos observavam.

— Eu... — Ela parou de falar com o rugido de um trovão.

O céu, antes bonito e limpo, se transformou em uma tempestade em questão de segundos, fazendo todos correrem para se abrigar.

— Theodore! — Ela agarrou minha mão, e me atordoei com o contato. Enquanto a água molhava o rosto dela, ela sorria loucamente. — Corra comigo!

Encantado, realmente enfeitiçado, segurei a mão dela com força e fiz o que ela pediu.

Corremos juntos.

E, por um breve momento, o mundo todo desapareceu. Eu não tinha certeza da distância nem de por quanto tempo corremos, mas eu desejava tão desesperadamente continuar correndo com ela para sempre. Meu coração saltava de alegria quando eu estava com ela. Eu sentia tanta liberdade e sinceridade com ela.

— Ah! — Ela arfou com a mão sobre o peito, tentando recuperar o fôlego quando alcançamos um caminho escondido sob uma pequena ponte. Ela estava toda encharcada, desde o vestido azul-claro ao chapéu e os cachos soltos. E me encarava com o maior e mais puro sorriso. — Fazia tempo que não corria assim.

Fiquei frustrado por não poder descrever melhor meus sentimentos para ela.

— Theodore...

— Estou tão apaixonado por você. — As palavras se despejaram de meus lábios como a chuva caindo do céu. — Não sei como nem quando, mas você se tornou minha maior alegria. Não tenho nada a oferecer, e sei que não sou digno, mas ainda assim, tudo o que desejo é que você seja minha esposa.

Verity deu um passo à frente e antes que ela pudesse falar, coloquei a mão no bolso, pegando um colar feito de seda azul com um pingente floral com uma perolazinha pendurada. Até então, estivera escondido em uma caixinha de joias junto às minhas coisas.

— Não é muito, mas é a única herança que minha mãe me deixou.

Ela encarou o colar antes de olhar para mim.

— Você está me dando?

— Se você aceitar.

— Como eu poderia negar? — Devagar, ela ficou de costas para mim. — Me ajuda a colocar?

Colocando os cachos dela de lado, fiz como ela pediu, mas minhas mãos só conseguiram permanecer sobre a pele do pescoço dela. Até o mais breve toque nela me aquecia, e quando ela tornou a me encarar, seus lindos olhos castanhos me capturaram. Erguendo o queixo dela, senti sua respiração em meus lábios. Ela se inclinou à frente, de olhos fechados; no entanto, antes que nos beijássemos, uma voz estrondosa chamou.

— Theodore!

De um sobressalto, Verity se afastou de mim enquanto nos virávamos para ver, na entrada do caminho, a mulher de amarelo, minha madrasta, e ao lado dela seu cocheiro, segurando um guarda-chuva. Ela nos encarava, de olhos arregalados.

— Eu... nós... lady Whitmear... — Verity se atrapalhou com as palavras.

— A chuva diminuiu, lady Verity. Vou levá-la até sua carruagem. Venha ficar ao meu lado — disse ela duramente, embora seu olhar não tenha me deixado... e eu estava chocado demais para falar, chocado demais para pensar.

Merda.

Ah, merda!

Verity

Eu não sabia o que dizer, então fiz o que ela ordenou, indo ficar ao seu lado. Começamos a caminhar. Quando olhei para trás, Theodore estava parado, de pé, de cabeça baixa, os punhos fechados... eu não conseguia ver a expressão em seu rosto, mas sabia a cada passo para longe dele que aquilo não era um bom presságio, de jeito nenhum.

Droga!

O que eu deveria fazer?

Ela contaria para alguém?

Ou, pior, ela usaria o que vira para machucar Theodore?

O medo cresceu dentro de mim até ela falar.

— Ele tirou vantagem da senhorita? — perguntou ela, baixinho.

— Você deve ser sincera. Não posso salvá-la se não for.

Salvar-me?

— Não preciso ser salva dele.

— Você pode não...

— Ele não fez nada além de me ajudar, ser gentil comigo e cuidar de mim. Não aconteceu nada além do que a senhora viu.

— O que eu vi já foi demais. Como ele...

Parei e a encarei.

— A senhora não o conhece. Ele me avisou muitas vezes que preciso ser mais cuidadosa, e ele sempre tentou se distanciar. Mas eu tomei a mão dele e pedi que viesse comigo. Por favor, não cause problemas. Por favor.

Ela me olhou com surpresa.

— Verity!

Virei-me e vi Damon e seu criado me chamando. Outra vez, olhei para lady Whitmear e implorei:

— Por favor.

— Verity, você está bem? Perdemos você antes da chuva — exclamou Damon ao se aproximar de mim.

— Sim, acredito que foi culpa minha. Eu queria falar com ela, e então ficamos presas na chuva. — Lady Whitmear sorriu ao olhar para ele. — Diga à sua mãe que envio minhas desculpas por qualquer temor que a ausência dela possa ter causado.

— Obrigado por cuidar dela, lady... — Ele claramente não a conhecia.

— Lady Whitmear — disse ela, e ele arregalou os olhos.

— Mas é claro, perdoe-me. — Ele abaixou a cabeça e então olhou para mim, oferecendo-me o braço. — Obrigado, mais uma vez.

— Obrigada, Vossa Senhoria. — Fiz uma reverência, só então lembrando dos bons modos.

— Cuide-se, lady Verity — disse ela, e só fez o pavor no meu coração aumentar. Theodore não nos seguira, e eu só podia imaginar o que ele estava sentindo. Se alguém tivesse feito minha madrasta ter evidências incontestáveis contra mim, eu desejaria me enfiar em um buraco e nunca mais voltar.

Verity, sua burra!

20

Theodore

— O que aconteceu? — perguntou Henry, aproximando-se de mim.

— Nada, eu preciso...

— Mentira — exclamou ele, ficando na minha frente. — Eu vi... é lady Verity? É dela que você...

Agarrei o braço dele com força.

— Você nos seguiu?

— Eu não estava te seguindo — respondeu ele, puxando o braço de volta. — Eu estava segundo sir Grisham, que estava seguindo você.

— Merda! — rugi. O mundo inteiro tinha testemunhado nosso momento?

— Acalme-se. Eu o impedi — disse Henry. — Ele não viu nada. Fui buscar vocês dois antes que alguém mais visse. No entanto, quando cheguei, vi lady Whitmear com ela.

Isso pouco me aliviava. Ela havia visto demais... pois havíamos ido longe demais. Eu sabia que era questão de tempo até sermos pegos. E mesmo assim eu não tinha me segurado.

— O que você vai fazer?

— Não sei ainda, mas preciso falar com lady Whitmear. — Provavelmente eu teria que implorar como se minha vida dependesse disso, porque a de Verity dependia.

— Eu te encontrarei na hospedaria mais tarde.

Não respondi e fui até a carruagem dela. Eu a reconheci, pois tinha o brasão da família do meu pai nela. Eu não sabia o que sentir, mas não estava pensando em mim. O que ela quisesse de mim, eu faria. Eu faria qualquer coisa, desde que ela não prejudicasse a reputação de Verity de nenhuma maneira. Esse era o meu maior medo. Não era culpa dela. Ela apenas demonstrava seus sentimentos recém-descobertos. Eu era a parte mais velha, então eu era quem deveria saber como agir. Era culpa minha.

— Theodore.

Olhei para cima e vi lady Whitmear chegar antes de abaixar minha cabeça outra vez.

— Vossa Senhoria.

— Venha comigo — disse ela, e seu cocheiro abriu as portas.

Esperei que ela entrasse antes de segui-la. Só quando as portas se abriram outra vez que as palavras se despejaram da minha boca.

— Eu imploro, não conte nada a ninguém. Não pelo meu bem, mas pelo dela. Não posso deixar que a reputação dela...

— Vejo que o senhor sabia dos riscos, e mesmo diante disso não parou — devolveu ela. — Me enganei quanto ao seu caráter todo esse tempo? O senhor é tão maligno a ponto de planejar arruinar essa jovem?

— Não planejei nada!

— Então o que poderia fazê-lo pensar em agir assim? A... a abraçá-la em público, ainda mais durante o dia. Qualquer um poderia ter visto vocês dois! O senhor poderia ter destruído todo o futuro da garota em um instante. No que estava pensando, senão em arruiná-la?

— Eu não estava pensando! — exclamei. — Mal consigo pensar quando estou com ela. A senhora está certa. Eu sabia do risco. Eu queria respeitar o decoro, mas sempre acabo me encontrando com ela! Ao menos uma vez, eu queria...

— Bem, não pare agora. O senhor queria o quê? Fingir que é um lorde? O herdeiro de Whitmear?

Claro, era isso o que ela pensava. Que típico.

— Não. Ao menos uma vez, eu queria ser feliz livremente.

Ela ficou em silêncio, e da forma como nos falávamos, era de se pensar que éramos íntimos. E em pensar que aquela era a natureza de nossa primeira conversa.

— Ela me implorou para não culpá-lo — disse ela por fim, embora seu olhar estivesse fixo do lado de fora da carruagem. — Ela não se importou nem um pouco com a própria reputação. Para uma jovem na posição dela, isso significa que ela se importa muito com o senhor. Presumo que é recíproco?

— Sim — admiti, abaixando a cabeça.

— Então o senhor deve acabar com isso — respondeu ela. — Se realmente se importa com ela, se a ama, ouso dizer, não deve fazer isso com ela, Theodore.

Ergui a cabeça e a vi me encarando com empatia.

— Ela não sabe como é estar no meio da fofoca e da zombaria; seja lá qual tenham sido os boatos sobre a família dela, aqueles pecados não eram *dela*. Ela jamais foi vista de outra maneira, senão com respeito. Cair de tal alta posição na sociedade a prejudicará muito.

Eu sabia.

Eu já havia dito tudo isso para mim mesmo.

E nem assim aceitei de verdade.

Agora, não tinha escolha.

Precisava deixá-la.

— Não sei como ficar sem ela — sussurrei. — Não quero ficar sem ela.

— Então vai permitir que ela caia em desgraça?

Não respondi.

— Eu o ajudarei — disse ela.
— Por quê? — Franzi a testa. — A senhora quer algo em troca?
— Sim... quero que vá visitar seu pai.

De todas as coisas que pensei que ela pudesse pedir, jamais considerei isso, então não sabia o que responder.

— Não.
— Theodore...
— Com todo o respeito, Vossa Senhoria, a resposta é não. Não desejo ver aquele homem. — Menos ainda diante dessas circunstâncias. — Decerto deve haver algo mais que a senhora queira?
— O que eu posso querer do senhor? O senhor não tem nada a oferecer a mim nem às damas da sociedade. Meu desejo é simples. Sua presença na Casa Wentwood.
— Para quê? Não tenho nada a discutir com ele nem ele comigo...
— Seu pai está doente — disse ela, e então hesitou. Eu a encarei pela primeira vez. — Ele deseja vê-lo antes que seja tarde demais. Por isso estou aqui.
— O que ele tem?
— Ninguém sabe. Conversamos com muitos médicos, nenhum deles conseguiu curá-lo. Como o senhor se tornou tão renomado, o mínimo que pode fazer é visitá-lo, não?
— É só o que a senhora deseja? — perguntei cautelosamente. — A senhora não vai dizer nada a respeito de...
— O senhor é a única ameaça para a reputação de lady Verity — respondeu ela, fazendo-me querer desaparecer mais uma vez.

Então a carruagem parou diante da Hospedaria da Coroa. Estendi a mão para as portas e ela tornou a falar:

— Theodore, a vida costuma ser injusta, mas isso não significa que o senhor é livre para se rebelar contra ela.

Sorri enquanto a amargura e a raiva tomavam conta de mim.

— Disse a grande e nobre mulher que conseguiu essa posição às custas dos ossos quebrados de outra pessoa. Não se preocupe, Vossa Senhoria, sou bem versado nisso. Tenha um bom dia.

Não me dei ao trabalho de olhar para ela ou para a carruagem outra vez. Marchando para dentro da hospedaria, nem sequer ouvi as vozes da senhoria nem dos hóspedes lá dentro. A raiva fazia meus ouvidos retinirem.

Entrando no quarto, arranquei meu casaco, jogando-o no chão e socando a parede ao meu lado.

Rendi-me sob o peso da fúria que não podia expressar, caindo no chão, onde fiquei sentado desejando, rezando, implorando por algum... alívio. Sabia que nada viria. Jamais viera.

Tive a impressão de que passei horas daquele jeito, porque de fato havia se passado muito tempo, o dia lá fora já estava se transformando em noite. Só então me levantei e fui até o baú aos pés da cama.

Toc. Toc.

— Theodore?

Suspirei ao ouvir sua voz. De todas as pessoas que eu não desejava ver naquele momento, ele estava no topo da lista.

— Theodore? — A porta se abriu e Henry entrou.

Não falei nada, indo até a escrivaninha para pegar meus papéis.

— O que aconteceu? Eu vim ver...

— Vá para casa, Henry — murmurei.

— Até parece! O que sua madrasta disse? Ela tentou ameaçá-lo? Esqueça ela. Ninguém acreditará nela; as pessoas apenas pensarão que ela deseja destruir sua reputação...

— Henry, vá para casa — repeti.

— O que você está fazendo? Não há motivo para você fugir...

— HENRY! — gritei, irritado. — Pelo amor de Deus, ME DEIXE EM PAZ!

— Theodore, eu só quero ajudar...

— Não há nada que você possa fazer ou dizer para ajudar! Você nem pode entender. Como poderia? Você é o único filho de lorde Fancot, o futuro visconde. Você recebeu o melhor dos destinos desde o nascimento, todas as portas estão abertas para você, e mesmo assim você o rejeita. Você lamenta suas circunstâncias e se ressente de seus pais que vivem e respiram para garantir sua felicidade com as mais afáveis damas da sociedade. Como é que você poderia ao menos começar a me ajudar? Vai me tornar legítimo? Vai me dar a mão da mulher que eu desejo? Não. Você não pode fazer nada, então só peço que ME DEIXE EM PAZ! — Inspirei fundo, abaixando minha cabeça. — Você não faz ideia de como é ser um bastardo, Henry.

— Eu te darei espaço — foi tudo o que ele disse enquanto se virava, fechando a porta com gentileza. Foi então que larguei os papéis.

Eu não me importava com nada... nada além dela, e era por isso que doía tanto.

Verity

Eu não havia dormido nem comido enquanto esperava, torturada, ouvir alguma fofoca sobre mim no dia seguinte. Parte de mim esperava que a sra. Loquac fosse fazer uma visita inesperada para investigar mais, em nome de sua clientela. Por sorte, nada aconteceu. As pessoas só falavam da linda e charmosa lady Whitmear, que havia acabado de chegar em Londres.

— Ela nos convidou para o chá? Hoje? — perguntou Hathor à mãe enquanto se sentava ao meu lado. — Eu não sabia que a senhora a conhecia tão bem, mãe.

— Não conheço. No entanto, ela não planeja ficar em Londres por muito tempo, então deseja conhecer algumas damas da sociedade antes de partir — disse a marquesa enquanto mexia o chá, vendo novos modelos de cortinas. — Não vi motivo para recusar o convite.

— A conexão dela com o dr. Darrington deveria ser motivo suficiente — disse Hathor. — Nós o apoiamos abertamente.

— As questões pessoais da família não nos dizem respeito, minha querida. Ela nos chamou para o chá, então iremos para o chá.

— Você acha que ela planeja nos convencer a nos afastar dele? — Hathor virou-se, olhando para mim. — Ele ficou bem conhecido entre a sociedade e muito falado. Papai pode estar certo a respeito da relevância futura dele. Talvez ela tenha ouvido falar e tenha vindo colocar fim em tudo.

— Hathor, você não precisa ser tão negativa — disse a marquesa. — É apenas um chá da tarde, não o terceiro ato de uma tragédia shakespeariana.

— É que é meio estranho, só isso... É estranho ela nos procurar tão de repente sem qualquer outra conexão. — Mais uma vez, ela olhou. Para mim. — Você esteve com ela ontem, Verity. Ela disse algo?

— Nada de importante — menti, tocando o colar que Theodore me dera.

— Verity, você está se sentindo bem? — perguntou a marquesa.

— Estou bem, só um pouco cansada.

— Bem, você deve descansar. Também nunca a vi usando este colar antes. Onde você...

— Vossa Senhoria? — Ingrid surgiu à porta. — A sra. Loquac está aqui.

Não! Me endireitei na cadeira, meu coração disparando. Ela havia mesmo vindo investigar?

— Deixe ela entrar.

— Vossa Senhoria. Damas. — A sra. Loquac fez uma reverência ao entrar com sua assistente.

— Olá, sra. Loquac, como vai? Por favor, sente-se. Ingrid, por favor, sirva chá para ela.

— Obrigada, e gostaria de poder dizer que estou bem, mas ouvi notícias muito perturbadoras — exclamou ela, e me encolhi, apertando minhas mãos com tanta força que ficaram dormentes.

— Ah, céus. O que é?

Inclinei-me à frente e, é claro, a mulher pensou em tomar um gole muito longo de seu chá.

— Ah, que bom. Que revigorante.

— Que bom. — A marquesa sorriu, mas claramente esperava pela notícia, como eu.

— Vossa Senhoria jamais acreditará, mas o caso mais desagradável foi descoberto. Bem debaixo de nossos narizes, uma rameira, uma prostituta!

A marquesa franziu a testa.

— Não compreendo.

Fechando os olhos, tentei me preparar para os horrores prestes a me atingirem.

— Ontem, no parque, a srta. Edwina Charmant foi flagrada de maneira constrangedora com o cocheiro da família!

Baixinho, suspirei profundamente.

— O quê? A sobrinha da sra. Frinton-Smith?

— Sim. E dizem que faz semanas que ele e a garota são amantes. Lá, bem no meio dos arbustos...

A marquesa nos encarou rapidamente.

— Meninas, subam e se aprontem para sairmos.

— Mas, mamãe...

— Subam!

Nós duas nos levantamos, Hathor mais ressentida que eu.

— Para que serve debutarmos na sociedade se ainda nos tratarão como se fôssemos crianças? — perguntou Hathor enquanto saíamos. — É nosso direito saber o mesmo tanto que elas.

— Tenho certeza de que cedo ou tarde ficaremos sabendo.

Ela arfou e agarrou meu braço.

— Exatamente! Então por que se dar ao trabalho? Mas você acredita? O cocheiro? Quer dizer, ela não é uma dama, mas se envolver com um criado...

— Não escolhemos por quem nos apaixonamos, Hathor — falei enquanto subia a escada. Por mais que estivesse feliz por não ser o meu escândalo, tive pena da garota que seria atacada.

— Sim, mas...
— Ah, meninas, que bom vê-las.

Nós duas paramos ao pé da escada enquanto o marquês saía de seu escritório, com duas cartas nas mãos.

— Acabei de receber notícias.

— De Edwina? Já? Quem é a sua fonte? O senhor está páreo a páreo com a sra. Loquac. — Hathor riu.

No entanto, o pai dela a encarou, confuso.

— Perdoe-me, querida, mas não faço ideia do que você está falando.

— A sobrinha da sra. Frinton-Smith, Edwina — disse Hathor.

— O que tem ela?

Hathor suspirou.

— Esqueça. Mamãe logo contará ao senhor. E a sua notícia?

— Ah, sim! — disse ele, erguendo as cartas. — Acabei de ser informado que o filho mais velho de lorde Wyndham enfim sucumbiu à sua doença.

— Ah. — A alegria de Hathor sumiu. — Que tragédia.

— Sim, mas pelo menos o pobre homem não está mais sofrendo. Falarei com sua mãe para saber quando é apropriado mandarmos nossas condolências — respondeu ele, e então olhou para mim. — Ah, Verity, o dr. Darrington também teve que se ausentar da cidade...

— O quê? — Dei um passo para trás.

— Sim. Ao que parece, o pai dele está doente, e ele foi vê-lo. Ele escreveu para se desculpar pela súbita partida, e não sabe quando retornará. Os pacientes dele ficarão sob os cuidados de...

Não pude ouvir mais nada. Foi como se todo o mundo tivesse ficado em silêncio. Não conseguia pensar, e o ar começou a me faltar.

Ele me deixara.

Simples assim?

Com tão pouco cuidado?

Sem uma briga?

— Verity!

Não percebi que estava afundando no chão até sentir um par de braços ao meu redor. A quem pertenciam, eu não me importava. Mesmo enquanto chamavam meu nome, mesmo enquanto mais e mais pessoas vinham me ajudar, não me importei. O mundo girava. Eu queria gritar, mas permanecia em silêncio. Eu não queria nada além de... de... gritar. Mas não conseguia.

Que sensação era aquela?

— Rápido! Chamem um médico! — disse alguém.

Fechando os olhos, busquei escapar dentro de meus sonhos, mas ali eu só encontrava pesadelos.

PARTE DOIS

21

Theodore

A propriedade do marquês de Whitmear, meu pai, era chamada de Casa Wentwood, e até aquele dia eu não a havia visto com meus próprios olhos. Eu sabia onde ficava — na extremidade do Peak District em Cheshire — e seu tamanho. O terreno tinha mais de mil e quatrocentos acres, mas eu nunca o vira, apesar das muitas tentativas de meu pai. Se eu tivesse passado minha vida inteira sem vê-la, não teria me importado. No entanto, agora que estava diante de mim, compreendi como nunca quão majestoso era o nome do homem que me gerara, bem como o tamanho de sua propriedade.

Os criados dele estavam diante da casa, claramente esperando para receber lady Whitmear. Quando desci da carruagem dela, que ela insistira que eu usasse, um homem baixo vestido de preto e com um cabelo cinzento e ralo, obviamente o mordomo por sua autoridade, deu um passo à frente.

— E você é...? — perguntou a mim. — Onde está Vossa Senhoria?

— Sou o dr. Theodore Darrington. Vossa Senhoria me enviou à frente para ver lorde Whitmear. — Vi quando ele e os criados arregalaram os olhos.

— Bem-vindo a Wentwood, mestre Theodore. Sou o sr. Ralph Pierce, o mordomo-chefe aqui. Como foi sua viagem? — Ele abaixou a cabeça, e o restante dos criados fez o mesmo.

— Foi tranquila. Mas não sou mestre de nada, apenas um médico que está aqui para ver o marquês — corrigi, sem saber por que ele estava de repente tão íntimo comigo.

— Perdoe-me, mestre Theodore. O marquês afirmou que se um dia o senhor viesse a Wentwood, fosse tratado dessa maneira. Como mordomo-chefe, devo apenas acatar aos pedidos de Vossa Senhoria.

O *quê*?

— Ele disse isso?

— Sim, muitas vezes. Todos os criados sabem — respondeu ele, e se voltou para os criados. — Peguem as coisas de mestre Theodore e preparem um quarto. William, pegue o cavalo e vá informar Vossa Senhoria.

— Pegue o cavalo? — Olhei para ele. — Quer dizer que ele não está em casa?

— Sim, ele e o jovem mestre Alexander foram passear no campo a cavalo.

Agora eu estava ainda mais confuso. Como é que ele poderia estar cavalgando?

— O marquês não está muito doente?

— Doente? Deus o livre. Pelo que eu sei, Vossa Senhoria está com boa saúde. Ele e mestre Alexander cavalgam quase todos os dias.

— Não foi isso o que me disseram — sussurrei enquanto me virava para ver as colinas. Parte de mim buscava minha própria forma de escapar. Eu havia preparado minha mente para um homem doente, de cama. Estava pronto para ficar e cuidar dele até que falecesse, e então partiria de vez. Eu não tinha certeza de para onde, mas... meus planos tinham ido por água abaixo.

— Mestre Theodore, por aqui — disse o sr. Pierce, gesticulando para que eu fosse antes dele. Eles já haviam pegado minhas coisas, então não tive escolha a não ser entrar. — Eu o levarei aos seus aposentos...

— Acho que é melhor eu aguardar Vossa Senhoria — interrompi. Eu não me sentiria confortável até entender o que estava acontecendo. Não, mesmo então, eu duvidava que conseguiria me sentir confortável ali. De pé sobre o piso xadrez, me senti um peão em fosse lá qual jogo lady Whitmear estava jogando. Por que ela me queria ali?

— O senhor pode aguardar no escritório, então. Gostaria de chá? — questionou ele, e embora estivesse apenas fazendo seu trabalho, parecia... desconfortável.

— Não, obrigado. Apenas esperarei. — Eu o segui até as portas duplas entalhadas. Ele as abriu e deu passagem para que eu entrasse.

E a primeira coisa que vi ao entrar foi um retrato de meu pai, lady Whitmear e um garotinho de cabelos cacheados na altura dos ombros. Eles pareciam o que uma família deve parecer: felizes. Encarei o rosto de meu pai — que era similar ao meu, embora sua pele fosse um pouco mais escura, e seu nariz e lábios um pouco mais cheios.

Quanto tempo fazia desde que eu falara com ele?

Sete anos?

Ele fora a Oxford brevemente, a trabalho, dissera ele, e quisera ver como eu estava. Fiquei profundamente constrangido com sua presença. Todos os outros alunos espiavam por cima dos livros para observar a cena. Uma coisa era saber que eu era bastardo, mas a presença de meu pai diante dos olhares de todos era um divertimento para eles e mais munição para suas armas direcionadas a mim. Eu nem conseguira ouvir o que meu pai tentara dizer. Eu não queria ouvir, então implorei para que ele me deixasse em paz.

E ele deixou.

Que tolice a minha. Não, não tolice, mas egoísmo, pois não pedi que ele parasse de pagar por meus estudos. Forcei-me a ignorar esse fato, convencendo a mim mesmo que era meu avô que cuidava das minhas necessidades. Mas todos sabiam que isso não era possível. Então, para aliviar minha consciência, decidi não tocar no dinheiro mais que o necessário para os meus estudos. Disse a mim mesmo que eu pagaria meus outros gastos com a renda do meu trabalho. Mesmo assim, fui inocente. Ninguém buscaria meus serviços de jovem médico sem conexões. Então meus pacientes eram os pobres e os necessitados, e embora tivessem muito a oferecer em termos de estudos médicos, pouco ofereciam em termos monetários. Uma vez, fui pago com ovos. Apesar disso, não queria buscar a ajuda de ninguém. Henry se recusava a entender, forçando-me cada vez mais para dentro da sociedade. E foi através dele que consegui conexões melhores e pacientes mais ricos, não apenas por conta de meu talento.

Eu sempre estava passando necessidade.

Eu me dizia que pelo menos a ajuda vinha de um amigo e não de meu pai. Lembrando-me do que eu havia dito a ele em nosso último encontro, eu me sentia ainda mais tolo. Eu teria que escrever uma carta para ele, me desculpando. Ou melhor: como eu o havia insultado cara a cara, então devia ter a decência de me desculpar da mesma maneira. Mas eu não poderia voltar para Londres, não com ela ainda lá.

Verity.

Só de pensar nela, meu corpo se encheu de ondas de emoções. Olhei para as minhas mãos, pensando na sensação de estarmos de mãos dadas. Em como, naqueles breves momentos, tinha sido como se fôssemos livres. Como eu queria...

— Theodore?

Voltei-me para a porta. Lá estava meu pai, como na pintura, embora seu cabelo estivesse mais grisalho, o peito subindo e descendo, ofegante, os olhos arregalados.

— Você está mesmo aqui? Quando me contaram, pensei que se tratasse de uma piada cruel. — Ele riu conforme entrava. Os criados podiam pregar peças em seus mestres? Eu achava que não. —

Bem... seja bem-vindo. Estou mesmo feliz que você veio, embora um pouco confuso. O que te trouxe aqui?

— Sua esposa me avisou de sua morte iminente — enfim falei.

— Morte? — Ele arfou.

— Ela disse que você estava gravemente doente.

— Como você pode ver, não estou.

— É por isso que também estou um pouco confuso — respondi. No entanto, estava distraído pelo garoto espiando pela porta.

Ele se escondeu rapidamente quando nossos olhares se encontraram, embora eu ainda conseguisse ver seu cabelo cacheado aparecendo por trás do batente da porta.

— Alexander, venha cumprimentar seu irmão, Theodore — disse nosso pai, e meus olhos se arregalaram diante da franqueza do comentário dele. O que foi mais estranho foi Alexander não parecer surpreso, e, em vez disso, entrar devagar e erguer a mão para mim.

— Oi.

— Olá — respondi.

— Você deve estar exausto da viagem. As criadas podem te preparar um banho e conversaremos mais tarde...

— Não quero atrapalhar.

— Você é meu filho. Como pode estar atrapalhando? — perguntou ele, acariciando os cabelos de Alexander antes de olhar para ele. — Ele está te atrapalhando?

Alexander balançou a cabeça em negativa.

— Agradeço a hospitalidade então. Eu não tomarei...

— Theodore, apenas vá tomar seu banho. Você não precisa ser tão formal aqui. Todos sabem quem você é e que esta também é sua casa.

— Obrigado, senhor, mas esta não é a minha casa.

Fui até a porta, onde o mordomo já me esperava. Não falei nada e permiti que ele me conduzisse. Só quando acreditei estar longe o bastante decidi fazer algumas perguntas.

— Diga-me, sr. Pierce, o que o senhor ouviu falar de mim? — perguntei, pois queria saber o que esperar.

— Apenas que o senhor é o filho de Vossa Senhoria e um grande médico em Londres.

— Grande é exagero — murmurei. — E decerto você sabe que *tipo* de filho eu sou?

— Que tipo é o senhor?

— O que não herdará nada, apesar de minha idade. Isso é vago demais, devo ser mais claro?

Ele riu.

— Não é necessário. Eu compreendo. No entanto, como disse antes, os desejos de Vossa Senhoria estão acima dos seus. E ele diz que o senhor é filho dele e deve ser tratado com o máximo de respeito aqui.

Mais uma vez, aquilo não fazia sentido para mim.

— Por que ele te instruiria assim se eu nunca vim aqui antes?

— Não sei, mestre Theodore. O senhor deve perguntar a ele. Somos apenas os criados dele — respondeu o mordomo, conduzindo-me pelo corredor.

— Decerto, em todo esse tempo trabalhando aqui, você deve ter ideia do que ele pensa?

— E decerto alguém tão sábio quanto o senhor sabe a resposta. Senão, talvez isto seja esclarecedor — respondeu ele, e abriu a porta que dava para o quarto de hóspedes. Mas não era um quarto de hóspedes de verdade. Ao entrar, reconheci várias das minhas coisas favoritas, do tipo de livros e artes que eu gostava e até mesmo a cor e estilo dos móveis. Como ele sabia? No entanto, nada atraiu mais minha atenção que a pintura acima da lareira. Aos poucos, aproximei-me dela, sem acreditar no que via.

— Mãe — sussurrei, encarando a pintura.

— Faz muito tempo que Vossa Senhoria espera pelo senhor, mestre Theodore — disse o sr. Pierce baixinho. — Muito tempo. Para ser franco, este não é um quarto de hóspedes, e sim o seu quarto.

— A senhora da casa não pode estar satisfeita com isso.

— Pelo contrário — respondeu ele, colocando a mão no bolso para pegar uma carta. — Vossa Senhoria deixou isto com o cocheiro, para ser entregue ao senhor.

Hesitei, mas peguei a carta.
— Obrigado.
— Imagine — disse ele, fechando a porta atrás de si.
Tentei me preparar antes de abrir a carta, mas jamais haveria preparação suficiente, então comecei a ler.

> *Querido Theodore,*
> *Sim, isto é bastante incomum, e sim, menti para você. Mas não pedirei perdão — foi pelo bem maior, seu e de seu pai. Ele sente muitíssimo sua falta e por vezes pergunta notícias de você a qualquer um que possa tê-las. Várias vezes eu disse a ele para simplesmente ir vê-lo, mas ele se recusa, trancando-se aqui em Wentwood. Ele não quer que você se sinta mais inquieto pela presença dele, e, como você sabe, muitos infortúnios aconteceram com ele em Londres — assim como com você.*
> *Eu sempre quis me desculpar com sua mãe. Não soube na época das atitudes de minha família, pois se soubesse jamais teria aceitado este casamento nem teria tanto ciúme dela. A culpa e a dor de tudo me fizeram evitá-lo, tanto quanto tenho certeza de que você quis me evitar. Há tanta história entre nós, e duvido que um dia sare de verdade.*
> *Faz tantos anos, e agora desejo algo melhor. Acima de tudo desejo alegria e felicidade para seu pai. Tentei muitas vezes ser uma fonte de conforto, mas não acho que será possível até que ele tenha feito as pazes com você. Então, até meu retorno, deixo ele e meu filho aos seus cuidados.*
> *Lady Whitmear*

Pela primeira vez desde que havia chegado, me sentei, completamente atordoado.

22

Theodore

— Entre — falei, ajustando minha camisa enquanto a porta se abria.

Pensei que seria uma criada ou o sr. Pierce, mas era Alexander. Para um garoto de onze anos, ele era bastante franzino. Embora, quando criança, eu também fosse assim, e só tivesse crescido bem mais tarde. Ele fechou a porta atrás de si, encarando-me de maneira intensa.

— Sim? Quer me dizer alguma coisa?

— Você é meu irmão.

— Meio-irmão, mas sim, sou. — Afastei-me do espelho e o encarei, percebendo seu punho fechado. — Isso te chateia tanto assim?

Ele cruzou os braços.

— Sim. Se você é meu irmão, por que nunca escreveu para mim? Nunca enviou um cartão ou presente no meu aniversário? Algo... qualquer coisa?

— Você me enviou alguma coisa? — questionei, divertido.

— Você é mais velho.

— E você é legítimo.

Ele suspirou profundamente, indo até a cama e caindo nela.

— Não entendo o que isso significa. Como uma pessoa pode ser ilegítima?

— Se nascer fora de um casamento, pode.

— E daí?

— A igreja não gosta.

— E daí? — repetiu ele, e desta vez dei uma risada enquanto ia até a lateral da cama.

— Você vai entender quando for mais velho.

— Já que você é mais velho, explique — exigiu ele.

— Nosso pai... não explicou para você?

Ele balançou a cabeça, e seus cachos balançaram junto.

— Não... não de verdade. Mamãe disse que papai teve outro filho, que ele era mais velho que eu, que seu nome era Theodore, e que ele não podia herdar a propriedade. Mas que eu não devia fazer perguntas sobre esse assunto ao papai porque ele ficaria muito triste. Só isso.

— Sim, de fato essa não é uma boa explicação.

E, considerando a idade dele, não consegui pensar em uma melhor.

— Então...?

Balancei a cabeça.

— Explicação nenhuma fará sentido até que você seja mais velho.

Ele não disse nada mais, apenas ficou sentado na beirada da cama, balançando os pés e me encarando.

— Sim? — perguntei.

— Você veio para ficar?

Eu não sabia o que aconteceria na minha vida. Mas tinha certeza de que não ficaria ali.

— Não. Estou aqui apenas para visitar por um dia ou dois.

Ele franziu a testa, e seus ombros caíram.

— Ah.

Eu não sabia o que dizer para ele, então permanecemos em um silêncio estranho, tanto que, quando ouvi uma batida na porta, praticamente gritei:

— Sim, entre!

Mas não era o mordomo. Era o meu pai. O olhar dele encontrou o meu e então voltou-se para Alexander.

— Não falei para você não vir perturbá-lo?

— Eu não perturbei, não é, Theo?

Theo?

— Não, ele não perturbou — respondi com sinceridade. Eu só não sabia o que fazer ou dizer.

— De qualquer forma, seu tutor o espera, Alexander. — Meu pai assentiu para que ele se retirasse.

Alexander suspirou pesadamente e se levantou da cama. Antes de alcançar a porta, ele se voltou para mim.

— Você vai cavalgar comigo amanhã?

— Se você quiser.

— Quero! — O sorriso voltou ao rosto dele enquanto saía.

Fiquei ali, com uma companhia ainda mais desconfortável.

— Se estiver pronto, venha comigo — foi tudo o que meu pai disse, também se retirando do quarto, e fiz o que ele ordenou.

Não tinha ideia de para onde estávamos indo, o que de fato não importava, pois a tensão seria a mesma. Mas confesso que minha curiosidade foi se aguçando enquanto ele me conduzia para os jardins, onde dois cavalos, um marrom e o outro branco, já esperavam. Ele se aproximou do primeiro cavalo, deixando o branco disponível.

— Você vai a algum lugar?

— Sim, nós vamos — afirmou ele, montando. — Tenho certeza de que você gostaria de descansar, mas isso não pode esperar.

O tom da voz dele estava um pouco mais sério do que quando ele me vira quando cheguei, então não discuti. Ele só esporou o cavalo, rápido, assim que montei.

O homem estava mesmo tão em forma quanto possível. A maioria dos homens da idade dele cavalgavam em Londres, mas não como ele fazia — como se tentassem escapar do mundo. Na verdade, ele cavalgava com tanto vigor que eu mal conseguia acompanhar. O vento que chicoteava meu rosto, minhas roupas e meu cabelo era frio. Ao meu redor, a paisagem passava como borrões verdes. Meu coração martelava tanto que eu o sentia em minha garganta. Mas quando comecei a me acostumar, não consegui conter o sorriso, desejando ir mais rápido, superá-lo. Cavalgamos pelo que pareceu apenas um piscar de olhos quando, de repente, passamos a trotar mais lentamente conforme nos aproximávamos de uma grande casa. Não era tão grande quanto Wentwood, mas o estilo neoclássico era bem similar, com um caminho exuberante e um jardim de rosas na frente. Mas o que mais impressionava eram suas grandes janelas.

— Esta é Glassden Hall. O terreno tem quatrocentos acres. Uma boa porção pode ser usada para cultivo e construção de casas. Tem aproximadamente cinquenta e um quartos e três jardins ao redor da propriedade, um dos quais com um adorável lago, embora eu ache a biblioteca seu atributo mais magnífico — disse ele enquanto eu me aproximava.

— É impressionante. — Assenti, sem saber por que ele me levara até ali, até ver que me encarava. Então me dei conta, pois não poderia haver outro motivo. — Não...

— Pertence a você, Theodore.

— Eu não vim por isso! — falei rapidamente, de repente me sentindo em pânico. Como ele esperava que eu aceitasse?

— Por que você veio então?

— Foi o que eu disse, sua esposa me falou que você estava muito doente...

— E você nem mesmo pensou em questioná-la, de tanto que queria fugir da dama que ama? De lady Verity Eagleman?

Paralisei, de olhos arregalados. Como ele poderia saber? Ele enfiou a mão no casaco e pegou uma carta.

— Junto a você, minha esposa me enviou uma carta.

— Isso foi muito inapropriado da parte dela. Principalmente se revelou o nome de Verity. E se alguém a lesse?

— Todos os criados aqui são leais a ela, e uma carta desse tipo só chegaria a quem ela quisesse. E você está ciente de que não negou o conteúdo? — disse ele.

Agarrei as rédeas com tanta força que o cavalo reclamou. Acalmando-o, tentei pensar no que dizer.

— Lady Verity Eagleman, como filha de um duque de Everely, virá com um grande dote. Presumo que seja pelo menos quarenta mil libras, senão mais..

— E por que isso me interessaria? — devolvi.

— Planejo deixar a você uma soma de cinquenta mil libras...

Eu ri. Ele enlouquecera. Talvez estivesse mesmo doente.

— Cinquenta mil libras e esta casa? E o que mais? Uma dúzia de cavalos? Uma carruagem de ouro? Para quê preciso de tais riquezas? Sou tão patético a ponto de você acreditar que preciso de tal caridade? Não pedi por nada disso!

— Você também não pediu para ser bastardo, e mesmo assim aceita isso como parte de sua vida! — exclamou ele.

— Porque isso não é algo que eu posso mudar, graças a você — devolvi, e, ao ver sua expressão, imediatamente tentei me acalmar. — Não quero culpá-lo pelas coisas do passado. Já faz tempo demais. Não tenho ódio de você, então não precisa tentar consertar...

— Você acha que faço isso porque quero seu perdão? — Ele riu. — Acha que sou motivado por culpa?

— Então você nega?

— Nego. Theodore, faço isso porque você é meu filho. A forma como o mundo quer marcá-lo é problema dele. O meu problema é o seu bem-estar. Sinto muito pelos problemas que você teve na vida, pelos problemas que sempre terá por causa de minhas falhas, mas isso não muda o carinho que tenho por você. Do mesmo jeito que me empenhei para trazer ordem para a sua vida, também procuro fazer o mesmo por Alexander. Pois é o dever de um homem cuidar de sua família e de seus filhos. Você acha mesmo que eu o deixaria de mãos abanando neste mundo?

Inspirei fundo.

— Obrigado por seu cuidado, mas não preciso de tudo isso...

— Acha que é só para você? — interrompeu ele. — Você não vai se casar? Ter seus próprios filhos? Acha que conseguirá manter uma mulher como lady Verity em sua pequena hospedaria?

— Não posso tê-la! Nem *dama* alguma, na verdade.

— Você não teria vindo se esconder aqui se já não tivesse estabelecido algum tipo de relacionamento com ela.

— Eu... é... — Me atrapalhei com minhas palavras.

Droga!

— Então é recíproco?

— O que importa? Não posso me casar com ela.

— Você tentou?

— Por que está me torturando assim? Sabe tanto quanto eu que nobre algum, e certamente não o irmão dela, me daria a mão dela.

— Então você não tentou — disse ele baixinho. — Presumiu, aceitou a derrota e fugiu, assim como eu e sua mãe.

— O quê?

Ele inspirou e balançou a cabeça.

— O erro que sua mãe e eu cometemos foi não lutar mais. Ela temia ir contra um grande lorde, temia o problema que causaria à família dela e a mim, então ela fugiu. E eu não a segui. Apesar do amor que tínhamos um pelo outro, não ousamos lutar até o fim. E custou muito a todos nós. Eu me arrependo. Várias vezes, eu quis voltar no tempo e mudar meu caminho. Mas não posso, então sou agora o melhor homem que posso ser para a família que tenho. Não quero que você cometa o mesmo erro.

Abaixei a cabeça.

— Foi diferente para você. Você ia se tornar marquês...

— Se você lutar apesar da sua situação, qual é a pior coisa que pode acontecer? Pretendentes são livres para tentar a mão de uma dama. Você não está cometendo crime algum. — Ele pousou a mão no meu ombro. — Se a família dela o rejeitar, trabalhe para fazê-los mudar de ideia.

Certamente não.

— É por isso que você quis me deixar tal fortuna e casa?

— Eu as deixarei para você independentemente de com quem escolher se casar. — Ele sorriu. — Entre, dê uma olhada e imagine a vida que você poderia ter aqui. Veja com afinco, e então lute por ela. Juro para você que, seja qual for o resultado, não vai trazer mais arrependimento do que não ter lutado.

Ele foi embora, e eu encarei a casa por vários minutos antes de enfim descer do cavalo e amarrá-lo na entrada. O primeiro cheiro que senti enquanto subia o caminho foi o de rosas. Inclinando-me, estendi a mão para tocar as pétalas, e então ouvi a voz dela.

Elas precisarão de muito cuidado, mas não é assim com todas as coisas?

Verity apareceu ao meu lado, inclinando-se para cheirá-las. Eu sabia que ela não estava ali de verdade, mas imaginei que estivesse, e isso me fez sorrir.

Entrando na casa, eu a vi por toda a parte.

O pianoforte deve ficar nesta sala, disse ela, apontando e examinando cada canto com alegria. *E se colocarmos uma mesa aqui, poderemos aproveitar a vista durante as refeições. Café da manhã ao nascer do sol e jantar ao crepúsculo.*

— É cedo demais comer a essa hora — sussurrei para mim mesmo.

Verdade, mas ainda assim, amo essas janelas! Ela riu, e continuei a imaginá-la ali e o tipo de vida que poderíamos construir.

Subindo a escada, examinei um cômodo após o outro até encontrar o maior. Lá, eu a imaginei sentada à penteadeira, apenas de camisola, o cabelo solto, os pés descalços batendo no chão.

Meu querido...

Não, mesmo se fôssemos casados, ela não me chamaria assim.

Theodore, você vem se deitar? Sei que seus pacientes importam muito, mas você precisa descansar. De que adianta um médico doente?, exigiria ela, aproximando-se e me ajudando a tirar o casaco, e eu, tão grato por ela estar comigo, a beijaria.

Eu a ergueria em meus braços, a levaria até a cama, e faria amor com ela até que o sol nascesse na manhã seguinte, e mesmo então eu não desejaria libertar seu corpo nu de meus braços.

— Isso é loucura — murmurei enquanto via a vida que eu desejava mais claramente que qualquer coisa neste mundo.

Na verdade, quanto mais eu via, mais eu desejava que não fosse só um sonho.

Ao sair da casa, continuava imaginando nossa vida ali, mas era mesmo possível? Foi o que ponderei enquanto cavalgava de volta a Wentwood.

— Bem-vindo de volta, senhor — disse o lacaio, pegando o cavalo.

Assenti antes de entrar na casa principal. Bem quando eu passava pela entrada, vi meu pai sair de seu escritório.

— Você voltou... decidiu alguma coisa? — perguntou ele.

Fiz que sim.

— Não sei se será possível, mas não quero desistir sem tentar... Voltarei a Londres e falarei com ela.

— Você não poderia ter tido essa revelação enquanto ainda estava *em* Londres? — resmungou uma voz familiar. Meu pai deu um passo para o lado e revelou Henry, ainda segurando o chapéu. — Agora me sinto tolo de ter vindo até aqui para tentar enfiar algum juízo na sua cabeça.

— Henry? — Eu não consegui acreditar, não depois da nossa discussão. Eu não tinha sido gentil com ele. — Você me seguiu? Mesmo depois de tudo o que eu disse?

— Não de imediato, pois ainda estava bem chateado com você, mas parti na manhã seguinte, depois de considerar quantos socos aplacariam minha raiva. — Ele sorriu, erguendo o punho. — Decidi que serão dois.

Sorrindo também, assenti.
— Justo. Será no meu olho direito ou esquerdo primeiro?
Ele deu uma risadinha e abaixou os braços.
— Mais tarde, pois temos coisas mais importantes a discutir.
— Estão todos bem? — Com todos, eu quis dizer ela.
— Antes de partir, fui dizer a... *eles* que eu estava vindo e fiquei sabendo que lady Verity estava saindo de Londres. Ela está voltando para a propriedade do irmão. Pode ser que já esteja lá.
— Essa é uma jornada mais curta — disse meu pai, ainda nos observando. — Três dias a cavalo. Você pode sair amanhã...
— Não, irei agora...
— Você não comeu nem dormiu. Não pode ir agora. Venha, jovem Henry, conte-me sobre seu tempo em Londres com o meu filho.
Henry sorriu.
— Sim, milorde, pois há muito a contar.
Que Deus me ajude.
E, Verity, por favor, espere por mim.

23

Verity

— Verity? Abrindo os olhos, olhei para a mulher que era considerada a mais linda do país, minha cunhada, lady Afrodite Du Bell, agora Eagleman. Ela estava vestida de vermelho à luz do sol, e o anel de luz ao seu redor se parecia com um halo.

— Perdoe-me, mas você está aqui fora há tanto tempo que pensei em vir ver como está — disse ela enquanto se sentava ao meu lado, sobre um cobertor à margem da corrente de água.

— Há quanto tempo estou aqui fora? — perguntei, ainda sem vontade de me levantar.

— Bem mais de uma hora, quase duas. Pensei que talvez você tivesse adormecido.

Quem dera.

— Não se preocupe. Isso é bem normal para mim. Posso passar o dia passeando em algum canto da propriedade. Aqui é tão melhor que Londres. — Tornei a abrir os olhos por causa do silêncio dela e me sentei rapidamente, conferindo se eu a ofendera. — Eu não tive intenção de ofender sua família. Estou falando de não ter que me preocupar com bailes e coisas assim.

Ela riu e assentiu.

— Entendo. Eu também passei muitos anos passeando na propriedade da minha família. É tranquilo e nos permite pensar.

— Exatamente. — E eu tinha tanto o que pensar, não que ela soubesse. Fazia alguns dias que tinha retornado a Everely. A forma como minha temporada em Londres terminara ainda era incrivelmente dolorosa para mim, e enquanto eu tentava não pensar nisso, foquei no drama que acontecia em Everely. — Está gostando daqui, Afrodite?

— Antes de responder, eu gostaria que você me chamasse de Odite, ou Dite.

— Mas Evander nunca te chama assim.

— Ele chama às vezes, mas prefere... — Ela sorriu, olhando para os cisnes enquanto balançava a cabeça. — Esqueça. Hum, respondendo sua perguntar, sim, estou gostando. Mas preciso admitir que estou desesperadamente tentando ser uma boa senhora aqui. E também uma boa mãe para a pequena Emeline. Minha mãe faz parecer ser tão fácil administrar uma casa e uma família, você mesma a viu em ação.

Eu não conseguia imaginar como era ser da família dela, que era tão tumultuosa comparada com Everely. Nem a filha do meu irmão, Emeline, fazia tanto barulho.

— Sim, sua mãe é uma capitã e tanto. Mas ela também é muito gentil com os criados. Ela sempre os agradece pelo trabalho. Ela chama todos pelo primeiro nome, o que achei estranho, mas também comecei a fazer.

— Mamãe diz que quem tem bons criados precisa vê-los como uma extensão da família.

Mais um exemplo da diferença na criação dela e da minha.

— Meu pai acreditava que precisava haver uma clara distinção na posição social. Criados eram criados, e não precisavam falar a não ser que a palavra fosse dirigida a eles. — Era também esse o motivo deles me ignorarem quando eu era criança, mesmo quando eu era amigável. Eles temiam que meu pai ouvisse e os punisse.

— Com todo o respeito, acredito que seu pai era um hipócrita — murmurou ela, claramente irritada.

— Ele era quase a manifestação física de "faça o que eu digo, não faça o que eu faço". Olhe a bagunça que ele deixou com Fitzwilliam.

Suspiramos. Meu irmão andava tenso e irritado, mas eu sabia que não era por culpa de Afrodite, pois aos olhos dele ela não fazia nada de errado. Eu só havia visto comportamento semelhante quando se tratava de uma única pessoa: nosso meio-irmão.

— Evander não fala muito do assunto, mas é claro que Fitzwilliam o afeta muito.

— Ele afetou a propriedade inteira, pois eu nunca tinha visto guardas aqui antes. — Não lacaios, mas guardas de verdade. Para ilustrar meu ponto, um deles caminhava do outro lado da corrente, e ao nos ver, fez uma reverência antes de continuar a observar os arredores.

— Evander insiste em tê-los. Mas, apesar de tudo o que sei sobre esse Fitzwilliam, não acredito que um irmão gostaria mesmo de ferir o outro.

Sim, porque os irmãos dela a amavam muito.

— O primeiro assassinato não aconteceu entre irmãos na Bíblia?

O franzir na testa dela ficou mais profundo.

— Sim. Suponho que isso faz de mim muito inocente.

— Do que vocês duas tanto conversam?

Nós nos viramos para ver meu irmão descendo a colina, e o sorriso retornou ao rosto dela enquanto se levantava em um único movimento, indo até ele.

— Ficou com tanto ciúme, irmão, que resolveu vir aqui interromper? — perguntei, sem me dar ao trabalho de me levantar.

— Não. Temi que suas histórias fossem sobre mim — disse ele, estendendo a mão para pegar a da esposa, apertando-a.

— Nem toda conversa é sobre você, irmão. Odite e eu falávamos da minha temporada em Londres, como tive a coragem de me apaixonar com todas as minhas forças por um jovem lindo, para em seguida ser abandonada de coração partido. Ah, o desespero. Como meu coração sofre.

Chocada, Afrodite ergueu as sobrancelhas. Ela acreditava em mim. Mas Evander revirou os olhos.

— Não ligue para ela. É de histórias assim que eu estava falando. Você não sabe, mas na verdade ela é escritora.

— Não sou.

— Acredito que existam vários diários provando o contrário.

— Sério? — Afrodite sorriu. — Posso ler alguns?

— Você teria mais chances de encontrar uma agulha em um palheiro — provocou Evander. — Ela proibiu todos nós de ao menos olhar para seus trabalhos. Ela poderia ser lady Elizabeth Cary ou Aphra Behn, e nós jamais saberíamos.

— Você não poderia ter escolhido exemplos melhores? — Afrodite fez uma careta, olhando para mim. — Elas não tiveram um bom destino.

Ele pensou por um momento e disse:

— Lady Margaret Cavendish, então?

— Ela se casou com um homem trinta anos mais velho e estéril — adicionei, só para ver o desconforto no rosto dele.

— Vou me abster de falar antes que eu seja enterrado. — O franzido na testa dele fez Afrodite e eu rirmos.

— Nós o libertaremos desse assunto. Está indo para algum lugar? — perguntei quando percebi que ele estava finamente vestido.

— Sim, e quero a companhia de minha esposa agora, se você não se importar.

— Eu me importo.

— Você vai sobreviver — disse ele, e Afrodite me ofereceu um pequeno sorriso antes de seguir de braços dados com ele. Claramente ela sabia para onde eles estavam indo, pela forma como conversavam.

Só quando eles passaram a ser apenas pontos ao longe, tirei de dentro da cesta meu diário, tinta e pena.

9 de junho de 1813

*Rápido, rápido, o mundo se movia, e
apenas em meus sonhos ele me beijava.
A sensação do luar nas correntes ondulando.
Até hoje, paralisante.*

Parei, sem saber o que mais dizer. Eu tinha desejado voltar para Everely na esperança de escapar do meu coração partido em Londres. Que tolice a minha pensar que eu poderia deixar partes de mim para trás. Aqui, eu não era soterrada de perguntas ou olhares. No entanto, nessa calmaria, minha mente estava cheia dele.

Ele havia mesmo ido visitar o pai doente? Pelas nossas conversas, ele jamais pareceu inclinado a ver o homem outra vez. Para onde ele havia ido então? Ele voltaria para Londres? Eu o veria outra vez?

Era tudo muito injusto.

Eu não conseguia dormir à noite, e não conseguia aproveitar o dia porque ele dominava meus pensamentos.

Para começo de conversa, mal sabia como eu me apaixonara. Não deveria ter algum tipo de sinal ou aviso claro no começo? Mas era como se eu estivesse olhando para ele em um momento, e no seguinte já desejava desesperadamente estar ao lado dele.

Acontecera rápido demais.

Mas, também, que tipo de queda acontece devagar?

Theodore

Eu tinha enlouquecido.

Era a única explicação para eu estar viajando pelo país sem planos nem pensamentos. O nome dessa loucura era Verity. Se tivessem me falado que ela estava na França, eu teria embarcado no primeiro navio.

— Gostaria de jantar, doutor? — perguntou a sra. Stoneshire, a senhoria do Três Javalis Bar & Hospedaria, enquanto eu descia a escada. Eu havia chegado em Allerton, a cidade mais perto da Casa Everely, na noite anterior. Era tão tarde que temera ser necessário acordar a dona da hospedaria para conseguir abrigo. No entanto, como se ela estivesse me esperando, saiu correndo e perguntou seu precisava de um quarto, exigindo uma quantia expressiva para uma vilazinha como aquela.

— Sim, seria bom — falei. Assim, eu teria tempo para pensar em uma estratégia. Não tão simplesmente ir chegando e entrar na casa de um duque, mesmo que tivéssemos sido apresentados anteriormente.

O olhar dela era lascivo, como um gato olhando para um rato.

— Agora mesmo, doutor. Adicionarei a taxa ao seu quarto.

— Já não está inclusa?

Que hospedaria não fornecia comida para os hóspedes?

— Talvez em Londres, mas não aqui. — Ela limpou as mãos no avental e se retirou.

Balançando a cabeça, sentei-me em uma das mesas.

— Ela arrancará até seu último centavo, meu amigo. — Um homem da minha idade, ou mais novo, de rosto sardento, cabelos escuros e olhos verdes riu de mim, sentado na mesa diante da minha, segurando um grande copo que só pude imaginar ser de vinho. — Rosemary Stoneshire não é misericordiosa com quem tem dinheiro.

— E o que o faz acreditar que tenho dinheiro? — Na verdade, ele não parecia nem um pouco bem-sucedido.

— Quem você acha que está enganando? — Ele riu, me olhando de cima a baixo. — Tudo a seu respeito diz bem-nascido, da qualidade de sua veste e casaco até a forma como você fala, além do cavalo branco caro que você tem lá fora — só a sela deve ter custado cinquenta libras.

Merda.
Para sair rápido de Wentwood, eu concordara em pegar Etheria, um dos cavalos mais preciosos de meu pai.

— A qual grande família o senhor pertence, *milorde?* — perguntou ele, tomando o que sobrara no copo.

— Não sou lorde — falei enquanto ele se aproximava e se sentava diante de mim. — Sou apenas um médico, e é por isso que, pela cor das suas bochechas, posso dizer que você está bêbado.

— Um médico? — Ele soluçou, me analisando. — Se tem profissão, você é o segundo ou terceiro filho? Não herdará nenhuma terra, mas a família é abastada?

Apesar de bêbado, ele era astuto ao ler pessoas.

— É seu hábito interrogar as pessoas assim que as conhece... senhor...

— Sr. Humphries. Sou Simon Humphries. — Ele inspirou, e eu o analisei para garantir que não vomitaria. Por sorte, ele apenas arrotou. — Acredite ou não, sou o fi-filho do magistrado local. Perdoe-me. Interrogar é o trabalho do meu pai, mas fiquei curioso depois de ver o cavalo. Quanto quer por ele?

— Não está à venda, e você não está bem — falei, estendendo a mão para sentir seu pulso.

— Solte-me! — gritou ele enquanto tentava puxar o braço de volta, mas em vez disso segurou a barriga, gemendo.

— Ah, pelo amor de Judas, de novo não! — gritou a sra. Stoneshire ao voltar com minha refeição. Com raiva, ela a jogou na mesa e se virou para gritar: — John! É Simon!

Ficando de pé, fui até a lateral dele e o segurei antes que ele se ajoelhasse. O corpo dele queimava.

— Maldito bêbado! Vem aqui e bebe o dia inteiro, perturbando meus clientes. Não posso fazer nada por conta do pai dele. Juro, se ele arruinar meu piso outra vez, vou acabar com ele — resmungou ela enquanto eu o examinava. Ele tinha urticária no pescoço e estava com dificuldade de respirar.

— Precisamos levá-lo para casa.

— Não se preocupe com ele, doutor. É sempre assim — disse a sra. Stoneshire enquanto um homem grande e forte, uma cabeça mais alto que eu, agarrou-o pelo braço com facilidade.

— John, suponho? — perguntei.

— É, John leva todos os párias para casa se eles não pagam para ficar. Aproveite seu almoço...

— Vou com você. Espere um minuto — falei enquanto me dirigia para as escadas.

— E seu almoço?

— Depois!

— Vai ter um preço!

Nem um pouco de simpatia, mas eu não me importava. Entrei no meu quarto e peguei minha maleta médica. Eu tinha certeza de que não era sério, mas não faria mal conferir. Quando voltei para o andar inferior, o homem havia desmaiado sob o olhar furioso da sra. Stoneshire.

— Não é longe — disse John, e eu assenti para que ele mostrasse o caminho.

— Precisa de ajuda com ele?

— Está tudo bem, doutor. Além disso, acho que ele não poderia pagar por seus serviços, e arruinaria suas roupas. — John riu.

Não falei nada, ficando de olho na condição de Simon enquanto também olhava ao redor. Eu sabia que havia pouca chance de encontrar Verity por ali. Apesar disso, eu conferia.

Levamos dez minutos até nos vermos diante de uma casa de paredes brancas, a mais bonita da cidade. E os criados pareceram bem familiarizados com John, pois apenas sinalizaram para que ele entrasse pelos fundos.

— Vá informar o magistrado — disse uma criada para a outra enquanto entrávamos na cozinha.

— Ele está acompanhado...

— Mesmo assim, ele vai querer saber — disse ela, erguendo as saias. Foi então que me viu. — Quem é você?

— Sou o dr. Darrington. Encontrei Simon na hospedaria. Precisamos levá-lo para a cama.

— Por aqui, por favor — disse ela, o tom mudando depois de me olhar de cima a baixo.

Costumava ser assim. Os criados sempre me viam como superior a eles, enquanto os empregadores me viam como inferior quando descobriam minha verdadeira posição na sociedade. Ignorando todos, eu os segui até o quarto de Simon.

— Você pode voltar, John. Obrigada — disse a criada seriamente após ele colocar o homem na cama.

Ele nem hesitou com o tom dela.

— Dr. Darrington, não acho que seus serviços serão necessários...

— Estou ciente de que esta é uma ocorrência comum. Mas pretendo examiná-lo, pois os sintomas são piores do que os de um bêbado normal — respondi, abrindo suas roupas. Havia calombos em sua clavícula também. — Diga-me, ele costuma ficar corado assim?

— Só depois de beber.

— E as urticárias em seu peito? — perguntei.

— Não sei, doutor. Por quê?

Pressionei a barriga dele, e ele gemeu, mesmo dormindo. Pressionei seu pescoço, mas não havia calombos ali, nem sob seus braços.

— Quem é você, e o que é que está fazendo com o meu filho? — questionou o homem à porta.

— Sr. Humphries, este é o dr. Darrington. Ele veio com o seu filho...

— Se ele estava andando com o meu filho, não pode ser um bom médico! — gritou ele.

— Eu o conheci agora, sr. Humphries, pois acabei de chegar de Londres — falei para ele, mas a carranca em seu rosto permaneceu enquanto encarava o filho.

— Mesmo assim, seus talentos são um desperdício para esse tolo. E também o custo de seus serviços, então tenha um bom dia...

— Acredito que seu filho precisa de assistência médica.

— Ele precisa de senso e autocontrole. Infelizmente, isso não pode ser comprado, porque, se pudesse, eu teria gastado uma fortuna para adquirir para ele.

Ele foi rápido em responder, mas não estava me ouvindo de verdade. E eu não podia forçá-lo a aceitar minha ajuda. Então peguei minha maleta. No entanto, antes de me despedir, ouvi um barulho alto abaixo de nós, seguido por uma voz retumbante gritando:

— Você e sua mãe são iguaizinhos! Porcos vis e glutões, usando as pessoas como escadas para subir na vida!

Arregalei os olhos, pois conhecia aquela voz.

— Por Deus, quem é? — O magistrado correu para a porta, e eu também. A fonte da comoção estava ficando ainda mais alta.

— Peguei o que era meu *por direito*!

— Sou o primôg...

— *Você é um bastardo!* O filho da filha do açougueiro! Não tem direito a Everely. Não tem direito à nobreza! Não o aceitaremos. Receberam muito mais do que mereciam!

Chegando à escada, paralisei. Era ele, Evander Eagleman, irmão de Verity, e embora suas palavras não fossem para mim, atingiram-me com tanta força que minha mente ficou em branco. O medo me atingiu, assim como a vontade de fugir, pois ele pensaria o mesmo de mim, é claro.

Só me recompus quando Evander apareceu no corredor e olhou para mim. Ele também parecia atordoado.

Sem saber o que dizer, reparei em sua mão e disse:

— O senhor precisa enfaixar essa mão, Vossa Graça.

Ele me ignorou e olhou para o resto de sua companhia, que o incentivava a ir embora, e enquanto ele ia, percebi que aquela era *a minha chance*.

Eu o segui.

— Sim? — perguntou ele.

— Vossa Graça precisa de tratamento. Onde mais foi atingido? — perguntei.

— Estou bem, obrigado — insistiu ele.

— Doutor! — uma criada chamou. — O sr. Topwells vai precisar de sua ajuda, quando terminar com o duque.

— Estou bem. Tenha um bom dia — disse Evander com raiva enquanto ia até a carruagem.

Merda!

— Sr. Topwells, o senhor está bem? — gritou a criada.

Virei-me para ver o homem ensanguentado e furioso olhando com raiva para a porta. Ele, Fitzwilliam, também era irmão de Verity.

— Estou perfeitamente bem. — Ele fez uma careta para ela.

— O senhor está sangrando — falei para ele, aproximando-me. Ele me olhou de cima a baixo e me dispensou.

— Estou bem. Não preciso de ajuda...

— Vejo que você e seu irmão compartilham uma opinião semelhante quando se trata de médicos — falei, gesticulando para que ele se sentasse.

— Não o chame de meu irmão. Ele é... Por que é que estou falando com você? — O homem fez uma careta e me afastou do caminho enquanto também se retirava.

Pensei em voltar para a hospedaria, mas não podia deixar a chance passar. Não seria tão estranho se eu aparecesse em Everely naquele momento, mesmo que só para vê-la brevemente.

24

Verity

Eu não conseguia acreditar no que estava vendo. Estava voltando para casa quando o vi — ou vi o que pensei ser uma invenção da minha imaginação, em um cavalo branco, chegando na nossa propriedade. Eu quase corri para me esconder atrás de uma árvore. Enquanto eu o observava se aproximar, o pânico encheu meu peito, e eu o segui a distância, sem saber o que estava acontecendo. As criadas comentavam que meu irmão se envolvera em algum tipo de briga. Mas, decerto, Theodore não poderia estar ali, em Everely, apenas por meu irmão.

— Verity? O que você está fazendo? — perguntou Afrodite, vindo pelo corredor.

— Meus olhos estão me enganando ou o dr. Darrington está aqui? — enfim consegui perguntar.

— Sim, está.

Ah. *Ah*.

— Ele está mesmo aqui?

— Sim.

Eu não sabia o que fazer ou pensar, então dei as costas para ela e segui pelo outro caminho.

— O que ele está fazendo aqui? — murmurei para mim mesma. Ele estava ali por minha causa, certo? Pensar isso era muita presunção? Havia a possibilidade de que estivesse ali a trabalho, mas tão cedo depois de me deixar sem nada dizer? Aquilo não era crueldade dele? Talvez ele não soubesse que eu estava ali.

Virei-me mais uma vez, mas não me obriguei a voltar para perguntar diretamente. Em vez disso, torci as mãos, nervosa. O que eu deveria fazer? Eu não tinha ideia do que fazer.

Você não precisa pressionar nem se esforçar. Isso está aquém de você. As palavras da marquesa vieram à minha mente. E como eu não tinha um plano melhor, me afastei.

Ele que tinha me deixado.

Se ele quisesse falar comigo, iria me procurar. E se não quisesse falar comigo, eu me resignaria a odiá-lo por toda a eternidade e agradecer aos céus por não ter feito mais papel de tola.

— É isso — falei, erguendo a cabeça. Então pensei: e se ele estivesse me procurando, mas havia se perdido dentro da casa? Everely era tão grande. — Ugh, perdi minha cabeça completamente.

— Então não sou o único?

Dei um pulo e me virei, dando de cara com ele, as mãos nas costas, um sorriso suave nos lábios. Agora sim, aquilo *era* um sonho. Ele estava logo atrás de mim, no meio do corredor, enquanto eu pensava no que fazer. Era cedo demais. Eu ainda não havia assimilado a reviravolta, e ele não tivera que procurar por mim!

— Eu sei...

Dei as costas, como se ele não estivesse ali, e segui pelo corredor.

— Me perdoe! — gritou ele, e quase tropecei.

— Fale baixo! — Me virei para sussurrar. — As criadas vão ouvir.

— Não me importo com quem vai ver ou ouvir. Estou aqui por você. Para implorar pela sua...

Corri para ele, cobrindo sua boca com a mão, ainda olhando para o corredor. Por sorte, meu irmão causara uma comoção, e não havia ninguém ali, mas isso poderia mudar a qualquer momento.

— Verity. — Senti seus lábios vibrarem contra a palma de minha mão e a sensação desencadeou algo em mim que eu não conseguia descrever.

— Shh! — Agarrei o braço dele e o puxei para o quarto de hóspedes mais próximo, fechando a porta rapidamente. — Como você pode dizer essas coisas em voz alta? E se...

Ele enrolou os braços ao meu redor e me abraçou. Desejei fechar os olhos e o abraçar de volta. Mas, em vez disso, empurrei-o com o máximo de força que consegui.

— Você se excede, doutor! — gritei para ele. — Não tem decência?

— Me perdoe...

— Não! — Meus pensamentos desapareceram. Só havia fúria. — Eu não o perdoo. Eu não vou abraçá-lo, e não desejo vê-lo. Você não deveria ter vindo!

Ele franziu a testa e me encarou, mas me afastei, respirando pelo nariz.

— Está falando sério?

— Sim. — *Não*.

— Está bem, então — murmurou ele, indo até a porta, e eu devia tê-lo deixado ir, mas, em vez disso, explodi.

— Como é que você teve coragem de me deixar? — Minha voz falhou, mas engoli a dor, ainda sem conseguir olhar para ele. — Eu estava com medo, confusa e... você desapareceu sem dizer nada.

— Você não recebeu minha carta?

— Que carta? — Voltei-me para ele. — Aquela que você escreveu para o marquês?

— Não, eu escrevi para você. Eu sabia que não poderia enviá-la para a propriedade Du Bell, pois lady Monthermer decerto lê toda a correspondência. Então eu a deixei com lady Whitmear. Ela disse que convidaria vocês todas para o chá e a entregaria discretamente. Ela não fez isso? — questionou ele, de sobrancelha franzida.

Pensei naquele dia.

— Fomos convidadas, mas... eu passei mal e não fui à reunião. Depois, parti apressada com Damon e Silva, pois eles queriam voltar para sua propriedade no campo.

— Ah. — Ele riu e olhou para os pés.

— O quê?

— Nada... é uma carta... bem longa.

— O que dizia?

— Não importa.

— Então ainda não seria um bom motivo para você ter partido como fez. Sei que nossa conexão foi breve...

— O que isso quer dizer? Breve como?

Abri a boca, mas as palavras não saíram. Outra vez, eu não queria olhar para ele. Levei tempo demais para responder, e ele deixava tudo pior ao esperar. Na verdade, o olhar fixo dele me deixou com raiva.

— Não sou tão inocente a ponto de não saber que... cavalheiros... homens às vezes ficam apaixonados e depois perdem o interesse...

— Você acha que meus sentimentos são tão frágeis assim? — Agora ele estava com raiva de mim.

— Estou escolhendo não pensar nos seus sentimentos, já que você não pensa nos meus.

— Você é tudo o que me consome — declarou ele, de olhos arregalados. — Deixei Londres por medo do que poderia acontecer com você...

— Eu não pedi que você fizesse isso.

— Verity, a situação era precária...

— Mas você nem deixou a poeira abaixar antes de ir embora. E se tivéssemos sido expostos? Esperei por essa notícia, esperei que toda a sociedade me chamasse de rameira, que lady Monthermer ficasse horrorizada e em choque pelo meu comportamento. Eu não dormi nem comi. Apenas esperei, aterrorizada, pelo que viria. Mas sabe o que nunca passou por minha mente? Arrependimento. Não me arrependi de pegar sua mão naquele dia. Apenas desejei que não tivéssemos sido pegos. Eu estava preparada para dizer isso para todos. Estava preparada para encarar a punição... E você, você já havia me deixado.

— Me perdoe — implorou ele.

— Não devemos ser pegos mais uma vez, dr. Darrington. Tenha um bom dia — falei, passando por ele e indo até a porta.

— Verity, eu vim até aqui por você, e não vou embora até que seja minha esposa.

— Então sugiro que você compre terras, pois precisará de algum lugar para esperar pelo resto de seus dias.

— Está bem — disse ele, a voz me impedindo de me afastar. — Se você deseja que eu more aqui, vou morar. Farei o que você quiser, exceto me ausentar outra vez.

Ouvi os passos dele atrás de mim. Ele estava tão perto que prendi a respiração.

— Verity, são milhares as palavras que eu poderia usar para descrever meus sentimentos por você. Sonho com você dia e noite. Você é tudo para mim — sussurrou, a mão em minha cintura enquanto me virava para encará-lo. — Vim aqui porque nada neste mundo é maior do que meu desejo por você. Estou preparado para lutar com qualquer um que fique no meu caminho, até meu último suspiro.

Engoli em seco, incapaz de tirar meu olhar do dele.

— Diga, diga que me aceitará, e eu irei até seu irmão agora...

— Meu irmão te mataria — sussurrei.

— Não me importo. Não quero que nos escondamos, com medo de sermos descobertos. Não quero ficar sozinho em uma sala com você, lutando para me controlar. Desejo que nos amemos abertamente.

— E os meus desejos?

— Diga.

— Não posso.

— Por quê?

— Estou com raiva de você.

— Muito bem, fique com raiva então — respondeu ele enquanto se afastava de mim. — Como eu disse, farei o que você quiser. Continuarei a amá-la e esperar. Se precisar de mim, chame. Estou na Hospedaria Três Javalis.

Rapidamente, deixei o quarto, e só então consegui respirar. Se eu tivesse ficado por mais um momento, teria beijado ele.

Ah, como eu o teria beijado, e ali, naquele quarto, teria quebrado todas as regras. Outra vez.

Theodore

Em Londres, quando fomos pegos, pareceu certo fugir. Tive a impressão de que agindo assim eu a estaria protegendo, mas por fim percebi que, egoisticamente, só queria me proteger. Ela estava certa. E se as pessoas tivessem descoberto? Ela estaria sozinha para enfrentá-los. E quem acreditaria na palavra de uma mulher que os outros acreditavam estar manchada? Ninguém, fosse ou não uma grande dama.

— Dr. Darrington.

Era Afrodite, que descia a escada de mãos dadas com uma menina.

— Vossa Graça. — Fiz uma reverência.

— Eu gostaria de agradecê-lo por seu cuidado. O senhor sempre está por perto quando meu marido mais precisa. Estamos em dívida com o senhor — disse ela com um sorriso.

— Não, Vossa Graça, não há dívida. Recebi por meus serviços — falei.

— Foi uma figura de linguagem, mas eu entendo. — Ela riu. — Posso perguntar o que o traz aqui?

Eu não queria mentir, não quando desejava um dia proclamar orgulhosamente a verdade, mas aquele não era o momento.

— Assuntos pessoais — foi tudo o que eu disse.

— Ah, bem... estamos gratos por tê-lo conosco. — Ela parecia não saber o que dizer em seguida.

— Obrigado, Vossa Graça. Cuidei das feridas do duque, e agora ele está descansando. Voltarei amanhã para vê-lo. Boa noite. — Assenti para ela e para a filha do duque e me dirigi à saída.

Um lacaio já trouxera meu cavalo. Montando, olhei para a casa, e, de uma das janelas, Verity me encarava. Mas eu não consegui ler a expressão no rosto dela.

Naquele dia eu tinha tido uma vitória e uma derrota.

Eu tinha conseguido vê-la, mas ela estava muito chateada comigo, o que me deixou mais determinado a reconquistar seu sorriso. Puxando as rédeas, deixei a propriedade, mas não iria deixá-la, e falava sério.

Eu não fugiria.

Durante todo o caminho para a hospedaria tentei pensar em um plano, mas minhas possibilidades eram limitadas. Eu não podia levar flores ou suplicar diariamente. A oportunidade daquele dia por si só havia sido um milagre, e eu tinha que esperar por Verity.

25

Verity

Com um sobressalto, acordei e encontrei o sol alto e o livro que eu havia levado comigo ao meu lado, sob minha árvore favorita, enraizada em um campo baixo de verônicas azuis. Elas eram chamadas de ervas daninhas, mas para mim eram lindas flores azuis. Aquela área costumava ficar abandonada, por ser muito longe de casa. Até o poço próximo estava seco, mas ali eu encontrava paz. No entanto, não pensei que a paz provocasse tais sonhos. Ergui minhas mãos para tocar meu pescoço e rosto, que estavam queimando.

— Verity?

Aquela voz. Por que aquela voz estava por toda a parte?

Ergui o olhar, e se aproximando de mim pela grama, o cavalo deixado ao lado de uma árvore, estava ninguém menos que o homem dos meus sonhos. Ou eu ainda estava sonhando?

Ele se ajoelhou diante de mim, os olhos cheios de preocupação.

— Você está bem?

— Você está mesmo aqui?

— E onde eu poderia estar?

Eu ainda não sabia, então me sentei e me inclinei à frente, aproximando meu rosto e meus lábios dos dele. Pouco antes que se tocassem, ele pousou a mão no meu ombro e me parou.

— Isso significa que você não está mais com raiva de mim? — sussurrou ele.

— O quê? — falei baixinho, olhando para o rosto dele e piscando, quando me dei conta. — Não estou sonhando?

— Você costuma sonhar comigo? — Ele sorriu.

Sentei-me rapidamente e olhei para os coelhinhos correndo para um arbusto.

— Por que você está aqui? Pensei que você tinha dito que não viria a não ser que eu o chamasse.

— Vim ver seu irmão. Perdoe-me pela invasão — disse ele, e quando vi que se levantava, entrei em pânico.

— A casa é longe daqui, e o caminho de volta para a hospedaria é para o outro lado. Você veio mesmo só por ele?

— Claro que não, e você sabe disso — respondeu ele. — Quando cheguei, vi que você estava saindo nessa direção. Mal consegui ouvir o que seu irmão disse, pois meus pensamentos estavam cheios de você. Pensei em voltar para a hospedaria e esperar, mas não consegui.

— Você me seguiu.

— Sim, e você anda muito rápido para ter chegado tão longe. É verdade que eu me perdi no caminho. E quase pensei que você já havia voltado para a casa.

— O que você queria que acontecesse quando me encontrasse?

— Com o que você sonhava para ficar nesse estado?

Franzi a testa, e ele deu um grande sorriso. À luz do sol, ele parecia irradiar pura alegria. Ele voltou a se ajoelhar diante de mim.

— Verity, paremos de fingir que não nos desejamos. Falei sério ontem. Quero me casar com você, e irei até seu irmão para fazer o pedido. Só você pode me impedir agora.

— Ainda estou com raiva de você — murmurei.

— De que serve você estar com raiva de mim e não demonstrar? Se você fosse minha esposa, poderia gritar comigo o quanto quisesse.

Ri sarcasticamente.

— Isso não faria de mim uma esposa desagradável?

— Nada poderia torná-la desagradável — disse ele, pegando minha mão. — Você é perfeita.

— Obviamente você se esqueceu dos meus pesadelos...

— Não me esqueci.

— Apesar de todos os esforços, eles não desapareceram. Você quer uma esposa que grita de terror ao seu lado toda noite?

— Aceitarei como uma boa desculpa para abraçá-la e confortá-la.

— Theodore, falo sério.

— Eu também.

Ele beijou as costas da minha mão. Bem ali, eu poderia ter afundado na terra. Eu deveria estar com raiva, mas a verdade era que estava com saudade. Na minha viagem de volta a Everely, me perguntara por que gostava dele. E percebi que não me sentia deslocada perto dele. Ele também não era perfeito. Seu passado era complicado, o comportamento às vezes defensivo ou esquisito. Tinha um coração gentil, sempre ajudava as pessoas, mas, na companhia de alguns, era distraído e um pouco arisco.

Eu... eu o amava, pois ele, como eu, era... uma bagunça de pensamentos e emoções tentando desesperadamente se manter calma aos olhos da sociedade. Um par perfeito para mim.

— Verity, você está em silêncio. — Ele massageou os nós dos meus dedos. — Cometi um erro ao deixá-la, e sinto muito mesmo. Não sei o que dizer além disso. Eu...

— Eu já não concordei em me casar com você? — As palavras saíram pela minha boca antes que eu me desse conta. Ele franziu a testa, confuso. Peguei meu diário e o pingente da mãe dela. — Você não me pediu com isto?

Ele olhou o pingente e então me encarou.
— Pedi.
— Eu aceitei e você...
— Eu fugi. Agora voltei e você ainda o guarda — sussurrou ele, e eu assenti.
— É precioso demais para abandonar... ah, se ao menos você sentisse o mesmo. Tenha um bom dia. — Levantei-me, sem querer ficar tão perto dele.
— O que será preciso para você me perdoar? — perguntou ele.
Franzi a testa.
— Não sei. Talvez você mude de ideia e fuja outra vez...
— Você não acha que sou sincero. — Ele abaixou a cabeça e suspirou antes de assentir. — Muito bem, provarei então.
— Como?
— De que outra maneira, além de pedir sua mão ao seu irmão?
Arregalei os olhos enquanto ele se apressava para o cavalo.
— Não, espere! — chamei. Corri para segurá-lo, mas puxei com tanta força que nós dois escorregamos e caímos sobre as flores.
— Você está bem? — perguntou ele, rolando para olhar para mim.
— Sim. — Me encolhi uma vez.
— Cuidado, vou te ajudar a se levantar...
Eu o interrompi, segurando seu braço.
— Você não pode falar com o meu irmão.
— Você quer uma garantia de que não vou fugir, e essa é a única maneira...
— Meu irmão pode te matar!
Ele tirou as folhas do meu cabelo.
— Você acha que eu não sabia do risco antes de vir até aqui?
Franzi a testa.
— Theodore...
— Prefiro morrer por sua mão do que viver sem ela, Verity. — Ele beijou minha testa antes de me ajudar a me levantar. — Agora venha, vou falar com ele.

— Você é muito imprudente com sua vida — exclamei. — Se é questão de acreditar em você, está bem, acredito. Agora, por favor...

— Não importa, preciso falar com ele, Verity.

— Neste momento, Evander está em guerra com Fitzwilliam — resmunguei, pois ele não entendia. — Temo que outra notícia como esta seja demais para ele.

— Quando a guerra entre irmãos terminará? — perguntou ele.

— Não sei.

— Verity, meu receio é a espera... não posso ficar longe de você, e se formos pegos juntos, será pior.

Ele estava certo, mas meu irmão não concordaria, não importa o que ele dissesse.

— Se você quer fazer isso, talvez seja melhor eu falar com ele...

— De jeito nenhum — respondeu ele, endireitando a postura. — Ele não me aceitará sem ser persuadido.

— Exatamente, e é por isso que eu vou...

— Verity. — Ele pegou minha mão outra vez e a segurou contra o peito. — Sou eu quem deve lutar por você. Seu irmão ficará com raiva e confuso, se perguntando como isso aconteceu. Essa fúria apenas crescerá se eu deixar você explicar. Será melhor, mais respeitável, se eu falar com ele. De homem para homem.

— Theodore, meu irmão já tem um grande preconceito contra...

— Bastardos? Sim, eu sei.

— Então você sabe que ele não conseguirá raciocinar direito. Meu irmão não é um homem violento, mas, nessa questão, temo... temo... ele poderia muito bem quebrar a mão ao te espancar!

— Eu desviarei. — Ele sorriu, e me fez sorrir também, embora o assunto fosse sério.

— Você é ridículo.

— Estou apaixonado por você. — Ele segurou meu rosto. — Permita-me contar ao mundo.

— Está bem, mas não pode ser agora. Talvez... talvez durante o baile que Afrodite está planejando. Evander pelo menos conterá a fúria diante dos convidados.

— Está bem. — Ele assentiu enquanto nos levantávamos. — Então posso implorar o prazer de ter sua primeira dança?
— Pode. — Sorri e franzi a testa. — Como você me convenceu tão rápido? Pensei em ficar com raiva de você por pelo menos mais alguns dias.

Ele riu.

— Não é porque você também se importa comigo e nunca quis ficar longe de mim, para começo de conversa?

Eu queria olhar feio para ele, mas ele beijou a lateral do meu rosto.

— Preciso ir. Já nos colocamos em risco demais. Escreva para mim na hospedaria, pois temo não ter mais desculpas para vir até aqui.

— Não escreverei.

— Escreverá sim. — Ele sorriu, dando um passo para trás. — E eu esperarei ansiosamente.

Enquanto ele mais uma vez seguia para o cavalo, eu o chamei.

— Espere! E como está seu pai? Você o viu? Ou foi só uma desculpa?

— Não, eu realmente fui, pois pensava que ele estava doente, mas não estava. Lady Whitmear apenas queria que eu o visitasse. — Ele riu, batendo a poeira dos ombros.

— O quê? Toda a Londres pensa que você está ao lado do leito dele. O que pensarão quando souberem que ele está bem?

— Henry já pensou nisso.

— Henry? Ele também foi com você?

— Ele me seguiu para me condenar por ter te deixado. Sou grato, pois foi assim que soube que você não estava mais em Londres. Ele disse que voltaria sozinho e contaria para todos como eu *milagrosamente* salvei meu pai da morte.

Eu sorri.

— Tenho inveja da amizade de vocês.

— Nem eu sei como a mereci. Mas também tenho você na minha vida, então talvez eu simplesmente seja abençoado.

— Reze para não ter usado toda essa bênção quando for falar com meu irmão.

— É o que farei — disse ele. — Tenha um bom dia, *lady* Verity.

— O senhor também, *dr.* Darrington.

Esperei que ele fosse embora e me sentei no campo de flores. Mais uma vez o mundo estava girando rapidamente.

Num momento eu estava chorando por ele, no outro ele estava diante de mim desafiando todo o mundo para se casar comigo.

Como a vida era estranha.

Fiquei sobre as flores até não conseguir mais conter minha animação ou preocupação e fui em direção à casa, meu diário e o colar lá dentro apertados contra o meu coração. Eu desejava mesmo que Theodore pedisse ao meu irmão que permitisse nosso casamento, mas sabia com toda a certeza como ele reagiria.

— Milady? — Olhei em direção à voz da criada de Afrodite enquanto entrava na casa pelos fundos. — Estava passeando? Sozinha todo esse tempo?

— Sim. — Eu ri. — Estava apenas andando pela propriedade. Por que está tão surpresa?

— Perdoe-me, milady, pensei que a senhorita ainda estivesse em seus aposentos — disse ela, e então sorriu. — Se quiser caminhar outra vez, por favor me avise e eu pedirei a uma das criadas que a acompanhe.

Ah não.

— Está tudo bem, obrigada — falei, subindo as escadas rapidamente. Essa era a última coisa que eu queria.

Havia um fluxo interminável de criados entrando na sala de estar ao mesmo tempo que eu para encontrar Afrodite enquanto ela examinava os pedidos finais para o baile que decidira organizar do nada. Ela parecia a imagem de uma dama perfeita, sem um fio de cabelo fora do lugar. Não era de se admirar que Hathor achasse insuportável. Eu ri. Na verdade, eu queria ouvir o que Hathor diria... Fui um pouco injusta com ela nos dias anteriores à minha partida.

— Verity, que bom que você chegou. O que você acha? — Ela ergueu dois tipos de taças para que eu visse. — Qual, na sua opinião, é melhor para o vinho?

Olhei para ambas de olhos arregalados.

— Não são a mesma coisa?

A expressão dos criados demonstrava que eu estava errada.

Afrodite riu.

— Não são. Esta é de vidro Pacomé, muito mais fino e com um lindo brilho quando iluminado. Esta é de vidro Winston, um pouco mais comum, mas ainda muito bom, além de leve, o que é importante.

— Importante?

— Sim, não queremos que nossos convidados se cansem do esforço de ter que carregar taças a noite inteira — respondeu ela.

Ainda assim eu mal conseguia ver a diferença. Eu estava mais impressionada por ela pensar nesses detalhes.

— Deixarei para a sua expertise. — Sorri enquanto me sentava ao lado da janela.

— Muito bem, começaremos a noite com o Pacomé e mais tarde traremos o Winston — informou ela aos criados.

Fiquei observando, me perguntando se algum dia faria o mesmo. Eu não gostava de festas e não tinha certeza se Theodore gostava. Mas era de se esperar... Além disso, poderíamos pagar por elas? Pela primeira vez me perguntei como seria a vida fora de uma propriedade tão grandiosa... Eu tinha certeza de que não ficaríamos desamparados, mas minha vida mudaria. Era um pensamento desesperador, mas nem as taças nem os bailes deteriam meu coração.

— Verity, não quero pressionar, mas você está bem? — questionou ela, atraindo minha atenção. Naquele momento, ela soou igualzinha à mãe. Eu nem percebera que os criados tinham saído.

— Sabe, você é igualzinha à sua mãe. — Ri, em parte para desviar o assunto.

— Seu irmão disse a mesma coisa esta manhã! — Ela franziu a testa, os olhos tomados de terror. — É o que você acha mesmo?

— Sua mãe é uma grande dama. Você não deseja ser também?

— Amo muito minha mãe, mas não quero ser como ela. — Afrodite ergueu seus papéis mais uma vez, mas, diferentemente de sua mãe, que teria deixado o assunto de lado, ela hesitou e então me olhou. — Você se apaixonou?

— Eu? — Entrei em pânico. — Eu...

Antes que eu continuasse, a porta se abriu e meu irmão entrou, confuso.

— Minha querida, o que exatamente você ordenou que deixou as criadas tão agitadas? Eu acabei de vê-las correndo para a cozinha.

Ela arfou e se levantou, saindo da sala.

— Todos os bolos devem estar prontos!

— Todos os bolos? — questionamos Evander e eu, mas ela já estava correndo pelo cômodo.

Evander olhou para mim e tentou não rir.

— De quantos bolos você acha que ela está falando?

— Não tenho condições de adivinhar. Minha mente ainda está se acostumando a você dizendo "minha querida" — provoquei, levantando-me.

Ele ficou constrangido.

— Sim, também fico chocado às vezes.

— Bem, embora ouvir me dê arrepios, devo dizer que a felicidade lhe cai bem, irmãozão — respondi, e quis contar a ele sobre a minha.

— Obrigado, irmãzinha. No entanto, agora temo que você tenha me amaldiçoado. — O sorriso dele diminuiu um pouco. — Faz tempo que quero conversar com você. Perdoe minha negligência.

— Estou bem — menti. Eu estava uma bagunça e planejando meu próprio casamento bem debaixo do nariz dele. — Você não foi examinado por Theo... Dr. Darrington? E ele?

— Eu o dispensei. Aquele homem fica agitado por nada. Ele até esqueceu o relógio de bolso. Um dos lacaios devolverá a ele durante o baile. — Ele se aproximou e pôs a mão na minha cabeça.

Franzi ao pensar em Theodore sendo *dispensado*, mas engoli a pergunta e olhei para Evander.

— Também não sou sua filha, nem sou criança. Isso não funciona mais.

— Você precisa ser tão dura?

— Sim. Já fui muito mole. — Sorri.

— Por quê?

Theodore. Tudo era por causa de Theodore.

— Do que você queria falar?

Ele franziu a testa.

— Você claramente mudou de assunto.

— Não quero falar com meu irmão sobre questões femininas. O que você queria dizer?

— Você precisa tomar mais cuidado quando andar pela propriedade — disse ele, agora fazendo careta. — Fitzwilliam voltou para a cidade.

— Eu sei. Odite e eu o vimos na cidade. Mas o que ele pretende, voltando aqui?

— Sei o que ele quer, e como você não é mais criança, eu contarei. Ele deseja que eu morra e não tenha um herdeiro, para que a propriedade fique com Gabrien — lembrou-me ele. — Se isso acontecer, você sabe que nosso irmão mais novo terá pouco poder, aos dezesseis anos, para impedir Datura e Fitzwilliam. Eles tomarão conta de Everely.

— Gabrien não é como Fitzwilliam. Ele é tímido e tem um coração puro. Ele raramente vem aqui porque teme causar mais confusão para todos. — Eu sentia falta dele, e só sabia onde estava ou como estava através de cartas.

— Eu sei — disse Evander, pousando a mão no meu ombro. — Minha questão não é com Gabrien, nem quero arrastá-lo para esta batalha. Estou apenas te informando. Afrodite diz que eu devo falar mais dos meus sentimentos. E eu temo por você.

— Por mim? Nosso meio-irmão aparentemente está tentando... nem consigo dizer em voz alta. E você se preocupa comigo? Se o pior acontecer...

— Se eu não estiver aqui, Datura e Fitzwilliam podem muito bem tentar te deserdar ou casá-la com algum tolo.

— Não estou gostando desta conversa. Você está falando como se fosse desaparecer. Pare.

Ele riu, mas não havia graça nenhuma.

— Não planejo ir a lugar algum. Planejo ter uma boa velhice.

— Ótimo. Melhor assim.

— De toda forma, não posso ser tolo e arriscar; aquelas pessoas são cruéis. — Ele apertou meus ombros. — E é por isso que falei com o sr. Marworth, o banqueiro da família, e criei uma conta separada para a sua herança.

— O quê?

— Como você ainda não se casou, não pôde ser colocada em seu nome, e é por isso que eu a deixei nas mãos de lorde e lady Monthermer até que possa ser transferida para o seu marido. Seu dote assim como todas as joias de mamãe, são sua herança.

— E Afrodite e Emeline?

— Tomei precauções para protegê-las, então não se preocupe. Como disse, não planejo ir a lugar algum. Mas acho justo você saber. Quando você quiser, o sr. Marworth explicará.

Era isso o que ele estivera fazendo com seu tempo? Cuidando de mim, como sempre. E eu sabia, apesar de gostar muito de Theodore, que me casar com alguém como ele partiria o coração de Evander. A culpa me devorava.

— Erga a cabeça. Em dois dias, haverá um baile em Everely. Consegue imaginar? Nunca vi este lugar tão vivo. Afrodite está muito animada. Ah, se Fitzwilliam não viesse...

— Ele vem? Aqui? — arfei, e ele grunhiu.

— Sim, eu sei. Também não gostei da ideia. No entanto, Afrodite insiste que devemos manter uma imagem para o público depois de... minha briga com ele. Ele virá com a esposa, Marcella, e, suspeito, Datura. Você ficará bem?

— Aquela mulher já não me afeta tanto. Juro. Estou mais preocupada com o objetivo dele de te matar, e ela o convidou?

— Não a culpo. Ela não consegue acreditar que essa é a intenção dele. Você conhece os Du Bells. Eles tentam ver o bem e todos. Eles não conseguem evitar. No caso de Afrodite, ela deseja provar para o mundo todo que eu sou um bom homem.

— E quem negará? Você é um bom homem. — Sorri, e ele também.

— Você é muito sábia, irmãzinha.

— Foi você quem me criou.

— Agora fiquei preocupado... o que você está tramando? — Ele semicerrou os olhos.

— Nada. Vá se preocupar com sua *querida* esposa — respondi e ele riu, assentindo enquanto se retirava.

Foi só quando ele saiu que me sentei à mesa para escrever... a ninguém menos que Theodore.

26

Theodore

Cheguei cedo.

Eu não queria chegar cedo de forma a ser o primeiro a chegar ao baile da duquesa. Mas não consegui esperar. Fazia dois dias desde que a vira. E embora ela tivesse escrito para mim, não enviei uma resposta, por medo de sermos pegos. Por sorte, quando cheguei, já havia mais de duas dúzias de pessoas na propriedade, caminhando entre os jardins. Ansiosa e desesperadamente, busquei por ela em toda parte. Talvez ela ainda não estivesse pronta. Mas continuei procurando.

— Eu estava me perguntando quando você chegaria.

Lá estava ela, vestida de branco, com pérolas no cabelo preso em um coque alto, e um suave e profundo carmesim destacando as bochechas e os lábios, como se eu já não estivesse sempre tentado a beijá-la.

Como sempre, ela me encontrou.

— Vim o mais rápido que pude, pois cada momento sem você é uma tortura — sussurrei, tentando lutar contra o sorriso que não saía de meu rosto.

— Suas palavras são por demais encantadoras, *dr. Darrington*. — Ela riu e meu coração pulou no peito.

— Perdoe-me, *milady*.

— Pensarei no assunto. Enquanto isso, diga-me, recebeu minha carta? — perguntou ela. — Não pode ser feito esta noite. Evander já está de péssimo humor.

Será que haveria um bom momento? Mas eu não queria pressionar, então apenas assenti.

— Eu a recebi. Não se preocupe. Tentaremos em outro momento.

Ela suspirou e assentiu... eu estava totalmente focado no peito dela.

— Theodore, você está encarando demais.

— Porque você é linda — sussurrei. — Você me faz querer...

— Shh — respondeu ela gentilmente. — Quer nos denunciar?

— Temo que minha paciência esteja acabando — respondi com sinceridade, meu coração martelando alto no peito.

— A minha também — disse ela baixinho, e eu a olhei nos olhos, incapaz de olhar para outro lugar. — Quero beijá-lo.

Meu coração saltou de alegria só por saber disso.

— E eu quero beijá-la. Mas não podemos.

— Podemos.

— Verity, estamos cercados de pessoas! — Entrei em pânico, temendo o que ela faria.

— Então que fiquemos sozinhos.

— Como?

Ela olhou de um lado a outro e então se aproximou de mim, sussurrando:

— Vou dar uma volta. Você deve entrar. Acredito que você esqueceu seu relógio de bolso aqui, peça a um dos criados para pegá-lo... eu o seguirei.

Eu não tinha certeza do que ela estava tramando e, ainda assim, por algum motivo, fiquei muito animado. Engolindo o nó na garganta, balancei a cabeça enquanto ela ia cumprimentar o restante dos convidados.

Indo até uma das portas, dei um passo à frente e vi a maioria dos lacaios e das criadas se apressando enquanto mais convidados chegavam. O lugar nada mais era do que um caos pré-arranjado. Levei cerca de cinco minutos para encontrar um lacaio que não estivesse servindo alguém.

— Posso ajudá-lo, senhor? — questionou enquanto eu esperava na entrada.

— Vossa Senhoria instruiu que eu pedisse a um de vocês meu relógio de pulso — falei. — Eu o esqueci quando vim cuidar do duque.

— Não tenho certeza de onde pode estar, mas se o senhor me der...
— O que está acontecendo aqui?

Verity se aproximou, sem olhar para mim, mas para o lacaio, que endireitou a postura diante dela.

— Este cavalheiro está perguntando se encontramos seu relógio de pulso. No entanto, preciso conferir com o senhor....

— Não é preciso. Sei onde está, irei buscá-lo. Por favor, cuide de nossos convidados nos fundos, acredito que os criados estão muito atarefados.

— Sim, é claro, milady. — Ele assentiu para ela e, sem se preocupar em deixar a jovem em minha companhia, se retirou.

— Por aqui, dr. Darrington — disse ela quando a olhei nos olhos... ah, agora eu sabia mais do que nunca como as mulheres eram perigosas.

Em silêncio, segui-a escada acima e pelo corredor, despreocupadamente, sem um único olhar sobre nós, até que entramos em um quarto, que estaria em completa escuridão se não fosse pela iluminação do jardim se derramando lá dentro. Quando ela se virou para mim... Eu sabia que era errado, sabia que era pecado em todos os aspectos. Mas o desejo que eu tinha por ela... Não aguentei.

— Com tudo o que está acontecendo, ninguém perceberá se...

Aproximando-me dela, beijei seus lábios como um homem que recebe comida pela primeira vez — com fome, minha língua estava em sua boca, ela tirava meu casaco. Era para ser apenas um beijo, pensei em cruzar apenas esse limite, mas logo estávamos na cama e meus beijos viajaram dos lábios ao pescoço... até os montes de seus seios, o vestido subindo enquanto ela erguia as coxas para os lados, montando em mim. Só pensei com clareza quando ela tentou tirar parte da minha roupa.

— Verity, se não pararmos agora... não conseguirei mais parar — sussurrei.

Ela segurou ambos os lados do meu rosto.

— Você acredita que ficaremos juntos, Theodore?

Assenti.

— Acredito.

— Então não pare.

— Você não sabe o que está pedindo...

— Mostre-me, por favor.

Caralho.

Ela ardia de desejo, assim como eu. Segurando suas pernas, lentamente tirei as meias, expondo o marrom de sua pele. Não parei de despi-la até que toda a sua chemise estivesse levantada até a cintura... expondo as partes mais delicadas dela para mim. Tentei não morder meu próprio lábio enquanto sentia minha masculinidade endurecer dolorosamente. Movi minha mão para cobri-la e ela arfou.

— É isso o que significava — sussurrei enquanto a acariciava para cima e para baixo, sentindo a umidade dela se acumular em minha mão. Eu queria contar mais para ela, mas... mas foda-se tudo, eu mal conseguia falar. Aquilo já era muito, mas eu queria mais. Inclinando-me, substituí minha mão por minha língua.

— Theodore! — arfou ela, e ah, como era bom ouvir meu nome em seus lábios.

Eu queria que ela chamasse mais pelo meu nome, então... então me banqueteei com ela. Minha língua lambendo círculos profundos nela.

— Theo... Theodore... ahhh. — Ela gemeu, erguendo os quadris. Eu a encarei e a observei desfalecer.

Ela já estava chegando lá... subi a cabeça para respirar e deslizei dois dedos dentro dela, fazendo Verity estremecer. Meus dedos deslizavam para dentro e para fora e quanto mais o apertar em meu peito crescia... pior ficava a dor no meu pau. Ela merecia muito mais do que ser tomada dessa maneira, como um ladrão no meio da noite, a família dela e todos os convidados lá embaixo, sem saber de nosso pecado. Mesmo assim, não consegui parar. Devagar, tirei minhas mãos dela para me livrar de minhas roupas até que... até que eu enfim estava livre.

Eu vi seus olhos se arregalarem ao me ver. Inclinando-me, beijei sua têmpora e sua bochecha antes de me mover para ajudá-la a tirar o vestido. A visão dos seios nus, dos mamilos marrons duros no ar frio, fez meu pau pulsar, ansioso.

— Pode doer, me avise se quiser que eu pare.

Sua resposta foi me abraçar, enterrando o rosto em meu pescoço. Gentilmente me posicionei e a penetrei, cerrando os dentes para não me perder na excitação, mas senti-la me fez tremer, e não contive um gemido quando estava totalmente dentro dela. Seu aperto em meus ombros era forte e eu a senti tensa.

— Você está bem? — sussurrei.

Esperei até que ela relaxasse. Levou alguns momentos antes que ela erguesse a cabeça, olhando-me nos olhos.

— Acabou?

Tentei não rir.

— Meu amor, acabou de começar.

Antes que ela respondesse, empurrei e sua boca se abriu mais uma vez... Agora, não havia mais volta.

Verity

Nunca havia experimentado tais sensações.

Parecia que eu estava sendo virada ao avesso... algo que não soava agradável, mas o prazer que tomou conta de mim era infinito.

— Ahh! *Ahh*! — Tais sons saíam de mim enquanto eu me agarrava a ele, arfando por ar, implorando por mais... e toda vez que eu o sentia se afastar de mim ele retornava segundos depois, enterrando-se mais uma vez.

Eu o encarava e ele me encarava de volta, seus olhos castanhos brilhando, a boca entreaberta, suor em sua sobrancelha.

— Verity... eu... te amo — disse ele, mas não me deu tempo de dizer o mesmo, pois mais uma vez sua língua estava na minha. Nossas línguas giraram uma sobre a outra enquanto ele entrava cada vez mais forte dentro de mim. As mãos deles não pararam aí, segurando meus seios e beliscando meus mamilos. Nem isso doeu, apenas aumentou meu prazer. Como? Por quê? Eu não entendia, mas tudo me deixava mais e mais afogueada... o fogo em meu baixo-ventre crescendo.

— Theodore... eu... eu... o que é... isso? — Eu senti que ia explodir.

— Não relute — disse ele enquanto se sentava, segurando meus quadris. Ele se afastou mais uma vez antes de estocar com força e meu corpo se erguer da cama, incapaz de parar a pressão dentro de mim, os dedos dos meus pés encolhidos e formigando, minha visão turva. Eu não sabia o que estava acontecendo, mas queria ficar assim para sempre.

— Porra, Verity — resmungou ele, e, embora mal conseguisse ver direito, eu o senti sair de mim, agarrando a si mesmo e a cama ao meu lado. Ele parecia estar com tanta dor que tentei tocar seus ombros.

— Você está bem?

Ele não respondeu, inspirando fundo várias vezes antes de arfar:
— Perdoe-me, eu não podia arriscar terminar dentro de você.
Não entendi.
— Como assim?
Com o peito subindo e descendo, ele me olhou por um momento antes de rir e balançar a cabeça.
— Esqueça.
— Não, me conte.
Ele estava quieto e de olhos fechados enquanto se deitava ao meu lado, respirando.
— Theodore.
— Explicarei quando estivermos casados — sussurrou ele.
— Acredito que fomos bem além disso — respondi, erguendo o lençol para cobrir minha nudez.
— Verdade. Agora, a conversa com seu irmão é mais urgente que nunca — disse ele, abrindo os olhos e franzindo os lábios. — Embora eu não possa mais abordá-lo de consciência tranquila... não depois disso.
Tentei me deitar também, mas me encolhi um pouco.
— Você está bem? Como foi a dor?
— Não é tão ruim — falei, embora ele não parecesse acreditar em mim. — Juro, estou bem... um pouco... distraída, mas bem.
Ele beijou minha testa.
— Você deveria descansar. Voltarei para a festa...
— Preciso voltar também, ou minha ausência será percebida.
— Verity...
— Estou bem, de verdade.
— Você não precisa se exaurir. Além disso, como vai explicar a condição de sua roupa?
— Se alguém perceber direi que estraguei o vestido e fui forçada a me trocar — respondi, já saindo da cama. O que foi um erro porque minhas pernas estavam... bem fracas. Ele me segurou e me lançou um olhar. Antes que ele novamente tentasse me convencer, falei: — Rápido, você também deve se vestir.

— Vá com calma — sussurrou ele.

Assenti, segurando o balaústre para ir até a penteadeira. Eu tinha que focar, mas quando me virei e o vi de pé e nu no meu quarto, não pude evitar me sentir... quente outra vez. Não sei como ele percebeu, mas devolveu o olhar e sorriu.

— Verity, você precisa se vestir.

— Eu vou — sussurrei, dando as costas a ele.

Nos vestimos com o som da festa aumentando lá fora. Era tão estranho, eu ouvia a música e as risadas, e também os sons dos gemidos dele em minha cabeça. Foi bem mais difícil me vestir e, aparentemente, ele não conseguiu aguentar, pois senti suas mãos atrás de mim. Com seu toque, fechei meus olhos e me reclinei em seu peito.

— Passe um pouco de perfume.

— Estou cheirando mal? — Voltei-me para ele, em pânico.

— Não, mas você está com o meu cheiro... o nosso, e do que fizemos — sussurrou ele enquanto me ajudava a ajustar o espartilho, se ajoelhando. Pensei em como ele beijara minhas partes privadas, mas o pensamento desapareceu quando o senti me tocar suavemente. Me agarrei a ele, permitindo que me vestisse, tentando não rir. Enfim, quando terminamos, ele me olhou, franzindo a testa.

— Não acho que conseguirei ajudar muito com o seu cabelo.

Eu ri.

— Eu mesma o consertarei. Desça primeiro. Irei em seguida.

— Você indo em seguida foi como chegamos aqui.

— Você se arrepende?

— Eu que te pergunto.

— Não me arrependo.

— Nem eu. — Ele beijou minha testa. — Então estou indo.

Ele suspirou antes de se retirar. Foi só então que soltei um suspiro profundo. Meu coração estava apertado. O que eu tinha feito? Não estava arrependida, mas... aquilo... aquilo foi mais do que jamais pensei. Minha mente estava bamba, assim como meu corpo.

Consegui me recompor, reorganizar o quarto e esconder os lençóis manchados até poder me livrar deles.

Quando voltei para baixo, temi que todos soubessem o que tinha acontecido, que de algum jeito ficasse evidente ou, pelo menos, que tivessem reparado que eu tinha desaparecido por só Deus sabe quanto tempo. Mas, assim que cheguei nos jardins, fui recebida apenas com sorrisos agradáveis e gargalhadas, pois agora quase cem pessoas estavam presentes. Vi Afrodite cumprimentando os convidados ao lado do meu irmão.

De fato, ninguém sabia. A única pessoa que sabia do segredo era Theodore... e encontrei seus olhos castanhos do outro lado do jardim enquanto ele falava com alguns cavalheiros. Nos entreolhamos, desejosos...

Teríamos ficado olhando um para o outro se não fosse pelo som de vidro quebrando.

Lá estava Fitzwilliam, usando um casaco tão vermelho que era de se pensar que havia se alistado no regimento. Ao lado dele estavam uma jovem e uma mulher mais velha com muito pó branco no rosto e um colar de pérolas no pescoço. Afrodite foi até eles, falando sobre a saia manchada da jovem.

— Tem algo errado.

Eu não sabia o quê, mas a expressão nos rostos deles e o fato de Fitzwilliam ser parte daquilo me disse que não terminaria bem.

Enquanto ia até eles, desejei estar errada.

Mas tinha certeza de que não estava.

27

Theodore

Dias haviam se passado desde o baile, mas jamais parecia haver um bom momento para falar com o duque sobre a verdadeira natureza da minha permanência ali. Parecia haver uma corrente infinita de más notícias chegando para ele, e eu não queria aumentar seu nervosismo. Eu havia voltado para a casa deles para falar com a duquesa sobre a condição de Marcella, dizendo a ela que havia feito todo o possível quando visitei a jovem, e sem dizer nada mais. A madrasta de Marcella e seu marido mal me permitiram tratar a pobre jovem. Fiquei tão abatido com tudo que havia visto e ouvido que mal consegui manter meu ânimo para falar com Verity ao sair. Nosso encontro foi breve, mas o que poderia ser dito entre nós, agora que estávamos juntos dessa maneira?

Eu não poderia adiar mais.

Não queria deixar Verity preocupada. Apesar de toda a força que ela tinha, eu sabia que ela estava ansiosa. Eu falaria com o duque naquele dia, sem falta.

— Aquele bastardo! Ah, aquele *bastardo* maligno! Por isso nunca aceitei o dinheiro dele. — A senhoria da hospedaria arfou quando veio até mim, me entregando uma cópia do panfleto que tinha em mãos. — Em pensar que o duque sofreu tudo isso.

Li horrorizado até chegar na parte sobre Verity e sua condição. Que tudo fosse para o inferno! Conhecendo-a, isso seria devastador. Ela não queria que as pessoas soubessem de sua situação. Ela não queria que tivessem pena dela.

— Aonde o senhor vai? E sua refeição?

Eu não me importava em comer. Corri para meu cavalo, precisando ver Verity. Ela não estava bem, eu tinha certeza.

— Dr. Darrington!

Um cavalo parou diante do meu, com um homem que não reconheci, mas seu uniforme sim. Ele era da Casa Everely.

— Dr. Darrington! O duque de Everely requere sua presença imediata!

— Para tratar de qual assunto?

— É urgente, senhor. Venha, rápido! — disse ele antes de disparar.

Mais uma vez, pensei em Verity, mas eu também sabia que o irmão dela não teria me chamado se a situação não fosse de fato séria. O homem odiava ser tratado.

Acompanhei o criado, e em menos de cinco minutos percebi que não estávamos indo em direção à propriedade do duque. Cavalgamos pela floresta até chegarmos a uma pequena mansão coberta por hera.

— O duque está lá dentro, rápido! — disse o homem, tomando as rédeas do meu cavalo.

Quando cheguei à porta e entrei, a primeira coisa que percebi foi o sangue que manchava os degraus de madeira da entrada. Foi assim que soube que não conseguiria ver Verity naquele dia.

Verity

No dia anterior, escrevi para a hospedaria, mas ele não foi me visitar, apesar do meu apelo.

Busquei por Evander também, mas ele não estava em lugar algum. Minha raiva me impediu de ir até Afrodite, pois foi ela quem expôs ao mundo os segredos dos meus pesadelos e a dor da minha infância, sem pensar ou se importar. Ela estava preocupada demais com Marcella para entender o dano que havia me causado. Ninguém esteve em casa o dia todo e eu não consegui dormir a noite toda. Novamente amanhecia e eu ainda não conseguira falar com ninguém.

Toc. Toc.

— Entre. — Virei-me e vi que era a criada de Afrodite, Eleanor. Ela sempre andava bem-arrumada. Porém, dessa vez seu rosto estava pálido; o cabelo, que sempre estava preso em um coque, estava solto e bagunçado, e a bainha de seu vestido estava enlameada, até mesmo rasgada. Parecia que ela tinha atravessado o condado a pé.

— O que aconteceu com você, Eleanor?

— Lady Verity, o duque e a duquesa retornaram e gostariam de vê-la na sala de estar principal — disse ela baixinho, e imediatamente fui até a porta.

— Está tudo bem?

A expressão em seu rosto dizia que claramente não estava. Ergui minha saia e saí correndo. O único conforto que tive, a única coisa que me manteve calma, foi o fato de ela ter dito que tanto meu irmão quanto Afrodite estavam esperando. O que significava que eles não poderiam estar gravemente feridos. No entanto, ser chamada assim... algo estava errado. O outro sinal revelador eram os criados. Nunca era bom quando eles paravam de sussurrar e desviavam o olhar quando alguém passava.

Tratava-se de mim?

Eles sabiam que Theodore e eu tínhamos...? Não. Decerto, eles não poderiam saber. E ainda assim meu coração se encheu de pânico.

Eu estava muito nervosa quando cheguei à sala de estar principal, e vê-los não ajudou em nada. Afrodite estava sentada em uma cadeira, com as mãos entrelaçadas, a xícara de chá intocada, encarando o chão. Evander não estava melhor enquanto encarava o único retrato de nosso pai.

— O que aconteceu? — perguntei a eles, pois não pareceram reparar em minha presença. Afrodite ficou atenta, e Evander olhou para mim como se temesse falar. — Digam logo, vocês estão me assustando.

— Verity, sente-se — disse Evander.

— Acho que é melhor eu ficar de pé por enquanto — respondi. Se eles iam gritar comigo, eu precisava estar com os pés bem firmes no chão.

— Não sei como dizer isso, mas precisa ser dito. — Ele suspirou profundamente. — Na noite passada, Fitzwilliam morreu.

— O quê? — Isso não podia estar certo. — Morto? Fitzwilliam? Não.

Mas a expressão nos rostos deles dizia que sim. Balancei minha cabeça e olhei para Evander.

— Você?

— Não foi ele! — Afrodite disse rapidamente. — Tanta coisa aconteceu, nem nós conseguimos entender o horror de tudo. Aconteceu tão rápido.

Então eles me contaram o que acontecera a Marcella, como eles tinham tentado ajudá-la a escapar de Fitzwilliam, e da tragédia final, quando o sr. Wildingham o feriu com um tiro que foi mortal apesar da tentativa de Theodore para salvá-lo. Minha mente se esforçou para compreender como tudo poderia dar tão errado. Em um momento Fitzwilliam estava entre nós, um espinho sempre presente, e no seguinte não estava mais. Eu também não conseguia entender meus sentimentos. Nada daquilo fazia sentido para mim.

— Verity? — Piscando, ergui o olhar e vi que Evander me observava. — Você está bem?

— Preciso espairecer. Vou caminhar. Com licença — falei para eles. Eles não me impediram.

Um tipo estranho de luto tomara conta de mim. Talvez nem fosse luto. Mas fosse lá o que fosse, fez com que eu me movimentasse, e vaguei pela propriedade, encarando o sol da manhã, o ar quente enquanto eu caminhava pela grama. Era um lindo e claro dia ensolarado, uma raridade, e parecia estranho.

Meu irmão estava morto.

— Eu sabia que cedo ou tarde você viria.

Ele estava sentado sob a minha árvore favorita, entre minhas verônicas rastejantes, a camisa desgrenhada, até mesmo manchada, o cabelo encaracolado bagunçado e frisado e o rosto coberto de tristeza e exaustão. Quando ele se levantou, corri diretamente para seus braços e ele me segurou com força, apoiando o rosto na minha cabeça.

— Sinto muito por não ter conseguido salvá-lo — sussurrou ele.

— Ele não era uma boa pessoa.

— Mesmo assim, era seu irmão. Você pode se lamentar pela pessoa que ele poderia ter sido.

Era isso. Era exatamente isso.

Fitzwilliam poderia ter sido um ótimo irmão. Se tivéssemos nascido da mesma mãe — não, se nosso pai tivesse feito o que era certo conosco, todos nós poderíamos ter sido mais felizes. Se ele tivesse sido como Theodore, se não tivesse tentado brigar com Evander por causa de propriedades e dinheiro, poderíamos ter sido uma família mais feliz.

As lágrimas desceram dos meus olhos enquanto ele me segurava com força. Em seus braços, chorei como uma criança.

— Sinto muito que você tenha tido que testemunhar tudo isso — falei, soltando-me apenas um pouco para olhá-lo. — Obrigada por estar lá.

— Eu estava saindo para te ver. Vi o que tinham publicado no jornal e queria me encontrar com você, mas então... as coisas tomaram outro rumo.

— Estou cansada dessas reviravoltas nos impedindo de nos vermos, de estarmos juntos quando precisamos um do outro.

— Eu também. — Ele tocou minha bochecha.
— Então... então vamos contar ao meu irmão.
— Tem certeza de que agora é a hora?
— O tempo não espera ninguém. Vamos contar a ele.
Ele soltou o ar pelo nariz e assentiu.
— Depois do funeral, irei falar com ele.
— Eu estarei lá.
— Verity.
— Eu. Estarei. Lá. — Estendi cada uma das palavras. — Você pode falar o que quiser, mas estarei ao seu lado para encarar.
— Eu te amo, Verity Eagleman.
— E eu te amo, Theodore Darrington.

Evander

Senti como se um grande peso tivesse sido retirado de meus ombros, mas quando me lembrei do que ou quem era a exata causa disso, senti frio. Nos últimos dias, havia tentado me libertar completamente de todo pensamento relacionado a Fitzwilliam, mas não conseguira.

Não foi minha culpa. Fiz o que tinha que fazer para proteger minha família e para ajudar outra pessoa. Eu sabia disso. Mas os sentimentos nem sempre seguem a mente. Meu consolo era ela, minha linda esposa, Afrodite.

Ela nem me notou quando entrei na sala, pois estava muito mais preocupada em costurar cuidadosamente a bainha de um vestido na boneca horrível que havia feito para Emeline.

— Poderíamos simplesmente comprar uma boneca nova — falei, atraindo a atenção dela.

Ela franziu a testa e olhou para mim.

— Essa não é a questão. É para ser feito pela *mamãe* dela. Todos saberão se for comprada.

— Então você poderia pedir a alguém mais... apto para fazer uma. — Escolhi as palavras com cuidado.

— Está chamando meu trabalho de feio?

— Não dá para você ser habilidosa em tudo, meu amor, isso seria injusto com as outras damas. — Sorri quando ela me olhou com os olhos semicerrados.

— Emeline agora me chama de *mamãe*, e se ela quiser uma boneca, eu farei uma, e ela a amará mesmo que pareça...

— Que ressuscitou?

— Evander!

Eu ri, inclinando-me e beijando a bochecha dela.

— Tenho certeza de que Emeline vai amar.

— Com razão. — Ela sorriu, imensamente feliz por Emeline agora chamá-la de mamãe. Não havia mais volta. Éramos uma família; quão abençoado eu era?

— Amanhã, vamos...

Toc. Toc.

Parei e me virei para a porta.

— Entre.

Wallace, nosso mordomo, entrou com uma expressão bem estranha.

— Sim, o que foi, sr. Wallace? — perguntou Afrodite.

— O dr. Darrington está aqui para vê-lo, Vossa Graça — disse ele, olhando para mim.

— Você estava esperando por ele? — perguntou Afrodite.

— Não. — Balancei a cabeça, mas ele já havia feito tanto por nós que não me importei com a visita inesperada. — Deixe ele entrar.

Afrodite deixou a boneca de lado e também se voltou para a porta.

— Sim, Vossa Graça — respondeu Wallace, abrindo mais a porta.

O dr. Darrington entrou, usando um casaco azul-escuro que parecia caro, o cabelo recém-cortado, segurando a cartola. Ele estava vestido como se fosse para um baile. Bem quando abri minha boca para perguntar o motivo da visita, Verity entrou também.

— Vossas Graças. — Ele abaixou a cabeça para nós dois. Olhei para Verity, ainda sem saber por que ela estava ali ou por que estava ao lado do dr. Darrington. — Como vocês dois devem ter ouvido falar, sou o filho ilegítimo do marquês de Whitmear, lorde Frances Theodore Greycliff.

Eu o encarei, um arrepio subindo minha espinha quando percebi o nervosismo e a atenção de Verity nele.

— Por que você está nos contando isso? — perguntei suavemente, enquanto meu coração disparava. Decerto não podia ser o que eu achava que era.

— Vim com o objetivo de me casar com sua irmã, lady Verity Eagleman.

Verity sorriu, mas eu não consegui entender o que ouvi. Olhei para Afrodite, que os encarava, de olhos arregalados e lábios entreabertos.

— Minha querida, acredito que minha audição está ruim... isso é algum tipo de pesadelo? — falei para ela enquanto ficava frio.

Mas ela não respondeu.

— Evander — Verity me chamou, então minha atenção voltou para ela. — Por favor...

— Afrodite, leve-a daqui — ordenei. — Afrodite!

— Fique calmo — disse ela, levantando-se, dando-me um olhar sério. — Permaneça calmo.

— Tire ela daqui.

— Evander, Theodore e eu...

— Theodore? — repeti, dando um passo à frente, de olhos arregalados. — Você está chamando este homem pelo nome de batismo? Verity, saia daqui agora.

— Não, escute...

— Não vou escutar! — gritei.

— Evander, calma! — disse Afrodite, correndo para o lado de Verity e estendendo a mão para que eu parasse onde estava. O homem ao lado delas olhou para minha irmã e sorriu.

— Verity, tudo bem você ir.

Ela o ouviu — não a mim, apesar do estado em que eu estava — e permitiu que Afrodite a encaminhasse para fora da sala, fechando a porta atrás dela e me deixando a sós com aquele... aquele... *bastardo*.

— Entendo que isso seja um choque, e sei que meu passado o ofende, mas não podíamos mais manter segredo, pois nos ama...

— É melhor você parar agora. — Ergui minha mão, que tremia. Fechando-a em punho, engoli o nó em minha garganta e me forcei a permanecer, como minha esposa repetira, calmo. — Só tenho uma pergunta. O que você fez com minha irmã? Na verdade, deixe-me ser específico. Até onde foi essa loucura?

Ele não respondeu.

— Nós acreditávamos que você fosse um homem direito e correto, dr. Darrington!

— E eu procurei ser...

Mais uma vez, dei um passo na direção dele.

— Sei que os Du Bells buscaram seus serviços para ajudar com a saúde dela. Agora está claro que você usou sua posição para se insinuar na vida dela e causar essa confusão. Esse não é o comportamento de um homem honesto!

— Eu realmente trabalhei para ajudá-la...

— Você tentou manipular uma frágil e impressionável jovem bem acima da sua posição. Agora, sem vergonha alguma, fica diante de mim e pede pela mão dela? — A audácia dele. — Minha resposta é *não. Jamais*! Saia da minha propriedade, ou eu mandarei jogarem você para fora daqui. Não ouse voltar, e mantenha para sempre o nome da minha irmã fora da sua boca.

— Se deseja me expulsar, é seu direto, mas direi o que vim dizer — ele ousou devolver. — Estou louca e profundamente apaixonado por sua irmã, Vossa Graça. Ela me informou que seus sentimentos são os mesmos. Estou aqui por ela. Não sairei daqui sem ela. Esperarei nos limites da sua propriedade, todos os dias, por anos, se for preciso.

— *Wallace!* — gritei, e as portas se abriram. — Tire este homem da minha casa imediatamente. Ele jamais deve voltar.

Wallace foi pegá-lo pelo braço, mas o dr. Darrington foi até a porta de bom grado. Senti de súbito o peso voltar aos meus ombros.

— Theodore!

Ouvindo minha irmã, me apressei para fora da sala para vê-la correndo até ele.

— Verity, volte aqui agora!

Ela olhou para mim, de olhos arregalados, antes de voltar-se para ele.

— Theodore!

— Verity! — Marchei até ela.

— Não se preocupe. Eu sabia que seria assim. Estou preparado para ficar aqui. — Ele assentiu para ela.

— Eu já falei que quero ele fora da minha casa! — tornei a gritar, e o lacaio se apressou para levá-lo até a porta.

Quando ele enfim saiu, Verity virou-se para mim com tanta fúria que o vestido girou ao redor dela.

— Você não ouviu, não é?

— Ouvi o quê? Quem escuta as palavras de vilões e demônios, Verity?

— Ele não é nada disso! — gritou ela. — Você, de todas as pessoas, deveria saber, depois de tudo o que ele fez. Ele veio te ajudar várias vezes...

— Está claro que ele tramou tudo para ter você. Você não vê? Como ele a enganou? Homens como ele buscam jovens ricas como você em benefício próprio. Bem diante dos seus olhos, nem uma semana atrás, observamos o caos acontecer por causa de um bastardo que usou uma pobre garota para elevar a própria vida!

— Theodore não é Fitzwilliam! Se você tivesse ouvido, saberia. Ele tem seu próprio...

— Minha querida irmã, ele te contou nada além de mentiras. É o que essas pessoas fazem. E é por isso que ele te procurou enquanto estava sozinha. É minha culpa, por conceder tais liberdades, permitindo que você saia desacompanhada. De agora em diante, isso acabou. Assim como o contato com aquele homem. Você está proibida de vê-lo; está me ouvindo? *Proibida!*

— Você sabe com quem está se parecendo agora? — perguntou ela de repente, de ombros caídos. — Nosso pai. Você está igualzinho ao nosso pai.

Paralisei; de todas as coisas que eu esperava ouvir, essa não era uma delas, e a decepção em seus olhos enquanto ela desviava de mim, subindo as escadas, foi dolorosa.

— Venha — disse Afrodite de repente ao meu lado, a mão no meu braço. — Você precisa de ar.

— Todos os meus irmãos têm que me torturar? Melhor começar a ficar de olho em Gabrien? — perguntei a ela enquanto me conduzia, o ar não me tranquilizava nem um pouco.

— Respire.

Eu precisava de paz.

Afrodite

Quando ela voltou de Londres, eu tinha certeza de que algo estava errado. Achei que era por conta dos pesadelos e procurei não pressioná-la. No entanto, percebi que em alguns momentos ela olhava ansiosamente pela janela, e isso reacendeu memórias de quando eu fazia a mesma coisa, sonhando que Evander apareceria para me procurar. Mesmo assim, não falei nada e fiquei tão preocupada em resgatar Marcella e com o conflito entre Evander e Fitzwilliam que não pude me concentrar em Verity.

Evander estava certo. Ela teve muito mais liberdade que uma garota da idade e posição dela deveria ter, bem mais do que eu tivera. Mas essa tinha sido a vida dela desde a morte de seu pai, e eu não queria restringi-la agora.

Várias vezes, eu vi os sinais e me calei. Eu não faria mais isso. Indo até a porta dela, bati uma vez, mas não houve resposta.

— Verity, sou eu — chamei, ainda em vão.

Rapidamente, abri a porta, temendo que ela não estivesse ali. Mas ela estava sentada à mesa, escrevendo em seu diário.

— Estou proibida de ter privacidade no meu próprio quarto? — perguntou ela, sem olhar para mim.

— Achei que você não estava — falei enquanto entrava e fechava a porta atrás de mim.

— Eu não estou com vontade de falar com você. — Ela continuou escrevendo.

— Verity...

— Evander pode ter te perdoado por publicar aquela carta expondo nossa família, mas eu não perdoei. Você me ofendeu muito, e agora tenta falar comigo. Por quê? A cidade exige uma segunda edição da história da minha vida? — As palavras dela eram duras e muito justificadas. Eu a havia exposto ao ridículo sem pensar em seus sentimentos.

— Mais uma vez peço desculpas e busco seu perdão...

— Então me ajude a convencer meu irmão. — Ela fechou o diário e olhou para mim, esperançosa. — Ele ainda está magoado e com raiva por conta de Fitzwilliam, e foi por isso que não deu uma chance a Theodore. Você, sua família, até o próprio Evander o encontraram diversas vezes, e sabem que ele não é mau.

— As pessoas podem esconder quem realmente são, Verity. Evander quer protegê-la apenas porque se importa muito com você.

Ela inspirou fundo e balançou a cabeça.

— Não, ele não se importa. Ele falou comigo várias vezes sobre a possibilidade do meu casamento. E quando aparece alguém que aceitei, Evander se nega. Por quê? Porque Theodore é ilegítimo. Se ele tivesse nascido como filho legítimo do marquês de Whitmear, Evander e todos os outros comemorariam. Theodore poderia ter me cortejado abertamente.

— Você sabe o que significa ser ilegítimo? Sabe o que poderia ter acontecido com você? Há uma mulher, a sra. Marie Loquac, e ela...

— Eu a conheci, e Hathor já me contou a história da queda da mãe dela. Você não me assusta com isso — respondeu ela enquanto me encarava, totalmente irritada. Sua face transmitia uma personalidade forte e determinação. — Muitos nos julgarão. Muitos zombarão e outros vão me expulsar da sociedade, mas não me importo. Nunca me encaixei na sociedade. Todas as pessoas que zombarão de Theodore são as mesmas que aceitaram meu pai. Eu *vou* me casar com ele; eu o amo. Meu único medo é... perder outro irmão para conseguir isso.

Eu deveria ser um de seus guardiões, mas fiquei sem palavras, pois parte de mim estava muito impressionada e se perguntava se eu pareci tão assustadora para meu próprio pai quando me opus a ele para me casar com Evander.

— Eu só peço que você não faça nada extremo ou de que possa se arrepender. Deixe-nos... pensar no assunto — falei para ela.

Ela assentiu e tornou a se sentar.

— Eu a verei no almoço — falei enquanto saía do quarto.

E lá, do lado de fora da porta, estava Evander, ouvindo a conversa. Arregalei os olhos e fechei a porta rapidamente antes de agarrá-lo pelo braço e puxá-lo para longe.

— O que você está fazendo?

— Vim ver se você enfiou juízo na cabeça dela. Mas já vi que não — resmungou ele.

— O que você queria que eu dissesse?

— Era só dizer "Verity, isso é tolice. Escute seu irmão" — disse ele orgulhosa e seriamente, o que o fez parecer ainda mais tolo.

— E em que mundo você acredita que ela teria simplesmente concordado com isso?

Ele suspirou e levou as mãos à cabeça.

— Não entendo como isso aconteceu, Afrodite. Semanas atrás, ela zombava de toda menção ao amor e ao casamento. Agora ela está enlouquecida por esse... esse homem. Ela não está raciocinando bem, eu sei. Ela está solitária, e ele tirou vantagem da minha ausência. O que sua mãe estava fazendo...

— Agora é culpa da minha mãe? — interrompi. — Você também a culpa pelas vezes que fiquei sozinha com você?

— Afrodite, não é a mesma coisa.

— É sim! Sempre haverá uma forma de duas pessoas se encontrarem se elas realmente quiserem...

— Não perto de mim. Jamais permitirei. Jamais — repetiu ele, de narinas infladas, antes de se afastar. Uma coisa que ele e seus irmãos tinham em comum era a teimosia.

Temi que danificassem a relação de irmãos de forma irreparável.

28

Theodore

O irmão dela mantivera a palavra dele e eu mantivera a minha. Ele havia me proibido de entrar na propriedade e até alertara seus homens ao meu respeito. Também não mais recebi nenhuma carta dela. Independentemente disso, cavalguei até os limites da propriedade por seis dias seguidos e esperei do nascer ao pôr do sol. Eu não sabia o que conseguiria com isso, mas insisti. Eu havia me preparado para aquela batalha e não ia me render. Embora eu tivesse que admitir que voltar à hospedaria da sra. Stoneshire toda noite era sempre decepcionante. Ela, por outro lado, estava determinada a enriquecer às minhas custas.

— Boa noite, dr. Darrington. — Ela sorriu, me esperando à porta. — Você tem visita no quarto, e será cobrado.

Suspirei fundo.

— Simon novamente? Você não pode cobrar o magistrado desta vez?

— E ficar mal aos olhos da lei? Acho que não. Além disso, não é Simon.

Franzi a testa, sem saber quem mais me encontraria ali.

— Quem, então?

Ela deu de ombros e então piscou, afastando-se. Tive um mau pressentimento e corri escada acima, de dois em dois degraus, até chegar à minha porta. Parei e inspirei fundo antes de abrir a porta. Automaticamente, ergui a mão e bati.

— Você estraga a surpresa ao me obrigar a responder.

Abri a porta e lá estava ela no meu pequeno quarto, usando uma capa e luvas escuras, o pingente de minha mãe em seu pescoço, o cabelo cacheado solto, e o lindo rosto de sempre.

— Verity — sussurrei, sem saber o que fazer. Ela não podia ser vista ali, o que significava que eu não podia entrar e fechar a porta.

— Theodore. — Ela sorriu.

— Estou extremamente feliz em vê-la, mas você não deveria estar aqui — falei da porta, e o sorriso no rosto dela sumiu.

— Eu precisava vê-lo. Evander me mantêm prisioneira. Infelizmente para ele, faz tempo que conheço métodos de escapar que ele desconhece.

— Ao fazer isso e vir aqui, você o deixa com ainda mais raiva.

Eu teria que me esforçar ainda mais e por mais tempo para convencê-lo.

Ela assentiu e deu um passo à frente.

— Eu sei, e é por isso que proponho nossa fuga.

Imediatamente, entrei e fechei a porta.

— Verity...

Ela me abraçou, e eu inspirei seu perfume doce por um momento. Fazia seis dias, e eu sentia falta dela desesperadamente.

— Verity, não devemos apressar as coisas. Estou preparado para esperar.

— Ele não ouvirá a razão. — Ela franziu a testa, soltando-me um pouco.

— Você sabia que ele não ouviria. Por que está tão impaciente agora?

Nós havíamos conversado intensamente no dia em que enfim fui ver o irmão dela. Eu havia tentado convencê-la a me deixar falar com ele sozinho, mas ela não aceitara. Por fim, não importou, já que, de qualquer jeito, o duque teria me expulsado.

— Não gosto de ser prisioneira — murmurou ela, olhando para baixo. — Ele sabe e diz que sou livre para andar pela propriedade, mas ele colocou duas criadas e um lacaio para me acompanhar. Parece que eu sou uma princesa com uma comitiva atrás de mim. Ele enlouqueceu.

— Ele quer protegê-la...

— Por que você está do lado dele? — Ela fez um biquinho.

— Não estou. Estou sempre ao seu lado, mas isso não quer dizer que eu não o entenda.

Ele não estava de todo errado. Eu havia usado minha posição para me aproximar dela, mas só consegui chegar tão perto quanto ela permitiu.

— Então vamos para Gretna Green — propôs ela, sorrindo.

— Você quer mesmo isso? Está bem. — Peguei a mão dela. — Vamos de uma vez.

— Espere! — Ela hesitou como eu sabia que faria.

— Viu, não é isso o que você quer, e eu sei. Você quer a bênção do seu irmão, e não é assim que vamos consegui-la. Volte para casa.

Ela franziu a testa, mas também sabia que era verdade. Puxei o capuz dela para cobrir sua cabeça.

— Onde está seu cavalo? Vou te acompanhar — falei.

— Eu vim andando.

— Você o quê? — Eu a encarei de olhos arregalados, e então olhei para a bainha de seu vestido, que estava toda manchada. — Sozinha, à noite, você...

— Alguém teria percebido ou ouvido o cavalo — sussurrou ela. — Já caminhei até aqui várias vezes antes.

Mais uma vez, consegui entender o duque, enquanto lutava com a vontade de dizer a ela para nunca mais fazer isso. Ela poderia muito bem ter se colocado em grande perigo.

— Vejo a preocupação nos seus olhos, mas juro que ficar em casa era muito mais perigoso para mim.

— Mesmo assim, prometa que não sairá sozinha à noite outra vez.

Ela não respondeu.

— Verity.

— Está bem, eu prometo.

Não confiei, mas não falei nada enquanto a conduzia até a porta, e então soltei a mão dela. Por sorte, a sra. Stoneshire não tinha muitos clientes, mas ainda havia o risco de encontrar um ou dois hóspedes.

— Como a sra. Stoneshire permitiu que você entrasse? — sussurrei.

— Eu a paguei, é claro.

— É claro — falei enquanto ela entrava no corredor. No entanto, atrás dela, outra pessoa entrou. O irmão de Verity.

Merda!

Se os olhos dele pudessem ter ficado vermelhos de fúria, decerto teriam atingido esse feito. Ele apertou as luvas em suas mãos com tanta força que elas quase rasgaram.

— Acabei de chegar e a encontrei aqui, e já a estava levando de volta para casa — falei para ele rapidamente.

Ele olhou para sua única irmã e se moveu para o lado dela.

— Entre na carruagem.

— Evander...

— Não me teste. — Ele quase grunhiu. — Entre na carruagem agora.

Ela olhou para mim, com medo, mas eu apenas dei um passo para o lado, abrindo espaço.

— Por favor, irmão, não o machuque — sussurrou ela, mas ele não olhava para ela. Seu olhar ameaçador estava sobre mim. Ele esperou que ela chegasse aos pés da escada antes de se aproximar. Entrei no quarto, pois pelo menos ali ele poderia ver que não havia nada fora de ordem.

— Arrume suas coisas, dr. Darrington, e parta imediatamente ordenou ele ao entrar.

— O senhor pode me proibir de ficar em sua propriedade, mas não aqui, Vossa Graça — falei para ele.

Ele retesou o maxilar e se aproximou. Talvez para evitar gritar ou para me estrangular, eu ainda não tinha certeza.

— O que você quer?

— Pensei ter deixado claro: quero me casar...

— Você a quer pelo dote dela? É só isso? Se sim, eu a deserdarei.

Agora era eu quem lutava para conter minha raiva.

— Posso ser um bastardo, Vossa Graça, mas não sou miserável. Independentemente do dote dela, tenho mais que o suficiente para nós dois.

— Não trabalhando como médico.

— Como eu disse, meu pai é...

— Então você planeja pegar o dinheiro dele?

— Essa também não é a sua situação? Como todo nobre neste país, o senhor não está apenas herdando da geração que veio antes de você?

— Você é igualzinho a ele. — Ele fez uma careta, balançando a cabeça. — O que eu tenho é meu por herança...

— Assim como o que é meu. Não pense que meu irmão ou meu pai são parecidos com os seus. A situação do meu nascimento foi desafortunada, mas ele cuidou de mim da mesma forma.

—Você diz isso agora, mas um dia seu pai partirá e você verá seu irmão mais novo... Alexander é o nome dele? Pois ele ficará com tudo e o ciúmes...

— De novo, o senhor me confunde com Fitzwilliam! — gritei na cara dele. — Você só consegue enxergar e relacionar as pessoas baseadas na sua própria família e experiência?

— Digamos que você esteja correto — devolveu ele. — Digamos que vocês tenham tudo o que precisam. Você ainda não teria o que *ela* precisa. Um título respeitável. Todas as garotas que ela já conheceu se tornarão damas em algum lugar. Elas terão uma posição na sociedade. Com você ela viverá de cabeça baixa, envergonhada.

Se você se importasse mesmo com ela, saberia disso e a deixaria em paz pelo próprio bem dela.

— Não posso.

— Então você é...

— Estou apaixonado por ela! — gritei alto. — E como um homem que invadiu um baile apesar de ter sido esfaqueado, como um homem que enfrentou uma tempestade ainda com febre, você melhor do que ninguém deveria entender que eu simplesmente não posso me afastar dela. Acha mesmo que tudo o que você disse também não passou pela minha cabeça? Acha que não tentei me distanciar? Tentei. E falhei. E nesse fracasso, percebi que valia a pena arriscar minha vida, minha sanidade e até minha reputação por meu amor por ela, assim como você fez. — Respirei fundo. — Nada que você diga ou faça tem poder sobre mim, Vossa Graça. Só ela tem.

Ele olhou para mim por um momento e apenas se virou, batendo a porta atrás de si.

Depois que ele saiu, fiquei na beira da cama, apertando as mãos para me acalmar.

Mas mais uma vez não pude deixar de desejar... desejar que me casar com ela não causasse tanta dor e problemas. Que, como ele dissera, junto com o meu coração eu pudesse dar a Verity tudo o que ela precisava na sociedade.

Verity

— Você sabe o que fez? — perguntou Evander ao entrar na carruagem, mas não olhei para ele. — Verity!

— Você está preocupado que façam fofoca de mim? Graças à sua esposa, já fazem! — gritei de volta.

— Não culpe Afrodite...

— Por quê? Porque ela é sua esposa? Porque você a ama e quer protegê-la? Certo. Então não culpe Theodore. Ele não fez nada de errado. Ele nunca fez nada de errado. Ele tentou ficar longe de mim, mas eu fui atrás dele, eu insisti sem parar. Fui eu que usei meu problema de saúde para convencer lady Monthermer a nos permitir momentos para conversar.

E tinha sido eu que o convencera a me seguir para o meu quarto naquela noite. Mas eu não podia dizer isso.

— Você enlouqueceu! — gritou ele.

— Quantas vezes tenho que dizer que eu o amo até que você acredite em mim?

Ele soltou o ar pelo nariz e fechou os olhos. Demorou tanto a tornar a abri-los que pensei que ele estava contando até dez para se acalmar.

— Muito bem, acredito em você.

— Agora permita que eu me case com ele.

— Não.

Eu queria chutá-lo!

— Muito bem, continuarei a vê-lo apesar da sua desaprovação...

— *Verity!*

— Você me trancará no meu quarto como...

— Não diga isso — interrompeu ele. — Não permitirei que você use a dor e o passado para me fazer sentir culpado e me impedir de garantir seu futuro.

— Se é o meu futuro, eu deveria poder decidi-lo.

— Não é assim que a sociedade funciona.

— Dane-se a sociedade então!

— Você enlouqueceu.

— Não, é você quem me enlouquece. — Bufei, virando-me para a janela, e enquanto eu observava a cidade passar, não conseguia conter a dor pela recusa dele. — Por que seu amor importa mais que o meu?

— Porque o meu está dentro dos limites aceitáveis.

— Então estenda seus limites!
— O que aconteceu com você? — ele arfou, sem entender, apesar de tudo o que eu disse. — Sinto que a irmã que eu sempre conheci desapareceu diante dos meus olhos, e no lugar dela está essa pessoa nova que age sem pensar.

Dei as costas a ele. Como eu pensara, ele jamais cederia.

Temia ser forçada a escolher entre meu irmão mais querido e meu amado. Alcançando meu pescoço, segurei o pingente que Theodore me dera. Doía profundamente, mas eu sabia qual era a minha escolha.

Não deixaria ninguém me impedir.

Daria um jeito de ir novamente ao encontro de Theodore e, desta vez, ficaria com ele.

29

Verity

— De todas as pessoas que ela poderia ter escolhido, foi escolher logo ele? — disse a criada enquanto entrava na cozinha com um balde. — Se eu fosse ela, escolheria alguém bem melhor.

— Você deve ser grata por quem quer que a escolha, Mary, com um rosto assim. — Outra criada riu enquanto sovava massa.

— O que tem de errado com o meu rosto? Pelo menos meu cabelo não está caindo, como o seu...

— Chega! — gritou a nova cozinheira, a sra. Cook. — Deus do céu, vocês conversam tanto que até fica parecendo que não temos trabalho a fazer. Mary, vá buscar a manteiga que eu pedi, e, Suzi, vá logo entregar a água quente aos lacaios.

Ouvi elas resmungarem, ainda brigando, antes de sair da despensa, que tinha uma passagem secreta para a cozinha. A mulher mais velha se virou para mim e me lançou um olhar severo. A sra. Cook antes era empregada na casa. No entanto, Afrodite lhe deu uma promoção ao saber que ela era muito melhor no preparo de refeições do que a última cozinheira.

— Lady Verity, você está se arriscando — disse ela preocupada.

— Ninguém saberá que você foi minha cúmplice. Obrigada, sra. Cook — disse a ela antes de abrir a porta para o pátio dos criados. Naquela hora do dia, havia poucas pessoas do lado de fora por causa dos preparativos para o jantar.

Tinha prometido a Theodore que não sairia sozinha à noite, então optei por sair escondida de casa antes do sol se pôr. Eu sabia que ele tentaria me mandar de volta ou que meu irmão iria imediatamente me buscar. Mas como eu havia dito no dia anterior, ainda na carruagem com Evander, eu também não cederia. Ele se certificara de que novos guardas vigiassem a maior parte dos caminhos. No entanto, a rota pelas flores de verônica ainda não era tão conhecida.

— Não se atrevam a chover! — falei para as nuvens, pois o dia estava bastante nublado. Ergui minhas saias, passei por cima de uma poça e me abaixei para passar pela abertura na cerca.

Até parecia que eu era uma fugitiva da lei por ter que me esconder atrás das árvores, desviando da vigilância. Precisei de dez minutos até ter certeza de que não havia ninguém por perto. E apesar de todo o ridículo da situação, tive que me perguntar outra vez... por quê?

— Para tê-lo — sussurrei para mim mesma.

— Vejo que você ainda fala sozinha.

Parei. Mais à frente, sozinha, com nada além de uma cesta de flores silvestres nas mãos, estava... Datura? Olhei ao redor, mas não havia mais ninguém com ela. E ainda estávamos na propriedade de Everely.

— O que você está fazendo aqui? — perguntei a ela, séria.

— Vim ver seu irmão.

— Tenho certeza de que ele não deseja vê-la. — Olhei feio para ela. Até na floresta, ela usava suas pérolas e o pó de arroz. — Você deveria voltar...

— Por que você não foi ao funeral de Fitzwilliam? — perguntou ela de repente.

Então me lembrei que ele partira e quase senti pena dela. Quase.

— Eu não o conhecia.

— Ele era seu irmão!

— E eu não o conhecia. Apenas a dor e o sofrimento que ele deixou para trás, que o seguiu até a morte.

— Assassinato! Ele foi assassinado, e ninguém buscou justiça por ele. Seu irmão criou a mais terrível das mentiras...

— Não eram mentiras. Fitzwilliam era um homem ruim, mas não acredito que ele tenha sido sempre assim. Acho que foi você que o fez apodrecer; você e meu pai o arruinaram. Vocês tentaram acabar com todos nós. Mas nem meu irmão nem eu permitiremos que você tenha tal poder sobre nossa vida — declarei, e com a cabeça erguida, passei por ela. — Vá para casa, Datura, e nos deixe em paz. Não queremos você aqui.

Mas antes que eu pudesse seguir, ela agarrou meu braço... do mesmo jeito como fazia quando eu era criança.

— *Solte-me!* — gritei, arrancando meu braço do toque dela. — Como você ousa me tocar? Não sou mais a garotinha que você atormentava, e você não é mais a duquesa de Everely. Não que alguém algum dia tenha acreditado que você era digna de tal título. Você é uma...

— Sou o quê? — zombou ela, me encarando.

Parei quando percebi que eu estava prestes a fazer o que Evander sempre fez. Envergonhá-la por ser de origem inferior. Seus pecados foram muitos, mas seu nascimento não era culpa dela. No entanto, não consegui pedir desculpas, nem ela me deu uma chance para tal, já que agarrou meu braço novamente.

— Solte-me!

— Diga. Sou o quê?

— *Solte-me!* — gritei mais uma vez, quando as unhas dela se enterraram na minha pele.

— Vocês são os culpados! Vocês destruíram tudo. Seu irmão...

Chutando a perna dela com o máximo de força que consegui, empurrei-a e ela cambaleou para trás. No entanto, ao cair, a cesta de flores também foi ao chão, e dela caiu uma pistola. Ela levava uma pistola escondida, e ia procurar meu irmão. Eu sabia que ela era capaz de qualquer coisa, e foi por isso que meu primeiro pensamento foi pegar a arma. Mas ela estava mais perto que eu, e a agarrou antes de mim.

— Datura! O que você está pensando em fazer?

— Vocês são os cruéis! E nunca são punidos — gritou ela, erguendo a pistola. — Isto era para o seu irmão, mas é muito melhor que ele viva para se sentir como eu me sinto!

Eu corri.

Mas não rápido o bastante.

Senti a bala zunir ao passar ao lado do meu braço antes de atingir uma árvore, estilhaçando a casca do tronco, e sua força quase me fez tropeçar e cair. Encarei os pedaços estilhaçados do tronco acima de mim e segurei meu braço. Sangrava, mas eu tinha certeza de que fora atingida apenas pelas lascas de madeira. Fiquei tão atordoada pelo sangue nas minhas mãos que não sentia dor.

— Que se danem, todos vocês!

Olhei para Datura, que decerto perdera a cabeça. Mas eu não podia esperar, então corri o mais rápido que pude, certa de que ela precisaria de algum tempo para recarregar. Eu estava tão preocupada em correr, tão em pânico, que não enxerguei o poço, a parede de pedra quebrada havia muito tempo, e antes que conseguisse desviar, caí no buraco. Tudo o que senti foi o vento passando por mim antes que meu peito batesse na terra, arrancando o ar dos meus pulmões.

— Ah... — gemi de agonia, rolando de costas para respirar. Não levou muito tempo antes que eu visse o rosto dela bem acima de mim.

— Eu não te disse para ser boazinha? Você nunca me ouviu — disse Datura. E, mais uma vez, me senti na escuridão, como quando era criança, sem conseguir me mexer. — Esta é a sua punição.

Ela foi embora e eu balancei minha cabeça, pensando no que fazer. Tentei me levantar, mas senti a dor se espalhar pelo meu pé e braço.

— Não sou mais criança — sussurrei enquanto olhava para cima. Era alto demais, e não havia como eu escalar, nem poderia na condição que estava. O pânico apenas se espalhou mais conforme o céu escurecia.

Alguém me encontraria. Eu não estava sozinha.

— Socorro! — gritei. — *Alguém me ajude!*

Theodore

Foi mais um dia de fracasso, não que eu esperasse algo diferente. Mas enquanto observava o pôr do sol atrás da Casa Everely, senti um estranho pavor tomar conta de mim e não consegui partir.

— Quando esse assédio acabará? — ouvi uma voz vindo da floresta, à minha direita. O duque estava sobre seu cavalo, e ao lado dele surgiram dois caçadores, um empunhando uma arma e o outro em posição para atacar o alvo, algumas lebres. Muitas delas, na verdade. Isso explicava o tiro que eu pensei ter ouvido.

— É o senhor quem deve me dizer — respondi.

Ele suspirou alto e puxou as rédeas do cavalo.

— Tome cuidado para não ultrapassar a fronteira. Ninguém quer confundi-lo com uma lebre.

— Sou bem maior, então o caçador teria que enxergar mal ou ser um assassino — respondi.

Ele se preparou para ir embora quando ambos ouvimos cascos se aproximando rapidamente, vindos da direção de sua propriedade. Segundos depois, nós a vimos e ela parou, com os olhos arregalados ao nos ver ali.

— Afrodite, por que está tão apressada? Você está bem

Ela não respondeu, mas olhou para mim.
— Ela não está com você? — perguntou.
— Quem? — perguntei, mas então percebi que só poderia ser uma pessoa.
— Verity? De novo! — gritou o duque.
— Acabei de perceber que ela sumiu. Faz pelo menos uma hora que tirei os olhos dela. As criadas que estavam de guarda no corredor também não a viram. Procuramos, mas ela não está na casa.

Sem esperar por nenhum deles, montei meu cavalo e disparei em direção à cidade. Ela era tão teimosa! Que bem isso fazia? Era como se ela tentasse provocar o irmão. No dia anterior, logo soube que ela não pretendia cumprir a promessa. Eu tinha certeza de que ela insistiria que não havia quebrado promessa alguma, pois havia fugido antes de escurecer.

— Verity — murmurei, mal parando antes de desmontar e correr para dentro da hospedaria.

— Boa noite, dr. Darrington...

— Pare de permitir que ela entre no meu quarto — falei para a sra. Stoneshire enquanto subia as escadas.

— Quem? Não deixei ninguém subir.

Paralisei, voltando-me para ela.

— O quê?

— Como assim o quê? Do que o senhor está falando? — questionou a sra. Stoneshire, mas antes que eu respondesse, as portas se abriram mais uma vez e o duque também entrou, de rosto sério.

— Onde ela está?

— Como assim? — perguntou a sra. Stoneshire, irritada, de mãos nos quadris.

— Não brinque comigo. Onde ela está? — exigiu o duque.

— Vossa Graça, a única *ela* que esteve aqui hoje sou eu, infelizmente.

O olhar dele se voltou para mim, raivoso, e eu balancei a cabeça, confuso.

— Se ela não está aqui, onde pode estar?

Não era uma caminhada tão longa assim, definitivamente menos de uma hora. Mas quem poderia saber se ela havia deixado a propriedade?

O duque, também se dando conta, correu da pousada, e eu o segui.

— Isso não é assunto seu! — gritou ele, montando no cavalo.

— Até parece! — devolvi, subindo no meu.

— Eu não tolerarei você...

— Este é mesmo o momento certo para se preocupar comigo? Primeiro, nós a encontramos, e então você poderá latir para mim o quanto quiser — gritei, disparando.

Tentei dizer a mim mesmo que ela estava caminhando, que ela estava bem.

Que tudo ficaria bem.

Mas aquele sentimento sinistro de mais cedo apenas ficou mais forte.

Evander

Horas!

Fazia horas.

E não consegui encontrar minha irmã em nenhum lugar da propriedade. Pior ainda, tinha escurecido e eu me preocupava com como isso iria afetá-la. Droga! Maldito! A culpa era dele. Se ele tivesse ido embora como eu exigi, se nunca tivesse se envolvido com ela, Verity nunca teria se perdido.

Perdido?

Não, eu não permitiria isso. Minha irmã não poderia estar perdida.

— *Verity*! — gritei na escuridão enquanto procurava pela propriedade com meus homens. Todos carregavam tochas, mas não conseguimos encontrá-la.

— Verity! — gritei mais uma vez.

— Vossa Graça! — Um homem correu até mim.

— Você a encontrou?

Ele balançou a cabeça, mas apontou para trás de mim.

— O médico está chamando Vossa Senhoria. Acredito que ele encontrou alguma coisa.

Cerrei os dentes. Maldito.

— Leve-me até ele.

— Por aqui, Vossa Graça — disse ele, correndo enquanto eu esporava meu cavalo e o seguia. Levamos apenas dois ou três minutos até alcançarmos o dr. Darrington, ajoelhado na terra.

— O que é? — chamei.

— Vossa Graça, esteve caçando por aqui? — Ele se levantou, segurando algo na mão em punho.

— O quê?

— Esteve caçando por aqui? — gritou ele.

— Não! Por que isso importa? Não tenho tempo...

Ele abriu a mão e ergueu o objeto para que eu visse. Parecia algum tipo de colar. Lembrei de já tê-lo visto em Verity.

— Ela passou por aqui? — arfei, olhando ao redor como se ela fosse aparecer.

— Ela não estava sozinha — disse ele, capturando minha atenção. Então apontou com a tocha para uma árvore com o tronco estraçalhado e uma bolinha nas raízes. Mas só vi o sangue quando ele aproximou o fogo. — Alguém atirou aqui, Vossa Graça, e se não foi você, então quem?

Eu ouvi o que ele estava dizendo, mas não consegui aceitar, pois... pois aqueles eram os meus campos, e além de Afrodite, que não gostava do esporte, ninguém mais poderia ter atirado. Até poderiam ser caçadores ilegais, mas mesmo eles não arriscariam que o som de tiros os expusesse.

— Vossa Graça, temos de encontrá-la. Faça seus homens vasculharem esta área. Ela costuma ficar por aqui.

Eu não consegui tirar os olhos do sangue.

— E se ela...

— Não é o suficiente para ser fatal, mas alguém está ferido, e só posso imaginar que seja ela.

Olhei para o homem ao meu lado.

— Chame todos aqui. Rápido!

— Sim, Vossa Graça! — disse ele, partindo.

Meu olhar agora focava em Darrington, que apertava o colar dela como se fosse seu coração, e caminhava desnorteadamente.

— Seu cavalo! — eu o lembrei.

Mas ele não me ouviu. Apenas continuou andando e procurando pelas árvores. O tolo quase tropeçou na escuridão.

— Não a encontraremos se você quebrar seu pescoço — gritei, indo atrás dele.

— Shh! — Ele ergueu a mão para mim.

— O quê...

— *Shh!* Desmonte do cavalo. Faz barulho demais. — Percebi que ele estava muito confortável gritando, zombando e rosnando para mim. Mas nada disse. Com cuidado, desmontei, segurando minha tocha.

Darrington andou na ponta dos pés, virou a cabeça, e então caminhou na outra direção. A expressão de pura concentração e preocupação no rosto dele era evidente. Ele deu mais uns passos e parou, olhando para mim.

— Ouviu?

Não ouvi nada.

— Ouvi o quê?

Ele franziu as sobrancelhas enquanto girava, e tive certeza de que ele estava sofrendo tanto que sua mente não funcionava direito.

— Verity! — gritou ele, mas só houve silêncio.

— Vamos esperar pelos homens. Procuraremos...

— Shh!

Eu estava pronto para machucá-lo quando, de repente, também ouvi.

— Theodore!

Virei-me, sem saber de onde viera.

— *Verity!* — gritou ele outra vez, correndo na direção do som. — Verity, onde você está?

— *Aqui!* Estou aqui! — A voz estava mais alta, mas não consegui vê-la.

— *Verity!* — chamei, meu coração disparando. Graças a Deus ela estava viva.

— Verity, estamos perto. Onde? — gritou o médico.

— O poço!

— Evander! — Theodore me chamou, de alguma forma conseguindo ver o poço e correndo até ele. — Verity, você está aí dentro?

Correndo, alcancei a borda quebrada, e foi só com a luz do fogo que a vi no fundo. Ela olhou para nós antes de tossir.

Ela murmurou alguma coisa e fechou os olhos.

— *Verity!* — gritamos.

— Preciso descer lá! — disse Theodore, já passando uma perna pela borda, mas agarrei seu braço.

— Enlouqueceu? São pelo menos seis metros até lá embaixo! Vamos esperar a corda...

— E como vamos enrolar a corda nela se ela estiver inconsciente? — gritou ele, puxando o braço.

— E como você vai tratá-la se também estiver machucado? Pense! Outra pessoa terá que descer.

— Não vou deixar que ela fique nessa escuridão *sozinha* por nem mais um segundo!

O homem começou a descer.

Encarando em choque, vi quando ele quase quebrou o pé ao atingir o chão, mas mesmo assim se arrastou até ela. As palavras que ele dissera em outra ocasião vieram à minha mente.

Nada que você diga ou faça tem poder sobre mim, Vossa Graça. Só ela tem.

— Vossa Graça! — Os guardas tinham nos encontrado.

— Rápido! Precisamos de uma corda — ordenei, olhando para o poço. — Ela está bem?

— Não, ela está no fundo da droga de um poço!

Mordi minha língua. Ah, como eu detestava aquele homem.

— Mas os ferimentos dela não são graves — adicionou ele.

— Espere! Nós a tiraremos daí e você também, se for preciso — falei, resmungando a última parte.

30

Theodore

— Você está bem — sussurrei enquanto a examinava. — Tudo está bem.
Eu não conseguia ver com clareza, mas, até aquele momento, os ferimentos dela consistiam em um braço arranhado e ensanguentado, um tornozelo arranhado e outros cortes menores pela queda. O que mais havia eu só conseguiria ver quando saíssemos dali.
— Verity, vamos, meu amor, abra os olhos — falei, tocando o rosto dela com gentileza. Ela fez uma careta de dor. — Está tudo bem. Estou aqui.
— Theodore.
— Sim! Isso mesmo. Abra os olhos.
— Minha cabeça dói. — Ela tentou erguer a mão, mas se encolheu. — Tudo dói.
— O que dói mais? — perguntei, segurando o rosto dela, mas ela apenas gemeu, murmurando e novamente ficando inconsciente outra vez.
— Temos a corda! — gritou Evander enquanto eles a lançavam. — Pode amarrar nela?

— Ela está desmaiando e despertando. Precisarei amarrá-la ao redor de nós dois — falei, agarrando e puxando a corda. — Vai aguentar o peso?

— Sim!

Coloquei o braço ferido dela ao redor dos meus ombros e a abracei antes de amarrar a corda ao redor de nós dois, e então enrolá-la ao redor do meu braço.

— Pronto! — falei, segurando Verity e a corda com força.

— *Puxem!* — ouvi ele gritar.

— Theodore... — murmurou ela enquanto nossos pés saíam do chão.

— Você está bem. Estamos saindo daqui — falei para ela, rangendo os dentes enquanto a corda entrava mais fundo na minha pele.

— *Puxem!* — Evander tornou a gritar.

Eu conseguia ouvir eles e os cavalo se esforçando, e estávamos apenas a meio caminho. Meu braço queimava, mas eu não soltaria.

— *Puxem!*

Quando chegamos à boca do poço, meu braço estava frouxo.

— Verity! — chamou o irmão dela enquanto nos ajudava a deitar no chão. — Verity, acorde.

— Traga a tocha. Deixe-me vê-la. — Rolei de lado até ela, afastando os guardas.

Bem como pensei, não havia sangramentos nem contusões na cabeça, mas não podia ter certeza até que ela falasse comigo direito.

— Verity, abra os olhos — falei, tentando erguer as pálpebras dela para ver seus olhos.

— Luz — murmurou ela, tentando fechá-los de novo.

— O que aconteceu? — perguntei.

— Eu estava indo te encontrar e...

— Eu sabia que era culpa sua — gritou o irmão dela, agora, de todos os momentos.

De repente, ela arregalou os olhos, olhou para o irmão e agarrou o braço dele.

— Datura!
— O quê?
— Ela... ela estava armada! Ela estava indo atrás de você! Ela ia até a casa...

Ele arregalou os olhos enquanto erguia a cabeça e olhava para a casa.

— Afrodite. — Ele arfou, horrorizado.
— Vá! Eu ficarei com ela! Se todos estavam aqui procurando, a casa não estará segura.

Depois de testemunhar o que seu filho havia feito e como Datura já estava desequilibrada, quem podia adivinhar o estado mental dela.

— Evander, vá! — disse Verity, tentando se levantar. — Estou bem.

— Vocês três, comigo! — gritou Evander para seus homens, correndo até o cavalo.

— Você não está bem — corrigi-a enquanto a ajudava a se sentar.
— Estou sim, porque você está aqui. Eu sabia que você me encontraria. — Ela sorriu, e, mesmo com a pouca luz, vi o tamanho do sorriso. Ela sorria. Naquele estado!

— É por isso que pedi que você prometesse não caminhar sozinha. Verity...

— Por favor, não grite comigo, já me sinto mal o suficiente — sussurrou ela, e me contive, pois estava certa. Não era a hora. Tê-la diante de mim aplacou meu pânico. Agora, em seu lugar, vinha a raiva: dela, de sua madrasta, de mim mesmo. Inclinando-me, peguei a mão dela e a beijei.

— Você me fez ficar com medo de verdade.
— Eu também fiquei. — Ela inspirou fundo.

Graças a Deus o poço não era mais profundo. Eu não tinha certeza do estado de sua mente, mas pelo menos ela estava alerta e falando.

— Datura... ela tentou me matar. Parecia que ela queria acabar com o mundo inteiro. Temos que voltar para casa. Quem sabe o que ela está fazendo — disse ela, tentando se levantar, mas caindo nos meus braços machucados.

— Você não está em condição de se levantar.

— Theodore, eles são minha família! — Ela tentou se levantar outra vez, segurando-se em mim. — Por favor, preciso voltar e ver o que está acontecendo. Eu... eu não estava lá com Fitzwilliam. Mas...

— Acalme-se! Iremos. Iremos — falei, segurando-a antes de passar meu braço por sua cintura. Ela se segurou em mim, cambaleando na direção do cavalo. Tentei segurar as rédeas, mas me encolhi.

— Você está ferido! — Ela tocou meu braço.

— Estou bem.

— Você não está bem! — disse ela, me imitando com um olhar sério.

— Minha mão está um pouco ferida, nada mais. — Ignorei a dor e subi no cavalo primeiro para provar que estava bem, e então a puxei para que se sentasse diante de mim.

— Você está bem?

Ela assentiu, e só então esporei o cavalo, o vento soprando o cheiro dela ao meu redor. Eu tinha certeza de que ela podia sentir meu coração disparado contra suas costas.

Ah, como eu não queria soltá-la, e rezei para não a estar levando até algum perigo maior.

— Temo que jamais terei um momento monótono com você — falei.

— Quem deseja uma vida monótona? — respondeu ela.

Chegamos e encontramos a duquesa do lado de fora da casa junto com algumas criadas. Nos braços dela estava a jovem senhorita Emeline.

— Afrodite! — chamou Verity quando nos aproximamos. — O que está acontecendo?

— Datura estava na casa. Não sei como ela entrou, mas agora se recusa a sair. Evander diz que ela está ameaçando se ferir!

Imediatamente, desci do cavalo.

— Fique aqui — gritei para Verity enquanto corria para dentro da casa.

Era simples ver para onde eu deveria ir — todos os criados olhavam para a escada. Subi, de dois em dois degraus, quase escorregando ao chegar ao topo. Olhei para a direita e a esquerda até que vi a aglomeração no corredor. Evander estava na porta e o mordomo diante dele.

— Abram caminho! Abram caminho! — Fui empurrando e enfim vi a mulher. Ela estava sentada na cadeira, chorando e murmurando consigo, a pistola apontada para a cabeça. — Há quanto tempo ela está assim? — sussurrei para Evander enquanto ele a encarava.

— Desde que cheguei. Ela ameaça atirar se entrarmos — resmungou ele, balançando a cabeça. — Estou meio convencido a entrar.

— Isso não é recomendado — falei, e olhei para ela. Era como Verity dissera, ela não estava em seu juízo perfeito. — Duquesa Viúva...

— *Fique onde está!*

— Eu estou — falei, de mãos erguidas. — Viu, estou aqui.

— Eles são os cruéis! — gritou ela, o corpo inteiro tremendo. — Todos eles tomaram tudo. Tomaram meu filho, meu bebê...

Evander fez uma careta e abriu a boca para falar, mas segurei seu braço. Aquele não era o momento de levar em conta quem estava certo ou errado. As palavras dele apenas provocariam a loucura dela.

— Você não tem outro filho, viúva? — perguntei gentilmente, lembrando-me de minhas conversas com Verity. — Gabrien. Ouvi falar dele. Disseram-me que ele é muito gentil e doce e deseja viajar pelos mares um dia como oficial da marinha. O que será dele? Você não se importa com ele?

— Claro que me importo! — retrucou ela, finalmente fazendo contato visual comigo.

— Então por que a senhora faria isso? Na casa de sua família? Você deseja assombrá-lo para sempre?

— Não, eu... são eles que nos assombram! — Ela apontou para Evander. — Ele e sua mãe! Os dois! Eles não nos deixarão em paz! Eles zombam de nós! Sempre...

— E Gabrien será zombado ainda mais — falei, dando um passo. — Minha mãe também foi zombada e insultada. Ela também foi profundamente ferida por este mundo, por pessoas com grandes posições — falei, dando outro passo. — E ela... fez o que você está querendo fazer agora. Sabe quem saiu machucado? Eu. O resto do mundo seguiu em frente, mas eu fiquei para me lembrar. E fui insultado no lugar dela. Não acho que ela queria isso para mim. Você deseja isso para Gabrien?

— Eles já zombam dele pelas transgressões de Fitzwilliam.

— E você acredita que zombaria dupla é melhor?

— Eu só... eu só quero... — Ela parou. — Eu só queria o que eles têm. Por que isso é tão errado?

— A resposta que você busca não pode ser encontrada com uma arma — respondi, dando outro passo na direção dela. Estendi minha mão. — Por favor, entregue-a a mim.

Ela ergueu o olhar e pôs a arma na minha mão.

— Tirem-na da minha casa agora!

Em segundos ela estava nas mãos dos lacaios, sendo arrastada da cadeira.

— Isso só vai piorar a situação dela!

— Não me importo! — gritou Evander quando tentei pará-los. Ela gritava enquanto a levavam.

— Certamente ela está passando por...

— Ela atirou na minha irmã! A mulher que você alega amar. E você quer mostrar compaixão porque ela enlouqueceu? Ela inflige dor aos outros, e agora devemos confortá-la? Não apoio esse tipo de tratamento! — gritou ele antes de segui-los.

Ele não estava errado. Ela poderia ter matado alguém, e não qualquer um: Verity. O pensamento me deixou furioso, mas enquanto olhava para a arma em minhas mãos, e o lado esquerdo do meu corpo machucado, pensei em minha mãe e me senti aliviado por ter pelo menos salvado outro jovem daquele horror.

Mas talvez aquilo tenha custado minha chance de ter a mão de Verity.

Que dia horrível.

Verity

Datura gritou de fúria ao ser arrastada de nossa propriedade pelos lacaios. Evander ficou com Afrodite e Emeline na entrada, confortando-as. Ele beijou a cabeça de ambas antes de mandá-las de volta para dentro. Ele tentou me mandar entrar, mas eu não conseguia tirar os olhos dela.

— Vocês mataram seu irmão! Todos vocês. É culpa sua...

— Quando você assumirá a responsabilidade de suas ações? — perguntei a ela, com raiva e pena. — Tudo aconteceu por sua culpa.

— Esse olhar. — Ela quase estremeceu de raiva. — Como eu odiei seu rosto... da primeira vez que a vi, eu sabia que você cresceria e teria o mesmo olhar dela. Ela morreu, mas era como se tivesse retornado em você.

— *Tirem-na daqui agora!* — ordenou Evander, tremendo tanto quanto eu.

— Soltem-me! — gritou Datura enquanto a levavam. — Vocês são todos assassinos! Vocês são os cruéis! *Vocês!*

— Vamos entrar. — Theodore não deu espaço para que eu reclamasse enquanto me carregava, apesar de seus próprios ferimentos. Todos os lacaios e até meu irmão abriram espaço para deixá-lo passar, então eu soube que todos estavam atordoados, com razão.

— Verity, seus ferimentos. — Afrodite veio até mim, ainda segurando Emeline.

— Estou bem...

— Ela não está, Vossa Graça — interrompeu Theodore. — Ela precisa se deitar. Precisarei de água fresca, toalhas e uma atadura para o ferimento no braço. Ela também precisa de comida, esteve lá fora por horas...

— Tudo será levado para o quarto dela. Eleanor, por favor, conduza o dr. Darrington. Colocarei Emeline para dormir e chamarei as criadas.

Olhei para ele, mas Theodore não quis me colocar no chão, então descansei a cabeça em seu ombro. Quando eu estava no poço, fiquei chamando por ele até minha garganta doer e meu corpo ficar dormente. Eu sabia que se continuasse chamando ele me encontraria e, quando o ouvi chamar de volta, foi como se todo meu corpo relaxasse e uma sensação de paz tomasse conta de mim.

Fechei os olhos pelo que pensei ser apenas um minuto. Porém, quando ele chamou meu nome e eu os abri, percebi que já estava na cama.

— Verity?

— Humm? — Vi que ele me encarava. Tentei me sentar, mas ele me segurou gentilmente.

— Pare — ordenou, segurando minha cabeça para que eu pudesse tomar as colheradas de sopa. Toda vez que eu tentava me mexer ou falar, ele me interrompia até que eu tivesse tomado pelo menos meia colherada.

— Meus ferimentos são graves? — perguntei, lambendo meus lábios.

— Não importa quão graves são, eu vou cuidar deles.

— E os seus?

— Vou cuidar deles depois que terminar com você. Feche os olhos. Sei que está cansada — sussurrou ele.

Assenti e então me lembrei de meu irmão. Abracei Theodore e balancei a cabeça.

— Evander vai expulsá-lo de novo.

— Ele não vai — disse Afrodite, que estava do outro lado da cama. — Prometo que Theodore estará aqui quando você acordar. Descanse.

Eu não sabia se podia acreditar nela, mas Theodore assentiu quando olhei para ele. Suspirando, fechei meus olhos de novo.

Que dia longo. Evander decerto jamais me deixaria sair de casa outra vez.

Afrodite

Ele ficou sentado em silêncio em nosso quarto com a cabeça entre as mãos. Lentamente, aproximei-me e me ajoelhei diante dele, colocando as mãos em seus joelhos.

— Mais uma vez, está claro para mim por que seu pai não quis me dar sua mão — sussurrou ele, cansado, e quando abaixei suas mãos e olhei em seus olhos, eles estavam vermelhos, não de raiva, mas de tristeza. — Que tipo de loucura é essa? Primeiro Fitzwilliam e agora Datura? Como ela conseguiu entrar?

— Verity disse que há uma passagem secreta que sai da cozinha. É assim que ela foge.

Ele ergueu as mãos e balançou a cabeça.

— Eu queria encher nossas vidas de alegria — murmurou, derrotado. — Desejei que todos os nossos dias juntos fossem repletos de risadas, longas caminhadas entre as flores e as mais deslumbrantes diversões. Desejei que Everely fosse um refúgio para minha família como sempre sonhei que poderia ser. Em vez disso, enfrentamos todo o tipo de problemas. Se esta fosse sua família...

— Esta *é* minha família — falei, pegando sua mão. — Sou uma Eagleman. Você é minha família, esta é minha casa, e não importa o que tenha acontecido, não perdi a fé de que faremos deste lugar uma maravilha feliz.

Ele levantou minhas mãos e as beijou.

— Perdoe-me por começar nosso casamento assim.

— Não há nada a perdoar. — Sorri, beijando suas mãos de volta, sabendo que não poderia mais me segurar. — Evander, algo deve ser feito por Verity.

— Ah, quando ela acordar, eu darei um sermão que...

— Não é isso. — Eu acreditava que ela já havia aprendido a lição da maneira difícil, saindo sozinha e se ferindo. — Estou falando da reputação dela.

— O que tem?

— Evander, em toda a cidade, senão em todo o condado, só se fala dela e o dr. Darrington. Você acha que eles são tolos? Primeiro, ele era bem-vindo aqui, depois foi banido, em seguida Verity foi à hospedaria atrás dele, e agora ele a carrega para casa, ensanguentada.

— Ela estava ferida...

— Mesmo assim, temo o que será dito de uma jovem que passou por tudo isso com um homem com o qual não é casada. É um escândalo e tanto que durará o resto da vida dela.

Ele franziu a testa.

— O que você está dizendo?

— Estou perguntando se a origem do dr. Darrington é tão importante a ponto de você preferir deixar sua irmã exposta ao ridículo.

— Ela será ridicularizada por estar com ele.

— Mas, pelo menos, ela estará com o homem que ama e que a ama. Até você tem que admitir isso. — Apertei a mão dele. — Ela olha para ele como eu olho para você, e ele olha para ela como você me olha. Não é isso que você quer para ela? Que seja amada?

Ele fechou os olhos e baixou a cabeça.

— Eu vejo isso, mas tenho dificuldade em aceitar. E se estivermos vendo apenas o lado bom dele? E se depois ele for como Fitzwilliam?

— Você tem que esquecer Fitzwilliam, meu amor. Ele se foi. Você precisa olhar para o dr. Darrington como ele é. A meu ver, eles não têm nada em comum. Deixe de lado a origem dele e questione o homem como faria com qualquer outro pretendente que pedisse a mão dela.

— Sei que ele tem um coração mole, já que pediu que fôssemos gentis com Datura mesmo depois de tudo que ela fez, de tudo que ele testemunhou pessoalmente.

— Compaixão pelo inimigo é um traço divino, então você não deve culpá-lo por isso.

— Não estamos no céu. As mulheres precisam de proteção, e não acho que ele pode protegê-la.

— Ele não pulou em poço atrás dela? Acredito que ele conseguirá cuidar muito bem dela.

Ele franziu a testa e quase fez um biquinho.

— Você precisa defendê-los?

— Seria inadequado da minha parte ter o nome de Afrodite e não defender o amor.

— Claro, e bem agora você pensou em fazer jus ao seu nome. — Ele fez uma careta e riu ao me puxar para seus braços.

31

Theodore

Quando entrei no quarto, ela rapidamente fechou o diário.
— *Mais dores para a barrela; mais fogo para a panela?* — falei, fazendo Verity arregalar os olhos e abrir a boca.
— *Macbeth?* — A duquesa, sentada ao lado da cama de Verity, franziu a testa e nos encarou. — Por que você citou isso?
— Nada. Ele está só me provocando — respondeu Verity, e inclinei a cabeça para esconder meu sorriso.
— Entendo. Deixarei o senhor trabalhar, dr. Darrington — disse a duquesa, levantando-se.
— Obrigada, Vossa Graça, e agradeço pelo espaço também. Perdoe-me por expulsá-la.
— Há quartos demais para eu ser expulsa. Se tem alguém sofrendo, é a pobre sra. Stoneshire. — Ela riu e foi até a janela. — Quando mandei buscar seus pertences, ela quase chorou.
— Você mandou buscar os pertences dele? — perguntou Verity, sentando-se, esperançosa. — Então isso quer dizer que...
— Ele foi ferido ao te salvar, Verity. Seria pouco educado da nossa parte enviá-lo de volta à hospedaria — disse ela, e vi Verity afundar na cama aos poucos, desanimada. Sentei-me do outro lado da cama.

— Como está seu braço?
— Bem. Como está o seu?
— Dolorido — respondi, pegando o braço dela para examinar. Fazia apenas algumas horas desde que tudo acontecera, mas eu estava feliz em ver que a ferida não parecia infeccionada mesmo depois de ficar exposta por tanto tempo.
— É aconselhável você mesmo se tratar? — perguntou ela enquanto eu refazia o curativo.
— É aconselhável você andar sozinha na cidade a qualquer hora do dia? — respondi, fazendo-a franzir a testa.
— Evander já me deu um sermão. Acredito que meus ouvidos ainda estão retinindo, e agora você se junta a ele.
— Seja lá o que ele disse, estava certo...
— Você não deve ficar ao lado dele.
— Por quê?
— Porque ele está contra nós.
— Ele está contra mim, não contra você. Mas quem quer que esteja ao seu lado, está ao meu lado.
— E quem quer que seja contra você, é contra mim. Então ele está contra nós.

Nos encaramos. Mais uma vez, me peguei tentando não sorrir. Concentrei-me em seu tornozelo, que estava apoiado em um travesseiro. Pressionei a lateral com a mão boa e ela estremeceu.
— Não está quebrado, mas está torcido, como pensei. Precisaremos enrolá-lo com toalhas frias por vinte minutos a cada duas ou três horas por mais um ou dois dias.
— Eleanor cuidará disso — disse a duquesa.
— Da próxima vez, eu resgatarei você — disse Verity, um tanto séria. — Fui a donzela em perigo por duas vezes.
— Duas vezes? — arfou a duquesa, sem saber.
— Sim. Caí do cavalo em Londres, e ele me ajudou. Mais um acidente e parecerá que sou a mocinha de um conto de fadas medieval. — Ela olhou para mim. — Da próxima vez, serei sua heroína, prometo.

— Será que não podemos simplesmente evitar "a próxima vez"? — perguntei, temendo novos dramas. Colocando a mão no bolso, peguei o colar que ela perdera. — Temo que esta joia já tenha visto coisas demais.

Ela arfou e se sentou.

— Pensei que tivesse perdido!

— Ela me conduziu a você — falei, desejando colocar o colar nela, mas apenas o coloquei em sua mão com cuidado.

Toc. Toc.

— Entre — disse a duquesa.

— Vossa Graça, o duque gostaria de ver o dr. Darrington no escritório — disse o mordomo.

— Por quê? — Verity sentou-se outra vez. Dei um tapinha na perna dela para atrair sua atenção, e quando ela me olhou, balancei a cabeça.

— Já volto. Vossa Graça, pode garantir que a toalha fique o mais fria possível?

— Sim, é claro — disse a duquesa.

Levantando-me da cama, fui até a porta, onde o homem mais velho estava parado sem nenhuma emoção no rosto. Caminhamos em silêncio e não tive tempo de organizar meus pensamentos antes de chegarmos à porta. Ele bateu uma vez e esperou.

— Entre.

— Vossa Graça, o dr. Darrington está aqui.

— Deixe-o entrar.

O mordomo deu um passo para o lado, gesticulando para que eu prosseguisse. Assim que entrei na sala, a porta se fechou atrás de mim. O duque estava sentado atrás de sua mesa, recostado na cadeira, com os olhos fechados. Ele não disse uma palavra, então falei primeiro.

— Se o senhor deseja me expulsar, tudo o que peço é que o faça depois que Verity estiver recuperada — falei.

Ele não abriu os olhos, então fiquei em silêncio.

Tive a sensação de que muito tempo se passou até que ele finalmente falasse.

— De quanto é a sua herança?

— Cinquenta mil libras.

— Está garantida em seu nome?

— Sim, e já foi transferida.

Ele abriu os olhos e se endireitou, olhando para mim.

— Quanta terra você possui?

— Cem acres, incluindo uma mansão chamada Glassden Hall, também garantida, bem como uma fazenda, garantindo mais renda.

— Onde fica?

— Cheshire.

— Não é lá que fica a Wentwood House?

Balancei a cabeça.

— Sim.

— Então é seguro presumir que os cem acres dados a você foram tirados daquela propriedade.

— Sim, foram.

— Você possui algum outro terreno ou propriedade? Em Londres?

— Não.

— Mas você não morou lá todo esse tempo?

— Meu avô e meu tio possuem uma casa. Mas depois que meu tio se casou e teve filhos, o lugar ficou bastante apertado, então procurei hospedagem de longo período em uma pousada.

— Você não pensou em comprar uma casa lá?

— Não fazia muito sentido ter uma casa só para mim e eu passava grande parte do meu tempo visitando pacientes.

Ele respirou fundo e juntou as mãos.

— Cem acres foram tirados da futura herança de seu irmão; ele não se importou?

— Ele é apenas um menino. Não tenho certeza se ele sabe.

— E quando ele crescer e se tornar um homem?

— Não acredito que ele vá se importar, mas não saberei até que ele seja mais velho.

— E a mãe dele? Ela se importa? Qual é o seu relacionamento com ela?

— Não temos um relacionamento em si. Acredito que não haja nenhum sentimento ruim entre ela e eu. Ela já fez muito por mim — respondi.

— Como assim?

Eu não queria mentir para ele mais do que o necessário. Então, contei a verdade, como fomos flagrados em Londres e por que saí de lá antes de vir para Everely. Ele se levantou e contornou a mesa.

— Como você pode ser tão imprudente? — arfou. — Você arriscou a reputação de minha irmã mais de uma vez. Vocês dois extrapolaram a decência.

— Não vou negar. — E se ele soubesse como havíamos extrapolado a decência, teria atirado em mim.

— Isso tudo foi para forçar minha bênção? Para tornar tão difícil salvar o nome da minha irmã que eu seria obrigado a aceitá-lo?

— Com todo o respeito, Vossa Graça, você não veio à mente naqueles momentos. — Nem nada nem ninguém.

Ele inspirou e baixou a mão.

— Minha irmã é muito preciosa para mim, dr. Darrington. Muito antes de eu me importar com outra pessoa, éramos apenas nós dois procurando sobreviver nesta casa, nesta família. Como você deve ter notado, tivemos nossa parcela de... tragédia. Não tenho certeza se ela se lembra, mas há muito tempo prometi a ela que garantiria sua felicidade. Ela me diz que está apaixonada por você e acredita que você também a ama. Se eu o aceitar, não tenho certeza se ela terá essa felicidade, pois o amor é importante, mas a aceitação também é, principalmente na sociedade.

— Posso estar passando dos limites, Vossa Graça, mas sua primeira esposa não foi aceita na sociedade? Você não foi aceito? Esta casa era feliz por conta disso? E sua mãe e seu pai? Eles também não foram aceitos? — Ele não respondeu, então prossegui. — Acredito que o amor é mais importante que nossa sociedade.

— Não quero que ela entre em outra família complicada.

— Todas as famílias têm problemas, mas garanto a você, a minha jamais poderia eclipsar ou chegar aos pés da sua — respondi, fazendo-o franzir a testa.

— E o seu trabalho?

— O que tem?

— Pretende continuar vendo pacientes?

— Sim.

— Não se preocupa em levar algum tipo de doença fatal para a sua família no futuro?

— Tomo muitas precauções para evitar isso. E se eu acreditasse correr esse risco, me afastaria e buscaria tratamento para mim mesmo.

— Esse risco vale, mesmo você tendo terra e fortuna?

— Sim, pois é quem eu sou — falei para ele. — E foi isso que me trouxe até aqui.

— Eu queria negar — resmungou ele, estendendo a mão para mim. — No entanto, o futuro da minha irmã agora está com você, *Theodore*.

Foi como se eu finalmente tivesse conseguido um milagre, visto um anjo. Meu peito doía, meus olhos ardiam e todo meu corpo tremia quando peguei sua mão. Que vergonhoso seria chorar. Abaixei a cabeça e agarrei sua mão com força.

— O-obrigado. — Até tive dificuldade em dizer as palavras.

— Agora você contará a ela.

— Não precisa!

Nós dois paramos ao ouvir a voz vindo pela porta atrás de mim. Rapidamente, soltei a mão dele e abri os olhos para vê-la apoiada em uma perna só, segurando a porta.

— Verity! — nós dois exclamamos.

— Perdoem-me. Fiquei nervosa. — Ela deu um grande sorriso. — Ele disse sim! De verdade, ele disse sim!

Estendi a mão para Verity e ela me abraçou com força.

— Eu disse que você precisa ficar com o pé em repouso.

— Onde está Afrodite? Ela deveria esperar com você enquanto eu falava com ele — perguntou Evander, indo para o outro lado dela para me ajudar. Eu queria carregá-la, mas temia que isso extrapolasse o limite do irmão dela naquele dia.

— Ela esperou, mas então Eleanor chegou e ela saiu correndo do quarto como se a casa estivesse pegando fogo, sem sequer olhar para mim — explicou Verity, ainda sorrindo enquanto se virava para Evander e o abraçava. — Obrigada, irmão. Obrigada por aceitá-lo.

— Vossa Graça! — O mordomo entrou apressado.

— Wallace, o que está acontecendo? — perguntou Evander. — Onde está a minha esposa?

— Vossa Graça, a marquesa de Monthermer acaba de chegar e deseja ver... lady Verity — respondeu o mordomo, e todos nós paralisamos.

— Bem, boa sorte para você, irmã. — Evander se afastou dela.

— Evander! — Ela arfou alto e ele encolheu os ombros.

— Eu dei minha bênção e você acredita que está pronta para enfrentar a sociedade, então enfrente-a.

Bem quando pensei que tínhamos chegado ao fim, mais um desastre.

Verity

Tentei não me sentir como uma garotinha ao entrar na sala de estar. No entanto, eu também não me sentia como uma adulta, pois tive que cambalear, segurando-me em Theodore. Ela estava sentada perto do fogo como uma obra de arte, vestida de um violeta intenso, uma touca de joias na cabeça e diamantes rodeando a pele negra. Em frente a ela estava sentada Afrodite, que também parecia incrivelmente nervosa apesar de aquela ser a casa dela e não de sua mãe.

— Madrinha, seja bem-vinda. Não me disseram que estávamos esperando você — disse Evander enquanto me seguia. Ele olhou para Afrodite, provavelmente se perguntando por que ela não havia nos contado, mas ela devolveu o sorriso, balançando a cabeça para indicar que também não esperava a mãe. Quando a marquesa olhou para a filha, Afrodite imediatamente ergueu a xícara de chá.

— Recebi uma carta de seu irmão dizendo que ele havia transferido sua herança para nossa tutela caso algo acontecesse com ele — disse a marquesa, olhando para mim. — Isso me deixou muito preocupada, e essa preocupação cresceu conforme novos burburinhos chegavam à alta sociedade. Imagine minha surpresa quando cheguei hoje à cidade e ouvi que não apenas minha afilhada quase foi assassinada e deixada para morrer em um poço, mas também que ela estava ligada a um certo dr. Theodore Darrington.

Olhei para Evander, cujos olhos se arregalaram ao perceber que era o culpado pela visita inesperada.

— Bem, alguém fale. — Ninguém falou. — Afrodite, não há chá suficiente neste mundo para impedir que você e eu tenhamos essa conversa.

— Vossa Senhoria, responderei tudo o que quiser saber, mas lady Verity pode se sentar? — Foi Theodore quem ousou dirigir-se a ela.

— É claro que ela pode se sentar, pois esta é a casa dela — disse ela, e ele me ajudou a sentar diante deles, e para tornar mais evidente que estava me tratando enquanto médico, pegou uma almofada da cadeira e a colocou no chão para eu descansar o pé machucado.

— Agora, um de vocês me diga a verdade do que está acontecendo aqui.

Ela esperou.

— Madrinha, é tanta coisa...

— Por isso estou sentada, Evander. Desembuche — exigiu ela. Era de se pensar que ela que era a duquesa daquela casa.

Mas, também, o poder de uma mãe era maior que qualquer outro. Rapidamente Evander e Afrodite começaram a explicar o que acontecera nas últimas semanas. Pensei que ela entraria em pânico, gritaria, ou, pelo menos, demonstraria alguma emoção, mas ela ouviu tudo calmamente.

— Onde está aquela... onde está Datura agora? — perguntou ela a Evander.

— Presa, aguardando julgamento. Falarei com o magistrado sobre a questão depois. No entanto, ela será levada à justiça.

— Finalmente, isso está resolvido. — Ela suspirou, e então seu olhar de águia voltou-se para Theodore e eu.

— Agora, dr. Darrington, minha pergunta é para você. Qual é a sua relação com minha afilhada?

— Nós nos casaremos, madrinha — respondi por ele.

Ela o encarou, e então a mim, e depois meu irmão.

— Você aceitou isso?

— Como a senhora mesmo disse, estão falando sobre eles por aí, madrinha, e eles estão claramente apaixonados. É melhor que se casem...

— Bem, *eu* não aceito isso — respondeu ela, séria. — E como o dote dela está formalmente sob os cuidados da minha família, ela não verá um centavo dele.

— Madrinha! — implorei, sentada na beirada da cadeira, mas Theodore deu um passo à frente.

— O duque já ameaçou nos deserdar, Vossa Senhoria — disse ele. — E digo à senhora, como disse a ele, que tenho mais do que suficiente para cuidar de...

— Não deixarei a filha de Luella ser conhecida como a dama que se casou com o bastardo de Whitmear. — Ela não falava com raiva. — Prometi a ela em seu leito de morte que garantiria que seus filhos estivessem felizes e fossem respeitados na sociedade. Essa união, do jeito que é, não pode continuar.

Senti minha raiva crescer.

— Eu vou...

— Como assim, *do jeito que é*? — perguntou Theodore, me interrompendo. — Está implicando que nossa união pode ser feita de outra forma?

— Pode? Deve.

— Não entendo. — Franzi a testa. — De que outra forma podemos nos casar?

— Theodore... você não se importa que eu o chame de Theodore, certo? — perguntou ela, educadamente.

— Não, Vossa Senhoria.

— Ótimo. Theodore, como eu disse, minha afilhada não pode se casar com um homem com o título de bastardo.

— Sou médico.

— Que bom para você, mas isso não significa nada para nós — devolveu ela, de cabeça erguida. — Sua posição na sociedade é tudo o que importa, e, no nosso mundo, você é um bastardo. Precisamos mudar isso.

— Como propõe que façamos isso? — perguntou Theodore.

— Vamos torná-lo respeitável... ao torná-lo cavaleiro.

— O quê? — Todos na sala falaram de uma vez.

— Mamãe, isso não é fácil de conseguir, principalmente para alguém tão jovem — disse Afrodite.

— Você está certa. Para a maioria, é quase impossível. No entanto, com o apoio certo, até o impossível pode ser feito com facilidade. — Ela olhou para Evander. — Sua mãe não o deixou com uma poderosa benfeitora?

Olhei para meu irmão, sem saber do que ela estava falando, e o vi balançando a cabeça.

— Madrinha, você não pode estar falando sério. Não posso ir até ela com um pedido como este. Todo o mundo saberá que isso foi feito para reforçar a reputação dele, o que poderia muito bem diminuir a coroa.

— A coroa? — arfei.

— A rainha? — disse Afrodite. — Quer levar isso para a rainha?

— Lady Monthermer, agradeço seus esforços... — disse Theodore, mas foi interrompido.

— Nem sequer comecei a aplicar meus esforços.

Todos nós olhamos para ela como se tivesse duas cabeças e chifres.

— Tanta juventude e ainda assim tanta falta de imaginação. — Ela balançou a cabeça enquanto nos observava. — Como você acha que as grandes famílias alcançaram sua posição?

— Guerra? — respondeu Theodore.

— Notoriedade. E você, Theodore Darrington, está no caminho certo. Nenhum de vocês parece ver isso. Essa garota que todos vocês procuraram ajudar, Marcella, se a verdade fosse conhecida, seria um grande constrangimento para a família Wildingham, correto? — perguntou ela.

— Sim. — Evander assentiu.

— E os Wildingham são parentes de quem?

Foi então que entendi o que ela queria dizer.

— Sir Zachary Dennison-Whit, o deputado do condado, que por acaso é o braço direito do primeiro-ministro.

— Muito bem, minha querida. — Ela sorriu, balançando a cabeça. — E aí vem a lenda de Theodore Darrington. O grande médico salvou inúmeros membros da nobreza, como lady Clementina Rowley e lorde Benjamin Hardinge, além de cuidar dos doentes no leste de Londres, antes de vir a Everely em busca da mão de lady Verity Eagleman. Ao fazer isso, ele também ajudou o sr. Wildingham em seu profundo sofrimento por sua pobre filha, esteve ao seu lado até o fim, e então o dr. Darrington resgatou sua amada de um poço. Toda a alta sociedade ficará alvoroçada com a notícia, e a rainha sugerirá que ele seja nomeado cavaleiro. Quem se oporia a um jovem tão bom?

Olhei para Theodore, que apenas a encarava.

— Acredita mesmo que isso vai funcionar, mamãe? Por que a rainha, entre todas as pessoas, estaria disposta a ajudar?

— Minha mãe me disse uma vez que se eu estivesse em apuros, deveria tentar uma audiência com a rainha. Que ela viria em meu auxílio, que ela era a maior benfeitora de nossa família — disse Evander baixinho, mas sua expressão ainda era de incerteza. — Mas nunca pensei realmente em ir até ela.

— Sim, eu percebi, já que você não procurou a ajuda dela para si próprio. — A marquesa franziu a testa. — Mas sua mãe foi sincera, já que a rainha tem uma pequena dívida de gratidão com ela.

— O quê? — dissemos Afrodite e eu, em estado de choque.

— É uma longa história que não revelarei e que me deixa confiante que ela vai ajudar agora. O plano vai funcionar. Além disso, todo mundo adora um bom herói — disse ela. — Então, vamos dar um a eles.

— Se for assim... uma vez feito isso, quem ousaria falar sobre seu nascimento? — disse Evander enquanto balançava a cabeça, concordando com ela.

— Madrinha, esta é a sua única discordância com este casamento? — perguntei, um tanto surpresa. Eu esperava que ela fosse... mais inflexível. Quando estive em Londres, ela deixou bem claro que o dr. Darrington não era um par adequado.

— Você acreditou que eu não aceitaria o casamento por causa do que eu disse no passado? — perguntou ela.

— Sim — respondi.

— Até eu acreditei que você não aceitaria, madrinha — acrescentou Evander.

Ela olhou para nós e soltou um suspiro.

— Devo admitir que teria preferido que as coisas não fossem assim... complicadas para você, Verity. Dito isto, meu maior desejo é ver você feliz de verdade. E como não pude fazer muito nesse sentido, pelo menos cuidarei dessa parte.

— Obrigada, madrinha — falei baixinho, tentando manter a compostura.

Todos eles contribuíram para o plano. No entanto, quando olhei para Theodore, percebi que a postura dele mudara e sua cabeça estava baixa.

Ele não estava feliz.

Eu sabia.

— Theodore, o que você acha? — falei em voz alta para que pudessem falar *com* ele, e não dele.

Eles pararam, olhando para ele, e Theodore forçou um sorriso.

— Farei o que for preciso para ter sua bênção, Vossa Senhoria.

Ele falou sério, mas eu sabia que algo não estava certo. Ao me ver observando-o, ele sorriu, e tive certeza de que teria que procurá-lo em particular.

— Mamãe!

Dei um pulo ao som da voz e me virei para ver ninguém menos que Abena entrando correndo na sala, vestida de amarelo, com o chapéu caindo da cabeça.

—Mamãe, olha! Não é a coisa mais horrível? — Com um sorriso enorme no rosto, ela ergueu a boneca que Afrodite havia feito. — Emeline disse que Odite fez isto.

Afrodite ofegou e agarrou a boneca.

— Não zombe da boneca da minha filha, Abena!

As sobrancelhas da marquesa se ergueram ao ouvir a palavra *filha*, mas ela concentrou a atenção em Abena.

— Você deve sair e retornar como uma dama faria. Primeiro deve cumprimentar o duque e a duquesa e depois todos os outros presentes — ordenou sua mãe.

— Mamãe... — Ela se calou ao ver a expressão no rosto da mãe.
Abena suspirou e pegou o chapéu antes de sair da sala. Um momento depois, ouvimos uma batida.
Todos olharam para a marquesa, que olhou para Afrodite.
— Entre — disse Afrodite gentilmente.
Abena, com o rosto franzido, entrou e fez uma reverência.
— Olá, Evander, Odite, *mamãe*, Verity... dr. Darrington. O senhor está aqui também? Quem está doente? Por que todo mundo está sempre doente?
A marquesa respirou fundo lentamente, olhando para a filha. Por fim, ela disse:
— Por favor, diga-me que sua Emeline não é tão difícil de controlar.
— De jeito nenhum. — Afrodite sorriu.
— Bom. Eu queria deixá-la em Londres, mas temi que seu pai não se saísse bem sozinho com ela e Hathor.
— Papai disse que devo dar este olhar ao duque. — Ela se virou e fez uma cara muito estranha para Evander, que olhou para ela e riu.
Eles continuaram rindo e, quando Emeline entrou, toda a conversa mudou, permitindo-me sussurrar para Theodore.
— O que está te incomodando? E não me diga que não é nada.
Ele olhou para mim e respondeu baixinho:
— Por um momento, fiquei frustrado por ainda não ser bom o suficiente aos olhos dela para ter sua mão. Eu nunca seria bom o suficiente, apesar de todos os meus esforços, a menos que houvesse algum título atribuído a mim.
— Eu direi a ela que você não o deseja. Não me importo se você é cavaleiro ou não. Perdoe-me por alimentar a ideia.
— Não há nada para perdoar. Conheço bem seus sentimentos. Eu queria dizer ao mundo: "Meu passado não importa. Veja, mesmo como estou, tenho permissão para receber a mão da mais que bela lady Verity Eagleman". Foi um momento de orgulho egoísta.
— Você não é egoísta.

— Então sou ingrato por não considerar a família que está diante de mim, pessoas que se tornarão meus parentes. Um homem morreu em busca de uma vida semelhante à que recebi com tanta generosidade. Não vou ficar de mau humor, apenas aceitarei e serei grato.

Eu ainda não tinha certeza se ele estava bem.

— Diga a palavra a qualquer momento e eu...

— Theodore — chamou a marquesa mais uma vez, e ele ficou mais ereto, olhando para ela.

— Sim, Vossa Senhoria?

— Você retornará conosco para Londres? — Eu não tinha certeza se ela estava perguntando ou contando a ele.

— Você deseja levá-lo de volta para Londres? — perguntei.

— Ele não pode ser nomeado cavaleiro aqui — afirmou ela, e então olhou para ele. — Três dias para partir serão o suficiente, não é?

— Sim, Vossa Senhoria. — Ele assentiu.

— Então eu irei também — eu disse rapidamente.

— Você está ferida — disseram Evander e Theodore ao mesmo tempo.

— É só um arranhão — menti, tentando tirar o pé do travesseiro, mas estremeci.

— Viu como ela ficou? — Evander suspirou, olhando para nossa madrinha. — Até Hathor é provavelmente mais razoável do que Verity agora.

Afrodite riu enquanto eu olhava para ele de soslaio antes de focar na marquesa.

— Madrinha, levará semanas, talvez meses, para que o título de cavaleiro seja concedido...

— Theodore. — A maneira como ela falava o nome dele estava começando a parecer uma repreenda.

— Sim, Vossa Senhoria?

— A distância ou o tempo farão com que você esqueça lady Verity?

— Nunca, Vossa Senhoria.
Olhei para minhas mãos para não sorrir tão obviamente.
— Então, como eu disse, daqui a três dias.
— Estarei pronto. Agora lady Verity deveria voltar para seus aposentos e descansar.
Levantei a cabeça para olhar para ele enquanto Theodore ousava dizer a ela o que deveria ser feito. Mas ele apenas a encarou.
— Muito bem. Afrodite, chame Eleanor para *ajudá-los*. — Com *ajuda*, estava claro que ela queria dizer *acompanhante*, mas eu não brigaria, pois pelo menos agora estávamos juntos.
Finalmente.

32

Verity

— Ah, como eu gostaria de ser resgatada pelas mãos de um belo cavalheiro — sussurraram duas criadas, rindo quando passei por elas e entrei em minha sala de estar privada. Toda a cidade falava do dr. Theodore Darrington como se ele fosse um herói poético. Eu só podia imaginar quais eram as fofocas sobre ele em Londres. Eu tinha acabado de me sentar à janela com meu livro quando ouvi alguém bater na porta.

— Entre — falei, esperando uma carta de Theodore. Em vez disso, era Evander.

— Não fique tão decepcionada. É um pouco doloroso — disse ele.

— Nunca fico decepcionada em ver você, irmãozão — falei, ajeitando-me na cadeira. — Como você está?

— Essa é uma pergunta para você, não para mim. — Ele se sentou ao meu lado. — Eu sei que você odeia ficar presa dentro de casa, mesmo que às vezes seja para o seu próprio bem.

— Não sou eu quem deveria determinar o meu próprio bem?

— Quando seu senso está funcionando, sim — ele me provocou.

— Você veio para brigar?

— Não. — Ele sorriu. — Vim dizer que você estava certa. Então larguei o livro de vez.

— Mesmo? Sobre que assunto?

— Quantos assuntos você acredita que existam?

— São muitos para contar.

Ele riu e balançou a cabeça.

— Estou falando do casamento.

— Ah, não, você não tem permissão para mudar de ideia.

— Não vou, mas me lembrei de quando você me contou em Londres, antes de enlouquecer, como você temia que eu encararia sua perda. Percebi que não vou aceitar isso muito bem. — Ele franziu a testa.

— Não é como se eu fosse me casar amanhã.

— Sim, mas é muito mais cedo do que eu pensava. Bem quando tentei criar um refúgio aqui, você foge — disse ele e estendeu a mão para mim. Quando a aceitei, ele apertou a minha com força. — Mas saber que você está feliz me deixa feliz.

Retribuí o aperto.

— Não vamos dizer essas palavras até que eu realmente tenha saído de casa. Ainda não parece real para mim. Além disso, temo que nossa madrinha subestime muito a tarefa que temos pela frente. A família deles acredita que tudo sempre sairá como eles planejaram.

— Sim, os Du Bells são assim. — Ele riu e deu de os ombros. — Mas, também, por que eles seriam diferentes quando, de fato, conseguem o que desejam? Estou confiante de que lady Monthermer não proporia algo que estivesse além de seu poder.

Eu esperava mesmo que não. Além disso, não tinha certeza de quando Theodore retornaria.

— Ouviu alguma notícia do Theodore? Não recebi carta alguma.

— As cartas se mexem tão rápido assim? Eu vi que você enviou uma hoje — ele me provocou.

— É só que... Bem, você teve notícias? — Procurei esconder meu constrangimento.

— Não. Tenho certeza de que deve ter alguma carta a caminho, pois duvido que ele consiga se conter.

— Você fala como se fosse melhor que eu. Eu vi como você esperou por notícias de Afrodite.

— *Touché*. — Ele riu, mas o sorriso sumiu. — Eu queria falar com você sobre outro assunto.

— Qual?

— Datura.

A alegria em mim também desapareceu.

— Aconteceu?

Ela foi julgada e condenada à pena de morte. Porém, ainda não havia sido executada.

— Não, eu intercedi.

— Você o quê? — arfei. Ele, entre todas as pessoas, defendendo Datura? — Decerto, você é quem não está em seu juízo perfeito.

— Talvez. — Ele riu e respirou fundo. — Gabrien me escreveu.

Meus ombros caíram ao lembrar que, embora ela fosse um pesadelo para nós, era a mãe dele.

— Ela ainda é a mãe de Gabrien, e como poderia haver paz entre nós se eu lhe escrevesse para contar que a mãe havia morrido menos de um mês após a morte do irmão? Ele implorou para que ela fosse poupada, e vendo como seu Theodore se esforçou para poupá-la também, acreditei que não fazer isso me tornaria cruel.

Ele estava certo.

— Então, o que vai acontecer com ela?

— Theodore fornecerá uma declaração ao tribunal atestando o estado de espírito dela. Eles descartaram isso antes, pois o crime dela era grave demais. No entanto, eles devem me ouvir. Ela será punida por seus crimes com confinamento em uma cidade.

— Gabrien ainda poderá vê-la — falei, e uma sensação estranha me encheu quando pensei na posição em que ele estava.

— Hoje irei vê-la ser transferida para outra prisão.
— Posso ir também?
— Verity, deixe-me cuidar disso, e você não precisa pensar mais nisso ou nela. Acabou. Ela nunca mais poderá perturbar a nossa paz. Ouvi dizer que você voltou a dormir a noite toda. — Ele sorriu, embora não fosse de todo verdade. Estava tomando um novo remédio. Embora meus pesadelos não fossem mais tão ruins, eles não tinham desaparecido como eu desejava.

Antes que eu respondesse, a porta se abriu e Afrodite entrou.
— Evander? Você não tem coisas para fazer na cidade?
— Eu estava contando a Verity a verdade do que vou fazer. Estou indo. — Ele se levantou e foi até a esposa. — Me leva até a porta?
— Você esqueceu o caminho? — Ela riu.
— Sim. — Ele estendeu o braço para ela e se virou para mim.
— Verity, eu vou...
— Evander — chamei enquanto também me levantava. Meu ferimento ainda estava um pouco dolorido, mas era suportável. — Entendo que você queira me proteger, mas eu acredito que não poderei descansar até vê-la punida. No momento, ela ainda está em algum lugar da minha mente. Eu tenho que ir. Por favor.

Ele não disse nada, apenas me encarou por um longo tempo antes de concordar.
— Muito bem, mas você deve esperar na carruagem até que eu autorize sua entrada.
— Obrigada.

Theodore

A marquesa disse que ainda não havia começado a se esforçar. Quando ela disse isso, não percebi o que exatamente ela queria dizer. Contudo, a minha primeira semana de volta a Londres deu uma indicação clara de seu poder e influência.

— Olá, dr. Darrington — um senhor me cumprimentou na rua.

— Bom dia, dr. Darrington! — Duas senhoras riram quando passei.

— Como você está, dr. Darrington? — Um lojista acenou.

— Meu Deus, é como se eu nem estivesse aqui — disse Henry ao meu lado enquanto observava todos eles com a mesma perplexidade que eu. — Nem mesmo um aceno para mim. Logo eu!

— Como a notícia se espalhou assim? Saiu no jornal? — perguntei a ele, acenando novamente para outro homem que me cumprimentou. Nesse ritmo, eu temia ter uma cãibra no pescoço.

— Não sei quanto aos outros, mas minha mãe mandou chamar a modista em casa há alguns dias; acredito que o nome dela seja sra. Marie Loquac. A mulher falou sem parar sobre sua passagem por Everely e todos os seus atos heroicos, como se você fizesse parte de algum épico. Ela contou que seu pai lhe deu extensas propriedades e milhares e milhares de libras. Disse que você estava cheio de ouro e prata, mas ainda tinha um coração tão bom que dedicou a vida a ajudar os necessitados. Ela até disse que você salvou o filho do magistrado, Simon Humphries, de uma doença mortal.

— Uma o quê?

— Aparentemente, ele estava coberto de furúnculos maiores do que pedras da cabeça aos pés, cego de um olho e surdo de um ouvido, e ninguém sabia o que fazer até que você o curou.

— Não havia furúnculos, nem cegueira ou surdez, e ele não estava mortalmente doente por outra coisa que não fosse teimosia e excesso de bebida. Eu disse ao homem para se abster de vinho do Porto e conhaque. Conselho que ele não ouviu, aliás.

— Mas história está circulando — acrescentou ele quando viramos a esquina. — E isso não é nem a metade.

— Tem mais?

— Sim, dizem que você é um dos médicos secretos da família real, e é por isso que se fala em título de cavaleiro.

— O quê? — Quase tropecei na estrada. — A família real? Quem? Quando? Como?

— Ninguém se preocupou em explicar. O boato só cresce e cresce como uma fera. Sabe o que minha mãe anda dizendo? — Ele fez uma pausa para olhar para mim, cheio de diversão e choque. — Que foi um grande desperdício não termos noivado você com minha irmã, Amity, antes que a marquesa o roubasse para lady Verity. Ela está zangada com meu pai por fazer a conexão entre todos vocês.

Eu o encarei e ri. Lady Fancot, sua mãe, desejando que eu tivesse me casado com sua preciosa filha?

— A sociedade enlouqueceu.

— Louca por você, dr. Darrington. — Ele riu, balançando a cabeça enquanto caminhávamos. Você é o prêmio da alta sociedade.

— Eu me sinto a fraude da alta sociedade — murmurei, acenando para outro cavalheiro que passou por mim

— Bem, vocês devem continuar com a farsa enquanto entramos no coração da cova dos leões — disse ele quando finalmente chegamos ao Clube de Cavalheiros Black. Eu tinha deixado Everely havia apenas uma semana e passara um tempo com meu avô, esperando que a marquesa mandasse uma mensagem para mim. Depois de vários dias fora de vista, recebi um convite do marquês para ir ao clube naquele dia.

Eles não foram hostis na última vez que estivera ali, pois sabiam que o marquês era meu benfeitor. Eu não esperava notar uma mudança na forma como me olhavam quando entrei, mas era inegável.

— Theodore!

Essa foi outra mudança: o marquês me chamava pelo nome em sua mesa de jogo, como se eu fosse seu filho ou um amigo próximo. Até as sobrancelhas de Henry se ergueram.

Não falei nada enquanto me aproximava da mesa de lorde Bolen, lorde Hardinge e do pai de Henry, lorde Fancot.

— Milorde — cumprimentei todos eles.

— Tragam uma cadeira. Saiba que não facilitarei para você — disse o marquês para mim, e antes que eu pudesse lembrá-lo que eu não jogava, um lacaio já trouxera outra cadeira para eu me sentar à mesa. E foi o próprio marquês que me lançou um olhar como se dissesse que eu não tinha escolha. Então me sentei enquanto eles distribuíam uma nova mão de cartas.

— Ouvi dizer que você recebeu uma nova propriedade — disse lorde Hardinge, analisando suas cartas. — Qual é a produção dela? Trigo ou cevada?

— Queijo — respondi, analisando minhas cartas.

— Queijo é bom, e seu valor cresce. No entanto, as vacas são instáveis e difíceis de manter — afirmou lorde Bolen, juntando as mãos.

— Vacas não são instáveis. É você que é impaciente. — O marquês riu, então me olhou e jogou uma carta no centro. — Quantos arrendatários?

— Mais ou menos meia dúzia — falei, pegando uma carta.

— É pouco. Você precisa melhorar essa quantidade. Uma boa propriedade precisa de bons arrendatários, e digo isso para Henry o tempo todo, não digo? — perguntou lorde Fancot, olhando para Henry bem ao meu lado antes que lançasse uma carta no centro.

— Não me lembro — disse Henry, fazendo o homem olhá-lo feio.

— Bem, lembre-se disso. Administrar uma propriedade é igualzinho a um bom jogo: se não estiver prestando atenção ou deixar tudo para a sorte, provavelmente terá perdas — disse lorde Hardinge, jogando sua carta antes de revelar sua mão. Um sorriso se espalhou por seu rosto enquanto ele olhava para o marquês. — Não dá para ganhar sempre, meu amigo.

— Verdade, mas hoje ganharei. — O marquês também revelou sua mão, e suas cartas eram muito melhores.

— Maldito. — Todos eles riram antes de olhar para mim.

— Não se sinta mal. De alguma forma, ele é abençoado tanto na vida quanto nas cartas. — Lorde Bolen revirou os olhos. — Você perderá para ele várias vezes.

— Não acho que perdi — falei, mostrando minhas cartas.

— O quê? — O marquês se sentou e olhou para as cartas diante de mim.

Tentei não sorrir.

— Não costumo jogar, milorde, porque quase fiz meu avô ter um ataque cardíaco depois que, na infância, ganhei dele e de todos os seus amigos. Ele disse que eu tenho a mão sobrenaturalmente abençoada.

Houve silêncio por um momento antes que o marquês começasse a rir. Mais uma vez, ele me encarou e deu de ombros.

— Parece que hoje é o dia em que eu perco — respondeu ele, cerrando o maxilar antes que sua atenção fosse capturada por outro homem. Ele se endireitou e disse alto: — Sir Grisham, aonde você vai? E sem se despedir. Eu o ofendi?

Virei-me para ver o homem em questão parar no meio da fuga. Ele estava fugindo de nós... talvez de mim?

Devagar, ele se virou e mais uma vez o silêncio prevaleceu enquanto todos se viravam para ver o drama acontecer. Quando sir Grisham enfim alcançou a mesa, ele balançou a cabeça.

— Ofender-me, Vossa Senhoria? Por que teria me ofendido?

— Bem, na última vez que nos falamos, o senhor parecia bastante insatisfeito com meus convidados. Eu queria perguntar se você ainda se sente assim e se há alguma forma de acomodá-lo melhor — disse o marquês.

Sir Grisham apertou a bengala com mais força, sem olhar para mim.

— Não, milorde, acredito que tudo está bem.

— Ótimo — respondeu o marquês, erguendo suas cartas novamente.

Observei sir Grisham se retirar. Mas o silêncio continuou. A multidão se abriu para outra pessoa entrar na sala, com mais três atrás de si, vestidas tão finamente quanto os duques já presentes.

— Não é o primeiro-ministro? — sussurrou Henry atrás de mim.

Eu não conhecia o primeiro-ministro, então não podia responder, mas enquanto ele se aproximava da mesa, cumprimentando alguns homens no caminho, tive a estranha sensação de que aquele era o motivo da minha visita.

— Não fique de pé — sussurrou o marquês para mim bem quando o homem nos alcançou.

— Lorde Monthermer, vejo que você ainda está roubando os homens.

— Pelo contrário. Eu que fui roubado, primeiro-ministro — respondeu o marquês, e os outros riram.

— Você? Por quem? Ouso dizer que gostaria de apertar a mão desse homem.

— Pois foi o famoso dr. Darrington, senhor. — Lorde Hardinge apontou para mim com um meneio de cabeça. — Ao que parece, ele quer ser conhecido por toda a Inglaterra.

— Apenas quero manter minhas contas bancárias saudáveis — falei, assentindo para o homem diante de mim. — Primeiro-ministro.

— Ah, dr. Theodore Darrington, parece que nos últimos tempos não tenho conseguido fugir do seu nome. Pensei que você seria uma grande figura, mas você tem mais ou menos a mesma idade do meu filho, se não for mais novo. Como se ganha tal reputação tão rapidamente? Quero saber para a próxima eleição.

Os homens soltaram algumas risadinhas enquanto esperavam pela resposta, mas eu não sabia o que dizer.

— Modistas — enfim falei, erguendo as cartas. — Ouvi dizer que são ótimas contadoras de história. Acredito que em breve sairão dizendo que matei um dragão em Derbyshire.

Houve silêncio, e tive certeza de que havia cometido um erro até que o primeiro-ministro riu, fazendo os outros rirem também.
— Eu os deixarei com seu jogo, cavalheiros. Lorde Monthermer.
— Primeiro-ministro. — O marquês assentiu, e o primeiro-ministro se foi.
Olhei para lorde Monthermer, confuso. Inclinei-me e sussurrei:
— Passei ou falhei no teste?
— Passou — murmurou ele. — Ele detesta pessoas convencidas.
— E agora?
— Agora você espera.
Tentei não me sentir desencorajado, mas esperar e não ver Verity me deixava nervoso.
— A paciência é a virtude mais necessária no casamento — disse o marquês em voz alta, para que o resto da mesa ouvisse.
— E o casamento é o mais necessário para um cavalheiro, não é isso o que eu sempre lhe digo, Henry? — pressionou lorde Fancot.
— É isso o que o senhor sempre diz? Estranho, parece que não ouvi. Theodore, acredito que preciso de um exame de ouvido. Até lá, me deem licença, cavalheiros. — Henry escapou rapidamente.
Lorde Fancot suspirou tão profundamente que sua barriga balançou a mesa, fazendo os outros rirem.
— Theodore, como amigo dele você precisa aconselhá-lo, já que ele claramente não me escuta — disse lorde Fancot.
— Acredito que homens sábios devem aconselhar de uma posição segura, milorde, e eu ainda preciso chegar lá, então por enquanto permanecerei em silêncio.
Embora, um dia, eu esperasse descobrir a identidade da mulher que conquistara o coração dele. Eu queria que ele encontrasse a felicidade que eu descobrira com Verity.
Mesmo naquele momento, senti vontade de escrever para ela.
Torci para que ela não estivesse fazendo nada perigoso.

Verity

— Não disse para você ficar na carruagem? — disse Evander para mim quando percebeu que eu havia entrado na prisão. O cheiro era horrível e a escuridão ainda pior, pois fazia cada lamento, tossida e grito parecer bem mais assustador.

— Não consegui esperar — sussurrei, ficando perto dele.

— Percebi que esse é um novo traço seu. — Ele suspirou e então olhou para a cela atrás de si, que era toda de pedra, exceto pela pequena porta feita de barras de ferro.

— Ela está aí?

— Sim, ela deve ser mantida aqui e não mais adentro.

— Mais para dentro é pior?

— Lá tem... não importa. Você a verá e nós iremos embora imediatamente — disse ele enquanto pegava minha mão para me guiar, assim eu não pisaria em nenhuma das poças d'água.

Quando entrei e cheguei às grades, vi que ela não tinha cama, apenas palha para deitar. Suas joias e rendas haviam sumido, assim como o pó de arroz em seu rosto. Pela primeira vez, eu a vi despida de todos os trajes e deixada com um vestido marrom sujo, sem sapatos, apenas meias com buracos. O cabelo louro-acinzentado estava emaranhado de palha, e não ousei adivinhar de que mais. Quando olhou para mim, foi como se não soubesse quem eu era.

— Fale o que quiser agora — instruiu Evander.

— Não tenho nada a dizer.

— O quê?

— Não tenho nada a dizer a ela — respondi e me virei para sair. Ela era quem estava trancada e tinha que se comportar, enquanto eu viveria feliz.

Finalmente estava livre dela.

Finalmente.

33

Theodore

À s vezes, não importa o quanto tentemos, é impossível conseguir tudo o que desejamos. No entanto, diante do meu avô, ainda desejava arriscar a sorte.

— Vou me casar amanhã, vô — falei, mas ele não ergueu os olhos da mesa de remédios. — Gostaria que o senhor fosse... gostaria que toda a nossa família fosse.

— É mesmo, SIR Theodore? — Virei-me para ver meu tio, que encarava do batente da porta. — Tem certeza de que todos aqueles nobres vão querer dividir uma mesa conosco?

— Não quero brigar, tio, vim apenas fazer o convite...

Ele riu.

— Não precisamos do seu convite, *sir*. Eles são grandiosos demais para nós.

— Tio...

— Eu sabia — respondeu ele, olhando para mim. — Você nunca desejou ser como a gente, sempre desejou ser como eles. Qual é a sensação? De trair sua família, sua mãe, e rastejar para aquele homem, implorando para que ele te aceite, lhe dê uma propriedade, dinheiro... sua alma foi facilmente comprada.

Essa era a razão pela qual esperei tanto para falar com eles. Eu sabia como ele e meu avô reagiriam quando eu chegasse a um bom relacionamento com meu pai. Nada poderia mudar o que sentiam por ele, e eles tinham bons motivos para odiá-lo. Claro que parecia traição eu falar agora das terras que ele me dera. Olhei para meu avô, que não havia desviado o olhar da panela fervente.

— Sofri por minha mãe durante toda a minha vida e sempre pensarei nela. Mas, vô, essa mulher que eu amo...

— Você deve sustentá-la. — Ele assentiu e finalmente olhou para mim. — Desejo paz a vocês dois, Theodore, de verdade. Mas não iremos. E é melhor que você não volte muitas vezes a Langley Cross... um homem na sua posição...

— Vô.

— Theodore, meu garoto, vá sem arrependimentos.

Eu não sabia o que dizer a ele e, quando olhei para trás, para a expressão severa de meu tio, soube que não havia nada que pudesse dizer. Eu ganhara muito ao longo das semanas: uma nova conexão com meu pai e meu irmão, respeito na sociedade, pois agora havia sido nomeado cavaleiro e recebido um título, mas o mais importante, ganhei Verity. Com isso, porém, perdi meu avô e meu tio. Por ora. Eu sabia, ou pelo menos esperava, que não fosse para sempre.

Ao sair de casa, olhei ao redor de Langley Cross. Nada mudara. Eu não mudara as circunstâncias de ninguém, exceto as minhas.

— Dr. Darrington! — uma vozinha me chamou enquanto eu pegava as rédeas do cavalo. Quando espiei por cima do portão, havia uma garota sardenta e com tranças junto a outro garoto com um casaco um tanto esfarrapado, ambos com laranjas nas palmas das mãos.

— Amanda e John — cumprimentei, lembrando seus nomes. Eles sorriram para mim.

— Sim, senhor. — O menino acenou para mim. — Vimos você chegar e queríamos dizer olá!

— Bem, olá. Como vocês dois estão se sentindo? — perguntei enquanto conduzia meu cavalo pelos portões. — Estão se alimentando bem?

— Sim! Comemos muitas frutas agora. Mamãe diz que é o senhor que as envia para nós. É verdade? — questionou a garotinha.

— De forma alguma! Como médico, prescrevo apenas os remédios que têm os piores gostos — menti, olhando para eles, enquanto eles semicerravam os olhos para mim.

— Tem certeza de que não é o senhor? — repetiu a garotinha.

— Muita certeza. Agora corram para casa que já é hora do jantar.

Eles suspiraram e assentiram.

— Tchau, dr. Darrington!

Eu os observei partir e deixei um pequeno sorriso surgir em meu rosto. Não tinha como ajudar Londres inteira, mas pelo menos podia ajudá-los com minha riqueza recém-adquirida. Pegando as rédeas de meu cavalo, voltei para a casa do meu pai em Londres, onde passava meus últimos dias de solteiro. Não era tão grande quanto a dos Du Bells, já que ele não ficava com frequência em Londres. Era feita de pedra cor de areia e o exterior era coberto de centenas de flores. Assim que passei pelos portões, os lacaios e meu irmão mais novo correram em minha direção.

— Theo! Onde você esteve? — exclamou ele, curioso. Ao que parecia, eu seria cercado de crianças hoje. — Você prometeu que íamos cavalgar!

— Perdoe-me! Eu esqueci. Podemos ir mais tarde? — respondi, despenteando seu cabelo para irritá-lo.

— Não teremos tempo mais tarde. Você recebeu uma carta e logo ficará ocupado — resmungou ele.

E justamente quando eu me preparava para discutir, outros lacaios apareceram com uma carta. Alexander suspirou profundamente, pois estava certo.

— Juro que não vai demorar! — garanti a ele antes de lê-la. Era de Verity. Eu a abri rapidamente assim que entramos.

19 de setembro de 1813

*Querido sir Theodore Darrington,
Eu o parabenizo pelo título de cavaleiro, que combine perfeitamente com o seu celibato! Como você não demonstrou preocupação com meu bem-estar nos últimos dias, não me importarei com o seu.
Lady Verity Eagleman*

Tentei não rir. Era de se pensar que não havíamos nos falado havia muito tempo, quando só fazia três dias.

— Gostaria de chá, senhor? — perguntou a criada enquanto eu ia para a sala de estar.

— Não, obrigado — respondi.

— Eu quero chá! — disse Alexander, me seguindo.

Sentando-me à mesa, peguei papel e tinta para escrever uma resposta.

— Para quem você está escrevendo tão alegremente? — perguntou meu pai, entrando.

— Lady Verity — resmungou Alexander, sentado na cadeira e bebendo seu chá. — Ele sempre escreve para lady Verity. Depois ela vai responder. E ele vai esperar para responder e jamais iremos cavalgar.

Meu pai tentou não rir enquanto olhava para mim.

— Não seria muito mais fácil ir vê-la?

— Sim, seria. No entanto, fui proibido.

— Proibido?

— Sim, a família diz que ela deve focar no planejamento do casamento e eu sou uma distração.

Eu não entendia por que tais planos demoravam tanto. Eles haviam escolhido realizar o casamento em Londres enquanto todos haviam voltado às suas propriedades rurais para passar o outono, para que não fosse um assunto tão importante para a sociedade e porque eu esperava convencer meu tio e meu avô a comparecerem.

— Certamente não há muito o que preparar, já que o casamento é amanhã — disse meu pai, aproximando-se do meu irmão. — Não há razão para você não poder vê-la agora, caso seu irmão permita que você perca o passeio de hoje.

Olhei para Alexander e ele balançou a cabeça negativamente.

— Vamos cavalgar duas vezes mais tarde e trarei o bolo que você gosta.

Ele sorriu e assentiu.

E eu corri para a porta.

Verity

Ouvindo risadas atrás de mim, virei-me e vi Afrodite sentada com seu livro perto da janela.

— Você está rindo de mim!

— É que agora você me lembra Hathor — disse ela, como se isso não fosse um sacrilégio.

— De que maneira?

— Sua impaciência e reação exagerada.

— Ele mal conseguiu me ver, pois todos vocês o mantêm afastado com ameaças de adiar o casamento. Em reuniões públicas, não podemos falar livremente. Tudo o que tenho são cartas — respondi.

— Sim, e os pobres lacaios estão cansados da frequência com que vocês dois trocam essas cartas. Quantas você enviou hoje? Uma dúzia? — provocou ela.

— Enviei apenas uma até agora. — Franzi a testa. — Achei adequado, já que ele não me responde há três dias.

— Não foi porque ele estava fora de Londres para ver um paciente?

Olhei feio para ela.
— Você, me provocando assim, não é melhor que Hathor.
— O que Hathor fez para te provocar?
— Toda vez que eu a vejo, ela me chama de mentirosa e traidora.
— Mentirosa e traidora? Por quê? Por que se casará antes dela?
— Exatamente. Ela também culpa Abena por amaldiçoá-la.

Ela riu e balançou a cabeça.
— Hathor superará com o tempo. Agora, não é melhor você dormir um pouco? Amanhã é o seu grande dia.

Quando ela disse isso, meu estômago revirou outra vez.

No dia seguinte, eu iria me casar. Eu mal podia acreditar que esse dia finalmente havia chegado. Demorou meses, mas, como minha madrinha dissera, Theodore recebera um título e, portanto, ela e todos os outros não podiam mais torcer o nariz para ele.

— Vossa Graça? — disse Eleanor ao entrar na sala.
— Sim? — respondeu Afrodite.
— Sir Theodore Darrington chegou, na esperança de falar com lady Verity.

Levantei-me tão rapidamente que quase derrubei a cadeira.
— Ele está aqui? — arfei, me apressando para ajustar minhas roupas e cabelo. E Afrodite riu às minhas custas mais uma vez. Me senti um tanto boba.

— Deixe-o entrar, por favor — falei, tentando manter a calma.
— Acho que não — afirmou Afrodite, chamando minha atenção. — Acredito que ele foi instruído a esperar até a hora marcada...
— Afrodite!
— Muito bem, mande-o entrar.

Eu o vi parado na porta com um buquê de rosas vermelhas. Ele não olhou para mim, mas focou em Afrodite, abaixando a cabeça para ela.

— Sei que venho sem hora marcada, Vossa Graça, mas recebi uma carta extremamente preocupante e acredito que o assunto só pode ser abordado pessoalmente — disse ele, sério.

— Entendo. Bem, a quem você deseja se dirigir? — questionou Afrodite.

— À minha noiva.

Tentei não sorrir tanto, mas não pude evitar. Meus lábios se moveram por conta própria. Afrodite me lançou um olhar.

— Muito bem, irei ver minha filha por um momento. Verity, por favor, fale com nosso convidado.

Assenti para ela. Nem Theodore nem eu nos movemos, aguardando que ela saísse da sala. Quando ela se retirou, a expressão no rosto de Theodore mudou, o olhar dele me tirou o fôlego.

— Então, eu não me importei com o seu bem-estar? — perguntou ele, erguendo a sobrancelha.

Procurei me manter firme, mas conforme ele se aproximava, todo o meu ser começou a tremer. Mordi o lábio, balançando a cabeça enquanto ele colocava as rosas na escrivaninha. Ele se aproximou tanto de mim que pude sentir seu calor.

— Perdoe-me, minha querida dama, eu prometo que a partir de amanhã você nunca mais ficará sozinha. Temo que você até se cansará de mim — sussurrou ele.

— Algo assim é possível? — devolvi.

— Acredito que teremos uma vida inteira para descobrir — disse ele, estendendo a mão e segurando meu rosto.

— Estou nervosa e animada.

— O que te deixa nervosa? — Ele se inclinou para sussurrar. — Já dividimos a cama, não é? Ou é isso que te excita?

Aquela sensação mais uma vez. O desejo de me aproximar e... voltar para a cama. Desde aquela noite, não voltamos a fazer aquilo. Mas o desejo sempre estava lá quando nos encarávamos por tempo o suficiente.

— Deseja me seduzir, senhor? Não permitirei. — Ergui a cabeça para encará-lo, desafiando.

— Indefinidamente ou até amanhã?

Dei de ombros.

— Amanhã saberemos.

Ele abriu a boca para falar, mas alguém tossiu à porta. Nos viramos para ver meu irmão encará-lo intensamente.

— Você não tem pacientes para visitar?

— Não, Vossa Graça, pois me casarei em breve — respondeu Theodore.

— Em breve não é agora. Você está um pouco perto demais da minha irmã.

— Evander! — exclamei enquanto Theodore se afastava. — Você tem que ser tão difícil assim?

— Sim, devo, e você não pode reclamar, pois foi tudo fácil para você.

— Fácil? De que maneira algo foi fácil para nós? — Franzi a testa.

— Você acha que títulos de cavaleiro são dados facilmente em questão de meses? — Evander zombou enquanto se sentava, ainda olhando feio para Theodore. — Você não concorda, *sir*?

— Você não precisa concordar com ele — falei, tocando o braço dele quando mais uma vez Evander pigarreou.

— Não ouso enfurecer Vossa Graça... pelo menos até amanhã. — Theodore sorriu.

— Bem, que tenhamos uma trégua esta noite — disse Afrodite, entrando de mão dada com Emeline. — Pelo menos até jantarmos?

— Não poderei evitar a companhia dele depois de amanhã. Não posso ter um adiamento esta noite? — Evander franziu a testa.

— Pense nisso como uma forma de suavizar o golpe — disse Theodore a ele, fazendo com que os dois trocassem olhares. Olhei para Afrodite, implorando para ela me ajudar. Eu não conseguia entender por que Evander foi ficando mais infantil conforme o dia se aproximava, e eu não tinha nenhum método para impedi-lo.

— Emeline, pegue a mão do papai para que possamos jantar — disse Afrodite, e a garotinha correu para o braço de Evander, agarrando-o com força.

— Venha, papai, tem torta! — exclamou ela, fazendo com que a tensão em sua mandíbula relaxasse enquanto ela o puxava.

— Rápido, vocês dois, antes que ele encontre outro motivo para entrar aqui — Afrodite nos disse.

— Obrigado, Vossa Graça. — Theodore sorriu.

— Você pode me chamar de Dite ou Odite, Theodore, somos basicamente parentes agora, quer meu marido goste ou não. — Ela riu e se afastou.

Olhei para ele e vi que a expressão em seus olhos era um tanto sombria.

— Theodore?

— Hum?

— Está tudo bem?

— Sim. Como não poderia estar? — respondeu ele, mas ainda assim senti que sua expressão estava estranha.

— Como foi a conversa com seu avô e seu tio? Eles irão amanhã?

Eu gostaria de tê-los conhecido antes, mas ele me desencorajara. Não insisti. Eu, mais do que qualquer outra pessoa, sabia que família era uma coisa... complicada.

— Eles recusaram — respondeu ele baixinho. — Eu sabia que eles fariam isso. É muita coisa para absorverem. Eles acham que eu os abandonei e não estão totalmente errados.

Peguei a mão dele.

— Você não abandonou ninguém, Theodore. Talvez, com o tempo e persistência, eles mudem de ideia.

— Só posso ter esperanças — disse ele, pousando a mão sobre a minha e sorrindo. — Mas não deixarei que essa questão estrague o nosso momento, pois lutamos muito por essa vitória, não importa o que seu irmão diga.

— Agora você tem coragem de ser contra ele. — Revirei os olhos.

— Não vou arriscar irritá-lo até que estejamos casados.

— Vamos arriscar só mais uma vez — falei, e me inclinei para ele.

Ele sorriu, inclinando-se também para beijar meus lábios, e todo meu corpo formigou mais uma vez. Eu tinha certeza de que teríamos ficado lá se não fosse pelo som de passos pesados. Nos separamos rapidamente.

— Continuaremos... amanhã — respondeu ele, apertando minhas mãos com força.

Balancei a cabeça, feliz demais para falar enquanto ele me levava para fora e em direção à sala de jantar.

Só quando estávamos sentados, comendo e conversando, é que percebi pela primeira vez: estávamos todos felizes. Evander provocou Theodore, Theodore fez o seu melhor para se defender, apenas para Afrodite e eu rirmos de sua tolice. Até Emeline cantarolava alegremente enquanto comia. Eu nunca pensei que poderíamos ser nós. Que naquela casa, lugar por onde minha mãe havia passado, no lugar onde nasci sem ela, pudesse haver tanta alegria.

Eu mal podia esperar para que o nosso para sempre fosse daquele jeito.

Epílogo

Theodore

— Não! O som de seu grito me fez dar um pulo na cama. Eu ainda não estava totalmente acostumado com o sofrimento dela quando dormia. A touca saiu da cabeça, seus cachos se espalhando em todas as direções enquanto ela se torcia e se curvava em posição fetal, agarrando o próprio corpo. Virei-me e passei os braços em volta dela, abraçando-a de leve.

— Você está bem — sussurrei no ouvido dela. — Meu amor, você está bem.

Falei isso várias vezes, abraçando-a cada vez mais forte, até que ela enfim relaxou e sua respiração se acalmou. Ainda assim, ela levou alguns minutos até estar totalmente calma. Soltei-a e sentei-me na cama, estendendo a mão para onde a touca dela havia caído. A última coisa que ela ou eu precisávamos era que ela acordasse chateada com o estado de seu cabelo. Embora eu temesse, já que o sol estava apenas começando a nascer, havia pouco que ela pudesse fazer para salvá-lo. No entanto, assim que peguei a touca, ouvi a voz dela sussurrar.

— O que você está fazendo?

Afastando as mãos, olhei para ela, sorrindo. Como eu não poderia, agora que ela era a primeira coisa que eu via todos os dias?

— Sua touca caiu. Eu queria pegá-la.

Ela tocou o cabelo e eu me mexi, permitindo que ela se sentasse na cama.

— Eu tive um pesadelo? — Ela franziu a testa, os ombros caindo. — Pensei que estivesse melhorando.

— Você está — falei, afastando alguns cachos do rosto dela, embora eles voltassem para o mesmo lugar. — Você não teve nada a noite toda, e faz um tempo desde o último.

Ela ainda não estava satisfeita.

— Não quero ficar perturbando você...

— Você não me perturba...

— Theodore...

— Como é que eu falei para você me chamar?

Ela inclinou a cabeça de lado, me lançando um olhar.

— Theo...

— Isso não está certo... *esposa*.

— Por quanto tempo devo chamá-lo apenas de "marido"? — Ela riu, encarando-me.

— Enquanto estivermos casados, portanto para sempre. — Sorri.

— É difícil dizer sempre "marido". Que tal "querido"?

— Não tenho problema com "querido", é você quem não consegue falar.

— Consigo!

— Muito bem, diga. — Assenti para ela.

— Querido.

— Em uma frase.

Ela abriu a boca, mas desviou o olhar.

— Querido, quer...

— Olhando para mim!

— Theodore!

— Viu! — Eu ri.

— Eu consigo! — afirmou ela, mais uma vez voltando-se para mim, o olhar diretamente no meu. Ela inspirou fundo. — Querido, por favor... não consigo dizer com você me olhando assim!

— Como estou te olhando?

— Como se quisesse me devorar.

Sorri.

— Eu sempre olho para você assim. Então continue.

Ela me olhou feio e eu esperei. Seguimos com nossa competição de encarar até que ela tentasse outra vez.

— *Querido*, estou tentada a te dar um soco.

— Muito bem, agora aceitarei apenas "querido", "marido" ou "meu amor".

— Como é que entramos nesse assunto?

Dei de ombros, puxando-a para mim.

— Não me lembro, meu amor, mas não falemos disso, pois temos questões mais importantes a resolver.

— Como... Theodore! — Ela arfou quando a virei de costas.

— "Meu querido", "marido" ou "meu amor" — repeti, beijando seu pescoço. — Quantas vezes terei que te ensinar essa lição?

— Não sei, pois sou bem teimosa... — Ela riu quando comecei a erguer sua camisola.

— Sim, percebi. Não importa. Tenho muitos métodos a explorar.

— É mesmo...

Silenciei qualquer argumento com meus lábios.

De agora até o dia da minha morte, eu sempre transformaria seus gritos de medo em prazer. Passaria a vida afugentando seus pesadelos, pois ela era meu sonho que se tornou realidade.

Ela era minha esposa amada, lady Verity Darrington.

Agradecimentos

Eu gostaria de poder dizer algo mais do que obrigada a todas as pessoas que me ajudaram a criar este livro. Porque sem Natanya, Shauna, Mae, Jordan, Molly, Sarah, Taylor, Colleen, Rogena, meus pais, minhas amigas que são como irmãs, meus irmãos de verdade que, sinceramente, não fizeram muito, mas me proporcionaram risadas durante esse processo, e, claro, todos os fãs que me procuraram, me encorajaram, *Verity e o pretendente proibido* não existiria. Dizem que é preciso uma aldeia para criar uma criança. Acredito que é preciso uma aldeia para fazer quase qualquer coisa, por isso sou mesmo grata pelas pessoas que me rodeiam.

Não posso dizer mais do que obrigada. Só posso esperar nunca decepcionar a fé que todos vocês têm em mim.

Este livro foi composto na tipografia Adobe
Caslon Pro, em corpo 11/16, e impresso em
papel off-white no Sistema Cameron da
Divisão Gráfica da Distribuidora Record.